Knaur

Von Paul Harding sind außerdem erschienen:

Das Haus des roten Schlächters
Das Lied des dunklen Engels
Der Kapuzenmörder
Der Mörder von Greenwood
Der Prinz der Finsternis
Der Zorn Gottes
Die Galerie der Nachtigallen
Die Hitze der Hölle
Sakristei des Todes
Tod auf der Themse

Über den Autor:

Paul Harding ist das Pseudonym eines englischen Historikers. Der Autor versteht es, das mittelalterliche London mit all seinem Glanz und seinen Schatten wachzurufen.

Paul Harding

Das Parlament der Toten

Roman

Aus dem Englischen
von Rainer Schmidt

Knaur

Die englische Originalausgabe erschien unter dem Titel
The House of Crows bei Headline Book Publishing PLC, London

Besuchen Sie uns im Internet:
www.droemer-knaur.de

Vollständige Taschenbuchausgabe Juni 1999
Droemersche Verlagsanstalt Th. Knaur Nachf., München

Umschlaggestaltung: Agentur Zero, München
Satz: Ventura Publisher im Verlag
Druck und Bindung: Elsnerdruck, Berlin
Printed in Germany
ISBN 3-426-63092-3

2 4 5 3

Für Father John Armitage –
auch ein guter Priester, der im
Londoner East End arbeitet.
Mit allen guten Wünschen.

Prolog

Niemand wird je die Nacht vergessen, als der Dämon nach Southwark kam. Der Frühling wurde schon spürbar, selbst in den verkommenen Gassen und verdreckten Gängen von Southwark, das sich ans Südufer der Themse duckte. Der Regen hatte das kotverschmierte Pflaster abgespült, und die Wolken rissen allmählich auf, als das Tageslicht an jenem frischen Frühlingstag erstarb. Ladenjungen und Händler räumten ihre Stände ab. Die hochwandigen Mistkarren rumpelten durch die Straßen, und Arbeiter mit schweißnassen Gesichtern rackerten sich ab, um die offenen, angeschwollenen Kloaken von Müll und Abfall zu reinigen. Die Männer arbeiteten vergnügt, denn sie dachten an die Pennies, die ihnen versprochen waren. Nicht einmal der aufgedunsene Kadaver einer Katze oder eines Hundes störte die Aussicht auf eine Schüssel Suppe und einen Humpen Ale nach getaner Arbeit.

Pike, der Grabenbauer, Gemeindemitglied von St. Erconwald in Southwark, war ebenfalls unterwegs. Er schlüpfte an der Kirche vorbei und in die Taverne »Zum Gescheckten«, wo der Hundemann, das Wiesel, der Fuchs und der Hase schon auf ihn warteten. Sie saßen auf umgedrehten Fässern an einem Tisch, der in einer dunklen Ecke stand, und ihre unrasierten Gesichter waren tief in den Kapuzen verborgen, die sie sich weit über den Kopf gezogen hatten.

»Du kommst spät!« knurrte der Hundemann.

Pike schluckte nervös.

»Wer zu spät kommt«, zirpte das Wiesel, »zahlt die Zeche!«

Pike stöhnte leise auf. Er rief Tiptoe, den Schankburschen,

herüber und bestellte fünf Humpen Ale. Bei den Fäßchen am anderen Ende der Schenke lehnte Joscelyn, der einarmige Schankwirt, und beobachtete sie alle aufmerksam. Pike schloß die Augen und kratzte sich den struppigen Bart. Ob Joscelyn Verdacht geschöpft hatte? Ob er ahnte, was Pike hier trieb? In diesem Fall würde Bruder Athelstan, der Pfarrer, ihn am nächsten Sonntag beiseite nehmen und ihm die übliche Predigt halten. Pikes Miene wurde milder. Wie immer, würde Athelstan in seiner schwarz-weißen Dominikanerkutte, mit seinem olivfarbenen Gesicht und den sanften, fürsorglichen Augen ihm einen Vortrag über die Gefahren des Hochverrats und das Grauen des Henkerstricks halten.

»Nun?« knurrte der Hundemann. »Wie sagt man, mein Freund?«

Pike schrak aus seinen Gedanken hoch. Er beugte sich über den Tisch, entschlossen, diesen Vertretern der Großen Gemeinschaft des Reiches zu zeigen, daß er keine Angst hatte.

»Als Adam grub und Eva spann, wo war da der Edelmann?« sang er.

Die vier Rebellenführer, deren Identität sich hinter ihren seltsamen Namen verbarg, nickten einträchtig. Trotzdem behielten sie Pike wachsam im Auge, um es gleich zu bemerken, wenn er ein Zeichen des Unbehagens erkennen ließe oder seine inbrünstige Unterstützung für ihre große Sache schwinden sollte.

Tiptoe brachte die Humpen herüber. Pike rückte eine seiner kostbaren Münzen heraus. Als der Junge gegangen war, hob der Grabenbauer seinen Humpen.

»Auf die große Sache«, murmelte er.

Die andern vier bekräftigten seinen Trinkspruch und nahmen einen Schluck von dem bitter schmeckenden Getränk.

»Nun?« fragte der Hase. »Wie geht es in Southwark?«

»Der Topf blubbert«, erklärte Pike dunkel. »Unser junger König Richard ist noch ein Kind; sein Onkel, John von Gaunt, ist zwar nur der Regent, aber er führt sich auf wie ein Kaiser. Die Steuerlast ist schwer, die Unzufriedenheit wirbelt wie Schlamm im Wasser, und sogar die Kaufleute protestieren.« Er knallte seinen Humpen auf den Tisch. »Man hat zu Westminster ein Parlament zusammengerufen«, fuhr er aufgeregt fort. »John von Gaunt verlangt mehr Geld, aber die Commons verweigern es ihm. Könnte sein, daß sie bestimmte Minister unter Anklage stellen.«

»Pah!« Das schmaläugige Wiesel verzog spöttisch das Gesicht und trank aus seinem Humpen. »Was erwarten die Fettsäcke denn? Milde und Nachsicht von einem Mann wie Gaunt?«

»Und – wann werdet ihr kommen?« fragte Pike.

»Zeiten und Daten gehen dich nichts an«, gab der Hase zurück. »Aber wenn das Zeichen gegeben wird und Jack Straw, unser Priester, das brennende Kreuz aussendet, dann werden wir kommen.«

»Männer aus Essex, Kent, Suffolk, ja, aus nördlichen Gegenden bis hinauf zum Trent, werden blitzschnell über London herfallen«, rief der Hundemann. »Und wie ein Feuer auf dem Stoppelfeld werden wir diese Stadt mit Flammen reinigen, von Southwark im Süden bis Cripplegate im Norden.«

»Aye«, fügte das Wiesel hinzu. »Werden sie läutern mit Feuer und Schwert. Es wird keine Könige und Prinzen mehr geben, keinen Großen Rat und kein Parlament. Die Grundherren werden vernichtet werden, und die Elenden werden das Land erben.«

Der Hundemann lehnte sich über den Tisch und packte Pike beim Wams. »Und die Männer von Southwark?« fragte er.

»Wir werden fest und treu zur Sache stehen«, antwortete Pike. »Wir werden die London Bridge einnehmen und die Torhäuser an beiden Enden. Wir werden dort sein, wenn ihr gegen den Tower marschiert.«

Der Hundemann betrachtete ihn aufmerksam. Vielleicht be-

merkte er, daß Pikes Blick nicht ganz stetig war oder daß seine Unterlippe ein bißchen zitterte.
»Bist du auch immer noch auf unserer Seite, Pike?« fragte er leise.
»Ja. Es ist bloß ...«
»Bloß was?« Der Fuchs lehnte sich herüber, packte Pikes Hand und drückte sie fest.
»Werden alle sterben?« platzte Pike heiser heraus. »Wird es keine Gnade geben?«
»Überhaupt keine«, antwortete der Fuchs und verbarg sein Gesicht hinter seinem Bierhumpen. »Für keinen Lord, keinen Bischof, keinen Priester. Wieso, Pike – weißt du von einem Mann, der es wert wäre, daß man ihn rettet?«
»Bruder Athelstan«, zischte Pike und riß die Hand des Hundemannes von seinem Wams. »Der Gemeindepfarrer von St. Erconwald«, fuhr er aufgeregt fort. Furchtsam sah er sich um, aber Joscelyn war verschwunden. »Athelstan ist ein guter Mensch«, flüsterte Pike. »Sanft und gütig. Er liebt seine Pfarrkinder und weist niemanden ab.«
»Er hat einen geschorenen Schädel«, erwiderte das Wiesel. »Er ist ein Ordensbruder. Wer nicht für uns ist«, intonierte er, »ist gegen uns. Wer sich nicht mit uns sammelt, verstreut uns in alle Winde.« Er betrachtete den entschlossenen Zug um Pikes Mund. »Aber Barmherzigkeit wird jenen zuteil werden, die selbst Barmherzigkeit zeigen.«
»Wie denn?« fragte Pike.
»Er wird schneller sterben als die andern.«
Der Hundemann trank sein Bier aus und schmetterte seinen Humpen auf den Tisch. »Wir gehen jetzt«, sagte der Rebellenführer und stand auf. »In einem Monat, Pike, kommen wir zurück. Wir werden dann wissen wollen, wieviele Männer du aufbringen kannst, wieviele Bögen, wie viele Piken.« Er lächelte über seinen Scherz mit dem Namen des Grabenbauers.

Die übrigen verließen nacheinander die Schenke. Pike machte sich nicht die Mühe, ihnen nachzusehen. Er war im Begriff, sich zu entspannen und nach einem neuen Humpen zu brüllen, als er eine Hand auf seiner Schulter spürte: Der Hundemann schob sein hageres, schmales Gesicht dicht heran, so dicht, daß der saure Atem des Mannes Pike zurückfahren ließ.
»Von Eisenhut«, wisperte er und ließ einen dreckigen Lappen in Pikes Schoß fallen, »wirst du nichts mehr hören!«
Pike schluckte entsetzt, als er den Namen ihres Vertreters im Bezirk Cripplegate hörte. »Wieso? Was ist passiert?« stammelte er.
»Er ist zum Verräter geworden und hat zuviel geredet.« Der Hundemann drückte Pikes Schulter.
Pike saß wie erstarrt da. Als er sich schließlich umdrehte, waren die Rebellenführer gegangen. Langsam faltete er den verdreckten Lappen auseinander und starrte entsetzt auf das, was da zum Vorschein kam: eine menschliche Zunge, grau und schrumpelig – nur das Ende war noch blutig. Pike hielt die grausige Gabe immer noch fest umklammert, und sein Magen wollte sich umdrehen, als er aus dem Wirtshaus stürzte. Draußen warf er das Lumpenbündel in die Gosse, und dann konnte er sich nicht mehr beherrschen; er fiel auf die Knie und erbrach alles, was er getrunken hatte.
Eine Stunde später suchte ein demütiger Pike sich trunken seinen Weg durch die engen Gassen. Er war in die Schenke »Zum Gescheckten« zurückgekehrt und hatte noch einen Humpen hinuntergestürzt, bevor das Grauen nachgelassen hatte. Aber seinen Mut hatte das Ale nicht wachsen lassen, und Pike bereute zutiefst, daß er sich nicht an Bruder Athelstans Rat gehalten hatte. Dann hatte er das Ende der Gasse erreicht und torkelte auf die Treppe der Kirche von St. Erconwald zu.
Hier blieb der Grabenbauer stehen: Die Tür war verschlossen,

und er sah kein Licht. Er schaute hinüber zum Haus des Priesters, aber auch das lag in Dunkelheit gehüllt. Pike tippte sich an die Seite seiner rotgeschwollenen Nase. »Ich weiß, wo du bist«, brummte er.

Er taumelte rückwärts und spähte am Kirchturm hinauf. Vor dem schwarzblauen, sternenhellen Himmel sah er Flammenschein und eine dunkle Gestalt, die sich bewegte. »Du betrachtest deine verdammten Sterne!« murrte Pike.

Der Grabenbauer blinzelte müde und ließ sich auf die Stufen der Kirchentreppe fallen. »Ich wünschte, ich wäre bei dir«, grollte er. »Weit weg von all diesem Unfug.«

Er ließ das Gesicht in die Hände sinken und dachte verzweifelt über seine Lage nach. London war jetzt eine brodelnde Brutstätte der Unruhe geworden. Die Steuerlasten waren schwer, die Lebensmittel knapp, die Franzosen drangsalierten die Städte überall an der Küste mit Feuer und Schwert. Und schlimmer noch, draußen auf dem Lande verschworen sich die Bauernführer, die Vertreter dessen, was sie die Große Gemeinschaft des Reiches nannten, zu einer wilden Rebellion, die Kirche und Staat hinwegfegen sollte. Pike seufzte. Manchmal klang es ja aufregend, aber würde es auch geschehen? Und wenn es geschähe, würde der nächste Staat denn besser als dieser sein? Und was war mit Bruder Athelstan? Würde er sterben? Würde man ihn vor die Kirchentür hängen, wie es die Rebellenführer allen Pfaffen angekündigt hatten? Und wenn der Aufstand fehlschlug, was dann?

Pike rappelte sich schwankend wieder hoch. Bruder Athelstan hatte recht. Jeder Galgen in London würde dann unter der Last der verwesenden Kadaver ächzen. Von hier bis Dover würden sie baumeln, und der Regent würde keinen verschonen.

»Geht es dir gut, Pike?«

Der Grabenbauer fuhr herum. Watkin, der Mistsammler, kam

herüberstolziert, gedrungen und fett wie eine Kröte; sein breites, rotes Gesicht leuchtete noch kräftiger vom Bier, das er getrunken hatte, und er schwenkte seinen Spaten wie ein Ritter sein Schwert.
»Guten Abend, Watkin.« Pike blinzelte und bemühte sich, mit fester Stimme zu sprechen.
Watkin war der Vorsitzende des Pfarrgemeinderates – eine Position, nach der Pike sich herzlich sehnte. Er konnte sie nicht erreichen, aber das lag nicht an Watkin, der ein geborener Dummkopf war, sondern an Watkins furchterregender Frau, deren Zunge einem Dreschflegel glich. Der Mistsammler blieb jetzt vor ihm stehen und stützte sich auf seinen Spaten.
»Du hast getrunken.«
»Dann wären wir ja schon zwei«, gab Pike zurück.
»Unsere Frauen werden jammern«, fügte Watkin verschlagen hinzu, »aber nicht ganz so laut, wenn wir ihnen sagen, wir waren in Gemeindeangelegenheiten unterwegs.«
Pike lächelte verschwörerisch; die beiden Männer schwankten zusammen durch die Gasse, und jeder dachte sich eine Geschichte aus, mit der er den Zorn seines Ehegespons würde besänftigen können. Auf halbem Wege schloß sich Bladdersniff, der Büttel, den beiden an; er war ebenso berauscht wie sie. Es blieb ihnen nichts anderes übrig, als ihren Durst in einer kleinen Ale-Schenke zu löschen, bevor sie ihre Wanderschaft fortsetzten. Als sie damit fertig waren, konnten alle drei kaum noch stehen; also hakten sie sich gegenseitig unter und stolperten zurück zur Kirche. In lautstarkem Geflüster vertrauten sie einander an, daß sie ja im Totenhaus schlafen und sich am nächsten Morgen dann neue Ausreden ausdenken könnten.
Als sie bei St. Erconwald ankamen, war Athelstan anscheinend von seinem Turm heruntergekommen. Die drei stahlen sich auf

den Friedhof und tasteten sich zwischen den Grabhügeln und den verwitterten Kreuzen hindurch zum Beinhaus in der hinteren Ecke. Pike legte einen Finger an die Lippen und befahl den beiden andern, zu warten, während er am Türriegel herumfummelte.

»O Herr, beschütze uns!« flüsterte er dann. »Die Tür ist schon offen!«

Er wankte hinein, zog seinen Zunder hervor und zündete die dunkelgelbe Talgkerze an, die auf ihrem Messinghalter mitten auf dem Tisch stand. Kaum hatte er es getan, da hörte er ein Geräusch in der hinteren Ecke. Pike packte die Kerze, fuhr herum und starrte voller Entsetzen auf die dunkle Gestalt, die da auf dem Gemeindesarg hockte. Die Gestalt setzte sich in Bewegung und kam näher. Pike sah glitzernde Augen, gräßlich gebleckte Zähne und ein blaurotes Gesicht, umkränzt von schwarzem, stacheligem Haar.

»O Herr, bewahre uns!« schrie Pike. »Ein Dämon aus der Hölle!«

Er taumelte rückwärts gegen den Tisch. Der Dämon folgte ihm, schlug mit seiner Pranke zu und riß Pike die Wange auf, worauf der Grabenbauer die Kerze fallenließ und ohnmächtig zu Boden sank.

Am nächsten Morgen saß Henry Swynford, Ritter und Abgeordneter der Commons aus der königlichen Grafschaft von Shrewsbury im gegenwärtigen Parlament, in der Schenke »Zum Ungeheuer« beim Palast von Westminster, auf der Bettkante und starrte in die Finsternis. Wenige hätten den prunkvollen Ritter mit der silbernen Löwenmähne, dem arroganten Gesicht und dem großspurigen Auftreten hier wiedererkannt. Sir Henry war als Edelmann geboren und aufgewachsen. Er hatte mit dem Schwarzen Prinzen in Frankreich und Navarra gekämpft und galt in Shrewsbury als bedeutende Persönlichkeit: als Soldat und

Kaufmann, als Mann von Welt, der in allen Dingen wohlbewandert war. Er hatte die Triumphe des Schwarzen Prinzen miterlebt und die goldenen Leoparden Englands über die spanische Grenze getragen. An all das erinnerte Sir Henry die Ratsherren immer wieder, wenn sie sich im Ratssaal von Shrewsbury versammelten, um die betrüblichen Probleme zu erörtern: die drängenden Steuerforderungen des Regenten und die im Namen des Königs ausgesprochene Einberufung des Parlaments nach Westminster. Sir Henry hatte geprahlt, er und seine Freunde würden nur dann Geld geben und sich mit neuen Steuern einverstanden erklären, wenn der Regent sich ihre Forderung nach radikalen Reformen anhörte.

»Wir brauchen eine neue Flotte«, hatte Sir Henry trompetet. »Dann die Amtsenthebung gewisser Minister, Sparmaßnahmen beim Regenten und bei Hofe, und die jährliche Einberufung eines neuen Parlaments.«

Seine Rede war mit Beifallsgebrüll aufgenommen worden: Sir Henry und seine Freunde aus Shrewsbury und seiner ländlichen Umgebung hatten das Mandat erhalten. Rauschend waren sie in London eingezogen und hatten die besten Zimmer im »Ungeheuer« belegt (die einer ihrer Verwalter so billig angemietet hatte), und nun saßen sie allabendlich zusammen und heckten tuschelnd aus, wie die Sache weitergehen sollte. Aber jetzt hatte sich all das geändert. In der Kammer nebenan lag Sir Oliver Bouchon, ein anderer Abgeordneter. Sein Leichnam war, vom Wasser aufgequollen, aus der Themse gezogen worden wie ein toter Fisch, doch ohne ein Mal an seinem Körper. Alle sagten, es sei ein Unfall gewesen, aber Sir Henry wußte es besser. Sir Oliver war am Nachmittag zuvor zu ihm gekommen, gleich vor der St. Faith-Kapelle. Er hatte Sir Henry am Ärmel gezupft, ihn in eine überschattete Nische geführt und ihm die Kerze, die Pfeilspitze und den Pergamentfetzen mit dem einen Wort »Memento!« in die Hand gedrückt.

Zunächst hatte sich Sir Henry angesichts der Veränderung in Sir Olivers Benehmen verwundert, aber auch erschrocken gezeigt: Er war erregt und käsebleich gewesen und hatte seine zitternden Hände anscheinend kaum in der Gewalt gehabt.

»Was ist denn das?« hatte Sir Henry geflüstert. »Was soll das alles bedeuten? Eine Pfeilspitze, eine Kerze und das Wort ›Memento!‹?«

»Habt Ihr es denn vergessen?« hatte Bouchon gefaucht. »Seid Ihr so aufgebläht von Eurem Stolz, Sir Henry, und ist Eure Seele aus Eisen, daß die Geister der Vergangenheit nicht eindringen können in Euer Herz? Denkt doch nach, Mann!« Jetzt hatte er fast geschrien. »Denkt an Shropshire, vor Jahren, mitten in der Nacht: eine Kerze, eine Pfeilspitze und das Wort ›Memento!‹.«

Sir Henry hatte es eiskalt überlaufen. »Unmöglich!« hatte er geflüstert. »Das ist doch Jahre her! Wer sollte es verraten?«

»Jemand hat es getan«, hatte Bouchon erwidert. »Denn das hier habe ich in meiner Kammer gefunden, als ich heute am frühen Nachmittag zurückkam.«

Und dann hatte Sir Oliver alles wieder an sich gerafft und war davongeeilt, ehe Sir Henry ihn hatte aufhalten können. Zunächst hatte Sir Henry die ganze Sache beiseitegewischt, aber an diesem Morgen hatte eine grausige Gestalt, genannt der »Menschenfischer«, Bouchons aufgedunsene Leiche hergebracht. Es hieß, Sir Oliver sei wahrscheinlich durch einen Unfall zu Tode gekommen, und man hatte die Leiche in Sir Henrys Obhut zurückgelassen. Sir Henry hatte ein paar Leute dafür bezahlt, den Leichnam zu waschen und herzurichten. Morgen würde er einen Fuhrmann und eine Eskorte mieten, um Sir Oliver zu seiner Familie nach Shrewsbury zu bringen.

Sir Henry hielt sich für einen harten Mann; im Laufe der Jahre waren andere Waffengefährten auf den blutigen Schlachtfeldern von Frankreich und Nordspanien gefallen. Aber hier lag die Sache anders. Sir Henry warf einen Blick auf den Tisch und den Grund für seine Angst: Die Kerze, die Pfeilspitze und der Pergamentfetzen mit dem Wort »Memento!« waren nun auch ihm geschickt worden. Bei der Rückkehr vom Parlament hatte er sie vorgefunden, und weder der Wirt noch einer seiner Diener hatten ihm erklären können, wie sie hergekommen waren. Sir Henry dachte über die Vergangenheit nach und erinnerte sich an die Worte eines Predigers: »Unvergebene Sünden sind unsere Dämonen«, hatte der Priester erklärt. »Sie verfolgen uns auf leisen Sohlen und bleiben uns zäh auf den Fersen, und wenn wir es am wenigsten erwarten, lassen sie die Falle zuschnappen.«

War es das, was jetzt geschah? fragte sich Sir Henry. Sollte er die anderen warnen? Er nahm den Weinbecher vom Boden und leerte ihn. Zuerst würde er Sir Oliver seine Reverenz erweisen. Der Priester mußte seine Gebete inzwischen beendet haben. Sir Henry schnallte sich den Schwertgurt um, öffnete seine Tür und trat hinaus auf die Galerie. Die Tür zu Sir Olivers Zimmer stand halb offen, und der Kerzenschimmer schien ihn hereinzulocken. Sir Oliver lag in seinem Sarg, aber kein Priester war zu sehen. Sir Henry drehte sich um und sah eine dunkle Gestalt auf dem Bett liegen.

»Fauler Hund!« knurrte er.

Er trat an den Sarg und schaute hinein. Sein Herz setzte aus. Drei blutig rote Kreuze waren dem Toten ins Gesicht geschnitten worden, eins in die Stirn und eins in jede Wange.

»Die Male!« murmelte er. »Was denn ...?«

Er schrak auf, doch zu spät. Die Schlinge des Meuchelmörders hatte sich um seinen Hals gelegt. Sir Henry bäumte sich auf, aber der Draht der Garotte spannte sich straff, und noch während er würgend und nach Luft schnappend starb, hörte Sir Henry die furchtbaren Worte:

»Tag der Rache Tag den Sünden, wird das Weltall sich entzünden. Welch ein Graus wird sein und Zagen …«

Im Sterben sah Sir Henry eine andere Szene vor sich: Zappelnde, gurgelnde Gehenkte an den ausgestreckten Ästen einer Ulme mit roten Kreuzen auf Stirn und Wangen, während dunkel vermummte Reiter diese Verse sangen.

1

Es war Hinrichtungstag auf der weiten, kahlen Ebene von Smithfield. Sonst herrschte hier ein reges Treiben. Auf verschiedenen Märkten wurden Pferde, Rinder und Schafe verkauft; die Gegend um den Teich herum war dann voller Stände und Buden, an denen Leder, Fleisch und Milcherzeugnisse feilgeboten wurden. Die Menschen strömten immer in Scharen hierher, um Mißgeburten und dressierte Tiere zu begaffen, und Puppenspieler, Wahrsagerinnen und Bänkelsänger aus ganz London, die Quacksalber, Lebkuchenweiber und Höker mit ihren Spielzeugtrommeln und Bartholomäus-Puppen machten blühende Geschäfte. Männer und Frauen aller Schichten kamen nach Smithfield: Edelleute und Höflinge in Seide und Taft, Kaufleute in ihren Bibermützen und die Huren aus der Cock Lane mit ihren rotgefärbten Haaren. Kinder starrten mit wohligem Grausen in die glasigen Augen der abgetrennten Schweineköpfe, die sich auf den Ständen der Fleischer türmten. Ganz in der Nähe, in der Schenke »Hand und Schere«, war ein Standgericht damit beschäftigt, Taschendiebe, Fälscher und sonstige Betrüger abzuurteilen. Infolgedessen herrschte an den blutverschmierten Schandpfählen stets Hochbetrieb. Am Mittwoch aber war Hinrichtungstag. Dann beherrschte der große sechsarmige Galgen mit seinen baumelnden Schlingen den Marktplatz; die verurteilten Verbrecher wurden von Newgate heruntergeführt, vorbei an St. Sepulchre, und in der Schenke »Zum Schiff« durften sie noch einmal einkehren, um ein letztes Glas zu trinken, bevor sie schließlich von der Leiter gestoßen wurden.

Sir John Cranston, dem Coroner des Königs in der City of

London, waren solche Anlässe immer ein Greuel gewesen, aber an diesem speziellen Mittwoch, am Fest der Heiligen Hilda, war es an ihm, als des Königs Zeuge zugegen zu sein, wenn der königlichen Gerechtigkeit Genüge getan wurde. Er saß auf seinem großen Schlachtroß mit der schwarzen Schabracke und trug die Amtskette um den Hals; sein breites, fettes Gesicht war zu einer feierlichen Maske erstarrt, und seine freundlichen blauen Augen blickten jetzt kalt und hart. Hin und wieder wieherte sein Pferd, wenn die Menge hinter ihm sich allzu dicht herandrängte, aber abgesehen vom gelegentlichen Kratzen des weißen Bartes oder Zwirbeln des Schnurrbarts bewegte Sir John sich kaum.

»Zu Hause sollte ich sitzen«, stöhnte er leise bei sich. »Im Garten mit Lady Maude. Oder den Kerlchen zuschauen, wie sie Gog und Magog herumhetzen.«

Sir John hatte vier große Leidenschaften: erstens seine Frau und seine Kinder; zweitens die Liebe zur Gerechtigkeit; drittens seine große Abhandlung über die Verwaltung der Stadt – und schließlich eine tiefe Zuneigung zu seinem Secretarius und Gehilfen bei der Aufklärung schrecklicher Mord- und Totschlagsfälle, Bruder Athelstan, dem Dominikanerbruder und Pfarrer von St. Erconwald in Southwark.

»Und dann deinen Rotwein«, erinnerte Sir John sich flüsternd. »Nicht zu vergessen das Londoner Ale und den süßen Malvasier.«

Sir John wußte nie, in welcher Reihenfolge diese Passionen eigentlich aufgelistet gehörten. In Wirklichkeit war ihm alles zusammen lieb. Cranstons Vorstellung vom Himmel war eine geräumige Londoner Taverne voll süßduftender Kräuter und blühender Rosen, wo er, Athelstan, Lady Maude und die Kerlchen in alle Ewigkeit zusammensitzen, reden und trinken konnten.

»Zu Hause sollte ich sitzen«, knurrte er noch einmal.

»Was habt Ihr gesagt, Mylord Coroner?«
Cranston drehte sich um und schaute Osbert an, seinen Gerichtsschreiber, dessen braunes Gesicht sorgenvoll verzogen war. Die kleinen dunklen Augen waren in der Morgensonne zusammengekniffen.
»Gar nichts«, brummte Cranston. »Ich wünschte bloß, die Halunken wollten sich beeilen und von Newgate heraufkommen.« Und wie zur Antwort erhob die Menge am anderen Ende von Smithfield ein mächtiges Gebrüll und teilte sich, um den grellbunt bemalten Todeskarren durchzulassen. Auf dem Bock saß der Henker mit seinem Gehilfen; beide waren von Kopf bis Fuß in Schwarz gekleidet. Die Pferde, die sie führten, hatten gestutzte Mähnen, und zwischen ihren Ohren wippten purpurn gefärbte Federn. Auf dem Karren standen drei brüllende und gestikulierende Männer in weißen Hemden. Zu beiden Seiten marschierten Kolonnen von Soldaten aus der Garnison im Tower mit geschulterten Hellebarden. Hinter dem Karren liefen zwei Dudelsackpfeifer und spielten eine ausgelassene Weise.
Warum der ganze Mummenschanz? fragte sich Cranston. In seiner Abhandlung über die Verwaltung der Stadt würde er dem jungen König empfehlen, solche Schauspiele abzuschaffen und die Hinrichtungen auf den Gefängnishof von Newgate zu beschränken. Cranston richtete sich in seinen Steigbügeln auf und spähte über die Köpfe der Menge hinweg, die gegen die von Stadtbütteln und Bezirksdienern bewachten Holzbarrikaden drängte.
»Taschendiebe und Beutelschneider werden alle Hände voll zu tun haben, Osbert«, bemerkte er. »Sie lieben solche Menschenmengen.« Sir John schaute funkelnd in die Runde, als könnten seine vorquellenden Augen jeden der zahllosen Gauner, die hier geschäftig Börsen und Beutel aufschlitzten, ausfindig machen und bedrohlich anstarren.
Der Henkerskarren kam näher, und schließlich rumpelte er auf

die freie Fläche vor dem Schafott. Die drei Gefangenen mit ihren schmutzigen, unrasierten Gesichtern wurden heruntergezogen. Ihre Hände waren gefesselt. Der Franziskaner, der ebenfalls auf dem Karren gestanden hatte, ließ sich herunter, ohne mit seinen Sterbegebeten innezuhalten; die drei Schurken allerdings, nach ihren Gesichtern zu urteilen, kümmerte das einen Dreck.

»Wir wollen es kurz machen!« blaffte Cranston und hob die Hand.

Die Herolde zu beiden Seiten hoben ihre Trompeten, aber ihre Mundstücke waren voller Spucke, und es kam nur ein Quieken heraus.

»Ach, um Himmels willen!« bellte Cranston, als ein Chor von Gelächter ihre Bemühungen quittierte.

Die Herolde entschuldigten sich murmelnd und hoben ihre Trompeten noch einmal. Diesmal brachte ein schriller Fanfarenstoß die lärmende Menge zum Verstummen. Cranston trieb sein Pferd voran und machte vor den drei Verurteilten halt.

»Ihr sollt gehängt werden!« erklärte er und nickte Osbert zu, damit dieser das Pergament entrollte.

»Ihr, William Laxton«, verkündete der Schreiber mit lauter Stimme, »Andrew Judd und William the Skinner wurdet durch die Richter seiner Gnaden der Entführung und Vergewaltigung für schuldig befunden, außerdem Falkeneier und Rinder gestohlen, Rehe gewildert, einen Teich abgelassen und Unzucht mit Knaben getrieben zu haben, für schuldig des weiteren der Hinterziehung königlicher Steuern, der Falschmünzerei, der Beutelschneiderei, der Wegelagerei auf des Königs Landstraßen, der Leichenfledderei, der Hexerei, Zauberei und Teufelsdienerei. Für diese und diverse andere Verbrechen wurdet ihr verurteilt, an diese gesetzliche Stätte der Hinrichtung gebracht zu werden. Habt ihr noch etwas zu sagen, bevor das Urteil vollstreckt wird?«

»Ja! Verpiß dich!« schrie einer der Verurteilten.

Cranston nickte dem Henker zu, aber der Bursche stand nur da. Seine Augen glitzerten durch die Löcher in seiner Maske.
»Was ist los, Kerl?« blaffte Cranston.
»Sie haben kein Hab und Gut«, antwortete der Henker. »Nach dem Gesetz der Stadt«, fuhr er tönend fort, »gehören Hab und Gut sowie die Kleider der Verurteilten dem Henker – aber die haben einen Dreck!«
»Das würde ich mir nicht gefallen lassen!« schrie einer der Verbrecher. »Wenn du nicht gescheit bezahlt wirst, laß uns doch alle nach Hause gehen.«
Cranston schloß die Augen. Hinter sich hörte er das Murren der Menge, die spürte, daß hier etwas nicht in Ordnung war. Er schaute zum Offizier der Wache hinüber, aber der zuckte nur die Achseln, räusperte sich geräuschvoll und spuckte aus.
Cranston wühlte in seiner Börse und warf, ohne auf das Gejohle der Verurteilten zu achten, dem Henker eine Münze zu. Dieser fing sie geschickt mit seinem schwarzen Handschuh auf.
»Dann wäre da noch mein Gehllfe.«
Noch eine Münze verließ Cranstons Börse.
»Und die Sackpfeifer.«
Wieder warf Cranston eine Münze.
»Was ist mit Heu und Stroh für die Pferde?«
Cranstons Hand senkte sich auf den Griff seines Schwerts.
»Jetzt werdet nicht gleich wütend!« rief der Henker.
Sir John beugte sich von seinem Pferd herunter. »Bei den Zitzen des Satans, Mann! Entweder hängst du die Kerle jetzt auf, oder ich mach's für dich! Dann hänge ich dich und deinen Gehilfen daneben, und für die verdammten Sackpfeifer ist immer noch Platz.«
Der Henker warf nur einen Blick auf Sir Johns rotes Gesicht mit dem gesträubten Bart. »Herr, verschone uns!« murmelte er. »Ihr könnt es einem nicht verdenken, daß er es versucht. Ich habe Weib und Kinder zu ernähren. Na gut, kommt schon, Jungs!«

Unterstützt von den Soldaten, legten der Henker und seine Gehilfen den Übeltätern die Schlingen um den Hals und schoben sie die Leiter hinauf. Sir John hob die Hand. Hinter ihm fingen vier Jungen an, einen Trommelwirbel zu schlagen.
»Gott erbarme sich eurer!« rief Cranston.
Er schloß die Augen und ließ die Hand herabfahren, die Leitern kippten um, und die drei Gauner kreiselten strampelnd in der Luft. Die Menge wurde still, und Cranston zog, ohne die Augen zu öffnen, den Kopf seines Pferdes herum und brummte Osbert zu, er solle nur allein nach Hause gehen.
Sir John hatte das Treiben hinter sich gelassen und war schon fast in Aldersgate, als er hörte, wie jemand seinen Namen rief. Er zügelte sein Pferd. »Was wollt Ihr?« fragte er.
Ein junger Ritter in einem Kettenpanzer trieb sein Pferd heran und zog den Handschuh aus; er hatte sich die Panzerhaube über den Kopf gezogen, und sein Körper war vom königlichen Wappengold in Rot, Blau und Gold bedeckt.
»Cranston, der Coroner?«
»Nein, ich bin der Erzengel Gabriel«, antwortete Sir John.
Der junge Mann lächelte, und die Fältchen an seinen Augen verliehen den harten Zügen ein jungenhaftes Aussehen.
»Entschuldigt«, grollte Cranston und ergriff die ausgestreckte Hand des Mannes. »Aber die Hinrichtungstage sind mir ein Graus.«
»Niemandem gefällt das Sterben, Sir John.«
»Und wie ist Euer Name?«
»Sir Miles Coverdale. Hauptmann der Garde John von Gaunts, Seiner Gnaden des Regenten.«
»Lord John von Gaunt, der Herzog von Lancaster, Ritter des Hosenbandordens, des Königs geliebter Onkel.« Grinsend rezitierte Cranston die lange Liste von Titeln. »Und was wollt Ihr von mir, Coverdale?«
»Ich will nichts von Euch, Sir John. Ich habe schon genug

Probleme in Westminster.« Coverdale schob die Kettenhaube zurück und wischte sich den Schweiß aus dem Gesicht.
Sir John sah, daß der sauber gestutzte Bart des Mannes eine tiefe Narbe gleich unter der Unterlippe verdeckte.
»Seine Gnaden, der Regent, schickt mich«, fuhr Coverdale fort. »Er ist in Eurem Haus in der Cheapside.«
Cranston schloß die Augen und stöhnte. »Da hätte er Euch nicht zu schicken brauchen«, knurrte er. »Denn dort will ich jetzt hin.«
»Eure Gemahlin, Lady Maude, dachte anders darüber«, antwortete Coverdale, ohne eine Miene zu verziehen. »Sie hat von möglichen Dienstgeschäften im ›Heiligen Lamm Gottes‹ gesprochen.«
Cranston zog sein Pferd herum, ließ die Zügel locker und setzte seinen Weg fort; insgeheim staunte er über Lady Maudes gottgegebene Fähigkeit, seine Gedanken zu lesen.
Durch Abfälle und Innereien aus den Fleischerläden ritten sie die St. Martin's Lane hinunter und bogen dann nach links in die Cheapside ein. Auf dem Markt dort herrschte reges Leben, aber der Platz vor Sir Johns Haus wirkte merkwürdig verlassen. Seine Haustür war von vierschrötigen Feldwebeln im Wappenrock des Königs und Bogenschützen in Sir John von Gaunts Livree abgesperrt. Die Menge wogte an ihnen vorüber, und Sir John sah ihre finsteren Blicke und hörte die gemurmelten Flüche.
»Der Regent.« Er beugte sich hinüber. »Euer Herr ist nicht beliebt.«
»Das ist niemand, der herrschen muß, Sir John.«
Cranston verzog das Gesicht und stieg ab; dabei schweiften seine Augen über die Menge. »Leif!« brüllte er dann. »Leif, du nichtsnutziger Hund, wo steckst du?«
Ein paar Umstehende schauten überrascht herüber, machten dann aber hastig Platz für den dürren, rothaarigen, einbeinigen Bettler, der behende wie ein Laubfrosch herbeigehüpft kam.
»Sir John, Gott segne Euch, ist es schon Zeit zum Essen?«

Der Bettler stützte sich auf seine Krücke und glotzte um Sir John herum auf Sir Miles. »Ihr habt Besuch, Sir John?«
»Kümmere dich um die Pferde«, befahl Cranston. »Und wenn meine Gäste gehen, bringst du meins hinüber zum ›Heiligen Lamm Gottes‹.«
Leif hoppelte aufgeregt auf und ab: Wenn Sir John Besuch hatte, bedeutete das nicht nur Klatschgeschichten, an denen Leif sich ergötzen konnte, sondern vielleicht auch noch eine von Lady Maudes schmackhaften Pasteten und einen Becher vom besten Rotwein des Coroner. Sir Johns Stirn war von düsteren Ahnungen zerfurcht, als er Sir Miles jetzt durch den Kordon der Soldaten ins Haus führte. Die Mägde kauerten in der Küche; sie fürchteten sich vor den halbgepanzerten Männern, die sich in Türen und Korridoren drängten. An denen schob Sir John sich vorbei, marschierte die Treppe zur Galerie hinauf und warf mit dröhnendem Krachen die Tür zum Söller auf. Lady Maude saß am anderen Ende unter einem Baldachin vor dem Kamin. Cranstons Zwillinge, kahlköpfig, blauäugig und einander so ähnlich wie ein Ei dem anderen, klammerten sich an ihr grünes Taftkleid und starrten gebannt den prachtvoll gewandeten Fremden an, der es wagte, lässig zurückgelehnt im Sessel ihres geliebten Vaters zu sitzen. Der Fremde erhob sich, als Cranston hereinkam, und strich sich die maulbeerfarbene, gegürtete Tunika glatt, die bis auf die hohen Reitstiefel aus spanischem Leder hinabreichte. Um den Hals trug er einen prunkvollen, dicht mit Juwelen besetzten Kragen, der von einer goldenen Brosche mit dem Doppel-S des Hauses Lancaster zusammengehalten wurde.
Cranston nahm sich zusammen und verbeugte sich. »Mylord, Ihr seid höchst willkommen in unserem Haus.«
Das sonnengebräunte Gesicht seines Gastes verzog sich zu einem Lächeln; müde streckte er die von Edelsteinen besetzten Finger aus, damit der Coroner sie ergreifen konnte.
»Cranston, es freut mich, Euch zu sehen.«

Sir John schaute ihm in die hellgrünen Augen: John von Gaunt, der Herzog von Lancaster. Im stillen bewunderte er den hübschesten Sohn Edwards III. Mit seinem hellblonden Haar, dem sauber getrimmten Bart und den Augen, die niemals ruhten und den überschwenglichen Stolz des Mannes verrieten, erinnerte er Cranston an einen silbernen Kater.
Gaunt ließ seine Hand los. »Wenn ich Euch sehe, Sir John, muß ich immer an meinen liebsten Bruder, den Schwarzen Prinzen, denken.« Gaunt lächelte. »Er hat stets große Stücke auf Euch gehalten.«
»Euer Bruder, der Herr lasse ihn ruhen in Frieden, war ein mächtiger Fürst und ein edler Soldat«, antwortete Cranston. »Jeden Tag, Euer Gnaden, gedenke ich seiner in meinen Gebeten, und ich bedaure zutiefst, daß er seinen eigenen Sohn nicht als gekrönten König gesehen hat.«
»Mein lieber Neffe sendet ebenfalls seine Grüße«, sagte Gaunt spöttisch. »Er spricht viel von Euch, Sir John. Von Euch und diesem Secretarius, den Ihr da habt – Bruder Athelstan.«
Lady Maude hatte sich hinter ihm erhoben; Sorgenfalten durchzogen ihr hübsches kleines Gesicht. Mit ihren Blicken und einem leisen Kopfschütteln warnte sie Sir John davor, sich mit diesem mächtigsten aller Männer anzulegen.
»Möchtet Ihr Wein, Sir John?« rief sie.
»Aye, ein Glas Rheinwein, aber kalten«, antwortete Cranston und zwinkerte ihr kurz zu. Dann sank er auf die Knie und streckte die Arme aus. »Und ein bißchen Marzipan für meine Knaben!«
Die beiden »Kerlchen« ließen die Röcke ihrer Mutter fahren und kamen auf wackligen Beinchen angetapst; sie prallten gegeneinander und hätten beinahe auch den Regenten beiseite gestoßen, bevor sie sich ihrem Vater in die Arme warfen. Cranston küßte die heißen, klebrigen Gesichter.
»Prächtige Söhne.« Gaunt lächelte auf ihn herab.

»Geht spielen«, sagte Cranston leise.
»Hund will nicht spielen«, stammelte Stephen und zeigte zum anderen Ende des Söllers, wo die beiden Wolfshunde Cranstons, Gog und Magog, unter dem Tisch lauerten. Cranston grinste. Die Hunde fürchteten sich vor niemandem außer Lady Maude. An ihren betretenen Mienen sah er, daß die beiden ihre scharfe Zunge zu spüren bekommen hatten; offenbar hatte sie ihnen eingeschärft, sich zu benehmen, solange Gäste im Haus waren. Die Jungen folgten ihrer Mutter hinaus. Cranston nahm in seinem eigenen Sessel Platz und bedeutete Gaunt, sich auf dem der Lady Maude niederzulassen. Blaskett, Sir Johns Majordomus, servierte ihnen den Wein auf einem Tablett; er beobachtete seinen Herrn aufmerksam mit großen, traurigen Augen. Draußen im Korridor begann eins der Kerlchen zu heulen. Blaskett verdrehte die Augen zum Himmel, stellte die Weinbecher auf einen kleinen Tisch zwischen Cranston und Gaunt und zog sich schweigend zurück. Cranston nahm seinen Becher, hob ihn dem Regenten entgegen und schlürfte dann geräuschvoll.
»Ich bin ein vielbeschäftigter Mann, Cranston.«
»Dann, Mylord, haben wir etwas gemeinsam.«
»Und mit welchen großen Verbrechen habt Ihr es im Augenblick zu tun?« fragte Gaunt spöttisch.
Cranston hätte ihm eine Aufzählung geben können, die eine Meile lang war. Die Fälscherbande, die er verfolgte, die Zuhälter und Hochstapler, die abgefallenen Priester, die sich als Magier versuchten … Noch immer, dachte Cranston, begleiten mich die Schurken auf allen Wegen.
»Katzen«, antwortete er rundheraus und sah vergnügt, daß Gaunt sich beinahe an seinem Wein verschluckte.
»Mylord Coroner, Ihr scherzt wohl?«
»Mylord Regent, ich scherze durchaus nicht. Jemand stiehlt Katzen auf der Cheapside.«

»Und das sollte den Coroner der Stadt beschäftigen?«
»Mylord, seid Ihr jemals Fleabane begegnet?« fragte Cranston. »Er ist ein Betrüger, ein ganz verschlagener. Wenn etwas nicht festgewachsen ist, wird Fleabane es stehlen. Wenn er es nicht von der Stelle bringen kann, wird Fleabane versuchen, es zu verkaufen. Hin und wieder erwische ich ihn. Dann wird er bestraft, aber immer wieder kehrt er zu seinem alten Leben zurück, und meine Faust in seinem Nacken betrachtet er inzwischen als Teil des vielfältigen Musters im Teppich des Lebens. Mit anderen Worten, Mylord Regent: Die Verbrecher von London wird es geben, solange es die Stadt gibt. Freilich gibt es Verbrechen, bei denen wirklich Unschuldige zu Schaden kommen, und der Diebstahl der Katzen ist eines davon. Einer alten Frau in der Lawrence Lane wurden sechs Stück gestohlen – ihre einzigen Gefährten. Bei einem Kaufmann in der Wood Street waren es zwei. Nun hat die alte Frau in der Lawrence Lane gewissermaßen ihre Familie verloren, der Kaufmann in der Wood Street womöglich seinen Broterwerb. Denn, seht Ihr, er kauft Früchte und Getreide von den Bauernhöfen auf dem Lande und lagert sie in seinem Speicher. Wenn da keine Katze ist, gedeihen die Mäuse und Ratten, verbreiten ansteckende Krankheiten und verderben gute Ware.«
Gaunt stellte fasziniert seinen Becher auf den Tisch. »Und Ihr wißt nicht, wer die Katzen stiehlt?«
»Nein. Ich weiß weder, wie sie gestohlen werden, noch, von wem, und auch nicht, wohin sie kommen. Aber der Menschenfischer hat mindestens vier oder fünf tote Katzen aus dem Fluß gezogen« – Cranston trank schlürfend aus seinem Becher –, »und das ist ein gewisser Trost. Denn anfangs dachte ich, sie würden um ihres Fells willen geschlachtet oder einem Metzger sei das Fleisch knapp geworden.« Er sah, daß der Regent blaß wurde. »Aye, Mylord. Es ist durchaus bekannt, daß Köche, ob sie nun im königlichen Palast oder in einer Schenke in der

Cheapside arbeiten, Katzenpastete servieren, gut gedünstet und mit Kräutern garniert.«
»Ja, ja, durchaus.« Der Regent hob seinen Becher, überlegte es sich dann aber anders. »Sir John«, begann er, »Ihr werdet das alles liegenlassen müssen. Ihr habt von dem Parlament gehört, das mein Neffe, der König, in Westminster einberufen hat?«
»Ja. Ihr braucht mehr Steuern, und die Commons wollen Reformen.«
»Mylord Coroner, Eure Unverblümtheit ist erfrischend. Aber es stimmt. Die Commons mögen mich nicht. Sie stellen ungerechte Vergleiche zwischen mir und meinem Bruder an, Gott schenke ihm die ewige Ruhe. Der Krieg in Frankreich läuft nicht gut. Unsere Küstenstädte werden von französischen Piraten attackiert. Die Ernte war schlecht, und der Brotpreis beträgt das Dreifache von dem, was man im vorigen Jahr bezahlen mußte. Ich tue ja, was ich kann. Ein Getreidekahn nach dem andern kommt die Themse herauf, und der Bürgermeister und der Rat der Stadt haben strenge Verordnungen zur Festlegung des Brotpreises erlassen.«
Cranston schaute zu Boden. Er kannte diese Verordnungen; sie wurden öfter gebrochen als eingehalten. Aber er hielt lieber den Mund.
Der Regent beugte sich vor. »Gerade ging alles gut«, fuhr er fort. »Die Abgeordneten der Commons haben sich im Kapitelhaus der Westminster Abbey versammelt. Ihr Sprecher, Sir Peter de la Mare, ist ein guter Mann.« Gaunt machte eine Pause.
Mit anderen Worten, du hast ihn bestochen, dachte Cranston, hielt aber weiter den Mund. Der Regent fuhr sich mit der Zunge über die Lippen.
»Einige Abgeordnete sind freundlich, andere, vor allem die aus Shrewsbury und Stafford, erweisen sich als unzugänglich. Sie sind eine eng gefügte Gruppe: Sir Henry Swinford, Sir Oliver Bouchon, Sir Edmund Malmesbury, Sir Thomas Elontius, Sir

Humphrey Aylebore, Sir Maurice Goldingham und Sir Francis Harnett ...«

»Und?« warf Cranston ein.

»Diese Ritter wohnen in einer Herberge, die ›Zum Ungeheuer‹ heißt. Am Montag abend verließ Sir Oliver unvermittelt seine Gefährten, und am nächsten Morgen trieb sein Leichnam mit dem Gesicht nach unten bei Tothill Fields im Wasser. Er wies keinerlei Spur von Gewalt auf. Wir wissen nicht, ob er ins Wasser gestoßen wurde oder einem Unfall zum Opfer fiel. Jedenfalls wurde die Leiche herausgefischt und in die Herberge geschafft; dort wollten die anderen Ritter dann ein Fuhrwerk mieten und ihn nach Shrewsbury bringen lassen. Ein Priester wurde beauftragt, die nötigen Gebete bei der Totenwache zu sprechen. Er traf gestern abend spät im Gasthof ein und bezog anscheinend gleich seinen Posten in der Kammer des Verstorbenen. Später kam eine Dienstmagd an der Kammer vorbei und sah, daß die Tür offenstand; sie ging hinein. Von dem Priester war nichts zu sehen. Sir Oliver lag noch immer in Leichentücher gehüllt in seinem Sarg, aber auf dem Boden daneben lag Sir Henry Swynford mit einer Garotte um den Hals.«

Gaunt schwieg. Er streckte die Hand aus und spielte mit einem Ring aus Silberfiligran. »Vielleicht handelt es sich bei beiden Todesfällen um Mord«, fuhr er fort. Er hob den Kopf. »Beide Männer erhielten eine Warnung, bevor sie starben: eine Kerze, eine Pfeilspitze und ein Stück Pergament mit dem Wort ›Memento!‹.« Gaunt räusperte sich. »Und die beiden Leichen waren geringfügig verstümmelt worden. Man hatte ihnen Kreuze in Stirn und Wangen geritzt.«

»Und niemand weiß, was das alles zu bedeuten hat?« fragte Cranston.

»Nein. Oh, es gibt die üblichen Geschichten; beide Ritter waren beliebt und bewundert. Männer von Ansehen in ihrer Gemeinde.« Gaunt lächelte spöttisch. »Die Wahrheit ist, daß sie alle

beide eingefleischte Halunken waren. Sie haben in den Kriegen in Frankreich gedient, wo sie reiche Beute zusammenplünderten, und als sie zurückkamen, bauten sie sich davon ihre Herrenhäuser und schmückten die Gemeindekirche aus. Angeblich hatten sie überhaupt keine Feinde«, fügte er erbittert hinzu, »was aber die größte Lüge von allen ist, wenn man sich nur die Mühe macht, mit ihren Pächtern zu reden.«
Gaunt stellte den Becher hin und erhob sich. »Nun ist es mir gleichgültig, Cranston, ob sie tot oder lebendig sind, im Himmel oder in der Hölle. Nicht gleichgültig ist mir hingegen, daß hinter vorgehaltener Hand tuschelnd behauptet wird, die beiden Männer seien ermordet worden, weil sie sich dem Regenten entgegengestellt hätten: als Strafe für sie und als Warnung für den Rest.« Er beugte sich zu Sir John hinüber und packte dessen Armlehnen, so daß sein Gesicht nur eine Handbreit von Cranstons entfernt war: »Also, Mylord Coroner, begebt Euch jetzt nach Westminster. Nehmt Euren Secretarius Bruder Athelstan mit. Entlarvt den Mörder, macht dem Treiben ein Ende, und wenn Ihr damit fertig seid, könntet Ihr in die Cheapside zurückkehren und herausfinden, wer hier die Katzen stiehlt.«
»Sonst noch etwas, Mylord?« Cranston schaute dem Regenten in die Augen und nippte gelassen aus seinem Becher.
»Jawohl.« Gaunt richtete sich auf und schob die Daumen hinter den Schwertgurt. »Sir Miles Coverdale, Hauptmann meiner Garde, ist verantwortlich für den Königsfrieden im Palast von Westminster. Er wird Euch zur Seite stehen.« Gaunt tat einen Schritt zurück und machte andeutungsweise eine spöttische Verbeugung. »Meinen Dank an Eure gute Lady.« Er ging zur Tür.
»Mylord Regent.« Cranston machte sich nicht die Mühe, sich im Sessel umzudrehen.
»Ja, Mylord Coroner?«
»Ich dachte gerade an Katzen, Mylord. Habt Ihr welche?«

Gaunt zuckte die Achseln. »Was soll die Frage?«
»Nichts weiter«, antwortete Cranston über die Schulter hinweg. »Unser König ist noch jung, sein Vater ist tot. Ich dachte an das Sprichwort: ›Wenn die Katze aus dem Haus ist, tanzen die Mäuse‹.« Sir John nahm einen Schluck und lächelte, als er hörte, wie die Tür zugeschlagen wurde.

In der Pfarrkirche von St. Erconwald in Southwark saß Bruder Athelstan beim Taufbrunnen gleich hinter dem Eingangsportal und hielt, sehr gegen seinen Willen, eine volle Gemeinderatssitzung ab. Wie gewöhnlich hatte er auf seinem hochlehnigen Chorstuhl Platz genommen, den man eigens für diesen Anlaß heruntergebracht hatte. Ihm gegenüber saßen die Mitglieder seines Gemeinderates im Halbkreis und warteten auf sein Urteil. Hingestreckt auf dem Holzdeckel des Taufbrunnens lagerte der große, zerzauste Kater Bonaventura, den Athelstan insgeheim als sein einziges wirklich treues Gemeindekind betrachtete. Hin und wieder öffnete sich das eine gesunde Auge des Katers; bernsteinfarben glühte es auf und starrte Ranulf, den Rattenfänger, an, als wüßte Bonaventura, daß es Ranulfs heimliche Sehnsucht war, ihn zu kaufen. Bonaventuras Fähigkeiten als Mäuse- und Rattenfänger waren schließlich in der ganzen Pfarrgemeinde wohlbekannt. Heute jedoch, wo Athelstan die Gemeindebücher führen und Bonaventura jagen sollte, mußte diese Sondersitzung stattfinden: Watkin, Pike und der Büttel Bladdersniff waren an diesem Morgen in der Messe zur Kommunion gegangen und hatten dann feierlich geschworen, im Beinhaus einen Dämon gesehen zu haben.
»Er war schwarz«, trompetete Watkin so laut, daß sogar die Haare in seinen großen, aufgeblähten Nasenlöchern sich vor Empörung zu sträuben schienen. »Und riesig, mit leuchtenden Augen und einem scheußlichen Gesicht, blau und rot um den Mund – und bewegt hat er sich wie der Blitz!«

»Ihr wart betrunken«, erwiderte Mugwort, der Glöckner. »Pemel, die Flämin, hat euch drei gesehen: Von euren sechs Beinen hat keins mehr getaugt.«
»Von den neunen wohl eher«, verbesserte Crispin, der Schreiner, aber niemand schien diese unanständige Bemerkung zu verstehen.
»Betrunken oder nicht«, kreischte Pike; er legte den Kopf auf die Seite und deutete auf die dicken roten Striemen auf seiner Wange. »Wer hat das denn gemacht, he?«
Athelstan schob die Hände in die Ärmel seiner Kutte und wiegte sich sanft vor und zurück. Verstohlen warf er einen Blick auf Benedicta; er rechnete damit, daß ihre Augen vor Heiterkeit funkeln und ihre lieblichen Lippen ein Lächeln nur mit Mühe unterdrücken würden, aber die Witwe machte ein besorgtes Gesicht.
»Was meinst du dazu, Benedicta?« fragte Athelstan, bevor Watkins angriffslustige Frau einschreiten und sich für ihren Mann in die Bresche stürzen konnte.
»Ich glaube, daß sie da etwas gesehen haben, Pater.« Benedicta spielte mit der Troddel an dem Gürtel, der ihre schmale Taille umgab. »Ich habe Pikes Wunde verbunden; es waren die Spuren wilder Klauen. Ein Stückchen höher«, fügte sie hinzu, »und er hätte ein Auge verloren.«
»Ihr erzählt uns doch immer«, meldete sich der Kesselflicker Tab zu Wort, »Ihr erzählt uns doch immer, Pater, wie der Satan umherschweift und sieht, wen er verschlingen könnte.«
»Ja, Tab, aber das meinte ich im geistigen Sinne, und ich sprach von jener unsichtbaren Welt, von der wir nur ein Teil sind.«
»Aber das stimmt nicht«, wandte Watkins Weib ein. »Merry Legs in der Pfarrei St. Olave behauptet, ein Teufel sei dort um den Glockenturm getanzt wie ich um den Maibaum.«
»Und ich habe Kobolde in der Ecke wispern hören«, warf Pemel,

die Flämin, ein. »Klein, Pater – nicht größer als Eure Finger. Ich habe gehört, wie sie im Holzwerk krabbelten.«
Athelstan schloß die Augen und betete um Geduld.
»Wie sah der Dämon denn aus?« fragte Huddle, der Maler, und deutete auf die hintere Wand der Kirche, wo er gerade dabei war, in Holzkohle eine wunderbare Vision von Christi Abstieg in die Hölle zu skizzieren.
»Laßt es gut sein«, unterbrach Athelstan rasch und warf einen kurzen Blick zu Simplicitas hinüber, einer jungen Frau aus der Stinking Alley, die ihm nach der Messe zugeflüstert hatte, sie wolle mit ihm über ihren verschwundenen Mann reden. »Wir haben noch andere Dinge zu besprechen.«
»Aber das hier ist wichtig.« Bladdersniff richtete sich auf seinem Schemel auf, rümpfte die feuerrote Nase und blinzelte mit den biertrüben Augen. »Wenn Ihr uns nicht glaubt, Pater, dann laßt uns doch ins Beinhaus gehen. Schauen wir selbst nach.«
Seine Kameraden schienen darüber nicht ganz so begeistert zu sein, aber Athelstan sah darin eine Möglichkeit, sie alle zufriedenzustellen.
»Kommt.« Er stand auf.
»Pater, ich fürchte mich«, jammerte Pemel.
»Keine Sorge.« Athelstan befingerte das hölzerne Kruzifix, das er am Hals trug. Er scheuchte Bonaventura vom Taufbrunnen, schloß den Deckel auf, klappte ihn hoch und schöpfte mit dem kleinen Emailschälchen, das Mugwort ihm reichte, ein bißchen Weihwasser heraus.
»Wenn ein Teufel im Totenhaus ist«, verkündete er, »dann werden Kreuz und Weihwasser ihn schon in die Flucht jagen.«
Angeführt von ihrem Pfarrer, an dessen Seite Bonaventura feierlich einherstolzierte, verließen die Gemeinderatsmitglieder die Kirche. Sie überquerten den Friedhof und folgten dem ausgetretenen Pfad um Grabsteine und Kreuze herum zu dem großen, schwarz gestrichenen Schuppen in der hinteren Ecke.

Die Tür stand immer noch offen – ein deutliches Zeichen für die überstürzte Flucht der Männer in der vergangenen Nacht. Athelstan drehte sich um und zwinkerte Benedicta zu.
»Jetzt bleibt hier. Ihr alle.«
Mit dem Kruzifix in der einen und der Weihwasserschale in der anderen Hand, legte Athelstan das letzte Stück zurück und blieb vor dem Totenhaus stehen. Er betrachtete den Boden, der aufgewühlt war, wo Pike und seine beiden Kameraden sich gebalgt hatten, weil jeder zuerst hinaus wollte.
Ich habe sie nie gefragt, was sie da eigentlich wollten, dachte er. Wahrscheinlich waren sie betrunken; ich hoffe bloß, sie hatten nicht Cecily, die Kurtisane, bei sich. Die einzigen, die auf diesem Friedhof liegen sollten, sind die Toten. Athelstan betrat das Beinhaus und roch sofort den fauligen, stechenden Geruch.
»Um Gottes willen, Mann!« flüsterte er bei sich.
Er stellte den Weihwasserbecher auf den langen, fleckigen Tisch und schaute sich um. Der Geruch legte sich ihm auf die Kehle und ließ ihn husten. Athelstan nahm ein wenig Zunder aus der Tasche und bemühte sich, das Zittern seiner Hände zu unterdrücken. Er zündete die Talgkerze an und hielt sie hoch, so daß der dunkle, höhlenartige Raum sich mit tanzenden Schatten füllte.
»Erhebe dich, o Herr«, flüsterte er, »und errette mich vor meinen Feinden.«
Vorsichtig ging er im Leichenhaus umher. Er hielt diesen Ort immer sauber, schrubbte den Tisch und fegte jede Woche den Boden. Hoch oben in der Wand war ein kleines Fenster, und wenn ein Leichnam im Raum lag, verbrannte er stets Weihrauch, wie noch vor zwei Tagen, als die Näherin Mathilda hier gelegen und auf ihr Begräbnis gewartet hatte. Woher also kam dieser gräßliche Gestank? Athelstan stellte die Kerze hin, nahm die Weihwasserschale und segnete das Haus. »Im Namen des Vaters und des Sohnes und des Heiligen Geistes« – doch noch

während er diese Worte sprach, schwirrten ihm allerlei Überlegungen durch den Kopf. Er erinnerte sich an einen kürzlich empfangenen Brief vom Generaloberen seines Ordens, in dem von Anzeichen für dämonische Aktivitäten die Rede gewesen war: von Gewalt und unerklärlichen Phänomenen.

»Aye«, flüsterte Athelstan bei sich, »und von einem scheußlichen Gestank, der das Hirn gerinnen läßt und die Seele in Angst und Schrecken versetzt. Unfug!« fügte er hinzu.

»Pater?« Athelstan fuhr herum. Benedicta stand in der Tür. Die Witwe trat ein, hielt sich dann Mund und Nase zu und wich jäh wieder zurück. Athelstan folgte ihr.

»Benedicta, was ist denn?«

Die Witwe war bleich. »Letzte Nacht, Pater ... ich wollte nicht davon sprechen, aber ich war kurz nach Einbruch der Dunkelheit in meinem Garten und sah unter dem Apfelbaum eine dunkle, abscheuliche Gestalt.«

Athelstan sah Benedictas angsterfüllten Blick. »Aber Weib, du glaubst doch gewiß nicht an all das?«

»Athelstan!«

Der Ordensbruder fuhr herum. Sir John Cranston stand breitbeinig am Eingang zum Friedhof.

»O Herr, bewahre uns«, hauchte Athelstan. »Den Herrn Satan in Southwark zu haben, ist schon schlimm genug, aber dazu auch noch Cranston ...«

2

»Ihr glaubt also, in Southwark gibt's einen Teufel?« fragte Moleskin, der Bootsmann, als Athelstan und Cranston in sein Fährboot stiegen, um sich flußabwärts nach Westminster rudern zu lassen.
»Es gibt eine Menge verdammte Kobolde in Southwark!« gab Cranston zurück und nahm einen Schluck aus seinem wunderbaren Weinschlauch, stets gefüllt und immer dabei, verborgen unter seinem Mantel. »Und mehr noch«, fuhr er schmatzend fort und drückte den Stopfen wieder hinein, »die meisten gehören zu Bruder Athelstans Pfarrgemeinde.«
Moleskin funkelte ihn wütend unter zusammengezogenen Brauen an und legte sich in die Riemen, um das Boot über die aufgewühlte Themse zu treiben. Trostsuchend schaute er zu seinem Pfarrer hinüber. Aber Athelstan hatte sich die Kapuze über den Kopf gezogen und starrte in die Nebelbank, die sich in der Morgensonne allmählich lichtete. Cranston stieß ihn scherzhaft in die Rippen.
»Komm schon, Bruder. Du hast kaum ein Wort gesagt, seit wir die Kirche verlassen haben. Sei nicht niedergeschlagen. Benedicta wird dafür sorgen, daß alles seine Ordnung hat. Und wenn der Teufel noch einmal erscheint, wird sie ihn vielleicht mit ihrem hübschen Gesicht und ihrer bezaubernden Art einfangen.«
»Das ist kein Spaß, Sir John«, sagte Athelstan. »Benedicta hat eine Gestalt in ihrem Garten gesehen, und Pike wurde ohne jeden Zweifel angegriffen. Irgendeine schreckliche Kreatur hat letzte Nacht in unserem Totenhaus gelauert.«

»Aber ein Teufel, ein Dämon?« rief Cranston. »Geh doch nur einmal durch die Stadt, Bruder. Da siebst du jede Menge Dämonen, in kostbare Seide gekleidet, wie sie vom allerbesten Wein trinken und auf das feinste duften.«
»Das hier ist anders«, widersprach Athelstan. Er lächelte den Bootsmann an. »Moleskin, rudere nur immer weiter. Was du hier hörst, taugt nicht für die Debatten im ›Gescheckten‹. Jetzt lehrt die Heilige Mutter Kirche.« Athelstan wandte sich um und deutete in das aufgewühlte Wasser der Themse. »Seht Ihr, Sir John, in diesem Fluß existieren zwei Welten nebeneinander. Die, die an der Oberfläche ist, und die darunter. Beide haben Einfluß aufeinander. Beide sind miteinander verbunden, und doch sehen wir nur das, was an der Oberfläche ist; darunter aber liegt eine andere Welt mit Wracks, Fischen, Pflanzen und allerlei anderen Lebewesen. Nun hat Gott eine sichtbare und eine unsichtbare. Welt erschaffen. Wenn wir beten, betreten wir die unsichtbare.« Er unterbrach sich, um eine lange Reihe von Schwänen zu bewundern, die gelassen vorüberschwammen, die schlanken Hälse gebogen, die Schwingen aufgespreizt. »Was geschieht, Sir John, wenn die denkenden Mächte aus jener Welt, die feindselig sind gegen Gott und den Menschen, sich in unserer Welt manifestieren? Oh, und ich rede hier nicht von Zwergen und Hexenmeistern, sondern von etwas anderem.«
»Aber nicht nur deshalb machst du dir Sorgen, nicht wahr?« stellte Cranston fest.
»Nein.« Athelstan schüttelte den Kopf. »Ich mache mir Sorgen um Pike. Joscelyn, der Wirt vom ›Gescheckten‹, erzählt mir, daß er sich heimlich mit Männern trifft, die sich nach Tieren benennen: das Wiesel, der Fuchs ...«
»Die Große Gemeinschaft des Reiches?« fragte Cranston.
»Aye, Sir John. Die Bauerngemeinschaft, die eifrig den Aufstand plant.« Athelstan schüttelte den Kopf. »Das alles wird in einem Blutbad enden, und Pike wird hängen.«

Cranston starrte über den Fluß. Er sah den schimmernden Turm von St. Paul und das große Kreuz auf der Spitze, angefüllt mit berühmten Reliquien zum Schutz vor dem Blitz.
»Pike hat recht«, brummte Cranston. »Oh, nicht mit seiner Verschwörung, aber damit, daß sich das alles rächen wird.« Er deutete auf die lange Reihe der Kähne, die auf Queenshithe zusteuerten.
»Kornbarken«, erläuterte Moleskin bereitwillig.
»Das weiß ich«, blaffte Cranston, aber Moleskin fuhr unbeirrt fort. »Ohne sie gäbe es kein Brot mehr in den Bäckereien. Die Stadtbehörden kaufen Getreide von jenseits des Meeres.«
»Und wo fahren sie hin?« fragte Athelstan.
»Zu den Speichern bei East Watergate«, sagte Moleskin. »Ihr solltet mal mit Bonaventura hingehen, Bruder. Die Kähne sind voll von Ratten und Mäusen.«
»Wann, glaubt Ihr, wird sie kommen?« fragte Athelstan. »Die geplante Revolte?«
»Diesen Sommer, nächsten Sommer«, antwortete Cranston.
»Und was werdet Ihr dann tun, Sir John?«
»Ich werde meinen Helm aufsetzen und meine Rüstung anlegen, und dann reite ich zum Tower und stelle mich unter das Banner des Königs, denn ich bin sein Coroner.« Cranston schwieg einen Augenblick. »Ich hoffe nur, ich sehe weder Pike noch sonst eines deiner Gemeindemitglieder vor der Spitze meines Schwertes.« Er beugte sich zu Athelstan. »Und was wirst du tun, Bruder? Die Rebellen sagen, wer sich ihnen nicht anschließt, wird sterben, und sie haben nichts übrig für Pfaffen.«
»Ich werde jeden Morgen aufstehen, so Gott will«, antwortete Athelstan. »Ich werde Bonaventura seine Milch geben. Ich werde meine Kirche abschließen, mich vor den Lettner knien, die Messe lesen und meiner Arbeit nachgehen.«
Cranston schnippte verärgert mit den Fingern. »Und du glaubst, du bist sicher?« fragte er.

Athelstan griff nach der dicken Hand des Coroners. »Sir John«, sagte er, »ich kann nur das tun, was ich kann. Der Pater Prior hat die Sache schon zur Sprache gebracht. Er möchte, daß die Mitglieder unseres Ordens die Hauptstadt verlassen, bis die Krise vorüber ist.«

Cranstons blaue Augen funkelten wütend.

»Und da Ihr gerade vom Tower sprecht«, fügte Athelstan hastig hinzu, um rasch das Thema zu wechseln. »Auch da habe ich Sorgen.«

»Wovon sprichst du?«

»Perline«, warf Moleskin ein. Das Gesicht des alten Bootsmannes legte sich besorgt in Falten. Insgeheim bewunderte Athelstan, daß er so aufmerksam lauschen und gleichzeitig so geschickt die Ruder führen konnte.

»Perline Brasenose«, erläuterte Athelstan. »Ein junger Mann mit Flausen im Kopf. Seine Mutter war eine Hure und hat ihn im Bordell großgezogen. Ein Jahr verbrachte er im Gefolge des Earl von Warwick; dann nahm er seinen Abschied und heiratete ein Mädchen namens Simplicitas aus meiner Pfarrgemeinde. Ein guter Junge«, erklärte Athelstan, »aber ein bißchen verrückt. Unfug zieht ihn an wie der Honig die Biene.«

»Und?« fragte Cranston.

»Er ist verschwunden«, sagte Athelstan.

»Ich habe immer gesagt, daß es so kommen würde«, verkündete Moleskin.

»Ach, sei still«, entgegnete Athelstan. »Um des Himmels willen, zeig doch ein wenig Barmherzigkeit! Perline ist in die königliche Garde im Tower eingetreten. Ich dachte, er würde ruhiger werden, aber jetzt ist er verschwunden.« Athelstan befingerte seinen Gürtel. »Und bevor Ihr davon anfangt, Sir John: Es mag ja vorkommen, daß Männer ihre Frauen verlassen, aber nicht Perline. Bei all seinen Fehlern, er hat Simplicitas geliebt, aber man hat nichts mehr von ihm gehört. Könntet

Ihr die Augen offenhalten, und falls Euch etwas zu Ohren kommt ...«
»Ich habe ihn gesehen.« Moleskin schaute seinen Pfarrer beleidigt an. »Vor zwei Nächten habe ich ihn gesehen. Er stand am Kai, bei den Treppen von St. Mary Overy. Ich brachte gerade einen dieser Ritter vom Parlament hinüber.« Moleskin hörte auf zu rudern und stützte sich auf seine Riemen. »So war's. Sir Francis Harnett aus Stokesay in Shropshire. Ein komischer kleiner Mann war das.« Moleskin zog die Ruder ein. »Hat am ganzen Körper gezittert. Saß da, wo Ihr jetzt sitzt.«
»Und was könnte ein vornehmes Mitglied des Parlaments in Southwark wollen?« fragte Cranston sarkastisch.
Moleskin zwinkerte bloß, und Athelstan wandte den Kopf ab. Aye, dachte er, was wollen die Reichen in Southwark, abgesehen von einer frischen jungen Hure aus den vielen Bordellen dort? Er sah Moleskin an.
»Und Perline?«
»Er erwartete ihn auf der Treppe zum Fluß. Der Ritter geht hinauf, Perline schüttelt ihm die Hand, und die beiden verschwinden in der Dunkelheit.« Moleskin verzog das Gesicht. »Mehr weiß ich nicht.«
Athelstan seufzte und drückte Cranstons Arm. »Sir John, diese Angelegenheit in Westminster ...?«
Cranston tippte sich an die Nase und deutete mit dem Kopf zu Moleskin hinüber, worauf Athelstan sich im Heck zurücklehnte. Das Fährboot war jetzt mitten auf dem Fluß in der Biegung; es glitt an Whitefriars und dem Temple vorbei und näherte sich dem Nordufer der Themse. Moleskin ruderte angestrengt und wich geschickt den Müllkähnen aus, einem königlichen Schlachtschiff mit Kurs nach Dowgate, Fischerbooten und der endlosen Kette von Getreidekähnen und anderen Booten, die Lebensmittel für die Londoner Märkte brachten. Der Nebel lichtete sich immer mehr, und Athelstan sah die Türme und Dächer

von Westminster, als die Morgensonne sie erfaßte. Er schloß die Augen, betete im stillen das *Veni creator spiritus* und bat um Anleitung bei den Problemen, denen er in seiner Gemeinde gegenüberstand, und auch bei denen, die ihn in Westminster erwarteten. Auf dem Weg zum Kai hatte Sir John den Gemeindemitgliedern ein paar gutmütige Beschimpfungen zugerufen und ihm ein wenig vom Besuch des Regenten und vom Tod Sir Henry Swynfords und Sir Oliver Bouchons erzählt. Athelstan begriff, daß sie wieder einmal einen Sohn Kains zu verfolgen hatten.
Der größte Teil seiner Arbeit mit Cranston drehte sich um Verbrechen aus Leidenschaft: eine Messerstecherei in einer Schenke, ein wüster Streit zwischen Ehemann und Weib, oder auch der Tod eines Bettlers unter den Rädern eines Fuhrwerks. Aber hin und wieder quoll etwas aus der Finsternis hervor, das unheimlicher war und böser: kaltblütiger Mord. Und Athelstan spürte, daß in Westminster, das Cranston nur das »Haus der Krähen« nannte, schreckliche und blutige Morde verübt worden waren und daß noch weitere bevorstanden.
Athelstan hatte die Stelle vom »unsterblichen Leben, göttlichen Leben« erreicht, als Cranston ihm einen Rippenstoß versetzte. Er öffnete die Augen und sah, daß sie die Ufertreppe, King's Steps, erreicht hatten. Moleskin stützte sich auf seine Riemen und starrte ihn neugierig an.
»Entschuldigung«, murmelte der Ordensbruder; er stieg aus dem Boot und folgte Sir John die schimmeligen, schlüpfrigen Stufen hinauf und in einen der Höfe des Palastes. Ringsherum erhoben sich große, majestätische Gebäude: Westminster Hall, wo das königliche Gericht tagte, die Kirche St. Margaret und, alles andere beherrschend, die Abtei des Bekenners, deren mächtige Türme hoch in den Himmel ragten.
In Westminster herrschte immer ein reges Treiben. Händler, Höker, Hausierer und Kaufleute verdienten sich ihren Unterhalt an denen, die hier zusammenströmten, an Klägern, Beklagten,

Advokaten, Sheriffs und, wichtiger noch, an den Abgeordneten des Parlaments.
Cranston ließ den Ordensbruder neben einem großen Steinkreuz warten und betrat die Abtei durch einen Seiteneingang. Er blieb einige Zeit verschwunden; Athelstan setzte sich auf die Stufen der Steintreppe, die zu dem Kreuz hinaufführte, und betrachtete die rotbemützten Richter in ihren hermelinverbrämten schwarzen Gewändern, die an ihm vorübereilten, und die Gerichtsdiener mit ihren weißen Hauben, die Arm in Arm vorbeistolzierten, die Köpfe zusammengesteckt, und über die Feinheiten irgendeines Gesetzes oder einer Rechtsstreitigkeit disputierten. Athelstan mußte lächeln, als ein Höker zwischen ihnen hindurchstürmte und aus vollem Halse brüllte: »Austern! Frische Austern zu verkaufen!«
Als nächste kamen zwei Büttel mit einer Reihe Gefangener im Schlepptau. Athelstan musterte die Sträflinge mitleidig. Alle waren zerlumpt und unrasiert; Schuhe und Stiefel hatten ihnen die Wärter im Fleet-Gefängnis oder in Newgate bereits gestohlen. Die Büttel machten bei einem Wasserverkäufer halt, um sich zu erfrischen. Athelstan stand auf, steckte dem Burschen eine Münze zu und nahm ihm Eimer und Kelle ab. Dann ging er an der Reihe der Gefangenen vorbei und bot jedem einen Schluck Wasser an. Gottlob protestierten die Büttel nicht. Athelstan hatte eben den Eimer zurückgebracht und einen Dank gemurmelt, als er ein bekanntes Gesicht entdeckte.
»Cecily!« rief er.
Das blonde Mädchen in seinem langen gelben Taftkleid sah sich erschrocken um. Athelstan bemerkte die schwarz geschminkten Augen und sah auch, daß Wangen und Lippen dick mit Rouge beschmiert waren.
»Cecily!« rief er. »Komm her!«
Das Mädchen kam mit unschuldigem Engelsgesicht herübergetrippelt.

»Pater, welch eine Überraschung! Was macht Ihr denn hier?« Athelstan hatte Mühe, weiter ein strenges Gesicht zu machen. »Wichtiger ist, Cecily, was *du* hier machst.«
Das Mädchen öffnete den kecken kleinen Mund.
»Und lüg nicht«, warnte Athelstan. »Ich habe dich heute morgen in der Messe vermißt, und wir hatten eine wichtige Gemeinderatssitzung.« Er nahm ihre Hand und schob einen seiner kostbaren Pennies zwischen ihre Finger. »Fahr zurück«, befahl er. »Bei den King's Steps findest du Moleskin. Ich brauche dich zu Hause, Cecily.« Er beugte sich vor. »In St. Erconwald hat man einen Dämon gesehen.« Als er beim Umfassen ihrer warmen Hand das billige Parfüm roch, mit dem das Mädchen sich gebadet hatte, wäre er fast zurückgezuckt. »Jetzt fahr hinüber und hilf Benedicta. Bleib weg von hier.«
Cecily nagte an der Unterlippe, aber sie nickte. Athelstan schob sie sanft von sich. »Fahr geradewegs nach Hause«, befahl er. »Ich werde Benedicta fragen, wann du angekommen bist.«
Cecily rannte bereits, und Athelstan sprach ein kurzes Dankgebet dafür, daß Cecilys Neugier über den Dämon sie vielleicht von hier fernhalten würde. Er setzte sich wieder auf die Treppe und schaute mit funkelndem Blick umher. Jetzt entdeckte er auch die Scharen junger Frauen, die wie die Spatzen lärmten. »Dies ist das Haus Gottes«, murmelte er und sah, wie zwei Mädchen mit einem übertrieben prunkvoll gekleideten Rechtsanwalt schäkerten. »Aber Sir John hat recht! Es ist ein ›Haus der Krähen‹.«
Athelstan erkannte wohl, was an einem solchen Ort für jemanden wie Cecily so anziehend war. Männer aus ganz England kamen hierher; ihrer Frauen und Familien ledig, nutzten sie die kurze Freiheit restlos, um jeder Laune nachzugeben. Athelstan warf einen Blick zur Abtei. Vielleicht würde das Parlament Besserung bringen. Sogar seine Pfarrkinder hatten davon gesprochen.

Pike, der Grabenbauer, indessen war zynisch gewesen wie eh und je. »Nur die Advokaten kommen ins Parlament«, hatte er erklärt, »und wir wissen, was für Lügner das sind!« Dann hatte er seine Stimme gesenkt. »Aber wenn's soweit ist, wenn die große Veränderung kommt, dann hängen wir alle Advokaten auf!«

»Träumst du, Bruder?«

Athelstan blickte jäh auf. Cranston drückte soeben den Stopfen wieder in den wunderbaren Weinschlauch.

»Fast die ganze Abtei ist abgeriegelt«, erklärte der Coroner. »Die Abgeordneten der Commons tagen im Kapitelhaus, und das wird bis zum Nachmittag dauern. Also« – er half seinem Gefährten auf die Beine – »können wir uns die Toten anschauen. Sie liegen eingesargt im Gasthof ›Zum Ungeheuer‹.«

Er führte Athelstan aus dem Abteigelände in ruhige Seitenstraßen und durch einen tiefen Torbogen in den großen Hof vor dem »Ungeheuer«. Das Gasthaus war langgestreckt und geräumig, zwei Stockwerke hoch, mit sauber gestrichener Fassade: Weiß strahlte der Putz zwischen schwarz glänzenden Balken. Das Dach war mit Ziegeln gedeckt, und die eleganten Fenster hatten Bleiverglasung. Im Hof herrschte ein Treiben wie in einem Bienenkorb. Pferdeknechte und Stallburschen führten Pferde ein und aus, und ein schweißbedeckter Hufschmied hämmerte an seinem Amboß. Gänse und Hühner drängten sich in den Stalltüren und balgten sich um Körner. Hunde kläfften, und fette, dickbäuchige Schweine mit hängenden Ohren schnüffelten grunzend am Fuße eines hohen, mit schwarzer Erde durchsetzten Misthaufen herum.

Sie betraten den Flur der Schenke. Die Steinplatten des Fußbodens waren sauber geschrubbt, die Wände weiß gekälkt, und die Luft duftete nach süßen Kräutern und würzigem Kochdunst. Der Schankraum war groß und luftig; in der Decke zwischen den geschwärzten Balken waren Luftabzugslöcher, und am anderen Ende boten große, offene Fenster einen Blick hinaus in einen Garten und auf einen der größten Fischteiche, die Athelstan je gesehen hatte. Ein paar Gäste saßen herum, hauptsächlich Bootsleute vom Fluß, aber auch hier hockten Anwälte in kleinen Alkoven, hatten Manuskripte vor sich auf dem Tisch ausgebreitet und tuschelten wichtigtuerisch miteinander.

»Man möchte nicht meinen, daß hier die Leichen zweier Ermordeter liegen, nicht wahr?« flüsterte Athelstan, und Cranston schaute schmatzend in die Runde. »Nichts trinken«, warnte Athelstan. »Wir haben noch im ›Haus der Krähen‹ zu tun, vergeßt das nicht.«

»Und was habt Ihr für einen Wunsch, Ihr Herren?« fragte ein hochgewachsener, kräftiger Mann.

»Im Augenblick keinen«, antwortete Cranston. »Wir möchten nur ein Wörtchen mit dem Wirt reden.«

Der Mann spreizte die Hände. »Ihr redet mit ihm«, sagte er. »Ich bin hier der Gastwirt, Cuthbert Banyard, geboren und aufgewachsen unter den Glocken von Bow.«

Athelstan musterte den Mann. Er hatte ein kraftvolles, arrogantes Gesicht, braungebrannt von der Sonne, und einen dichten Schopf schwarzer Haare, tiefliegende Augen und eine leicht gebogene Nase. Das Gesicht mit dem glattrasierten Kinn und den schmalen Lippen hatte ein hartnäckiges Aussehen. Ein Mann mit einem scharfen Blick für seinen Profit, dachte Athelstan.

Der Wirt deutete auf seinen befleckten Kittel, der ihm bis unter die Knie reichte. »Heute ist Schlachttag«, erklärte er. »Fleisch muß zerlegt werden, und da spritzt das Blut.«

»Wie bei einem Mord«, gab Cranston zurück.

Banyard zog den Kopf zurück.

»Ich bin Sir John Cranston, Coroner der Stadt, und das ist Bruder Athelstan, mein Secretarius, der Gemeindepfarrer von St. Erconwald in Southwark.«

Banyard lächelte ehrerbietig. »Mylord Coroner, wie kann ich Euch helfen?«
»Zuerst einmal«, antwortete Cranston, ohne sich um Athelstans Stöhnen zu kümmern, »einen Humpen Ale. Von deinem besten, wohlgemerkt – nicht die Neige aus irgendeinem alten Faß. Und was duftet da so aus deiner Küche?«
»Kapaun, geschmort mit Pilzen und Zwiebeln.«
»Einmal davon.« Cranston sah Athelstan an. »Nein, zweimal, und auch etwas zu trinken, Bruder?«
»Ein wenig Ale«, antwortete Athelstan resigniert.
Cranston rauschte an dem Wirt vorbei zu einem Tisch unter dem Fenster. Ohne auf Athelstans warnende Blicke zu achten, fing er an, auf die verschiedenen Kräuter im Garten zu deuten.
»Das da ist Mutterwurz«, erklärte der Coroner. »Man erkennt es am harten, bräunlichen Stiel; es macht Mütter fröhlich und beruhigt ihren Leib, wirkt harntreibend, säubert die Brust von Schleim und tötet Würmer im Bauch.«
Cranston drehte sich händereibend um, als der Schankbursche ihnen zwei Zinnteller mit delikaten Kapaunstreifen, bedeckt von einer schweren Sauce, und zwei Krüge Ale auftischte. Cranston und Athelstan zogen ihre Hornlöffel hervor. Athelstan stocherte in seinem Essen herum, denn er hatte wenig Appetit. Cranston aß seinen Teller leer und machte sich dann mit unvermindertem Genuß über den seines Gefährten her. Als er fertig war, winkte er Banyard herüber, der in einem Alkoven stand und sie aufmerksam beobachtete.
»Setz dich, Mann. Wo sind die Toten?«
»Oben, in einer Kammer.« Der Wirt wischte sich die Hände sorgfältig an einer Serviette ab. »Es ist gut, daß Ihr gegessen habt, bevor Ihr sie Euch anschaut, Mylord Coroner.«
Cranston drehte sich auf seinem Schemel um und lehnte sich an die Wand. »Leichen bringen meine Säfte nicht durcheinan-

der, Mann. Menschliche Bosheit tut es. Sir Henry wurde wann ermordet?«

»Gestern am späten Abend. Er ging in Sir Olivers Kammer.« Der Wirt zeigte auf eine Dienstmagd, ein fröhliches, munteres Mädchen mit langem Blondhaar; sie bediente am anderen Ende der Schenke eine Schar Bootsleute und lachte über ihre Scherze. »Christina sah, daß die Tür offenstand, und ging hinein. Ihre Schreie hätte man noch in Whitefriars hören können. Ich rannte die Treppe hinauf. Sir Oliver lag in seinem Sarg, und Sir Henry lag mausetot auf dem Boden.«

»Wo waren seine Gefährten, die anderen Ritter?« fragte Athelstan.

»Die meisten in ihrer Kammer«, antwortete Banyard.

»Die meisten?«

Banyard lächelte bescheiden. »Bruder, ich habe alle Hände voll damit zu tun, mein Gasthaus zu führen. Ich kann Euch nicht sagen, wo jeder meiner Gäste abends hingeht.« Banyard grinste. »Es wäre allerdings interessant, darüber ein wenig zu spekulieren.«

»Was soll das heißen?« wollte Cranston wissen.

»Mylord Coroner, da fragt Ihr sie am besten selbst.«

»Alle Ritter und Abgeordneten aus Shrewsbury wohnen also hier?« fragte Athelstan. »Ist das so Brauch?«

»Ja.« Cranston übernahm die Antwort. »Die Abgeordneten pflegen sich in der Regel nach ihren Lord- oder Grafschaften zusammenzusetzen. Der Kanzler beruft das Parlament schriftlich ein und sendet das Dokument an jeden Sheriff im Königreich. Dieser veranstaltet dann eine Zusammenkunft aller Freisassen seines Bezirks, und sie wählen ihre Abgeordneten.« Cranston faßte sich ans Kinn. »Seit hundert Jahren gibt es Parlamente in Westminster, und die Commons organisieren sich immer besser.«

»Ihr wißt aber viel, Mylord Coroner.« Banyards Bewunderung war offensichtlich.

»Ja.« Cranston räusperte sich. »Ich schreibe da an einer Abhandlung.«
Athelstan schloß die Augen und hoffte, Cranston werde jetzt nicht zu einem seiner endlosen Vorträge ansetzen. Der Coroner mußte seinen Blick bemerkt haben, denn er grinste.
»Es mag genügen, wenn ich sage, daß ich die Frage der Parlamente genau studiert habe. Aber wie gesagt, sie organisieren sich immer besser. Sie haben einen Sprecher, sie treffen in einem eigenen Saal zusammen, und sie haben gelernt, keine Steuern zu bewilligen, wenn nicht auch bestimmte Forderungen erfüllt werden.« Er blies die Wangen auf. »Dementsprechend wissen viele Abgeordnete schon Monate im voraus, wann ein Parlament einberufen werden soll.«
»Und so war es auch hier«, ergänzte Banyard. »Schon vor Wochen haben die Ritter einen Kurier geschickt und mich gebeten, ihnen Kammern freizuhalten. Wir haben alle Abgeordneten aus Shrewsbury hier.«
»Ja, ja«, fiel Cranston ihm ungeduldig ins Wort. »Aber wann sind sie angekommen?«
»Oh, vor neun Tagen«, antwortete Banyard. »Fünf Tage vor der Parlamentseröffnung.«
»Und vor diesen Todesfällen ist nichts Ungewöhnliches passiert?«
»Nein.« Der Wirt schüttelte den Kopf. »Es hat sich überhaupt sehr wenig ereignet, Mylord; sie haben nur geredet. Sie sind alle sehr gut im Reden. Sie reden beim Frühstück, und wenn sie aus Westminster zurückkommen, hocken sie hier in der Schankstube und schwatzen, bis sogar die Hunde vor Erschöpfung umfallen.«
»Und Bouchons Tod?«
Banyard deutete quer durch den Raum. »Er und seine Kameraden saßen da drüben, schmausten und tranken. Oh, sie waren alle sehr von sich eingenommen; ich bemerkte allerdings, daß

Bouchon still und zurückgezogen wirkte. Sie tranken viel.« Banyard verzog das Gesicht. »Aber was kann ich dagegen einwenden? Nun, an diesem speziellen Abend diskutierten die Herren über ein Geschäft ganz anderer Art: über die Freuden des Fleisches.«

»Du meinst, sie sprachen über ein Freudenhaus?«

»Ja.« Banyard machte ein unbehagliches Gesicht. »Nun gibt es hier nichts dergleichen, meine Herren. Ich führe ein achtbares Haus; ich muß allerdings gleich zugeben, daß ich wohl ein Auge zudrücke, wenn sie mal jemanden mit hereinbringen.«

»Aber dieses Freudenhaus ...?« drängte Cranston ungeduldig.

»Dame Mathilda Kirtles führt ein diskretes Haus«, antwortete Banyard. »In der Cottemore Lane, ein kleines Stück weiter unten am Fluß.«

»Und ist Sir Oliver mit ihnen fortgegangen?« fragte Athelstan.

»O nein. Gegen Ende des Mahls stand Sir Oliver auf, zog sich den Mantel an, schlug die Kapuze hoch und verließ die Schankstube. Die anderen riefen ihm noch nach, aber er war ganz gedankenverloren. Und im Handumdrehen war er verschwunden.«

»Und du weißt nicht, wohin?«

»Mylord Coroner, ich hatte an diesem Abend viel zu tun. Da könnt Ihr jeden meiner Diener hier fragen. Ich habe die Schenke nicht verlassen. Wir haben erst lange nach der Sperrstunde geschlossen. Dazu haben wir eine Lizenz«, fügte er hastig hinzu.

Athelstan nahm einen Schluck aus seinem Humpen und sah sich in der Schenke um. Es war ein Palast im Vergleich zu anderen Gasthäusern, dachte er; die verputzten Wände waren erst vor kurzem gestrichen worden, die Binsen auf dem Boden knisterten frisch, und wenn er die Sandale niederdrückte, roch er den Duft von Rosmarin, der dort hineingestreut war. Die Tische waren aus Eichenholz und gut gearbeitet. Es gab Schemel,

richtige Bänke und sogar ein paar Stühle mit hohen Lehnen. Gläser und Zinnteller standen auf Borden an der Wand. Über ihnen auf dem Kaminsims prangte die farbenprächtige Darstellung eines Ungeheuers, halb Mensch, halb Tier, das sich im Kampf mit einem Ritter um dessen Schwert wand und schlängelte. Das Essen war gut zubereitet, und nach Cranstons wohligem Gebrumm zu urteilen, war das Ale zweifellos das beste in London.
»Du hast ein feines Geschäft hier, Master Banyard«, bemerkte Athelstan.
»Oh, es ist sehr angenehm, Bruder. Überaus angenehm, jawohl.«
»Kennst du die meisten Leute, die hierher kommen?«
Banyards Blick huschte schnell hin und her. »Die meisten, Bruder, ja. Und wenn es Fremde sind, so kommen sie immer wieder. Am Schnitt ihrer Kleidung erkenne ich, was die Leute sind: Fährmann, Gerichtsdiener, Kurier, Büttel oder ein königlicher Beamter aus dem Schatzamt oder der Staatskanzlei. Aber bevor Ihr danach fragt: Ich habe keine Fremden gesehen, und auch sonst nichts Ungewöhnliches.«
»Und Sir Olivers Leichnam?« fragte Cranston.
»Er wurde flußabwärts gefunden«, antwortete Banyard. »Ein paar Fischer fanden ihn im Schilf bei Horseferry.«
»Ach, natürlich.« Cranston lehnte sich zurück. »Ich erinnere mich, daß ich als Kind da gespielt habe. Das Schilf wächst hoch und schön dicht.« Er lächelte Athelstan an. »Ganz in der Nähe von Tothill Fields.«
»Woher wußten sie, daß es Sir Oliver war?« fragte Athelstan.
»Er hatte Dokumente in der Tasche, wasserfleckig, aber noch lesbar, und so riefen die Fischer einen Schreiber dazu. Der sah schon an der Kleidung des Toten, daß es ein bedeutender Mann sein mußte. Man schaffte den Leichnam zum Westminster Yard, und Sir Miles Coverdale, der für den Schutz des

Abteigeländes zuständig ist, erkannte den Toten und ließ ihn herbringen.«
»Wurde ein Arzt gerufen?« fragte Cranston.
»Der Mann war tot und roch nach Fisch, Sir John. Aber nein«, fügte Banyard eilig hinzu, als er sah, wie der Coroner die Stirn runzelte. »Man brachte ihn nach oben. Am Nachmittag kamen seine Kollegen aus dem Kapitelhaus. Ich habe eine alte Frau aus der Chancery Lane kommen lassen; sie hat den Leichnam entkleidet und in ein Leichenhemd gehüllt.« Banyard warf einen Blick zur Balkendecke hinauf. »Aber ich bin froh, wenn sie ihn und den anderen ins Leichenhaus nach St. Dunstan's in the West bringen.«
»Durchaus.« Der Coroner nickte. Er schwenkte seinen leeren Humpen vor Banyards Nase hin und her und hoffte, der Wirt werde ihm nachschenken lassen, aber Banyard, der an solche Possen gewöhnt war, nahm überhaupt keine Notiz davon.
»Die Leiche wies keinerlei Male auf?« fragte Athelstan.
»Das hat die Alte gesagt.«
»Und Sir Henry?«
»Nun, der schien unter Bouchons Gefährten am meisten aufgebracht zu sein. Ich habe mich erboten, einen Priester kommen zu lassen, der gegen Entgelt die Totenwache übernehmen könnte. Er war einverstanden. Pater Benedict ist Benediktinermönch und Kaplan bei den Commons«, erläuterte Banyard, »aber er hat soviel zu tun, daß ich nach einem Priester von St. Bride's in der Fleet Street schickte. Ihr könnt hingehen und Euch erkundigen. Doch was letzte Nacht angeht – na, da fragt ihr am besten die Magd. Christina!«
Die Schankdirne kam herüber. Ihr milchweißes Gesicht war von der Küchenhitze leicht gerötet, und ihr volles blondes Haar war jetzt mit einem Band fest nach hinten gebunden. Ein hübsches, lebhaftes Mädchen mit fröhlichen Augen und einem Mund, dachte Athelstan bei sich, den Gott zum Küssen geschaffen

haben mußte. Sie trug einen dünnen, fleckigen Kittel, der sich straff über einen stattlichen Busen spannte und an der schmalen Taille von einer roten Wollkordel zusammengefaßt wurde. Sie grinste Sir John an und schaute nervös blinzelnd zu Athelstan hinüber, aber an der Art, wie sie Banyards Ruf gefolgt war, erkannte Athelstan, daß der Gastwirt die Liebe ihres Lebens sein mußte.

»Setz dich, Mädchen.« Cranston deutete auf einen Schemel am Nachbartisch. »Es tut gut, bei der Arbeit ein bißchen zu rasten. Master Banyard, vielleicht noch ein bißchen Ale für uns alle?«

Banyard blieb auf seinem Schemel sitzen und starrte ihn an; schließlich wühlte Cranston seufzend seine Börse hervor. »Und sorge dich nicht um die Bezahlung«, knurrte er.

Banyard rief einem der Schankburschen etwas zu und wandte sich dann an Christina. »Du brauchst nicht aufgeregt zu sein, Mädchen. Das hier ist der berühmte Sir John Cranston.« Er warf dem Coroner einen verschlagenen Blick zu. »Und Bruder Athelstan, sein Secretarius.«

Christina klapperte niedlich mit den Wimpern. »Ich habe von Euch gehört, Sir.«

Cranston spreizte sich wie ein Pfau, während Athelstan innerlich hoffte, das Mädchen möge die Schmeicheleien auf ein Mindestmaß beschränken.

»Gestern abend«, begann er unvermittelt, »als Sir Henry ermordet wurde ...«

»Erwürgt wurde er«, antwortete das Mädchen sofort. Sie nahm dem Schankburschen das Bier ab und trank gierig; dann leckte sie sich den Schaum von der Oberlippe. »Wie ein Huhn. Die Schnur war ihm um den Hals gezogen worden, wie man eine Börse zuzieht.«

»Erzähle Sir John von dem Priester«, drängte Banyard.

»Wir hatten gestern abend viel zu tun«, berichtete Christina. »Master Banyard war im Keller.« Sie wandte sich dem Gastwirt zu und lächelte ihn selig an. »Da kam ein Priester herein.« Das Mädchen nahm den Humpen in beide Hände und hob ihn an die glühende Wange. »Er trug einen Kapuzenmantel, und die Kapuze hatte er sich weit ins Gesicht gezogen. Ich war sehr beschäftigt, aber ich sah die Rosenkranzperlen in seiner Hand. Ich fragte ihn, ob er der Priester sei, der die Totengebete sprechen würde. Er nickte.« Sie zuckte die Achseln. »Ich sagte ihm, wo die Kammer war, aber da ging er schon nach oben. Die Schankstube war voller Gäste«, fuhr sie fort. »Deshalb habe ich nicht weiter darüber nachgedacht. Später brachte ich einen Krug Bier zu Sir Henry Swynford hinauf. Der saß in seiner Kammer und starrte in die Dunkelheit. Nur eine Kerze brannte auf seinem Tisch. Ich fragte ihn, ob ihm auch nichts fehlte, und er brummte irgend etwas zur Antwort.« Christina trank einen Schluck von ihrem Ale.

»Erzähle Sir John, was dann geschah.«

»Nun ...«

»Verzeihung«, warf Athelstan ein. Er hatte das Mädchen aufmerksam betrachtet und fragte sich insgeheim, ob sie nicht ein bißchen einfältig war; sie schwatzte wie ein Kind, ohne nachzudenken und ohne sich zu fürchten.

»Hast du das Gesicht des Priesters gesehen?«

»Setzt Eure Kapuze auf, Pater.«

Athelstan zuckte die Achseln und zog sich die Kapuze über den Kopf, um sein Gesicht zu verbergen.

»O nein, Pater«, wandte Christina ein. »Es war anders. Senkt den Kopf.«

Athelstan gehorchte. Christina zog die Kapuze noch weiter über den Kopf nach vorn und zupfte dann den vorderen Teil der Kutte hoch, bis der Mund bedeckt war.

»Seht Ihr, Pater – so sah er aus.«

Athelstan schlug die Kapuze zurück und zog ein wenig verlegen die schwarze Kutte wieder herunter, weg von Mund und Kinn.

Im Dunkeln hätten ihn nicht einmal seine Pfarrkinder in diesem Aufzug erkannt. Tatsächlich hatte sogar erst kürzlich der Generalobere seines Ordens eine Weisung an alle Dominikaner erlassen, im Umgang mit Kutte und Kapuze bedachtsam zu sein, damit man sie nicht für Gesetzlose oder Strauchdiebe hielt. »Sprich weiter«, sagte er zu dem Mädchen.

»Nun, ein bißchen später«, plapperte Christina, »ging ich die Treppe hinauf. Ich hörte ein Geräusch aus Sir Olivers Zimmer, Gesang, Gebet.« Sie schloß die Augen. »Es war etwas mit ... mit ...« Sie stockte. »Ja, das war's.« Sie schlug die Augen auf »Etwas von einem Tag der Rache.«

»Von einem Tag der Rache?« wiederholte Cranston.

»Hast du die Stimme erkannt?« unterbrach Athelstan.

»Nein, sie klang tief und gedämpft, als habe der Sprecher sich etwas über den Mund gelegt. Aber dann« – Christinas Blick ging rasch hin und her, und Athelstan überlegte, ob sie vielleicht doch schlauer sei, als er vermutet hatte – »dann dachte ich, es sei der Priester, der da betete, vielleicht mit gesenktem Kopf.« Ein Schauer überlief das Mädchen. »Es war unheimlich. Im Korridor brannte nur eine Fackel, und die Schatten tanzten. Ich hatte Angst; ich wußte ja von dem Toten und dachte an Gespenster, und dann redete die Stimme von Rache und von Gottes Zorn, und daß die Erde brenne.«

»Das *Dies Irae*!« rief Athelstan aus. *»Tag der Rache Tag den Sünden.«* Er starrte in Cranstons ratloses Gesicht. *»Tag der Rache Tag den Sünden, wird das Weltall sich entzünden. Welch ein Graus wird sein und Zagen ...«*, sang Athelstan. »Das ist aus der Totenmesse; der Priester singt es, bevor er das Evangelium verliest.« Athelstan griff nach Christinas Hand. »Und du bist sicher, daß die Stimme nicht Sir Henry Swynford gehörte?«

»O nein, sie klang anders: dunkel, gedämpft.«

»Was hat das zu bedeuten, Bruder?« wollte Cranston wissen.

Athelstan rieb sich das Gesicht mit beiden Händen. Trotz der

gemütlichen Wärme in der Schankstube war ihm kalt und ängstlich ums Herz. Die meisten Meuchelmörder töteten schnell und leise.
Er antwortete langsam. »Es bedeutet, Mylord Coroner, daß der Priester – und ich glaube nicht, daß es der Priester war, den unser guter Wirt hier für die Totengebete gedungen hatte –, es bedeutet, daß der Priester der Mörder war. Als Sir Henry vor dem Sarg seines Kollegen kniete, legte dieser Mörder ihm rasch die Garotte um den Hals, und während er ihn ermordete, sang der Mörder diese Worte. Nicht als Gebet, sondern als schrecklichen Racheruf.«

3

Der Wirt führte sie kopfschüttelnd zur Galerie im ersten Stock hinauf. Auf der Treppe blieb er stehen, und das Glasfenster hinter ihm umrahmte sein Gesicht. Athelstan roch die duftenden Kräuter, die in einem Töpfchen auf dem schmalen Fenstersims standen, und aus dem Hof unten hörte er das schrille Krähen eines Hahns. Aus irgendeinem Grunde mußte er an die Worte des Evangeliums denken, an die Geschichte vom Heiligen Petrus und wie er den Herrn verriet, ehe der Hahn dreimal krähte. Er wappnete sich; er und Cranston waren dabei, ein dunkles, verworrenes Labyrinth von Mord und Intrige zwischen den reichen Lords des Landes zu betreten. Der Tod der Herren Swynford und Bouchon war sicher kein Unfall, und die beiden waren auch nicht Opfer eines unglücklichen Zufalls geworden.

»Nun, worauf warten wir?« bellte Cranston.

Banyard hob den Finger. »Hört, Pater.«

Athelstan spitzte die Ohren und hörte ein leises Murmeln.

»Das ist Pater Gregory«, erklärte der Wirt. »Er ist heute morgen gekommen, um die Toten zu salben. Danach«, fuhr er munter fort, »bringt man sie hinunter zur Leichenputzerin, einer alten Frau, die auf der anderen Seite des Palastes wohnt. Sie nimmt die Eingeweide heraus und stopft die Leichen mit Kräutern aus. Wie ich gehört habe, ist Sir Edmund Malmesbury dabei, ein kleines Gefolge zusammenzustellen, das sie nach Shrewsbury zurück eskortieren soll.«

Cranston wollte weitergehen, aber Banyard breitete vor der nächsten Treppe die Arme aus. »Ich denke, wir sollten warten«, sagte er.

»Und ich denke, wir sollten nicht warten«, widersprach Cranston grollend.
Er stieg weiter hinauf. Athelstan zuckte entschuldigend die Achseln und folgte ihm. Er warf einen Blick die Treppe hinunter. Unten stand Christina und starrte zu ihnen herauf. Ihr Mund war ein großes, rundes O.
»Keine Angst, Kind«, rief Athelstan zu ihr hinunter. »Mit Sir John wird uns schon nichts passieren.«
Sie gingen den Korridor entlang und betraten eine Kammer. Obwohl die Fenster offenstanden und die Blendläden aufgeklappt waren, stank die Luft nach Tod und Verwesung. Die beiden Leichen lagen in ihren Särgen auf einem eigens auf Böcken errichteten Tisch am Fuße des Vierpfostenbettes. Der Priester, der davor auf einem Kissen kniete, bekreuzigte sich und stand hastig auf: Graue Haut und graue Haare, ein langes, müdes Gesicht, wäßrige Augen und ein sabbernder Mund – Athelstan empfand auf der Stelle Abneigung gegen Pater Gregory. Er sah aus wie der geborene Trinker. Sofort hatte Athelstan Gewissensbisse wegen seines harten Urteils und trat mit ausgestreckten Händen auf den Mann zu.
»Pater Gregory, bitte entschuldige, daß wir dich bei deinen Gebeten stören. Ich bin Bruder Athelstan von St. Erconwald, und das ist Mylord Coroner, Sir John Cranston.«
Der Priester zwang sich zu einem matten Lächeln und schüttelte Athelstan kraftlos die Hand. Cranstons machtvoller Schraubstockgriff ließ ihn zusammenzucken.
»Gott habe Erbarmen mit ihnen«, klagte der Priester dann und deutete mit flatternder Handbewegung auf die Toten. »Ein schrecklicher Tod! Ein schrecklicher Tod! Heute hier und morgen schon fort, eh, Bruder?«
Er schwankte ein bißchen, und Athelstan fragte sich, ob er sich womöglich mit mehr als nur Gebeten gestärkt haben mochte.
»Warum bist du nicht gestern abend gekommen?« fragte Cran-

ston; er hockte sich auf einen Schemel und wischte sich mit dem Mantelsaum über das Gesicht.
»Ich war fort, wißt Ihr. Jede ...« Der Mann stammelte. »Jede Woche besuche ich meine Mutter für einen Tag. Als ich heute morgen zurückkam, fand ich Master Banyards Nachricht. Schrecklich, schrecklich.« Er plapperte weiter. »Wenn man sich vorstellt, daß ein Priester einen Mann so erwürgen konnte.«
»Wenn Ihr unten warten wollt«, sagte Banyard freundlich zu ihm, »dann wird Christina Euch etwas zu essen geben, Pater. Mylord Coroner hier muß die Leichen untersuchen.«
Der Priester warf Sir John einen furchtsamen Blick zu und huschte hinaus.
»Du kannst gleich mitgehen«, sagte Cranston lächelnd zu dem Wirt. »Wir brauchen dich hier nicht mehr.«
Banyard zog ein Gesicht; er ging, nicht ohne die Tür hinter sich zuzuschlagen. Ächzend und brummend erhob Cranston sich wieder und betrachtete die beiden Leichname.
»Es passiert uns allen, Bruder. Aber der Tod ist doch etwas Schreckliches.«
Athelstan machte ein segnendes Kreuzzeichen und hockte sich neben den Leichnam zur Linken. Ein vergilbtes Stück Pergament oben am Sarg gab bekannt, daß dieser Tote Sir Oliver Bouchon war: eine dürre Bohnenstange mit einem barschen, groben Gesicht, das vom schleimigen Wasser der Themse nur noch schrecklicher gemacht worden war. Die Haut hatte sich bläulich-weiß verfärbt, die Lippen waren schlaff. Jemand hatte zwei Münzen auf die Augen gelegt, und Athelstan sah auch die kleinen roten Kreuze, die man in die Stirn und in jede Wange gekerbt hatte. Man hatte den Leichnam entkleidet und in ein einfaches Hemd gehüllt; Athelstan schob es zurück, schluckte heftig und fühlte die kalte, klamme Haut. Bouchon war am ganzen Leib von alten Narben und Striemen bedeckt, in denen Cranston Schwert- und Dolchverletzungen erkannte; zum Teil

allerdings handelte es sich auch um die Spuren von engsitzenden Gürteln oder Stiefeln.
»Ein alter Soldat«, erklärte Cranston. »Er muß im Ausland gedient haben. Bei den Zähnen der Hölle, ich brauche jetzt etwas zu trinken.«
»Gleich, Sir John, aber helft mir bitte erst.«
Cranston gehorchte, und zusammen drehten sie den Toten um. Athelstan betrachtete die schlaffen Hinterbacken, die muskulösen Schenkel und die behaarten Beine, und er verspürte eine seltsame Trauer. Hier lag eine Welt für sich: Welche Hoffnungen, welche Freuden, welche Ängste und welche Alpträume hatten das Leben dieses Mannes durchdrungen? Wurde er geliebt? Hatte er Ideale? Würden die Leute über seinen Tod trauern? Athelstan fuhr mit den Fingern durch das noch feuchte, dichte schwarze Haar am Hinterkopf des Toten.
»Ah!« rief er aus.
»Was ist denn, Bruder?«
»Fühlt selbst.«
Cranstons stumpfe Finger betasteten den Hinterkopf und erstarrten, als er eine große, harte Beule spürte.
»Bringt mir eine Kerze«, sagte Athelstan.
Sir John reichte ihm eine von denen, die Pater Gregory angezündet hatte, und Athelstan hielt sie dicht ans Haar. Der heiße Talg der Kerze tropfte zischend auf das feuchte Haar, aber sie spendete Athelstan genug Licht, so daß er die große, rote Prellung erkennen konnte.
»Wenn jemand behauptet«, erklärte Athelstan, »Sir Oliver Bouchon sei ausgerutscht und in die Themse gefallen, dann ist er entweder ein Lügner oder ein Dummkopf. Jemand hat diesem armen Mann einen mächtigen Schlag auf den Hinterkopf versetzt.«
»Warum hat es sonst niemand bemerkt?«
»Weil niemand danach gesucht hat, Sir John.«

Athelstan richtete sich auf und reichte die Kerze zurück. »Sir Oliver wurde besinnungslos geschlagen und in die Themse geworfen. Es ist schade, daß man den Toten entkleidet hat; ich hätte gern nachgewiesen, daß er bewußtlos geschlagen wurde, als er am Flußufer entlangging.«
»Wie kommst du darauf?«
Athelstan drehte den Leichnam um, nahm behutsam seine Hände und deutete auf die schmutzigen Fingernägel und die Schlammspuren an den Handballen.
»Wenn man ihn anderswo niedergeschlagen hätte«, erläuterte Athelstan, »würde ich Blutergüsse erwarten, weil man den Bewußtlosen entweder über das Pflaster geschleift oder auf einen Karren geworfen haben muß. Aber wie Ihr seht, hat er nur die Beule am Hinterkopf. Schmutzspuren dagegen finden sich unter den Fingernägeln und an den Handballen. Bouchon muß am Flußufer gewesen sein. Sein Angreifer schlug ihn bewußtlos, und Sir Oliver fiel auf den Bauch, wahrscheinlich in den Schlamm. Dann hat man ihn hochgehoben und in den Fluß gerollt.«
»Aber warum hat das Wasser den Schmutz nicht von den Händen und Nägeln abgewaschen?«
Athelstan schüttelte den Kopf. »Von den Kleidern vielleicht, sogar vom Gesicht.« Er kniete noch einmal nieder und untersuchte Sir Olivers grobe Züge. »Nicht einmal hier, von den kleinen roten Kreuzen abgesehen, findet sich eine Schramme oder ein blauer Fleck; das ist merkwürdig. Doch um Eure Frage ohne Umstände zu beantworten, Sir John: Das Flußwasser dürfte alle oberflächlichen Schmutzflecken von Gesicht und Kleidung entfernt haben. Aber sagt mir, Mylord Coroner, habt Ihr je eine Leiche gesehen, die einem brutalen Anschlag zum Opfer gefallen ist und die offene Hände mit gespreizten Fingern hat?«
Sir John schüttelte lächelnd den Kopf.
»Bei Sir Oliver war es nicht anders«, fuhr Athelstan fort. Er hielt

die Hände hoch und krümmte die Finger. »Wenn Ihr das nächste Mal Eure Kerlchen oder Lady Maude betrachtet, während sie schlafen, dann achtet darauf, wie sie die Finger in die Handfläche krümmen. Bei einem bewußtlosen Mann ist das nicht anders. Nach kurzer Zeit setzt, auch im Wasser, die Totenstarre ein. Alles versteift sich – daher die leichten Schmutzspuren an den Handflächen und unter den Fingernägeln von dort, wo er gefallen ist. Und mehr noch« – Athelstan ergriff Sir Olivers rechte Hand –, »seht doch, wie tief der Schmutz sich eingegraben hat. Sir Oliver muß gefallen sein und die Hände, bevor er das Bewußtsein verlor, wie ein Tier in den Boden gekrallt haben.« Athelstan schüttelte den Kopf. »Der arme Mann. Gott schenke ihm die ewige Ruhe. Und jetzt zu Sir Henry.«

Sir John ging zur anderen Seite von Swynfords Sarg. Athelstan kniete dort nieder und löste das Hemd, das unter dem Kinn des Toten zugebunden war. Dabei mußte der Ordensbruder innehalten und die Augen schließen, denn das Gesicht des grauhaarigen Ritters war im Tode schrecklich verzerrt. Der Mund war eine Grimasse, und die Augen waren halb geöffnet, weil der Kopf leicht zur Seite gerollt war und die Münzen, die man auf die Lider gelegt hatte, heruntergerutscht waren. Es sah aus, als wolle der Tote gleich aufwachen und einen gräßlichen Wutschrei ausstoßen, weil man ihn so unversehens in die Finsternis hatte fahren lassen. Auch Swynfords Gesicht war von roten Kreuzen entstellt, die man in die Haut geritzt hatte. Athelstan drückte das Kinn des Mannes hoch und betrachtete den rot leuchtenden Striemen um den Hals, der sich besonders tief einkerbte, wo jetzt der Adamsapfel hing.

Athelstan zog das Hemd herunter, aber wieder konnte er keine Schrammen oder Blutergüsse entdecken. Doch wie Sir Oliver wies auch Sir Henrys Leib die Male und Narben eines Soldatenlebens auf. Mit Sir Johns Hilfe drehte er den Leichnam um und starrte auf den blauen Fleck im Kreuz des Toten.

»Wie ist es denn dazu gekommen?« flüsterte er.
»Knie dich hin, Bruder.« Sir John lächelte seinen Secretarius an. »Los, knie nieder, und ich zeige dir, wie er gestorben ist.«
Athelstan gehorchte.
»Nein, nein, nur auf ein Knie«, verbesserte Sir John. »So betet ein Ritter: ein Knie gebeugt, eines oben, allzeit bereit.«
Athelstan tat wie geheißen. Er hörte, wie Sir John leise hinter ihm herantrat. Plötzlich wurde sein Kopf zurückgerissen, als Sir John ihm einen Gürtel um die Kehle schlang, so daß das Leder in seinen Hals biß, während das Knie des Coroner ihm ins Kreuz stieß. Athelstan prustete und fuchtelte mit den Händen, und der Gürtel wurde gelockert. Sir John half ihm auf die Beine und drehte ihn um. Er sah den Schrecken im sanftmütigen Gesicht des Dominikaners.
»Hier, Bruder, nimm ein Schlückchen aus dem Weinschlauch.«
Diesmal lehnte Athelstan nicht ab; er nahm einen großzügigen Schluck und gab Sir John den Schlauch zurück.
»Gut gemacht, Coroner. Ihr wart sehr schnell.«
»Das Kennzeichen des professionellen Meuchelmörders.« Sir John belohnte sich selbst mit zwei kräftigen Schlucken. »Die Garotte arbeitet sehr viel flotter, als viele Leute denken. In Frankreich habe ich gesehen, wie junge Bogenschützen, fast noch Kinder, auf diese Weise mit französischen Posten verfahren sind, wenn wir nachts auszogen. Ein schrecklicher Tod, Bruder – so schnell, daß es selbst dem stärksten Mann schwerfällt, seinen Feind zu packen.«
Athelstan nickte. Er war in Panik geraten, aber ihm war klar, daß er sich unter keinen Umständen gegen Sir John hätte wehren können: Er hatte ihn mit dem Knie von sich ferngehalten und ihn gleichzeitig schnell mit dem Gürtel gewürgt. Er wischte sich mit dem Handrücken über den Mund und betrachtete Swynfords Leichnam.
»So ist er also gestorben. Er ist hereingekommen und niederge-

kniet. Der Mörder, der sich als Priester ausgegeben hatte, trat hinter ihn. Sir John, wie lange dürfte das gedauert haben?«

»Nun, Bruder, wenn du angefangen hättest, sehr schnell zu zählen, dann dürfte Swynford das Bewußtsein verloren haben, als du bei fünf angekommen warst.«

»Und die ganze Zeit hat der Mörder gesungen und das *Dies Irae* verhöhnt.« Athelstan schaute sich in der Kammer um. »Sir John, wir müssen die Habe der Toten untersuchen.«

Cranston nickte und ging hinaus. Athelstan hörte, wie er oben an der Treppe nach Banyard rief. Der Ordensbruder stand zwischen den beiden Särgen, schloß die Augen und sprach selbst ein Requiem für diese Seelen, die so unvermittelt aus dem Körper gerissen worden waren.

Cranston kam zurück. »Komm, Bruder, die Sachen sind nebenan. Der Wirt hat mir den Schlüssel gegeben.«

Athelstan folgte dem Coroner in die benachbarte Kammer, in der offenbar Sir Henry Swynford gewohnt hatte. Die Kleider der Männer lagen in zwei Haufen auf dem Boden. Athelstan sah sie sorgfältig durch. Bouchons Sachen waren immer noch tropfnaß, fleckig und schmutzig vom Fluß, aber er fand nichts Ungewöhnliches an ihnen; sogar der Dolch des Ritters steckte noch in der Scheide. Cranston durchstoberte unterdessen die übrigen Besitztümer und öffnete lederbezogene Holztruhen, Satteltaschen und kleine Metallkassetten, allesamt mit den Wappen der Toten verziert. Bouchons zeigte einen schwarzen Eber, der aufgerichtet in einem azurblauen Feld stand, und Swynford hatte drei schwarze Krähen auf goldenem, mit kleinen roten Kreuzen gevierteltem Grund. Münzen und Geldbeutel waren da, Messer und mehrere kleine, in Kalbsleder gebundene Bücher mit ledernen Schließen. Athelstan öffnete sie.

»Was ist das, Bruder?« fragte Cranston.

»Die Sagen um König Artus«, antwortete Athelstan. »Ihr wißt schon – Lanzelot vom See, Tristan und Isolde.« Er griff nach einem anderen Band. »Hier auch: Sir Gawain und der Grüne Ritter. Die Suche nach dem Heiligen Gral. Merkwürdig ...«

»Ach, um Gottes willen, Bruder – König Artus und seine Tafelrunde, das sind doch beliebte Sagen. Chaucer und andere Dichter schreiben ständig davon. Als ich jünger war, war es durchaus gebräuchlich, daß junge, modische Ritter Tafelrunden unterhielten, wo sie spielen und Turniere reiten konnten.«

»Ich finde es nur merkwürdig, daß zwei Ritter, wenn auch aus derselben Gegend, sich mit denselben Geschichten unterhalten. Und hier, seht.« Athelstan durchwühlte den Schmuck auf dem Bett. »Hier sind zwei Ketten mit identischen Abzeichen.« Er entwirrte die beiden Ketten. »Beide tragen das Bild eines Schwans mit aufgestellten Schwingen.«

Cranston nahm die Ketten in die Hand. Die beiden Medaillons waren identisch, die Schwäne vorzüglich gearbeitet mit ihren luftig aufgerichteten Schwingen und gebogenen Hälsen.

»Das ist kein Firlefanz von irgendeinem Marktstand«, stellte der Coroner fest. »Das ist eine besondere Anfertigung von einem Silberschmied.«

»Und schaut«, fuhr Athelstan fort und nahm zwei Ringe. »Jeder dieser beiden Silberringe trägt ebenfalls das Abbild eines Schwans.« Er hielt sie dicht nebeneinander. »Sie sind verschieden groß. Ich habe die Male gesehen, die sie an den Fingern der Leichen nebenan hinterlassen haben. Ich will damit sagen, Sir John: Swynford und Bouchon haben beide einer Gesellschaft oder einem Bund von Leuten angehört, die sich für die Sagen um König Artus interessieren, und das Abzeichen dieses Bundes ist ein silberner Schwan.«

»Die Ritter vom Schwan.« Cranston setzte sich auf die Bettkante und kaute auf der Unterlippe. »Während des Kriegs in Frankreich ...« Er lächelte Athelstan an. »Na, über die Kriege dort weißt du Bescheid, Bruder; du warst ja dabei. Aber erinnerst du dich an die Kompanien? Jede war von irgendeinem Lord auf die

Beine gestellt worden, und dazu gehörten Ritter, Fußsoldaten, Bogenschützen – und alle trugen die gleiche Livree und das gleiche Abzeichen: einen grünen Drachen oder einen roten, aufgerichteten Löwen.«

»Aye, daran erinnere ich mich.« Athelstan warf die Ringe wieder aufs Bett. »Bunte Banner und militärisch aussehende Wimpel. In Wirklichkeit aber nur ein Vorwand für eine Gruppe von Männern, soviel zu plündern, wie sie in die Finger bekommen konnten.«

Cranston fuhr mit seiner Durchsuchung fort. »Und nicht zuletzt, Bruder«, sagte er und ging zu einem kleinen Tisch unter einem großen schwarzen Kruzifix, »habe ich Banyard gefragt, wo das hier wäre.«

Er kam mit Pfeilspitzen, Kerzen und kleinen Pergamentstücken zurück. Athelstan untersuchte alles und studierte dann die schmutzigen Pergamentfetzen, auf die das Wort »Memento!« gekritzelt war.

»Jedes der Opfer hatte diese Gegenstande bei sich«, berichtete Cranston. »Aber was haben sie zu bedeuten?« Er schüttelte den Kopf. »Und wieso hat man den Toten diese roten Kreuze in die Gesichter geschnitten?«

Athelstan trat ans offene Fenster und schaute hinaus. Er sah Christina. Eine Herde schnatternder Enten versammelte sich um sie; sie kamen vom Fischteich herbeigewatschelt.

»Es bedeutet, Mylord Coroner«, sagte er, »daß keine Sünde und keine böse Tat jemals verschwindet, wie eine Rauchwolke sich auflöst: Sie kommt immer zurück und sucht Euch heim.«

»Ach, um Himmels willen, Mönch!«

»Ordensbruder, Sir John.«

»Du redest wie ein Unheilsprophet, Ordensbruder«, sagte Cranston erbost.

»Dann bin ich vielleicht einer. Hier haben wir zwei Ritter aus der königlichen Grafschaft Shrewsbury, die ihren rechtmäßigen

oder unrechtmäßigen Geschäften nachgehen, je nachdem, wie Ihr es beschreiben wollt. Sie kommen nach London, um ihre Grafschaft im Parlament zu vertreten. Wie alle Männer, die fern von Kind und Kegel sind, wollen sie in den Fleischtöpfen der Stadt schwelgen: gutes Essen, schwerer Wein, willige Weiber. Aber dann werden sie ermordet. Der erste verläßt im Zustand höchster Erregung ein Bankett, und seine Leiche wird später aus der Themse gefischt. Als man ihn aufgebahrt hat und sein Gefährte kommt, um für ihn zu beten, garottiert ihn ein Meuchelmörder, als Priester verkleidet, und singt dabei einen Gesang aus der Totenmesse. Nun vermute ich, daß der arme Bouchon erregt war, weil er diese Zeichen empfangen hatte: eine Pfeilspitze, eine Kerze und ein Stück Pergament, auf dem er aufgefordert wird, sich zu erinnern. Swynford hat das gleiche bekommen.« Athelstan schaute zum Coroner hinüber. »Könnt Ihr meinem Gedankengang folgen, Sir John?«
Cranston lehnte seine Körpermassen an die Tischkante und starrte seinen Secretarius nachdenklich an.
»Es bedeutet erstens«, fuhr Athelstan fort, »daß sie wahrscheinlich von ein und demselben Attentäter ermordet wurden, der einen Groll gegen sie beide hegte. Was immer diese Gegenstände bedeuten mögen, die Pfeilspitze, die Kerze und das Stück Pergament warnten sie vor dem bevorstehenden Tod. Und die roten Kreuze, die ihnen dieser als Priester verkleidete Mörder ins Gesicht geritzt hat, sind ebenfalls Ausdruck seines Grolls.«
Sir John wiegte seinen Weinschlauch im Arm wie eine Mutter ihren Säugling. »Es bedeutet außerdem, mein guter Bruder«, ergänzte er, »daß unser Meuchelmörder ein gründlicher Pläneschmied ist. Er hat auf diese Gelegenheit gewartet und die beiden Männer unter raffiniertesten Täuschungen hingerichtet ...« Er zögerte. »Aber was nun, Bruder?«
»Nun, unser edler Regent befürchtet, man werde ihm die Schuld in die Schuhe schieben; allerdings muß es ihm stille Genug-

tuung verschaffen, daß zwei seiner Kritiker ein für allemal zum Schweigen gebracht worden sind. Zweitens nun, als Sir Oliver die Schenke verließ, ist ihm keiner seiner Gefährten gefolgt. Allerdings ...« Athelstan wandte sich vom Fenster ab und lehnte sich an die Wand. »Jeder beliebige kann Sir Oliver zu einer heimlichen Verabredung gelockt haben, wo er ihn dann ermordete. Sir Henrys Tod ist rätselhafter. Seine Gefährten waren in der Schenke, und dennoch taucht dieser Mörder auf, als Priester verkleidet, und das fordert zwei Fragen heraus. Wer wußte, daß ein Priester gerufen worden war? Und was wäre geschehen, wenn der falsche Priester gleichzeitig mit Pater Gregory erschienen wäre?«

»Das ist kein großes Geheimnis«, antwortete Cranston. »Bedenke, was Christina gesagt hat: In der Schenke herrschte Hochbetrieb. Die Ankunft eines Priesters würde keine Verwunderung hervorrufen. Wenn Pater Gregory schon oben war, hätte der Mörder gewartet oder sich sogar zu ihm gesellt. Sei ehrlich, Bruder: Wenn in St. Erconwald ein Priester in deiner Kirche erschiene und am Sarg eines deiner unglücklichen Pfarrkinder beten wollte, würdest du da als Gemeindepriester ...?«

»*Concedo*«, gab Athelstan zurück. »Ein Priester, zwei, drei oder vier, das ist eigentlich nicht so wichtig. Der Mörder wird auf seine Gelegenheit gewartet oder sich selbst eine geschaffen haben.« Er klopfte mit den Pergamentfetzen gegen seine Finger. »Dies ist die entscheidende Frage, die wir zu klären haben. Woran sollten Sir Henry und Sir Oliver sich erinnern? Welche Bedeutung hatten die Pfeilspitze und die Kerze? Die Zeichen im Gesicht? Und warum hier?«

»Was meinst du damit?« fragte Cranston.

»Warum die beiden Ritter in London ermorden? Warum nicht in Shrewsbury oder auf dem Weg nach Westminster oder von dort zurück?«

Cranston schnaubte und sein weißer Schnurrbart sträubte sich.

Er wollte eben mit einer Rede beginnen, als von der Treppe her Gepolter zu hören war; dann klopfte es, und Sir Miles Coverdale kam geschäftig herein. Er trug einen Brustharnisch und einen Schwertgurt.
»Sir John, Bruder Athelstan.« Er deutete eine ziemlich spöttische Verbeugung vor dem Coroner und seinem Begleiter an.
»Was gibt's, Mann?« Cranston schob den Weinschlauch unter seinen Mantel und stand auf. »Ihr kommt ja hier hereingestürmt wie ein Schlachtroß.«
Sir Miles grinste, zog sich die Handschuhe aus und wischte sich den Schweiß von der Stirn. »Sir John, ich führe nur aus, was Ihr befohlen habt, als Ihr nach Westminster kamt.«
»Ich weiß, was ich gesagt habe«, blaffte Cranston.
Athelstan lächelte über Coverdales tolerante, gelassene Art. Der Hauptmann schien sich über Sir Johns Streitsucht vor allem zu amüsieren. Jetzt streckte er die Hand aus, um Athelstan zu begrüßen. »Pater, ich habe schon viel von Euch gehört. Seine Gnaden der Regent spricht oft von Sir John und seinem Gehilfen.«
»Secretarius!« fauchte Cranston. »Athelstan ist mein Secretarius und der Pfarrer von St. Erconwald. Er ist Dominikaner und ...«
»... und ein sehr guter Prediger«, vollendete Sir Miles. »So geht wenigstens das Gerücht.« Er zwinkerte Athelstan zu und wandte sich dann wieder an Sir John. »Mylord Coroner, die Morgensitzung im Unterhaus ist früh zu Ende gegangen. Ich habe Sir Olivers und Sir Henrys Kollegen gebeten, im Kapitelhaus zu bleiben. Sie erwarten Euch dort.«
Der Hauptmann drehte sich um, denn hinter ihm ging die Tür auf, und ein Mönch mit schwarzer Kutte kam lautlos wie ein Schatten herein.
»Was zum ...?« rief Cranston.
»Sir John, darf ich Euch Pater Benedict vorstellen, Mönch von Westminster, Bibliothekar und Kaplan bei den Commons.«

Cranston scharrte verlegen mit den Füßen und streckte seine fette Hand aus. Pater Benedict ergriff sie; er schlug die Kapuze zurück und enthüllte ein schmales, asketisches Gesicht und einen kahlrasierten Schädel. Tiefe Furchen zogen sich zu beiden Mundwinkeln herunter; seine Augen lagen dicht beieinander, und sein Blick war scharf.
»Sir John Cranston.« Er sah Athelstan an, und ein Lächeln verwandelte sein Gesicht. »Und du, Bruder.«
Athelstan trat vor und tauschte einen Friedenskuß mit ihm. Dabei drückte Pater Benedict seine Schultern. »Willkommen in unserer Gemeinde, Bruder«, flüsterte der Benediktiner.
»Pax Tecum«, flüsterte Athelstan zurück.
»Warum seid Ihr hier, Pater?« fragte Cranston.
»Ich bin gekommen, um Sir Henry und Sir Oliver die letzte Ehre zu erweisen«, antwortete der Benediktiner. »Ich bin der Kaplan der Commons. Sir Miles hat mir heute morgen von den Todesfällen berichtet.«
»Kanntest du die Toten?« fragte Athelstan.
Die Frage schien den Mönch zu überraschen. Er öffnete den Mund, blinzelte und machte eine schroffe Bewegung mit den Händen.
»Ja und nein«, antwortete er. »Ich weiß, wer die Vertreter von Shropshire sind. Vor vielen, vielen Jahren war ein guter Freund von mir, Antony, als junger Mönch in Lilleshall.« Pater Benedict lächelte leise. »Er ist letzten Winter gestorben.«
»Und?« fragte Cranston.
»Sir Henry, Sir Oliver und die anderen pflegten sich in unserem Kapitelhaus zu Lilleshall zu treffen.«
»Zu welchem Zweck?«
»Sie waren junge Ritter«, antwortete der Mönch. »Antony sagte, sie hatten die Köpfe voll von Träumen über König Artus und die Ritter der Tafelrunde. Sir Henry, Sir Oliver und die anderen pflegten diese Geschichten nachzuspielen. Jeden Monat trafen

sie sich mit Erlaubnis unseres Abtes in unserem Haus in Lilleshall, wo sie Bankette abhielten, die Sagen um Artus vortrugen und draußen auf der großen Wiese ein Turnier austrugen. Ihre Treffen wurden ganz berühmt.« Pater Benedict hustete und wandte den Blick ab.

»Und sie nannten sich ›Ritter vom Schwan‹?« fragte Athelstan.

»Ja.« Pater Benedict bückte sich und rieb sich das Knie. »Sir John, Athelstan – bitte, ich muß mich hinsetzen. Ich habe Rheumatismus. Die Abtei ist nicht eben der wärmste Ort im Winter.« Cranston zog einen Stuhl heran, und der alte Mönch ließ sich dankbar darauf niedersinken.

»Möchtet Ihr etwas trinken?« fragte der Coroner hoffnungsvoll.

»Wir sprachen eben über die ›Ritter vom Schwan‹«, unterbrach Athelstan und warf Cranston einen warnenden Blick zu.

»Oh, wenn man Pater Antony glauben konnte, waren sie ein prächtiger Haufen«, antwortete der Benediktiner. »Einige von ihnen sind inzwischen tot, Gott schenke ihnen die ewige Ruhe. Aber es müssen zwanzig, vierundzwanzig Mann gewesen sein. Ich habe Antony einmal in Lilleshall besucht, als die Ritter vom Schwan eine ihrer großen Tafelrunden abhielten. Wenn sie zur Abtei geritten kamen, ging ihnen ein Knappe voraus, der ein breites, scharlachrotes Banner mit einem wunderschön gestickten weißen Schwan trug. Sie stellten Pavillons auf die Wiese, und die Leute strömten von überall herbei, aus Shrewsbury, ja, sogar aus Oswestry an der walisischen Grenze. Alle kamen, um die Farbenpracht zu sehen, die bunten Schabracken der Schlachtrösser, die Turnierspiele. Gott möge mir verzeihen«, sagte er leise, »aber selbst ich, ein Mönch, ein Mann des Friedens, liebte diesen Anblick. Erregende Zeiten! Der große Edward stellte seine Truppen für den Krieg in Frankreich auf, und als die Nachricht vom großen Sieg bei Crécy durch das Land brandete, da wurden die Ritter vom Schwan zu Helden der ganzen Gegend.« Er sah Sir John an. »Gewiß, Mylord Coroner, gab es so etwas doch auch in London?«

»Aye, das gab es.« Cranston setzte sich auf die Bettkante, und ein verträumter Ausdruck lag in seinen Augen. »Ich war genauso«, murmelte er. Dann sah er, wie Coverdale grinste. »Der Schein trügt oft, merkt Euch das, junger Mann.« Er klopfte auf seinen mächtigen Wanst. »Ich war einmal rank und schlank wie ein Windhund, gewandt und schnell wie ein Jagdfalke.«

Athelstan schob die Hände in die Ärmel und senkte den Kopf, um sein Lächeln zu verbergen.

»Es gab große Turniere auf der London Bridge und in Smithfield«, fuhr Cranston fort und drohte Coverdale mit erhobenem Zeigefinger. »Und wir waren nicht wie die jungen Grünspechte, die heutzutage in London herumstolzieren mit ihren Geckenhosen und den lächerlichen Schuhen. Das einzige, was an denen noch gewaltig ist, ist der Hosenlatz, und der ist meistens noch mit Stroh ausgestopft.«

»Aber Sir Miles«, sagte Athelstan, »Ihr erinnert Euch doch sicher auch an Lilleshall?«

Der Hauptmann hob jäh den Kopf. »Ich war noch ein Kind«, stotterte er.

»Aber Euer Vater hatte Land in Shropshire, in der Nähe von Market Drayton, auf dem Weg nach Woodcote Hall.«

Sir Miles errötete ein wenig, und seine Hände ließen den Schwertgriff fahren. Athelstan konnte nicht erkennen, ob er nur verlegen war oder ob er etwas zu verbergen hatte.

»War Euer Vater denn ein Ritter vom Schwan?« fragte Cranston.

»Nein.« Coverdales Gesicht verfinsterte sich und wirkte nicht mehr jugendlich; sein grimmig verkniffener Mund gab ihm das Aussehen eines übellaunigen alten Mannes.

»Es war nicht als Kränkung gemeint«, sagte Cranston leise.

»Ich habe es auch nicht so aufgefaßt, Sir John. Das Landhaus meines Vaters war kaum mehr als eine Scheune; er starb, als ich jung war. Meine Mutter war kränklich. Wir hatten keine Zeit für Spiele und Turniere. Ich habe Shropshire als Knappe verlassen und im Seekrieg gegen die Spanier in Lord Montagues Gefolge gedient.« Coverdale rückte seinen Schwertgurt zurecht und setzte sich auf einen Schemel. »Die Ritter vom Schwan sagen mir nichts.«

»Kanntet Ihr Sir Oliver oder Sir Henry?« wollte Athelstan wissen.

»Nur dem Namen nach. Aber das könnte ich auch über Ritter aus Norfolk oder Suffolk sagen.« Er hielt Athelstans Blick stand. »Ich bin John von Gaunts Gefolgsmann, im Frieden wie im Krieg. Ich trage seine Livree. Ich esse in seinem Haus.«

»Ihr hattet nichts übrig für diese Ritter?« fragte Cranston hartnäckig.

»Ich hörte sie im Kapitelhaus schnattern wie eine Gänseherde«, erwiderte Coverdale erbost. »Sie kritisieren den Regenten wegen des Kriegs gegen Frankreich, aber sie wollen keinen Penny bewilligen, um ihm zu helfen. Sie reden von schlechten Ernten, verdorbenen Früchten und sinkenden Profiten, aber sie binden ihre Pächter mit Gewalt und mit Hilfe der Gerichte ans Land. Nein, ich habe nichts übrig für sie, Sir John.«

»Und wenn Ihr Regent wäret?«

»Dann würde ich nicht die Bauern mit Steuern belasten, sondern die reichen Ritter und fetten Kaufleute, und wer sich weigert, zu zahlen, den würde ich Verräter nennen.«

Athelstan sah zu Pater Benedict hinüber, aber der Mönch saß da wie eine Statue; nur seine Augen blickten beunruhigt und erschrocken über Sir Miles' Drohungen.

»Seid Ihr da, um die Commons zu bewachen?« fragte Cranston, dem die Sache allmählich Spaß machte. »Oder seid Ihr der Spitzel des Regenten?«

Coverdales Hand legte sich auf den Knauf seines Schwertes. Cranston war trotz seiner Leibesfülle mit unverhoffter Behendigkeit bei ihm.

»Macht keine Dummheiten«, sagte er leise und ragte vor dem jungen Ritter auf. »Ich wollte Euch nicht beleidigen; ich habe die Dinge nur beschrieben, wie sie sind.«
»Und ich habe Euch bereits wahrheitsgemäß geantwortet, Sir John«, antwortete Coverdale. »Ich habe mit meinen Soldaten und Bogenschützen dafür zu sorgen, daß die Commons in Frieden und Sicherheit tagen können. Es muß mir nicht gefallen, was ich da höre, aber ich hege keinen Groll gegen sie.«
»Und Ihr seid von Anfang an dabei gewesen?« warf Athelstan rasch ein.
»Ja. Das Kapitelhaus und die Zugänge wurden abgesperrt und von mir und meinen Männern bewacht. Bevor das Parlament eröffnet wurde, war ich überdies dafür zuständig, die Barken zu mieten, mit denen die Abgeordneten flußaufwärts gefahren wurden, damit sie sich die Menagerie des Königs im Tower anschauen konnten.« Coverdale entspannte sich wieder. »Sie waren wie Kinder«, fügte er hinzu. »Viele von ihnen hatten noch nie einen Lowen oder einen Panther gesehen, oder den großen braunen Bären, den der Regent dort untergebracht hat.« Er sah Cranston an. »Und jawohl, Sir John, ich bewache ihre zarte Haut und höre mir ihr Geschwätz an. Einige von denen sollten ihre Zunge lieber im Zaum halten, denn was sie sagen, berichte ich dem Regenten. Genau wie Ihr es tun werdet, wenn diese Angelegenheit erledigt ist.«
»Hattet Ihr irgendwann einmal ein Gespräch mit Sir Oliver Bouchon oder mit Sir Henry Swynford? Oder mit einem aus ihrer Gruppe?« fragte Athelstan.
»Nein«, sagte Coverdale.
»Und Ihr seid zum ersten Mal hier im Wirtshaus ›Zum Ungeheuer‹?«
»Natürlich. Meine Aufgabe ist es, in den Kreuzgängen für Sicherheit zu sorgen, während das Parlament tagt. Mit Sir Oliver und seinesgleichen habe ich so wenig wie möglich zu schaffen.«

»Und Ihr, Pater Benedict?« fragte Cranston.
Der Mönch zog die Brauen hoch. »Ich lese zu Beginn jedes Tages die Messe in der Abtei. Außerdem stehe ich denen zur Verfügung, die beichten wollen.« Er lächelte säuerlich. »Und bevor Ihr fragt, Sir John: Das ist keine anstrengende Arbeit. Viele der Abgeordneten trinken abends große Mengen, von ihren anderen Vergnügungen ganz zu schweigen.«
»Ich finde es merkwürdig«, sagte Athelstan, »daß ausgerechnet zwei Ritter aus Shropshire brutal ermordet werden, während das Parlament im Kapitelhaus zu Westminster tagt.«
»Was ist daran merkwürdig« fragte Coverdale ungehalten.
»Der Hauptmann der Garde kommt auch aus Shropshire, und der Kaplan hatte einen guten Freund, der in Lilleshall Abbey gedient hat, nicht weit von Shrewsbury in derselben Grafschaft.«
»Daran ist nichts Merkwürdiges«, sagte Pater Benedict sofort. »Wenn du zum Kapitelhaus gehst, Bruder, dann wirst du sehen, daß es von einer Kompanie Bogenschützen aus Cheshire bewacht wird. Sir Miles ist in Shropshire geboren, aber das sind viele im Gefolge von Lord Gaunt. Wie du weißt, hat der Regent dort Ländereien, und die Männer aus der Gegend stehen hoch in seiner Gunst. Was mich betrifft – wenn du den Vater Abt befragst, wird er dir erzählen, daß ich nicht der einzige Mönch bin, der Beziehungen zu unserer Gemeinschaft in Lilleshall unterhält. Ich bin Bibliothekar und Archivar, und ich habe ähnliche Verbindungen zu unseren Häusern in Norfolk, Yorkshire und Somerset. Was wichtiger ist: Als der Vater Abt einen Freiwilligen suchte, der als Kaplan bei den Commons dienen wollte, da war ich der einzige, der seine Dienste anbot, weil das Kapitelhaus in der Nähe der Bibliothek ist und zu meinem Zuständigkeitsbereich gehört.«
Athelstan musterte ihn kühl. »Hast du je mit einem der Toten gesprochen?«

»Nein.« Der Mönch wandte seinen Blick allzu schnell ab. Er leckte sich die Lippen und schluckte heftig.
Du lügst, dachte Athelstan; du hast etwas zu verbergen. Wieso sollte ein alter Mönch, krank an Rheumatismus und Arthritis, in ein Gasthaus kommen, um bei den Leichen zweier Männer zu beten, die er kaum kannte? Solche Gebete wären an irgendeinem Seitenaltar oder in einer Kapelle der Abteikirche nicht minder wirkungsvoll gewesen.
Pater Benedict warf Sir Miles einen Blick zu. »Die Zeit vergeht«, murmelte er. »Ich habe noch Pflichten hier.«
Cranston erhob sich und trank laut schlürfend aus seinem Weinschlauch; dann schaute er strahlend in die Runde. »Ah, das ist schon besser. Pater Benedict, es war mir eine Freude, Euch kennenzulernen, wenngleich ich die Umstände bedauern muß.«
Gern hätte der Coroner noch hinzugefügt, daß er noch nie von zwei Mordopfern gehört habe, denen die Aufmerksamkeit so vieler Pfaffen zuteil geworden sei. Aber wie Athelstan, hatte auch er bemerkt, daß hier gelogen worden war. Es würden sich andere Gelegenheiten bieten, der Sache weiter auf den Grund zu gehen.
Sir Miles erhob sich ebenfalls und warf sich schwungvoll den großen Militärmantel über die Schultern.
»Wir sollten uns beeilen«, knurrte Cranston. »Komm schon, Bruder.«
Sie verabschiedeten sich von dem Mönch und gingen mit dem Hauptmann hinunter in den Schankraum.
»Richte Master Banyard unseren Dank aus«, flüsterte Athelstan Christina zu, als Cranston und Coverdale vor ihm hinausrauschten.
Das Mädchen lächelte, aber Athelstan sah die Angst in ihrem Blick. Er nahm ihre Hand. »Was ist denn, Kind?«
»Nichts, Pater. Es ist bloß diese schreckliche Stimme. Wird er wiederkommen?«

Athelstan schüttelte den Kopf. »Das bezweifle ich. Aber wenn dir noch etwas einfällt, schickst du eine Nachricht an Sir John im Rathaus.«

Das Mädchen versprach es, und Athelstan eilte seinen beiden Gefährten nach. Sie wanderten durch schmale Gassen zum Gelände der Westminster Abbey. Ein Mann, der gleich hinter dem Tor im Schatten einer großen Eiche wartete, sah ihnen nach: dem Ordensbruder, dem Soldaten und dem beleibten Coroner.

»Tag der Rache Tag den Sünden«, flüsterte der Beobachter, *»wird das Weltall sich entzünden …«*

4

Während Athelstan und Cranston den Gasthof »Zum Ungeheuer« verließen, war Ranulf, der Rattenfänger, unterwegs zu einem großen, verlassenen Haus an der Ecke der Reeking Alley in Southwark. Dort angekommen, schloß er die Tür auf und versperrte sie hinter sich sorgfältig mit dem Schlüssel, den der Kaufmann ihm gegeben hatte. Er stellte seine beiden Käfige auf den Boden und setzte sich mit dem Rücken zur Tür auf den Boden. Dann wischte er sich das Gesicht mit einem Lappen ab, der an seinem Gürtel befestigt war. An diesem breiten Ledergürtel hingen all die Werkzeuge seines Gewerbes: kleine Käfige, Meißel, Hämmer und ein großer Ledersack für die Nager, die er gefangen und getötet hatte.

»Ah, so ist es besser«, murmelte Ranulf. Er schob sich die schwarz geteerte Haube aus dem blaßrosa Gesicht. »Ich bin ein glücklicher Mann«, erklärte er, und seine Stimme hallte gespenstisch durch das leere Haus. Er spähte die lange, staubige Treppe hinauf und lauschte mit halb geschlossenen Augen entzückt dem Geraschel und Gequieke hinter der Wandtäfelung und unter den Dielen. Solche Laute waren stets Musik in seinen Ohren.

»Ratten!« hatte der Kaufmann, der das Haus kürzlich gekauft hatte, gebrüllt. »Das Haus ist verseucht von ihnen – schwarze, braune und dazu Sorten, wie ich sie noch nie gesehen habe.« Er hatte den Finger in Ranulfs Teerjacke gebohrt. »Zehn Pfund Sterling! Ich bezahle dir zehn Pfund Sterling, wenn du das Haus von den Ratten befreist. Drei jetzt, drei, wenn du es getan hast, und den Rest, wenn mein Verwalter alles inspiziert hat.«

»Zehn Pfund!« Ranulf schnappte nach Luft.

Ranulf öffnete die Augen. Ranulf war Witwer, aber er hatte eine umfangreiche Kinderschar; alle waren gekleidet wie ihr Vater und sahen aus wie er, und ihr Appetit und ihr stetiges Wachsen bereiteten ihm ständig Sorgen. Aber das warme Wetter war gut für Ranulf gewesen. Es gab wieder Ratten in London, und das Verschwinden der Katzen von der Cheapside bedeutete, daß ihre Zahl sich vervielfacht hatte. Der Rattenfänger war ein gesuchter Mann, und der Haufen Silber und Gold, den er bei einem Goldschmied in Lothbury sorgsam verstaut hatte, wuchs stetig. Aus dem Augenwinkel sah er eine kleine, schwarze, pelzige Gestalt, die über die Bodendielen huschte, und lächelte selig.

»Andere mögen euch verfluchen«, flüsterte er in die Dunkelheit, »aber Ranulf dankt Gott jeden Morgen in der Kirche für die Ratten.«

Er legte einen Finger an die Lippen. Würde es im Himmel wohl Ratten geben? Und wenn ja, würde er sie fangen dürfen? Aber wie konnte es im Himmel Ratten geben? Bruder Athelstan hatte ihm erzählt, der Himmel sei ein wunderschöner Ort, und Ratten gab es nur, wo Dreck und Abfall waren. Ranulf hatte gründlich darüber nachgedacht. Er hatte die Frage sogar bei der letzten Zusammenkunft der Gilde der Rattenfänger zur Sprache gebracht, als sie in der Schenke »Zum Gescheckten« gesessen hatten. Keiner seiner Kollegen hatte eine Antwort gewußt.

»Da mußt du Bruder Athelstan fragen«, hatte Bardolph gemeint; er verstand sich besonders darauf, in Glockentürmen die Fledermäuse zu fangen.

Ranulf hatte die Lippen geschürzt und genickt. Die Gilde würde demnächst ihre eigene Messe in St. Erconwald feiern, und dann könnten sie Bruder Athelstan fragen; er wußte immer eine Antwort, auch wenn Ranulf sich manchmal fragte, ob der kleine Ordensbruder sich mit seinen sanften, spöttischen Antworten nicht über ihn lustig machte.

Wieder rannte weiter unten im düsteren Korridor eine dunkle Gestalt über die Dielen. Ranulf betrachtete die beiden Frettchen, die er mitgebracht hatte: Ferrox, seinen Liebling, und dessen jüngeren Bruder Audax. Er hob Ferrox' Käfig hoch und schaute in die kleinen, schwarzen Knopfaugen über der zuckenden Schnauze.

»Keine Sorge«, murmelte er, »die Jagd geht gleich los. Laß Daddy nur erst zu Atem kommen.«

Wenn ein Frettchen lächeln konnte, dann tat Ferrox es – dessen war Ranulf sicher. Der Rattenfänger stellte den Käfig hin und betrachtete die Stäubchen, die in dem Sonnenstrahl tanzten, der durch ein kleines Fenster an der Treppe über ihm hereinfiel.

»Wenn ich nur Bonaventura kaufen könnte«, murmelte er.

Ranulf hatte eine Vision von der vereinigten Macht dieser drei: Bonaventura, Ferrox und Audax. Eine unheilige Dreifaltigkeit, die da über die Rattenbevölkerung von Southwark kommen würde. Athelstan aber war widerspenstig.

»Bonaventura könnte dein Frettchen totbeißen«, hatte der Ordensbruder gewarnt.

Ranulf hatte heftig widersprochen. »Nein, Bruder, gegen Ratten tun sie sich immer zusammen. Ratten sind ihr gemeinsamer Feind. Außerdem gibt's keine Katze auf der ganzen Welt, die es mit dem alten Ferrox aufnehmen konnte.«

»Wenn das so ist, Ranulf«, hatte Athelstan geantwortet, »dann denke an das Zehnte Gebot. Du sollst nicht begehren deines Nächsten Hab und Gut, nicht sein Vieh und in diesem Falle auch nicht seine Katze.«

Ranulf lächelte. Daran würde er sich erinnern, wenn Bardolph das nächste Mal fragte, ob er Ferrox borgen dürfe. Sein Gesicht wurde ernst. Er war von der anderen Seite des Flusses zurückgekommen; er hatte gehört, daß noch mehr Katzen von der Straße weg gestohlen worden waren und daß der große »Roßzermalmer« Sir John Cranston die Übeltäter jetzt verfolgte.

»Der alte Fettarsch wird sie schon fangen«, flüsterte Ranulf. »Aber Bruder Athelstan sollte wegen Bonaventura auf der Hut sein. Unser kleiner Bruder liebt seinen Kater ja wirklich.«
Hatte Athelstan nicht sogar einmal gesagt, Bonaventura sei das einzige unter all seinen Pfarrkindern, das ganz bestimmt in den Himmel kommen würde? Und dann hatte er noch gescherzt, sein Haustier sei wirklich und wahrhaftig »katzolisch«.
Ranulf beobachtete Ferrox, der inzwischen großes Interesse an dem Quieken und Rascheln hinter der Täfelung zeigte.
»Es sind viele seltsame Dinge im Gange, Ferrox, mein Sohn«, flüsterte Ranulf. »Perline Brasenose, unser junger Soldat, ist ebenfalls verschwunden, und bei St. Erconwald hat man einen Dämon gesehen.«
Ranulf öffnete die Schließe am Kragen seiner Jacke und wischte sich mit den Fingern den Schweiß ab. Ob diese beiden Dinge zusammenhingen? Oder sogar alle drei Geheimnisse? Perline war ein Flegel, ein großmäuliger Bengel. War er aus der Garnison im Tower desertiert, um sich als Katzendieb zu betätigen? Aber an wen wollte er die Tiere verkaufen? An die Gerber wegen der Felle? Oder an die Metzger wegen des Fleisches? Ranulf schüttelte den Kopf: Das wäre gefährlich. Die Kaufleute würden solche Geschäfte nur machen, um den armen Perline dann an Cranston auszuliefern und die Belohnung einzustreichen. Oder machte Perline den Dämon? Eine ganz ähnliche Rolle hatte er am letzten Erntefest im Mysterienspiel in der Pfarrgemeinde gespielt. Ranulf beglückwünschte sich zu seinem Scharfsinn und rappelte sich auf. Ferrox und Audax fingen an zu quieken; sie drehten sich in ihren Käfigen und drückten die Schnauzen an die Gitter. Ja, ihre Zeit war gekommen!
Ranulf war aufgestanden und wollte eben die Käfige aufheben, als er im oberen Stockwerk ein Geräusch hörte. Er mußte an den Dämon denken, und das Blut gefror ihm in den Adern. Rasch drückte er sich in eine kleine Kammer zur Rechten und

merkte gleich, wie dunkel und feucht es hier war. Die Spinnweben in den Ecken sahen aus wie Netze, ausgespannt, um ihn zu fangen. Es roch furchtbar, und das alte Haus knarrte und stöhnte. Das Licht war schlecht, überall tanzten Schatten, und Ranulf fragte sich, ob er wirklich allein war.

»Unsinn!« flüsterte er.

In einer Ecke sah er ein kleines Loch. Er öffnete den Käfig und packte den dünnen, muskulösen Körper des Frettchens – und im Handumdrehen war Ferrox im Loch verschwunden. Ranulf kehrte in den Korridor zurück und ließ auch Audax frei.

»Jetzt beginnt der Tanz«, murmelte Ranulf, das war sein Lieblingssatz.

Er setzte sich wieder, schnürte das kleine Bündel auf, das er bei sich hatte, und aß seinen Imbiß aus Brot und Käse, den seine älteste Tochter ihm in ein Leintuch gewickelt hatte. Der Rattenfänger bemühte sich, seine Ohren vor allen Geräuschen zu verschließen und nur die beiden Frettchen zu hören, wie sie unter den Bodendielen ihr blutiges Massaker anrichteten. Immer wieder tauchten Ferrox und Audax auf und schleppten den Kadaver einer unglücklichen Ratte zwischen den spitzen Zähnen. Sie legten ihn ihrem Herrn vor die Füße und verschwanden wieder.

Ranulf fühlte sich von warmer Zufriedenheit durchströmt und biß tief in Brot und Käse. Plötzlich aber hörte er ein anderes Geräusch. Weder Ratte noch Frettchen konnten die Schritte machen, die er über sich im Korridor hörte. Jemand bewegte sich dort und schlich über die Bodendielen. Mit einem Stück Käse in der Hand stand Ranulf auf und ging zum Fuße der Treppe. Er spähte hinauf ins Halbdunkel und wäre fast an seinem Käse erstickt: Oben an der Treppe war der Dämon von St. Erconwald! Groß, dunkel und pelzig, mit gebleckten Zähnen und einem so schrecklichen Gesicht, daß Ranulf seine Frettchen vergaß und um sein Leben rannte.

Cranston und Athelstan folgten Sir Miles Coverdale durch den Jericho Parlour von Westminster Abbey, über den Dean's Yard und am südlichen Kreuzgang vorbei zum Kapitelhaus. Immer wieder kamen sie an Bogenschützen aus Cheshire vorbei, prächtig anzusehen in ihrer grünen Livree mit den weißen Hirschen. Es waren Berufssoldaten aus den Garnisonen im Tower oder in Banyard's Castle: kurzgeschnittenes Haar, dunkle, hagere Gesichter. Alle trugen Langbogen und einen Köcher mit zwanzig Pfeilen aus Eibenholz, dazu Schwert und Dolch. Schwerbewaffnete Fußsoldaten in der rot-blau-goldenen Livree des Königs bewachten außerdem jede Tür und jede Ecke.
»Warum so viele Soldaten«, fragte Cranston, als sie in den Kreuzgang einbogen.
»Seine Gnaden der Regent ist entschlossen, das Parlament unbehelligt tagen zu lassen«, erklärte Coverdale. »Niemand betritt Kreuzgang oder Kapitelhaus, der nicht entweder Abgeordneter ist oder einer der königlichen Schreiber, die den Auftrag haben, ihnen bei ihren Debatten zur Hand zu gehen.«
»Haben die Commons denn noch nie Einwände erhoben?« wollte Cranston wissen. »Mancher könnte doch behaupten, die Soldaten schüchterten ihn ein.«
»Aye, das könnte ein Wirrkopf behaupten, aber im Kapitelhaus selbst gibt es keine Soldaten, Sir John, und die braven Ritter und Bürger dürfen ungehindert kommen und gehen, wie es ihnen gefällt.«
Sie betraten den östlichen Kreuzgang, wo ein paar Mönche die Frühlingssonne nutzten und an ihren Pulten saßen, um Manuskripte zu kopieren oder zu illuminieren. Im Garten in der Mitte waren Soldaten beim Brettspiel, und ein paar plauderten mit den Mönchen.
»Den Brüdern ist unsere Anwesenheit jedenfalls willkommen«, stellte Coverdale fest.
»Das ist in jeder geschlossenen Gemeinschaft so«, bemerkte

Athelstan. »Da ist man immer erpicht auf neue Gesichter und möchte über die Großen des Landes klatschen.«
Sie kamen ins Vestibül des Kapitelhauses. Bogenschützen standen vor der geschlossenen Doppeltür. Während einer von ihnen aufschloß, trat Athelstan zurück und bestaunte das prachtvoll gemeißelte steinerne Triptychon über der Tür, das Christus beim Jüngsten Gericht darstellte.
»Ich dachte, die Sitzung sei zu Ende«, sagte Cranston.
»Das ist sie auch, aber die Tür ist immer verschlossen«, antwortete Coverdale. »Die Abgeordneten brauchen nur zu klopfen, und man läßt sie ein oder aus. Jeder von ihnen besitzt ein besonderes Siegel oder einen Paß.« Er lächelte grimmig. »Unser Regent ist gründlich.«
Cranston widersprach nicht. Durch das Vestibül gelangten sie in einen marmornen Korridor, der von Säulen aus Purbeck-Marmor gesäumt war. Kurz vor der zweiten Doppeltür blieb Athelstan stehen; er sah eine Treppe zur Linken, und rechts führte eine zweite Treppe in die Dunkelheit hinunter.
»Wo führen die hin?« fragte er.
»Nach oben geht es in die St. Faith-Kapelle«, sagte Coverdale. »Und über die Treppe nach unten kommt Ihr in die Monstranzkammer.«
Athelstan wollte nachfragen, aber Coverdale schnippte bereits mit den Fingern und bedeutete der Wache, sie solle die nächste Doppeltür aufschließen. Als die Flügel aufschwangen, konnten sie das eigentliche Kapitelhaus betreten. Es war leer; nur ein schütterhaariger, aufgeregter kleiner Mann mit gerötetem Gesicht stand am Rednerpult. Er kam hastig auf sie zu und fuchtelte mit den Armen.
»Ihr kommt zu spät! Ihr kommt zu spät!« rief er Coverdale zu. »Die ehrenwerten Abgeordneten aus Shropshire konnten nicht länger warten. Sie sind zu einer der Garküchen im Hof der Abtei gegangen.« Er ruckte mit dem Kopf zurück und erinnerte Cran-

ston an einen lärmenden, geschäftigen Spatzen. »Ihr dürft solche Männer nicht warten lassen«, blökte er.
»Ihr den Coroner des Königs aber auch nicht«, versetzte Cranston. »Wer seid Ihr überhaupt?«
»Sir Peter de la Mare, Sprecher der Commons. Sir Miles, was ist denn hier los?«
Coverdale machte ihn mit Cranston und Athelstan bekannt, und de la Mare zeigte sich gleich unterwürfiger. »Nun, wartet hier«, plapperte er weiter. »Ich will sehen, was ich tun kann, ich will sehen, was ich tun kann.« Und damit watschelte er davon.
Athelstan sah sich im Kapitelhaus um. »Gütiger Himmel!« rief er aus. »Seht doch, Sir John, was für ein schönes Gebäude.«
Der Saal war achteckig und von hohen Fenstern umgeben, die den Eindruck großer Helligkeit schufen und die Pracht des mächtigen Deckengewölbes beleuchteten. Das Gewölbe wurde von einer einzigen gedrungenen Säule getragen, und davor stand das große hölzerne Rednerpult.
»Wo sitzen die Abgeordneten?« fragte Athelstan.
Cranston deutete auf die drei Stufen, die sich um den ganzen Saal herumzogen.
»Da drüben«, sagte er. »Das Kapitelhaus bietet Platz für Hunderte.«
Athelstan nickte und betrachtete das wunderschöne Tympanum über der Tür, das Christus in all seiner Glorie darstellte. Der Heiland trug einen herrlichen karmesinroten Mantel, und um seinen Kopf leuchtete ein goldener Heiligenschein vor einem hellblauen Himmel. Zu beiden Seiten neigten weißgewandete Engel, ein jeder mit drei Flügelpaaren, anbetend die Köpfe. In den Fenstern und an den Wänden darunter waren weitere Bibelszenen zu sehen: die Vier Reiter der Apokalypse, das Große Tier im Kampf mit dem Erzengel Michael, der Heilige Johannes, wunderbar errettet aus einem Kessel voll kochendem Öl. Ande-

re Bilder zeigten die Geretteten, wie sie selbstgerecht lächelten, während die Verdammten sich in Qualen schreiend wanden.
»All das muß von den Engeln gebaut worden sein«, flüsterte Athelstan. »Seht doch nur, Sir John! Ich muß mit Huddle herkommen. Wenn er doch nur solche Szenen studieren könnte! Die Abgeordneten haben wirklich Glück, daß sie sich an einem solchen Ort versammeln können.«
»Es hilft ihnen wenig«, warf Coverdale schroff ein. »Sie hocken an der Wand entlang und brüllen und schreien durcheinander.«
»Aber sie tun doch sicher mehr als nur das?« meinte Athelstan.
»Nun, der Sprecher hält Ordnung«, sagte Coverdale. »Er sitzt in der Mitte, unter dem Fenster. Er entscheidet, wer ans Rednerpult darf, und gibt seine Anweisungen. Und da drüben« – er deutete auf einen kleinen Tisch, auf dem Pergamentrollen lagen – »sitzen die Schreiber und Advokaten.«
Athelstan nickte. Er ging langsam herum, bewunderte die verschiedenen Szenen, die an die Wände gemalt waren, und trat hin und wieder ein paar Schritte zurück, um die Geschicklichkeit des Künstlers zu bestaunen. Als er Schritte im Vestibül hörte, hielt er inne. Die Tür wurde aufgestoßen, und eine Gruppe von Männern kam ins Kapitelhaus marschiert.
»Cranston.« Der Anführer war ein untersetzter, schmalgesichtiger Mann. Sein eisengraues Haar war bis hoch über die Ohren rasiert. Er blieb gleich in der Tür breitbeinig stehen und stemmte die Hände in die Hüften.
»Hier drüben«, gurrte Cranston. »Und wer, Sir, seid Ihr?«
»Sir Edmund Malmesbury, Abgeordneter der Commons von Shropshire. Wir haben auf Euch gewartet.« Malmesbury warf Coverdale einen verachtungsvollen Blick zu. »Aber wir sind vielbeschäftigte Leute. Wir müssen auch essen und trinken.«
»Aye, das müßt Ihr.« Cranston erhob sich ächzend, schob die Daumen hinter den Gürtel und watschelte hinüber. Eine Handbreit vor Malmesbury blieb er stehen.

»Wir haben uns verspätet, Sir Edmund.« Er lächelte. »Aber erlaubt, daß ich mich vorstelle: Sir John Cranston, Beamter des Königs und Coroner der Stadt London. Das ist Bruder Athelstan, mein Schreiber, und Coverdale kennt Ihr ja.« Cranston spähte um Malmesbury herum. »Und das sind Eure Kollegen?«
Die anderen traten vor: der rothaarige, stachelbärtige Sir Thomas Elontius mit seinen wilden, vorquellenden Augen, Sir Humphrey Aylebore, kahl wie ein Ei, fett und teigig, das glattrasierte Gesicht kraftlos und ziemlich wabbelig, Sir Maurice Goldingham, klein und adrett von Gestalt, das ölig schwarze Haar frisiert wie bei einem Pagen, und schließlich Sir Francis Harnett, schmächtig und blond, mit eng zusammenstehenden Augen. Sir Francis mit seinem braunen, glattrasierten Gesicht erinnerte Athelstan an einen Falken; er mußte daran denken, wie Moleskin erzählt hatte, daß Perline Brasenose sich an der Flußtreppe in Southwark mit diesem Ritter getroffen hatte, und der Ordensbruder fragte sich, was ein solcher Mann mit einem Heißsporn wie seinem jungen Pfarrkind zu tun haben mochte.
Cranston trat einen Schritt zurück, verbeugte sich und deutete auf die Stufen. »Meine edlen Herren, macht es Euch bequem – wir haben nur ein paar Fragen.«
Die fünf Ritter stolzierten hinüber und setzten sich auf eine Stufe. Sie taten es langsam und arrogant, und sie tuschelten dabei untereinander.
Pfauen, dachte Athelstan, mit aller Arroganz eines Luzifer. Man sah den Rittern an, was sie waren: erfolgreiche, abgehärtete Soldaten, Kaufleute und Männer von großer Bedeutung zu Hause in ihrer Grafschaft wie auch hier in London. Sie waren alle in teure Gewänder gekleidet, rot und golden, scharlach oder grün, und an Saum und Ärmel allesamt mit Hermelin verbrämt und besetzt. Kostbare Gürtel umschlossen ihre dicken Bäuche über bunten Hosen und zierlich geschmückten Schuhen. Männer im mittleren Alter, aber mit allem Firlefanz von Hofgecken ausge-

stattet. Ihre Ärmel waren mit silbernen Glöckchen bestickt. Die Hemden unter den Gewändern waren aus kostbarem Batist, und juwelenbesetzte Spangen und Silberringe zierten ihre fleischigen Finger und Handgelenke. Keiner von ihnen war bewaffnet, von ihren Kostümdolchen abgesehen, die sie in bestickten Scheiden trugen.

Malmesbury war der Anführer, streitbar und aggressiv. Eine Zeitlang flüsterte er leise mit Sir Humphrey Aylebore, auf dessen fettem Gesicht ein boshaftes Lächeln erstrahlte, während er einen kurzen Blick zu Sir Miles Coverdale hinüberwarf. Athelstan spürte, daß zwischen diesen mächtigen Männern und John von Gaunts Offizier keinerlei Zuneigung bestand. Elontius pfiff leise vor sich hin. Goldingham, der offenbar zuviel getrunken hatte, saß mit halbgeschlossenen Augen zurückgelehnt da, während Harnett sich sehr für die Wandgemälde zu interessieren schien.

Athelstan stand bei dem Rednerpult und fragte sich, wie Sir John wohl mit diesen Männern umgehen würde, die so anders waren als die Gauner, Betrüger und Spitzbuben von der Cheapside. Der Ordensbruder betete bei sich, der Coroner möge nicht gleich aus der Haut fahren; und hoffentlich hatte er seinem wunderbaren Weinschlauch noch nicht allzusehr zugesprochen. Über ihnen begannen die Glocken der Abtei zu läuten; sie riefen die Mönche zum Gebet, und ihr Klang hallte durch die weitläufigen Kreuzgänge. Cranston legte den Kopf schräg, als sei das Geläute interessanter als die Bosheit Malmesburys und seiner Gefährten. Das Läuten hörte auf, aber die Ritter flüsterten weiter miteinander, während Cranston anfing, den Amtsring an seinem Finger zu bewundern. Endlich hörte das Geflüster auf, aber Cranston hob noch immer nicht den Kopf. Athelstan umklammerte die Kante des Rednerpults, und das Schweigen wurde immer bedrückender.

»Nun gut, Mylord Coroner.« Malmesbury erhob sich. »Ihr habt

uns hergerufen.« Er schlug sich die Handschuhe klatschend an den Schenkel. »Wenn Ihr keine Fragen habt, dann gehen wir jetzt. Ich darf Euch daran erinnern, Coroner, daß wir nicht Eurer Jurisdiktion unterstehen: Abgeordnete der Commons können nicht auf Grund irgendwelcher dummen Verwaltungsvorschriften verhaftet werden.« Er schaute auf seine Kollegen hinunter, die zustimmendes Gemurmel erhoben.

»Sehr hübsch gesagt.« Cranston stand auf und trat neben Athelstan. Er deutete zur Tür. »Ihr könnt alle gehen, wenn Ihr wollt. Sir Edmund hat völlig recht. Ich habe hier keinerlei Gewaltbefugnis. Aber ich möchte Euch an ein paar juristische Kleinigkeiten erinnern. Erstens: Zwei von Euch, Abgeordnete der Commons, sind niederträchtig ermordet worden. Das ist ein Angriff gegen die Autorität der Krone. Und damit meine ich nicht den Regenten, sondern Richard, den König von England, dessen Beamter ich bin. Die Anwälte des Kanzleigerichts möchten wohl außerdem zu bedenken geben, daß ein Angriff gegen meine Autorität einem Angriff gegen die Krone gleichzusetzen ist. Das jedoch« – Cranston lächelte – »müßten die Richter des Königs entscheiden; es könnte lange dauern und Eure Rückkehr von Shropshire nach London erforderlich machen. Und zweitens: Ihr seid geschützt, solange das Parlament tagt. Wenn es aufgelöst wird – und es wird aufgelöst werden, ganz gleich, was passiert –, dann werde ich auf der Stelle Haftbefehle wegen Mordverdachts gegen Euch erlassen.«

»Das ist doch lächerlich!« prustete Goldingham und sprang auf. »Wollt Ihr uns des Mordes an unseren beiden Kollegen bezichtigen?«

»Ich sprach von einem Verdacht, welcher auf der äußerst triftigen juristischen Tatsache beruht, daß Ihr Euch weigert, die Fragen eines königlichen Beamten zu beantworten.«

»Aber wir haben mit diesen Todesfällen nichts zu tun«, rief Thomas Elontius. Er war puterrot im Gesicht, und seine Augen

quollen so weit aus den Höhlen, daß Athelstan befürchtete, sie könnten ganz herausfallen.
Cranston lächelte. »Sehr gut«, schnurrte er. »In diesem Fall werdet Ihr ja nichts dagegen haben, ein paar einfache Fragen zu beantworten.«
Goldingham ließ sich wieder auf die Stufe zurücksinken. »Macht schon«, knurrte er.
»Gut. Am vergangenen Montag ...«
»Wartet noch.« Harnett deutete auf Coverdale. »Muß er dabei sein?«
»Ja, das muß er. Wenn er geht, gehe ich auch«, antwortete Cranston. »Sir Miles, entspannt Euch. Setzt Euch. Es wird nicht lange dauern.«
Cranston hielt inne, um sich mit dem Saum seines Mantels das Gesicht zu betupfen; dabei warf er Athelstan einen Blick zu und zwinkerte. Der Ordensbruder trat vor. Er schob die Hände in die Ärmel seiner Kutte und ging auf die Ritter zu. Sie beobachteten ihn neugierig.
»Mylords«, begann er, »am Montag abend verließ Sir Oliver Bouchon ein Bankett im Gasthof ›Zum Ungeheuer‹, an dem Ihr alle teilnahmt. Zeugenaussagen zufolge machte Bouchon einen bedrängten, bedrückten Eindruck. Er kehrte nicht mehr zurück. Später fand man seinen Leichnam im Schilf am Flußufer bei Tothill Fields.«
»Und?« fragte Malmesbury. Er beobachtete Athelstan, wie wenn Bonaventura eine Maus im Auge behielt.
»Warum war Sir Oliver so bestürzt?«
Die Ritter starrten ihn stumm an.
»Hat er Euch gesagt, wohin er wollte?«
Wieder schwiegen alle.
»Hat er Euch erzählt, daß er eine Pfeilspitze, eine Kerze und ein Stück Pergament mit dem Wort ›Memento‹ erhalten hatte?«
»Er hat uns überhaupt nichts erzählt«, antwortete Malmesbury.

»Ist es nicht so, Mylords?« Er äffte Athelstans Rede nach und grinste seine Kollegen an.
»Wir haben uns darüber unterhalten.« Elontius kratzte sich den roten, struppigen Bart. Aus der Nähe sah er nicht mehr so wild aus, und Athelstan entdeckte eine gewisse Sanftmut in den vorquellenden Augen des Mannes. »Bruder, es war nicht unsere Absicht, Euch oder Sir John zu beleidigen«, fuhr er fort. »Aber wir wissen nichts über Sir Olivers Tod – Gott schenke ihm die ewige Ruhe. Ja, er war still. Ja, er verließ den Gasthof. Und das war das letzte, was wir von ihm gesehen haben.«
»Ihr wißt also keinerlei mögliche Erklärung für seinen Tod? Weshalb hätte ihm jemand diese Pfeilspitze und die anderen Gegenstände schicken sollen? Und warum hätte ihm jemand nach dem Leben trachten können?«
Diesmal bestritten alle im Chor, irgend etwas zu wissen. Athelstan schaute auf den gefliesten Boden und fuhr mit der Spitze seiner Sandale über die gemalten Lilien dort.
»Und später an jenem Abend, Mylords?« Er hob den Kopf wieder. »Ihr habt noch anderswo Unterhaltung gesucht?«
»Das stimmt«, antwortete Goldingham patzig. »Wir suchten noch ein wenig, äh – Unterhaltung in Dame Mathildas Konvent in der Cottemore Lane.«
Harnett fing an zu kichern. Elontius sah ein bißchen verlegen aus. Aylebore grinste spöttisch, aber Malmesbury behielt Athelstan aufmerksam im Auge, und allmählich fragte der Ordensbruder sich, wo er Sir Edmund schon einmal gesehen hatte.
»Ihr seid also in ein Bordell gegangen.« Cranston kam herüber. »Das ist es, was Dame Mathilda führt: ein Dirnenhaus für Männer, die fern von ihren Frauen sind.« Cranston stand breitbeinig vor den Rittern, und seine blauen Augen funkelten sie eisig an. Er schüttelte den Kopf und drohte ihnen mit dem Finger. »Die Sache ist nicht zum Lachen. Was wird wohl geschehen, wenn die Morde nicht aufgeklärt werden und ich nach Shrewsbury

kommen muß, um Euch diese Fragen vor Euren Gemahlinnen zu stellen?«
»Das dürfte ziemlich schwierig werden«, prustete Goldingham. »Meine ist nämlich tot.«
»Wenn dem so ist, Sir, muß man sie glücklich preisen.«
Goldinghams Hand flog zu seinem Dolch.
»Wieso zieht Ihr ihn nicht?« spottete Cranston. »Oder, besser noch, Sir Maurice, schlagt mir doch Euren Handschuh ins Gesicht. Ich kann immer noch ein Schlachtroß besteigen und eine Lanze führen. Ich ziele gut, und meine Hand ist noch genauso ruhig wie damals, als ich für den Schwarzen Prinzen kämpfte.«
Malmesbury drehte sich um und packte Goldingham bei der Schulter. »Sir John, wir bitten Euch um Entschuldigung. Euch ebenfalls, Bruder Athelstan. Ich will für die anderen Rechenschaft ablegen, und sie können mir dann widersprechen, wenn sie wollen. Sir Oliver verließ an jenem Abend die Schenke und kam nicht mehr zurück. Keiner von uns wußte, was ihm solche Sorgen bereitete. Freilich versuchten wir ihn aufzumuntern, aber er war in tiefe Melancholie versunken. Nach dem Essen brachte unser braver Wirt uns zum Haus der Dame Mathilda in der Cottemore Lane. Dort blieben wir alle bis in die frühen Morgenstunden; dann kamen wir zurück« – er lächelte gezwungen – »und waren ziemlich betrunken. Natürlich waren wir alle entsetzt über Sir Olivers Tod, aber London ist ja voll von Strauchdieben.« Seine Worte bekamen einen sarkastischen Unterton. »Wie wir hören, sind Überfälle an der Tagesordnung.«
Athelstan musterte nacheinander die Gesichter. Du lügst, dachte er. Ihr habt zusammengesessen und euch diese Geschichte ausgedacht. Wenn Sir John und ich euch einzeln befragen wollten, würde jeder von euch das gleiche Lied zwitschern.
»Das gleiche gilt für Swynfords Tod.« Es war Harnett, der sich zu Wort meldete.

Athelstan entging das Beben in seiner Stimme nicht, und auch nicht das rasche Flackern in seinem Blick. Er beschloß, Sir Francis bei nächster Gelegenheit zu fragen, was er an der Flußtreppe zu suchen gehabt hatte.
»Ja, ja.« Cranston trat an das Rednerpult und sah sich nach Coverdale um. Der junge Hauptmann hatte es sich auf der Stufe bequem gemacht. In seinen Augen loderte solcher Haß, daß Cranston sich fragte, ob es klug gewesen war, Gaunts Gefolgsmann dabeisein zu lassen.
»Ich nehme an«, fuhr Athelstan jetzt müde fort, »daß Swynfords Tod ebenfalls eine Überraschung und ein furchtbarer Schreck für Euch alle war, daß Ihr nicht wißt, weshalb ihm jemand eine Pfeilspitze, eine Kerze und ein Stück Pergament geschickt haben könnte, und daß Ihr letzte Nacht, als er ermordet wurde, alle mit Euren eigenen Angelegenheiten beschäftigt wart?«
»Ja, genauso ist es«, antwortete Malmesbury. »Nach der Nacht davor waren wir müde, und außerdem waren wir betrübt über Sir Olivers Tod. Also sind wir im Gasthaus ›Zum Ungeheuer‹ geblieben.«
»Und dafür habt Ihr Zeugen?«
»Ich war bei Sir Edmund«, erklärte Elontius. »Wir haben in seiner Kammer gewürfelt und über die Ereignisse gesprochen.«
»Und Ihr, Sir Humphrey?«
Aylebore zog eine Grimasse. »Ich habe mich früh zurückgezogen. Ich habe dem toten Sir Oliver die letzte Ehre erwiesen. Eine Zeitlang habe ich dann noch mit dem Wirt und mit Goldingham hier zusammengesessen. Dann habe ich die Schankstube verlassen und bin in meine Kammer gegangen. Daß etwas nicht stimmte, erfuhr ich erst, als der Wirt Alarm schlug. Ist es nicht so, Goldingham?«
Sir Maurice fuhr sich mit der Hand durch das adrett frisierte Haar.
»Es ist so, und der Wirt wird für mich bürgen. Wir haben über

das Weingeschäft und die Überfälle der Franzosen auf unsere Koggen aus Bordeaux gesprochen. Dann ist er gegangen, und ich habe mit der reizenden Christina geschäkert.«

»Und hat einer von Euch den Priester kommen sehen?«

»Ich.« Das war wiederum Goldingham. »Es war ziemlich viel Betrieb im Gasthaus, und der Schankraum war voll. Ich wollte gerade nach Christinas Hand greifen, als die Tür aufging. Ich sah eine Gestalt im Kapuzenmantel.« Goldingham zuckte die Achseln. »Er kam herein, Christina sagte etwas zu ihm, und er ging die Treppe hinauf. Danach kann ich mich eigentlich an nichts weiter erinnern.« Er gähnte. »Ich ging hinauf, um mich zu Bett zu legen, und dann hörte ich den Wirt brüllen.«

»Hat jemand gesehen, wie der Priester fortging?« fragte Athelstan.

»Wie denn?« gab Malmesbury zurück. »Ich war bei Sir Thomas. Aylebore lag im Bett, Goldingham war in seiner Kammer. Daß Swynford tot war, erfuhren wir erst, als der Wirt schrie wie eine Magd.«

»Damit bleibt Ihr übrig, Sir Francis.« Athelstan lächelte Harnett an. »Wo wart Ihr letzte Nacht?«

»Ich war ...« Die engstehenden Augen blinzelten. »Ich war die ganze Zeit in meiner Kammer.«

»Und am Abend zuvor?« fragte Athelstan.

Harnett öffnete den Mund, um zu lügen, aber das Schweigen seiner Kollegen verriet ihn. »Ich habe Dame Mathilda frühzeitig verlassen«, gestand er. »Ich bin dann hinunter zu den King's Steps gegangen und habe mir einen Kahn gemietet.«

»Wohin wolltet Ihr? Sir Francis, bitte sagt die Wahrheit.«

»Nach Southwark ins Dirnenviertel, um dort ins Badehaus zu gehen.« Er schaute mit rotem Gesicht in die Runde, und seine Kollegen lachten hinter vorgehaltenen Händen.

»Ihr wart also noch nicht müde von den Anstrengungen des Abends?« fragte Athelstan trocken. »Sir Francis, ich bin Pfarrer in St. Erconwald; die Badehäuser am Fluß sind berüchtigte Bordelle.«

»Ach?« Harnett hob den Kopf und schürzte die Lippen. »Ich bin dort hingegangen, um mich zu erfrischen, Bruder, wie es wahrscheinlich viele Eurer Pfarrkinder tun.«

»Und dann seid Ihr zurückgekommen.« Athelstan ignorierte die Beleidigung.

»Ja, dann bin ich zurückgekommen.« Harnett zuckte die Achseln. »Was kann ich noch sagen?«

Ja, was? dachte Athelstan. Er lächelte, um sich die Verzweiflung nicht anmerken zu lassen. Diese Leute logen, ja, sie machten sich über ihn lustig. Aber er oder Sir John konnten wenig tun, um sie zur Räson zu bringen. Cranston hatte sich inzwischen neben Coverdale gesetzt. Athelstan hustete laut, denn der Coroner war leicht vornüber gesunken, und seine Lider wurden ihm schwer. Oh, jetzt nicht einschlafen! betete Athelstan. Bitte, Sir John. Er hatte das Gefühl, daß sie auf schmalem, tückischem Pfad wandelten; der kleinste Ausrutscher, und diese mächtigen Herren würden in Hohngelächter ausbrechen. Sie würden erklären, daß sie nichts weiter zu sagen hätten, und hinausmarschieren, um weiter ihrem Vergnügen und anderem Zeitvertreib nachzugehen.

»Und Sir Henry Swynford?« Athelstan brüllte fast, als er sich umdrehte und auf die Abgeordneten zuging. Hoffentlich würde Sir John sich wieder aufrappeln. »Und Sir Henry«, wiederholte er ebenso laut, »hat nicht angedeutet, daß er die gleichen Gegenstände erhalten hatte wie Sir Oliver Bouchon?«

»Nein«, knurrte Aylebore, »und ich habe diese Sache allmählich satt, Bruder.«

»Keiner von Euch weiß also irgendeinen Grund, weshalb er ermordet worden sein könnte?«

»Wenn wir einen wüßten, würden wir es Euch sagen«, gab Malmesbury zurück.

»Woran sollten Sir Henry und Sir Oliver sich erinnern?« fragte Athelstan.
»Wenn wir es wüßten«, erwiderte Sir Edmund sarkastisch, »wüßtet Ihr es auch.«
»Ihr wart alle miteinander befreundet?«
»Eher Kollegen und Nachbarn«, antwortete Aylebore.
»Aber Ihr wart alle Ritter vom Schwan«, stellte Athelstan fest.
Zum ersten Mal sah er, daß die Maske verrutschte. Malmesbury zuckte zusammen, und seine Kollegen wurden ebenfalls unruhig.
»Das ist viele Jahre her«, murmelte Malmesbury. »Die Torheit der Jugend, Bruder Athelstan. Aber die Zeit geht weiter. Die Menschen verändern sich, und wir tun es auch.«
»Die edle Bruderschaft der Ritter vom Schwan gibt es also nicht mehr?« fragte Athelstan.
»Sie ist einfach gestorben.«
»Als die Freundschaft zwischen Euch starb?«
»Bruder«, sagte Sir Humphrey Aylebore warnend, »Ihr werdet allmählich unverschämt.«
»Bruder Athelstan«, warf Sir Thomas Elontius freundlich ein, »wir wohnen alle in derselben Grafschaft. Wir haben in denselben Schlachten gekämpft. Wir sind durch Heirat miteinander verwandt. Wir treffen uns zum Turnier oder zur Jagd. Wir lachen zusammen auf Hochzeiten und trauern gemeinsam bei Beerdigungen. Wir haben unsere Auseinandersetzungen, aber nichts, was einen von uns zum Mord treiben könnte.«
Du bist wie Sir John, dachte Athelstan und sah Elontius an; deinen roten Haaren und deinem gesträubten Bart zum Trotz bist du ein gutherziger Mann.
Sir Thomas hielt seinem Blick stand. »Wir wissen nicht, Bruder«, flüsterte er heiser, »weshalb diese beiden braven Ritter so ruchlos ermordet worden sind.«

»Und die roten Kreuze, die man den Toten in die Gesichter geritzt hat?«
»Auch darüber wissen wir nichts«, schnarrte Malmesbury.
Cranston erhob sich ächzend von der Treppenstufe und bewegte sich schwerfällig durch den Saal. »Wenn das so ist, wird mein Sekretär alles aufschreiben, was Ihr uns erzählt habt. Ihr seid unschuldig in dieser Sache. Ihr wißt nichts, was uns weiterhelfen könnte. Seid Ihr bereit, das auf Euren Eid zu nehmen?«
»Zeigt uns die Heilige Schrift«, sagte Goldingham höhnisch, »und ich nehme es auf meinen Eid.«
»Wenn das so ist ...« Cranston sah sich nach Coverdale um.
»Festina lente«, mahnte Sir Maurice Goldingham. »Eile mit Weile, Mylord Coroner.« Er spreizte die fetten Hände. »Wir haben hier gesessen und Eure Fragen beantwortet, aber die Tatsache bleibt bestehen, daß zwei unserer Kampfgenossen ruchlos ermordet wurden. Ihr und Euer Schreiber kommt her und deutet durch Eure Fragen an, daß einer von uns oder wir alle diese Morde begangen haben könnten. Aber« – Goldingham erhob sich und winkte ab, als Malmesbury warnend die Hand erhob – »diese Männer wurden in London ermordet, in Eurem Zuständigkeitsbereich, Mylord Coroner. Und beide haben sich, genau wie wir alle, entschieden gegen den Regenten und seine neuen Steuerforderungen ausgesprochen.« Goldingham stieß Cranston seinen Wurstfinger gegen die Brust. »Inzwischen tuschelt man schon, daß sie vielleicht von Leuten ermordet wurden, denen unsere offene Sprache nicht gefällt.« Sein Finger drückte noch kräftiger zu, aber Cranston wich keinen Zollbreit.
»Diese Männer waren unsere Freunde«, fuhr Goldingham heiser fort. »Ihr Blut schreit zum Himmel um Rache. Euch schickt der Regent; also sage ich Euch Folgendes: Wenn diese Morde nicht aufgeklärt werden und der Mörder nicht gefaßt wird, dann werde ich selbst an dieses Rednerpult treten und vor dem Parlament verkünden, daß Mörder frei herumlaufen, weil gewis-

se Beamte des Königs unfähig sind, sie zu fangen, und daß man solche Beamte deshalb entlassen sollte.«
Cranston packte den Finger des Edelmanns und quetschte ihn, bis Goldingham das Gesicht verzog. »Ich habe Euch gehört, Sir Maurice«, sagte der Coroner, »und ich sage, Ihr seid ein Narr. Ich will ebenfalls zweierlei schwören. Erstens, ich werde diesen Mörder fangen und ihn hängen sehen, und man wird ihn aufschneiden, vierteilen und ausweiden.« Er hob seine Stimme. »Und zweitens, der Tod dieser beiden Männer mag geheimnisumwoben sein, aber Ihr seid allesamt Narren, wenn Ihr glaubt, daß sie die letzten Toten sein werden.«

5

Gott sei Dank, daß wir endlich draußen sind!«

Cranston und Athelstan standen im Hof vor dem großen Portal der Abtei. Sie hatten die Abgeordneten im Kapitelhaus zurückgelassen; Cranston hatte nicht abgewartet, was sie zu seiner Warnung zu sagen hatten. Er hatte auf dem Absatz kehrtgemacht und war hinausmarschiert, und Athelstan und Coverdale waren ihm gefolgt. Gaunts Gardehauptmann hatte breit gegrinst, als er gesehen hatte, wie Cranston mit diesen mächtigen Männern umgesprungen war. Er hatte die beiden durch die Postenreihe gebracht, aber dann war er so erpicht darauf gewesen, sich am Unbehagen der Abgeordneten zu weiden, daß er sich in aller Hast von Athelstan verabschiedet hatte.

»Hab ich's richtig gemacht?« Cranston atmete geräuschvoll ein. Er zog seinen Weinschlauch hervor, hob ihn der Statue der Jungfrau Maria entgegen, die auf einem Sockel neben dem Abteiportal stand, und nahm ein paar großzügige Schlucke.

»Sie haben Euch gedroht, Sir John, und das wäre nicht nötig gewesen. Aber Goldingham hat vielleicht recht. Wir können nicht beweisen, daß der Mörder Bouchons und Swynfords unter diesen Abgeordneten ist.«

»Am Arsch!« fluchte Cranston. »Sie haben einen Haufen Lügen erzählt. Sie haben dagehockt wie Chorknaben oder wie Schauspieler bei einem Mummenschanz, die ihren Text aufsagen.«

»Aber das muß ja nicht bedeuten, daß sie im Zusammenhang mit den Morden etwas verbergen wollen«, beharrte Athelstan. Er hakte sich bei Sir John unter und führte ihn davon. »Ihr seid solchen Leuten schon öfter begegnet, Sir John. Ihr kennt Euch mit ihnen aus«, fügte er schmeichelnd hinzu. »Sie sind zusammen aufgewachsen, haben als Pagen und Knappen im selben Haushalt gedient. Sie sind einander durch Blut und Heirat verbunden. Sie ziehen in den Krieg und teilen sich die Beute, und in Friedenszeiten stehen sie ebenfalls Seite an Seite.«

»Rede doch nicht in Rätseln, Bruder!«

»Kommt, Sir John, das ist kein Rätsel. Ihr habt nur einen Schluck zuviel aus Eurem Weinschlauch genommen. Nein, schaut mich nicht so wütend an. Ihr seid der Vater Eurer Kerlchen, und wenn Ihr mich unter Euren buschigen weißen Brauen hervor anfunkelt, so ist das nur Schauspielerei. Ich will damit sagen«, fuhr Athelstan fort, »daß diese Männer natürlich eine ganze Menge zu verbergen haben, aber das muß nicht unbedingt etwas mit den Mordfällen zu tun haben.«

»Und wie sollen wir das herausfinden?«

Athelstan stach mit dem Finger in den Weinschlauch unter Sir Johns Mantel. »*In vino veritas,* Sir John. Im Wein liegt Wahrheit.«

»Du meinst Banyard?«

»Natürlich. Zeigt mir einen Wirt, der behauptet, er höre nicht, was seine Gäste so reden, und ich zeige Euch einen Lügner.«

Sie verließen die Abtei. Um zum »Ungeheuer« zu gelangen, mußten sie einen Umweg durch enge, stinkende Gassen machen, weil der gerade Weg durch ein brennendes Haus versperrt wurde.

»Ist das nicht merkwürdig?« murmelte Cranston. »Gerade haben wir die Abtei verlassen, wo der König gekrönt und Parlamente abgehalten werden, einen heiligen und ehrwürdigen Ort. Aber wie es scheint, ist er umgeben von allen Schurken der Stadt.«

Athelstan mußte ihm zustimmen. Er sah zwei Gestalten, eine mit Augenklappe, die beide ihre Kapuzen tief ins Gesicht gezogen hatten und einer hübschen Hure folgten, die an den Marktständen vorbeitrippelte. Die beiden Kerle beobachteten gierig die bestickte Geldbörse, die an ihrem bunten Gürtel baumelte. An der Ecke der Gasse standen drei Männer mit Schildern, auf denen zu lesen war, sie seien seit ihrer Kindheit taubstumm und bäten um eine kleine Gabe.

»Lügner!« schnaubte Cranston ungläubig.

»Aber sie sind echt!« rief Athelstan aus.

»Paß auf«, knurrte Cranston.

Er überquerte die Straße, sprang über die gurgelnde Gosse in der Mitte hinweg und wartete, bis eine kleine Schar von Leuten zusammengekommen war, die bereit waren, eine Münze zu geben. Cranston zog seinen Dolch, schob sich hinter den einen der drei Bettler und stach ihm im Vorbeigehen mit der Dolchspitze in den Hintern. Der Mann ließ seine Tafel fallen und kreischte wie ein Vogel.

»Wer war das? Wer war das?«

»Ein Wunder«, rief Cranston und hielt seinen Dolch in die Höhe. »Der Mann kann sprechen.« Bedrohlich näherte er sich den beiden anderen. »Vielleicht kann ich das gleiche auch bei euch bewirken.«

Die drei Bettler rafften ihre Münzschalen an sich und flüchteten sich wie Hasen in eine Gasse. Die Kunde verbreitete sich offenbar wie ein Lauffeuer: Wo Cranston vorüberging, verschwanden die um Almosen bettelnden Gestalten im Schatten. Ihre Plätze vor den Türen oder auf den freien Flächen zwischen den Häusern wurden im Handumdrehen von einer Legion anderer Vagabunden eingenommen: Bänkelsänger, Höker, Reliquienverkäufer und die allgegenwärtigen Ablaßhändler, die darauf brannten, ihre Buß- und Ablaßzettel an die Pilger zu verkaufen, die zum Grab Edwards des Bekenners strömten. Mitunter waren die Gassen verstopft, und der Lärm war groß; Cranston und Athelstan hatten Mühe, sich hindurchzuzwängen.

»Warum zieht die Religion immer so viele Gauner und Narren an?« rief Cranston. »Der liebe Gott hat doch sicher etwas dagegen?«
Athelstan hätte ihn gern daran erinnert, daß Christus zu Lebzeiten Sünder wie Heilige angezogen hatte. Aber es herrschte ein solches Getöse, daß er sich vornahm, diese Belehrung auf eine andere Gelegenheit zu verschieben. Endlich kamen sie um eine Ecke und standen unter dem Schild des Gasthofes »Zum Ungeheuer«. Athelstan schaute auf den Teufelskopf hinauf, der dort abgebildet war; er war wahrhaft erschreckend, grau-grün vor scharlachrotem Hintergrund. Das zerzauste Haar des Dämons, die grausigen Augen und das brüllende Maul, mit dem er einen Ritter in voller Rüstung angriff, erinnerten den Ordensbruder an seine eigenen Sorgen in St. Erconwald.
Sie traten in die Schankstube. Banyard stand bei den Weinfässern und hielt ein paar Flußschiffern einen Vortrag über die steigenden Bierpreise. Als er Athelstan und Cranston sah, brach er ab und lächelte.
»Nun, Mylord Coroner, was kann ich für Euch tun? Eine kleine Erfrischung?«
»Ja«, antwortete Athelstan hastig, »und wenn ich ein Schreibtablett mieten könnte …?«
»Erst muß der Leib genährt werden«, knurrte Cranston.
»Ein wenig Schweinsragout mit Ei?« bot Banyard an. »Und es gibt frisches Brot.«
Cranston und Athelstan waren einverstanden, und der Wirt führte sie zu einem Tisch, der etwas abseits stand. Er brachte zwei Humpen Ale und schickte dann einen Jungen mit einem Schreibtablett, das einen Federkiel, ein kleines Faß Tinte, ein Stück Pergament und ein wenig Siegellack enthielt.
»Was ist los?« fragte Cranston.
Athelstan nahm den Federkiel und fing hastig an zu schreiben. Seine Hand flog über das Blatt. Dann hielt er inne und erinnerte

sich an die Pergamentstücke, die den toten Abgeordneten geschickt worden waren.
»Hier hat man sie nicht geschrieben.«
»Was hat man hier nicht geschrieben?«
»Pergament und Tinte sind anders«, erklärte Athelstan. »Ich hatte mich gefragt, ob die Warnungen hier geschrieben worden sein könnten.« Er machte schmale Augen. »Wenn wir nur herausfinden könnten, woran die beiden Ermordeten sich erinnern sollten. Nun, wie dem auch sei ...« Er tauchte die Spitze seines Federkiels in das Tintenfaß und kritzelte weiter. »Ich schreibe einen Brief an den Pater Prior«, erklärte er. »Ich muß ihm von unserem Dämon in Southwark erzählen.«
»Wie kann er dir helfen?« fragte Cranston.
»Er ist verschlagen wie eine Schlange und unschuldig wie eine Taube.«
»Du meinst, er ist wie du?«
»Sir John, Ihr schmeichelt mir ... Aber im Ernst, in einem Brief von unserem Pater Superior wurden kürzlich alle Dominikaner dazu angehalten, Dämonenbesessenheit eingehender zu studieren und solchen Phänomenen auf den Grund zu gehen.« Athelstan schrieb zu Ende, legte die Feder hin und bat den Schankburschen um eine Kerze, damit er den Siegellack schmelzen könnte.
»Wißt Ihr, Sir John«, fuhr er fort, als er fertig war, »Pike, der Grabenbauer, kann alle möglichen Dämonen sehen, wenn er betrunken ist, doch Benedicta hat einen nüchternen Verstand. Ihr könnt Euch ruhig darüber lustig machen, aber irgend etwas Ruchloses hat in jener Nacht in unserem Leichenhaus gelauert. Ich muß Gewißheit haben.« Er blies die Kerze aus. »Oder glaubt Ihr etwa nicht an Satan und all seine Macht, Sir John?«
»Doch, das tu ich, verdammt.« Cranston trank einen Schluck Ale. »Und viele seiner Freunde wohnen in der Cheapside. Aber du glaubst doch sicher nicht, daß Dämonen aus der Hölle

heraufkommen, um in den Gassen von Southwark herumzutollen? Da könnte ich mir eine bessere, knackigere Beute auf der anderen Seite des Flusses vorstellen.«

»Was immer es sein mag«, sagte Athelstan und nahm den Brief in die Hand, als Banyard mit dem Essen kam, »ich muß Pater Anselm darüber berichten und ihn um seinen Rat bitten.«

Als der Wirt ihnen die dampfenden Schüsseln hingestellt hatte, reichte Athelstan ihm den Brief.

»Würdest du dafür sorgen, daß er nach Blackfriars gebracht wird?« fragte er und nahm einen Penny aus seiner Börse. »Ich bezahle den Jungen.«

»Unsinn!« antwortete Banyard. »Ihr braucht nicht zu bezahlen, Pater.«

»Wenn das so ist« – Cranston legte seinen Hornlöffel aus der Hand und schmatzte mit den Lippen –, »so wäscht eine Hand die andere. Schick den Jungen nur los, Master Banyard, und dann komm wieder her. Sei unser Gast.«

Banyard war damit einverstanden. Er kam aus der Küche zurück und setzte sich an den Tisch. In der großen Faust hielt er einen Humpen mit schäumendem Ale. Cranston nahm eine Silbermünze aus der Börse und schob sie zu ihm hinüber.

»Wir hätten gern einen Rat von dir, Master Banyard.«

Der Wirt nahm einen Schluck Bier, ohne die Münze aus den Augen zu lassen.

»Wobei?« fragte er und wischte sich mit dem Handrücken den Mund ab.

»Lassen wir die Kindereien.« Cranston senkte die Stimme und schob die Münze vollends zu Banyard hinüber. »Da oben, Wirt, hast du zwei Tote liegen, beides ehemalige Gäste von dir. Das kann nicht gut fürs Geschäft sein.«

»Der Tod ist ein unerwarteter Besucher, Sir John. Das ›Ungeheuer‹ hat schon manchen Leichnam beherbergt.« Der Wirt starrte unter die rauchgeschwärzte Balkendecke. »Das Gast-

haus steht hier seit vielen Jahren. Gäste sterben im Schlaf, in einer Prügelei. Auch haben wir so manchen Toten aufgenommen, den man aus dem Fluß gefischt hat.«
»Aber das hier ist etwas anderes«, beharrte Athelstan.
Banyard stellte seinen Humpen hin. Er streckte die Hand aus, und die Silbermünze war verschwunden.
»Ich habe Euch erzählt, was ich weiß und was ich gesehen habe«, sagte er leise. »Aber unsere edlen Abgeordneten sind nicht der brüderliche Haufen, als der sie erscheinen möchten. In der Nacht, in der Bouchon ermordet wurde, gab es beträchtliche Zwistigkeiten in verschiedenen Fragen.« Er zog eine Grimasse. »Probleme aus ihrer Heimat: das Aufkaufen von Korn, die Festsetzung der Preise auf den Märkten von Shrewsbury.«
»Und?« fragte Cranston.
»Die Diskussion wurde hitzig«, fuhr Banyard fort. »Sie stritten sich wegen eines Schiffes, das sie gemietet hatten, um Getreide aus Hainault zu importieren. Anscheinend war es auf Malmesburys Rat hin geschehen, aber das Schiff hatte Pech gehabt und war im Kanal französischen Piraten in die Hände gefallen. Goldingham, der kleine Dunkle, der wie ein Weib geht und die Zunge einer Viper hat – dieser Goldingham meinte, Malmesbury müsse sie entschädigen. Sir Edmund war ganz rot im Gesicht und erklärte, das werde er nicht tun.«
»Und?«
»Nun, eins gab das andere. Sie sprachen von einem Kelch, der verschwunden war. Dann hörte ich, daß der Name ›Artus‹ erwähnt wurde.« Banyard nahm einen Schluck Bier. »Ich war zwischendurch mit anderem beschäftigt, aber als ich zu ihnen zurückkam, hatte das Gespräch eine andere Wendung genommen. Sir Henry Swynford meinte, sie sollten sich dem Regenten nicht so vehement widersetzen. Er sprach von Unruhe in den Grafschaften und von immer wiederkehrenden Überfällen auf einsame Bauernhöfe und Herrenhäuser in Kent, aber auch in

der walisischen Grenzmark.« Banyard verstummte und nahm seinen Humpen in beide Hände. »Dann sagte Sir Francis Harnett etwas sehr Sonderbares ...« Er schloß die Augen. »Ja, so war's: Er sagte, die alte Methode sei die beste. Malmesbury beugte sich über den Tisch und packte ihn beim Handgelenk. ›Sei kein Dummkopf‹, zischte er. ›Bleib du bei deinem Viehzeug.‹«
»Was glaubst du, was er damit meinte?« fragte Athelstan.
»Oh, Sir Francis Harnett interessierte sich offensichtlich für alle möglichen exotischen Bestien. Als er aus dem Tower zurückkam, schwatzte er wie ein Kind von den Elefanten, den Affen und von einem weißen Bären, der in der Königlichen Menagerie gehalten wird.«
»Nein.« Athelstan lächelte. »Ich meine, als er sagte, die alte Methode sei die beste.«
Banyard zog die Brauen hoch. »Pater, ich bin Wirt, kein Jahrmarktzauberer.«
»Und Sir Oliver Bouchon? Der war still?«
»Er schwieg die ganze Zeit und hat sein Essen nicht angerührt.« Banyard stand auf. »Mehr weiß ich nicht, und jetzt warten meine anderen Gäste.«
»Das hättest du uns alles schon früher erzählen können.«
»Sir John, ich verkaufe Wein, gutes Essen und Klatsch. Alles muß bezahlt werden.«
»Wirst du uns auch zu Dame Mathilda in die Cottemore Lane bringen?« fragte Cranston.
Banyard zwinkerte. »Braucht Ihr Trost, Sir John?«
»Nein, nein!« wehrte Cranston hastig ab. »Lady Maude, Gott schütze sie, wäre entsetzt, wenn sie hörte, daß ich ein solches Haus besucht habe. Ich muß nur erfahren, ob die guten Herren alle zusammen den Montag abend dort verbracht haben.«
Banyard zog ein Gesicht und spielte mit seinem leeren Humpen. »Sir John, sie kamen alle nach Mitternacht zurück, und zwar ziemlich abgekämpft.« Er zuckte die Achseln. »Sobald Ihr bereit

seid, werde ich Euch hinbringen.« Er stand auf und verschwand in der Speisekammer.
»Tja ...« Cranston schob den Teller von sich. »Wir haben nur bestätigt bekommen, was wir schon wußten. Die feinen Herren sind Lügner. Es herrscht Rivalität unter ihnen.« Er leckte sich die Lippen. »Was mag es wohl mit dem Kelch und mit Artus auf sich haben? Und mit Harnetts Behauptung, die alte Methode sei die beste?«
»Diese Abgeordneten wissen, was die Pfeilspitze, die Kerze und das ›Memento‹ zu bedeuten haben«, sagte Athelstan. »Die beiden wurden wegen einer geheimen Sünde ermordet, die vor vielen Jahren begangen wurde. Aber das fordert eine weitere Frage heraus.«
Athelstan putzte seinen Hornlöffel ab und steckte ihn in die Tasche. »Wenn diese Ritter von Furien aus ihrer Vergangenheit gehetzt werden, warum geraten sie dann nicht in Panik? Warum fliehen sie nicht zurück nach Shropshire?« Er sah Cranston an und beugte sich über den Tisch. »Ich meine, Sir John – stellt Euch vor, Ihr und ich und ein paar andere wären nach Shrewsbury gereist, und wir hätten irgendeine geheime Sünde begangen, und nun würden Leute aus unserer Reisegesellschaft ermordet. Was würdet Ihr tun?«
Cranston stellte seinen Humpen hin. »Ich gebe es ungern zu, aber ich würde Shrewsbury pfeilschnell verlassen.«
»Und warum tun diese Ritter es nicht?« fragte Athelstan. »Zwei ihrer Gefährten sind tot, und trotzdem ...«
Cranston starrte durch den Schankraum. »Gut gesagt, Brüderlein. Es wäre naheliegend für sie, aus London zu fliehen und möglichst viel Abstand zwischen sich und Westminster zu bringen.«
Er blies die Wangen auf und strich sich mit den Fingern über den gesträubten Schnurrbart. »Natürlich hätten sie immer noch Zeit dazu, aber die Männer, die wir im Kapitelhaus kennenge-

lernt haben, sind anscheinend fest zum Bleiben entschlossen.« Er beugte sich vor und kniff Athelstan ins Handgelenk. »Du stellst Fragen, Bruder. Hast du auch Antworten?«

»Nun ja, zuerst einmal«, begann Athelstan langsam, »können sie ja nicht sofort fliehen. Das würde aussehen, als wären sie schuldig und hätten etwas zu verbergen. Zum zweiten sind sie die Abgeordneten ihrer Grafschaft. Es ist ihre Pflicht, in Westminster zu bleiben, bis das Parlament zu Ende ist. Sie könnten natürlich jederzeit Krankheit oder dringende Geschäfte in der Heimat vorschützen.« Athelstan überlegte. »Möglicherweise gibt es noch zwei andere Erklärungen. Erstens haben vielleicht nicht alle die Ritter, die wir heute morgen kennengelernt haben, eine geheime Sünde zu verbergen. Und zweitens gibt es vielleicht eine noch größere Angst, die sie zum Bleiben zwingt.« Er schob Teller und Schreibtablett von sich. »Und wir müssen noch Dame Mathilda und ihre Schönen der Nacht besuchen.«

In seiner kleinen, wunderschön ausgeschmückten Kapelle im Savoy-Palast kniete John von Gaunt, den Kopf zum Gebet gesenkt, auf seinem Betstuhl. Neben ihm auf einem rot-golden bestickten Kissen kniete sein »geliebter Neffe«, Richard von England. Ab und zu blinzelte der junge König mit seinen hellblauen Augen, hob das elfenbeinweiße, von goldenem Haar umrahmte Engelsgesicht und warf einen kurzen Blick zu seinem Onkel hinüber. Schon oft hatte er seinem Hauslehrer, Sir Simon Burley, anvertraut, daß er den »lieben Onkel« mit einer Leidenschaft haßte, die über alles Verständliche hinausging. Ob Gaunt wohl wirklich betete? fragte sich der junge König. Oder war diese Kapelle ein Ort der Stille und der Abgeschiedenheit, an dem er seine Ränke schmieden konnte? Richard hob den Blick zu dem silbernen Kruzifix.

»Lieber Gott«, betete er still. »Ich bin jetzt dreizehn Jahre alt.

Noch drei Jahre, nur noch drei, und ich bin König aus eigenem Recht.«
Richard lächelte. Und was würde dann aus dem »lieben Onkel« werden? Aber drei Jahre waren eine lange Zeit. Alles mögliche konnte passieren. Von seinem Lehrer wußte Richard, daß unter den Bauern die Unzufriedenheit gärte, weil sie an die Scholle gefesselt waren, ihre Arbeitskraft nicht auf dem Markt anbieten und ihren Lohn aushandeln durften. Jetzt war in Westminster ein Parlament zusammengekommen: Die weltlichen und geistlichen Lords tagten für sich, und die Abgeordneten der Commons, die sich im Kapitelhaus versammelten, wandten sich mit Entschiedenheit gegen die Erhebung neuer Steuern, mit denen der »geliebte Onkel« noch mehr Schiffe bauen und noch mehr Truppen aufstellen wollte. Aber was, wenn ein Sturm losbräche, der nicht nur den Onkel, sondern auch ihn selbst, den jungen König, hinwegfegte? Würden die Bauernrebellen wirklich die Hand gegen den Sohn des Schwarzen Prinzen, ihren gesalbten König, erheben?
Neben ihm hob Gaunt seufzend den Kopf und bekreuzigte sich schwungvoll. Dann drehte er sich zu Richard um.
»Geliebter Neffe«, schnurrte er, »es war sehr freundlich, Euch im Gebet zu mir zu gesellen.«
»Liebster Onkel«, antwortete Richard ebenso honigsüß, »Ihr braucht allen Beistand, den Gott Euch senden kann.«
Gaunts Lächeln blieb fest. »In drei Tagen, Sire, werdet Ihr nach Westminster gehen. Ihr müßt Euch unter Eure Commons begeben und ihnen sagen, wie sehr Ihr sie liebt. Und wie dringend Ihr ihre Hilfe braucht.«
»Und werdet Ihr mitkommen, liebster Onkel?«
»Wie immer, geliebter Neffe, werde ich Eure rechte Hand sein.«
»›Ärgert dich deine rechte Hand, so haue sie ab und wirf sie von dir‹«, zitierte Richard aus dem Evangelium.

»Liebster Neffe, was wollt Ihr denn damit sagen?« Gaunt erhob sich vom Betstuhl, aber Richard blieb knien.

»In drei Jahren, liebster Onkel, bin ich erwachsen und werde König aus eigenem Recht.« Richards Stimme wurde härter. »Ich möchte gern ein Königreich regieren, nicht ein von Zwietracht und Krieg zerrissenes Land.«

»Die Bauern werden zur rechten Zeit bekommen, was sie wollen.«

Gaunt setzte sich auf die Altarstufen und sah seinen Neffen an. »Ich bin nicht beliebt, Sire, aber das ist niemand, der Macht ausübt. Die Flotten der Franzosen und der Spanier verwüsten unsere Südküste. Die Grundherren haben den Bauern den Stiefel in den Nacken gesetzt und lassen nicht locker. Die Bauern wiederum planen Verrat und Aufstand.«

Richard betrachtete das arrogante Löwengesicht seines Onkels. Er sah die Falten an den Augen und die Furchen, die in dem silbernen Bart verschwanden. Irre ich mich? dachte der junge König. Schmiedet Gaunt Pläne, um die Krone an sich zu reißen, wie sein Lehrer Simon Burley ständig warnend behauptete? Oder bemühte er sich nur, das Reich in ruhigeres Fahrwasser zu steuern? Gaunt beugte sich vor und nahm die Hand seines Neffen.

»Geliebter Neffe, dieses Königreich ist Euer, aber wenn wir die Steuern nicht erhöhen, werden wir weder die Schiffe noch die Soldaten haben, die wir brauchen, um uns zu verteidigen. Erst wenn ich sie habe, kann ich die Lords zufriedenstellen und den Bauern Erleichterung verschaffen. Wenn Ihr ins Parlament geht, tut, was ich sage. Sprecht freundlich zu den Edelleuten und Bürgern. Sagt ihnen, daß meine Forderungen auch die Euren sind.« Ein schiefes Lächeln erhellte Gaunts Gesicht. »Schließlich seid Ihr der Sohn des berühmten Schwarzen Prinzen, der Urenkel des großen Edward III., der Frankreich bezwungen hat.«

Richard zog seine Hand zurück. »Ich bin außerdem König von England.«
Gaunt wollte antworten, aber es klopfte. Sir Miles Coverdale trat ein und verbeugte sich. »Euer Gnaden, Sir Simon Burley ist hier. Er besteht darauf, daß der junge König jetzt zum Unterricht zurückkehrt.«
Gaunt erhob sich und half seinem Neffen auf. »A ja, Euer Unterricht.« Er lächelte. »Übermittelt Sir Simon meine Empfehlungen, Euer Gnaden, aber erinnert ihn auch an die berühmte Redensart: ›Predigen ist leichter als Handeln‹.«
Richard rückte die goldene Kordel um seine schlanke Taille zurecht und strich die Falten in seinem blau-goldenen Seidengewand glatt. Dann verneigte er sich. »Liebster Onkel«, sagte er, ebenfalls lächelnd. »Ihr hättet selbst ein Prediger werden sollen.«
Coverdale trat beiseite, und Richard von England rauschte zur Kapelle hinaus. Gaunt blieb stehen und lauschte seinen Schritten, bis sie in der Ferne verhallt waren.
»Ihr kommt aus Westminster, Coverdale? Wie ich höre, ist dort jemand ermordet worden?«
»Ja, Euer Gnaden, aber Sir John und Bruder Athelstan haben die Sache in die Hand genommen.« Coverdale lächelte spöttisch. »Der Coroner hat die Abgeordneten aufgescheucht; sie summen durcheinander wie die Bienen.«
Gaunt kniete sich wieder auf seinen Betstuhl. »Aber sie konnten dem Mörder die Maske noch nicht vom Gesicht reißen?«
»Nein, Euer Gnaden.«
Gaunt starrte zu dem Engel hinauf, der in das Fenster hoch über dem Altar gemalt war. »Ich werde noch eine Weile hierbleiben«, sagte er leise. »Es werden zwei Besucher kommen. Haltet sie voneinander getrennt. Keiner der beiden darf vom anderen wissen.«
Coverdale nickte und ging hinaus. Gaunt wandte sich seinen

Meditationen zu und überlegte, wie die Steuern, wenn das gegenwärtige Parlament sie erhöht hätte, ausgegeben werden könnten. Er hörte, wie es klopfte, und warf einen Blick zur Seite. Ein maskierter Besucher mit hochgeschlagener Kapuze kam in die Kapelle. An dem sauren Geruch, den Schlammspuren am Saum des zerschlissenen Mantels und den abgeschürften Stiefeln erkannte Gaunt, wer es war.

»Jeder gute Hund findet sein Heim«, bemerkte er.

»Euer Gnaden«, sagte der Hundemann und fiel auf die Knie, »bin ich nicht Euer gehorsamster Diener?«

Gaunts Hand glitt zum Dolch an seinem Gürtel, aber eigentlich hatte er nichts zu befürchten. Der Hundemann war ein erbärmlicher kleiner Verräter, der Angst davor hatte, gehängt zu werden. Und für alle Fälle standen auf der Empore hinter ihm zwei Meisterbogenschützen im Schatten verborgen, und ihr Pfeil lag bereits auf der Sehne.

»Bleib, wo du bist, Bursche«, zischte Gaunt, »und rühr dich nicht.«

Der Hundemann verschränkte die Arme und blieb auf den Knien. Mühsam beherrschte er sein Zittern. Wenn die Große Gemeinschaft wüßte, daß er hier war, würde man ihm bei lebendigem Leib die Haut abziehen, damit es anderen Verrätern zur Warnung diente. Aber der Hundemann hatte eine Heidenangst vor Gaunt, denn vor einiger Zeit hatte er erkannt, daß der Regent trotz all ihrer Tarnnamen, verborgenen Zirkel und heimlichen Verschwörungen genau wußte, was die Große Gemeinschaft plante. Der Hundemann fragte sich, wie viele Rebellenführer wohl noch im Sold des Regenten stehen mochten, aber eine Wahl hatte er nicht. Man hatte ihn ergriffen und vor die Entscheidung gestellt: Entweder wirst du zum Judas, oder du wirst in Tyburn als Verräter gehängt, gevierteilt und ausgeweidet. Der Hundemann hatte diese Entscheidung sehr schnell getroffen. Er war mit dem Angebot der Agenten Gaunts einver-

standen gewesen. Und jetzt blieb ihm nichts anderes übrig, als nach ihrer Pfeife zu tanzen.
Gaunt drehte sich um. »Ja, Hundemann, in drei Tagen, am Samstag morgen zwischen elf und zwölf Uhr werden mein Neffe und ich mit einer Kavalkade von Rittern, Knappen und Pagen nach Westminster reiten. Der König wird Almosen verteilen und den Kranken und Gebrechlichen die Hand auflegen. Du wirst dort sein ...« Gaunt verzog höhnisch den Mundwinkel. »Der Hase ist grindig und skrofulös wie immer?«
Der Hundemann nickte eifrig.
»Und er haßt noch immer alles, was auf einem Zelter reitet und in Seide gekleidet ist?«
Wieder das heftige Kopfnicken.
»Sorg dafür, daß er bewaffnet ist.«
Gaunt hörte, wie der Hundemann nach Luft schnappte. Er stand auf und ging zu ihm. »Wovor hast du Angst, Hundemann?«
»Der Hase wird angreifen«, flüsterte der Judas. »Wird seine Hand gegen den Gesalbten des Herrn erheben.«
»Nun, ist es nicht das, was ihr in euren Zirkeln und geheimen Versammlungen in Southwark und anderswo ausheckt?« Gaunt bohrte dem Mann einen Finger in die schmutzige Wange und lachte. »Hasenfuß. Sieh nur zu, daß er da ist.« Dann strich er dem Mann über das fettige Haar. »Ach, dein Kamerad, der Fuchs, ist gefaßt worden.« Er warf eine Münze auf den Boden. »Was du mir berichtet hast, hat gestimmt.«
»Was wird mit ihm werden, Mylord?«
»Ich habe meinen Richtern gesagt, sie sollen ihm einen anständigen Prozeß machen und ihn dann aufhängen.« Gaunt wandte sich ab. »Ich muß für seine Seele beten.«
Der Hundemann raffte die Münze an sich und huschte hinaus. Gaunt ging zu einem Krug Wasser, hielt die Hand über eine Schüssel und ließ das rosenduftende Wasser über seine Finger fließen. Dann wischte er sich die Hände an einem Leintuch ab

und kehrte zu seinem Betstuhl zurück. Jäh drehte er sich um und spähte mit funkelndem Blick zu der überschatteten Empore hinauf; seine Augen wurden schmal, aber dann sah er einen Panzer funkeln und wußte, daß die Bogenschützen noch warteten.

Gaunt kehrte zu seiner Meditation zurück. Er stützte das Kinn in die Hand und dachte an die Morde im Gasthof »Zum Ungeheuer«. Würde es Cranston gelingen, Licht in dieses Geheimnis zu bringen? Gaunt beobachtete, wie eine Fliege über das frische weiße Altartuch krabbelte. Manche Leute verachteten den Coroner als einen fetten, betrunkenen Hanswurst, aber hinter Cranstons Äußerem verbarg sich ein scharfer Verstand. Und dieser Bruder Athelstan mit seinem glatten, olivfarbenen Gesicht und den wachsamen dunklen Augen! Gaunt lächelte. Unter anderen Umständen hätte er darauf gewettet, daß die beiden Erfolg haben würden, aber wem könnte er davon erzählen?

Wieder klopfte es. »Herein! Herein!«

Auch dieser Besucher trug einen Mantel mit hochgeschlagener Kapuze, aber der Stoff war reine Wolle, und die Stiefel, die darunter hervorschauten, waren aus teurem Burgunder Leder.

»Ihr mögt zwar ein Abgeordneter der Grafschaft sein«, sagte Gaunt leise. Er deutete auf die Monstranz, die golden und mit Juwelen besetzt an einer Silberkette über dem Altar hing. »Aber in der Gegenwart Christi, unseres Königs – von seinem rechtmäßigen Stellvertreter auf Erden ganz abgesehen –, solltet Ihr knien.«

Der Ritter gehorchte. Gaunt drehte sich nicht um.

»Ihr sprecht laut im Kapitelhaus«, stellte der Regent fest.

»Euer Gnaden, das war doch Euer Wunsch.«

Gaunt verzog das Gesicht. »Nicht zu hitzig werden«, riet er. »Sonst könnte es Getuschel geben, wenn Ihr Euren Kurs ändert.«

»Und wann soll ich das tun, Euer Gnaden?«

»Oh, das werdet Ihr schon merken«, antwortete Gaunt. »Man wird Euch ein Zeichen geben.«
»Euer Gnaden ...« Der Abgeordnete kam scharrend auf die Füße, als wollte er näherkommen, aber Gaunt streckte die Hände aus und schnippte mit den Fingern.
»Nicht weiter!« sagte er warnend.
»Euer Gnaden, diese Morde ...«
»Ach ja, diese beiden ehrenwerten Ritter vom Schwan, Sir Oliver Bouchon und Sir Henry Swynford. Ich habe hier gekniet und für ihre Seelenruhe gebetet.«
»Euer Gnaden, da geht ein Meuchelmörder um. Er will uns alle umbringen.«
»Nicht Euch alle«, sagte Gaunt sanft. »Ihr seid nicht alle schuldig.«
»Wir glaubten das Richtige zu tun.«
»Was Ihr glaubtet und was durch das Gesetz festgelegt ist, das ist zweierlei.«
»Euer Gnaden«, erwiderte der Ritter heiser, »wir müssen London verlassen!«
»Verlassen?« Gaunt drehte sich um und zog eine Braue hoch. »Ihr und Eure Kollegen, Sir, seid gewählte Abgeordnete.« Er wandte sich wieder ab. »Wenn Ihr London verlaßt, werde ich die Königlichen Richter von Eyre nach Shrewsbury entsenden lassen. Sie werden Nachforschungen anstellen, sich das Gemunkel anhören und in all dem Schmutz Eurer Vergangenheit wühlen. Und was werden die Leute sagen he, Sir Edmund Malmesbury? Wie Ihr großartig in London eingezogen seid, aber die Flucht ergriffen habt, weil zwei Eurer Kollegen ermordet wurden? Und warum wurden sie ermordet? Und wer war dafür verantwortlich? Vor dem Kirchenportal wird man tuscheln und tratschen.«
Malmesbury schob seine Kapuze zurück und streckte die Hände aus. »Euer Gnaden, wir waren jung. Wir haben einen schreck-

lichen Fehler begangen. Wir haben gelobt, auf eine Wallfahrt zu gehen und Schadenersatz zu leisten …«

»Auf eine Wallfahrt?« knurrte Gaunt und drehte halb den Kopf. »Auf eine Wallfahrt? Dies ist Eure Wallfahrt, Sir Edmund. Ihr bleibt. Cranston und Athelstan werden den Mörder entlarven.«

»Cranston ist ein betrunkener Hanswurst.«

»Das glaube ich nicht«, antwortete Gaunt sanft. »Was Ihr tun müßt, Ihr und die übrigen, Sir Edmund …« Gaunt hob die Hände wie zum Gebet. »Ihr müßt beten. Ihr müßt wirklich beten, daß Cranston und Athelstan den Mörder entlarven, bevor er wieder zuschlägt.« Gaunt schnippte mit den Fingern. »Am Samstag morgen werdet Ihr ein Zeichen bekommen. Und Montag werdet Ihr wissen, was zu tun ist. Seht zu, daß Ihr es tut!« Gaunt seufzte. »Das heißt natürlich, falls Ihr dann noch lebt. Dann wiederum – wenn Ihr nicht mehr lebt, wird es jemand anderes an Eurer Stelle tun. Jetzt geht.«

Gaunt hörte, wie der Mann hinauseilte. Die Tür der Kapelle schloß sich hinter ihm. Der Regent schaute zum Kruzifix hoch und fragte sich müßig, wer wohl für den Tod dieser beiden Ritter verantwortlich sein mochte.

6

Dame Mathilda Kirtles' Haus in der Cottemore Lane war so majestätisch wie elegant. Es war auf einem Backsteinfundament erbaut, und die dicken Balken, die sich bis zum rot gedeckten Dach hinaufstreckten, waren glänzend schwarz angestrichen, während der Putz dazwischen in zartem Rosarot erstrahlte. Die Gitterfenster in allen drei Stockwerken waren mit Bleiglas ausgefüllt. Der Garten zu beiden Seiten des Kieswegs war geschmackvoll angelegt; kleine Rosensträucher wechselten sich mit erhöhten, duftenden Kräuterbeeten ab.

»Und das ist ein Bordell?« rief Athelstan.

Banyard grinste von einem Ohr zum andern, als er auf die Türklinke aus gelbem Messing deutete: Sie hatte die Form eines sinnlichen jungen Mädchens, das einen Krug Wasser hielt. Athelstan starrte sprachlos auf die Klinke und dann auf das Ende des Glockenseils, dessen Griff wie ein Penis geformt war. Cranston hustete und pustete und wußte nicht, ob er verlegen sein oder lachen sollte; er zog am Seil und ließ es gleich wieder los. Gottlob kann Lady Maude mich hier nicht sehen, dachte er. Mögen Gott und alle Seine Heiligen verhüten, daß sie es je tut! Auf das liebliche Läuten der Glocke im Haus folgte Fußgetrappel, und dann schwang die Tür auf. Unter anderen Umständen hätte Athelstan das junge Mädchen für eine Novizin gehalten. Ein weißer, goldgesäumter Schleier bedeckte das glänzende Haar, und sie trug einen züchtigen grauen Rock, aber er hatte Rüschen am Saum, und ihre Fingernägel waren rot angemalt. Was Athelstan zunächst für ein weißes Brusttuch gehalten hatte, war ein hauchzarter Schleier über reifen, üppigen Brüsten.

»Guten Morgen, Ihr Herren!« Das Mädchen lächelte sie an, raffte ihren Rock zusammen und hob ihn ein wenig, so daß man die dicken weißen Unterröcke sah. Sie winkte Athelstan munter weiter. »Kommt nur herein, Pater. Ihr seid nicht der erste Ordensmann, der uns besucht.« Sie mußte ein Lachen unterdrücken. »Und Ihr werdet sicher nicht der letzte sein. Master Banyards Freunde sind auch unsere Freunde.«

»Master Banyard geht jetzt wieder«, knurrte Cranston. Er hatte sich gefaßt und drängte sich an Athelstan vorbei. »Und du, meine kleine Dirne, solltest wissen, daß ich Sir John Cranston bin, der Coroner der Stadt London.«

»Coroner sind uns ebenfalls willkommen«, antwortete das Mädchen keß. »Schwerter allerdings« – sie deutete auf Cranstons Waffengürtel – »gestattet die Dame des Hauses nicht.«

Banyard kicherte, aber als Sir John herumfuhr, machte er sofort ein unbewegtes Gesicht. »Sir John, ich muß jetzt zurück.«

»Dame Mathilda Kirtles.« Cranston reckte dem Mädchen das Gesicht entgegen. »Ich will sie sofort sehen, sonst kommen die Büttel. Und sag mir nicht, die sind hier auch willkommen.«

Das Mädchen schlug die Hand vor den Mund, trat zurück und führte die beiden dann durch einen luftigen Korridor in eine süßduftende Stube. Sie bat sie zu warten und schloß die Tür hinter sich. Athelstan setzte sich auf eine kissengepolsterte Fensterbank und sah sich mit halboffenem Mund um.

»Ach, komm, komm, Bruder«, rief Cranston. »Erzähl mir nicht, du wärest noch nie in einem Freudenhaus gewesen.«

Athelstan hob ruhig die Hände. »Sir John, ich schwöre Euch, einen solchen Ort habe ich noch nicht gesehen.«

Der Bruder betrachtete den Fußboden, dessen Dielen so blitzblank gebohnert waren, daß das Sonnenlicht sich in ihnen spiegelte. Die Wände waren zur Hälfte holzgetäfelt; der Putz darüber war in einem satten Sahneweiß gestrichen. Farbenprächtige Wandbehänge hingen davor. Athelstan reckte den Hals und betrachtete einen davon. Zunächst glaubte er, eine Jungfrau zu sehen, die dem Lied eines Troubadours lauschte, aber dann erkannte er errötend, daß der Troubadour nackt war und das Kleid der jungen Frau in der Mitte offen klaffte.

»Ja, ja, durchaus«, murmelte er.

»Warst du schon mal mit einem Mädchen zusammen?« fragte Cranston.

»Sir John, Ihr könnt zwar fragen, aber die Antwort werde ich für mich behalten …« Athelstan schüttelte den Kopf. »Auf den ersten Blick könnte diese Stube einer Abtissin gehören.«

»Wenn ich an ein paar Äbtissinnen denke, die ich so kenne«, knurrte Cranston, »hast du wahrscheinlich recht.«

»Versucht die Stadt nicht, diese Häuser zu schließen?« Noch während er sprach, hörte Athelstan ein Geräusch von der Wand neben dem von einem Baldachin überspannten Kamin. Als er rasch hinschaute, meinte er zu sehen, wie ein hölzerner Schieber geschlossen wurde.

»Wer würde ein solches Haus schließen?« fragte Cranston. »Dame Mathilda und ihre *jolies filles* könnten ein Liedchen singen, das so manchen Ratsherrn in Verlegenheit bringen dürfte.«

»Aye, und nicht nur Ratsherren.«

Cranston fuhr herum. Eine hochgewachsene, strenge Dame in weißem Schleier und grauem Kleid stand in der Tür. Ihr Haar war grau, ihr Gesicht hager und hochmütig, und ihre Augen blickten scharf und wachsam. Sie kam herein und befingerte den goldenen Gürtel um ihre Taille. Athelstan hätte sich am liebsten gezwickt; wie sie ging und sprach, wirkte sie wie eine ehrwürdige Mutter Oberin.

»Ich bin Dame Mathilda Kirtles.« Sie starrte auf Athelstan herab. »Ihr seid der Dominikaner aus St. Erconwald, nicht wahr? Eine aus Eurer Pfarrgemeinde, die Cecily, redet oft von Euch.«

Athelstan hatte die Sprache verloren.
»Und Ihr seid natürlich Sir John Cranston, der fetteste, lauteste und trinkfesteste aller Coroner.« Sie streckte die Hand aus, und Cranston ergriff und küßte sie.
»Madam, ich bin Euer Diener.«
»Nein, das seid Ihr nicht«, schnappte Dame Mathilda. »Ihr habt mit Huren nichts zu schaffen, Sir John, was ich sehr bedaure.« Ihr Blick wurde ein wenig sanfter. »Aber es heißt, man kann Euch nicht bestechen, und das macht Euch einzigartig.« Dame Mathilda rauschte zu einem kleinen Polstersessel vor dem Kamin und setzte sich.
»Sir John, Ihr seid nicht zum Vergnügen hier. Was also habt Ihr auf dem Herzen?«
Cranston setzte sich neben Athelstan auf die Fensterbank. Aus irgendeinem Grund fühlte er sich wieder wie ein kleiner Junge, der Steine in den Fischteich warf und dafür von einer seiner alten Tanten gescholten wurde.
»Ich würde Euch eine Erfrischung anbieten«, erklärte Dame Mathilda, »aber ich will ehrlich sein, Sir John: Je eher Ihr wieder verschwindet, desto besser.« Sie lächelte schmal. »Banyard schwatzt wie ein Waschweib«, fügte sie hinzu. »Niemand wird es wagen, in die Nähe des Hauses zu kommen, solange Ihr hier seid.«
»Auch nicht die ehrenwerten Abgeordneten aus Shrowsbury?« fragte Cranston. »Sie waren am vergangenen Montag abend hier, Dame Mathilda. Sie hatten gut gegessen und recht tief ins Glas geschaut.«
»Aye, und ihre Börsen waren voller Silber. Sie kamen etwa zwei Stunden vor Mitternacht. Meine Mädchen haben sie unterhalten ...« Sie deutete mit dem Kopf zur Decke. »Jeder ging dann mit dem Mädchen seiner Wahl nach oben.«
»Alle?«
»Einer hat sich wieder verabschiedet.«

»Welcher?« fragte Athelstan.
»So ein kleiner, komischer. Er saß eine Zeitlang bei einem meiner Mädchen und langweilte sie zu Tode mit seinem Geplapper über Tiere, Bestiarien, und was er im Tower gesehen hatte. Dann schaute er auf die Stundenkerze, stammelte eine Entschuldigung und ging.«
»Und er kam nicht zurück?«
»Das habe ich nicht gesagt. Doch, er kam zurück, kurz bevor die anderen gingen. Und bevor Ihr fragt, Cranston: Ich weiß nicht, wo er war oder was er getan hat. Sein Mantel war so feucht, daß ich glaube, er war am Fluß. Wohlgemerkt«, fuhr sie knapp fort, »wäre er geblieben, wäre er wohl genauso brauchbar gewesen wie der Rest.«
»Wie meint Ihr das?« fragte Cranston.
»Sir John, es sind Männer im mittleren Alter, reif an Weisheit, mit vollem Bauch. Mag sein, daß sie ihre Lanzen immer noch aufrecht halten können – aber nicht im Bett.«
»Ja.« Cranston warf einen raschen Blick zu Athelstan, aber der Bruder war anscheinend ganz vertieft in das, was Dame Mathilda erzählte.
»Und wenn Eure Gäste bleiben, gute Lady, habt Ihr doch wohl ein Auge auf sie?« Der Coroner sah sich um. »Selbst in diesem Raum muß es verborgene Gucklöcher geben.«
»Sir John, Ihr seid klüger, als Ihr ausseht.«
»Und sie haben sich mit den Mädchen unterhalten?«
»Aber Sir John!« Dame Mathilda faltete bescheiden die Hände.
»Erwartet Ihr wirklich, daß ich Euch das erzähle?«
»Tja ...« Sir John streckte die Beine aus und verschränkte die Arme. »Ihr könnt es mir hier erzählen oder ich könnte die Büttel bitten, Euch morgen ins Rathaus zu begleiten.«
»Sie haben geprahlt, Sir John, wie es alle Männer tun: wie viele Scheunen sie hätten, was für Bauerngüter, wie fett ihre Schafe seien, wie hoch ihr Ansehen ...«

»Und was noch?«
»Daß sie Parlamentsabgeordnete der Commons seien und daß sie keinen Finger rühren würden, um dem Regenten zu helfen, solange er ihre Forderungen nicht erfüllte.« Dame Mathilda erhob sich. »Aber das ist alles, was ich Euch berichten kann, Sir John, hier oder in Eurem Rathaus.« Sie ging zur Tür und drehte sich dann noch einmal um. »Bruder Athelstan, habt Ihr herausgefunden, wo Perline Brasenose ist?«
»Nein.« Der Ordensbruder stand auf. »Ihr kennt ihn?«
»Ja, allerdings.« Dame Mathilda kam zurück. »Vor Jahren hat seine Mutter hier gearbeitet. Perline war ... wie soll ich sagen? Er war das unerwartete Ergebnis einer Arbeitsnacht hier im Hause.«
»Jetzt gehört er zu meiner Pfarrgemeinde. Er ist mit Simplicitas verheiratet.«
»Ach, so nennt sie sich jetzt?«
»Daran hatte ich nicht gedacht.« Athelstan lächelte und schaute auf seine Hände.
Perline und seine Mutter waren ein paar Jahre zuvor nach Southwark gekommen, und dann war Simplicitas plötzlich in ihrem Hause erschienen. Perline hatte immer behauptet, sie sei eine entfernte Verwandte. Als er sie dann in der Pfarrkirche St. Erconwald geheiratet hatte, war Athelstans einzige Sorge gewesen, daß keine Blutsverwandtschaft zwischen ihnen bestand, die nach dem kanonischen Recht verboten war. Er schloß die Augen und sah Simplicitas' blasses Elfengesicht vor sich, ihr blondes Haar und die grünen, lächelnden Augen.
»Na, da soll doch ...«, murmelte er und hob den Kopf. »Ihr wißt also, daß Perline immer noch vermißt wird?«
»Ja, ja, das weiß ich.« Dame Mathilda öffnete die Tür. »Die Welt ist klein, Bruder Athelstan, vor allem für eine Hure. Simplicitas hat uns um Hilfe gebeten.« Sie warf Sir John einen schalkhaften Blick zu. »In London passiert wenig, ohne daß wir Huren es

erfahren. Aber jetzt, Sir John, muß ich wirklich darauf bestehen ...«

Draußen vor dem Haus legte Cranston seinen Arm um Athelstans Schultern und brüllte vor Lachen. Dann hielt er den kleinen Ordensmann mit gestreckten Armen von sich. »Bruder, Bruder!« Er schluckte heftig und blinzelte mit den vorquellenden blauen Augen, die vor Lachen tränten. »Weiß du denn gar nichts über deine Pfarrkinder?«

»Anscheinend nicht, Sir John.« Athelstan ließ die Schultern hängen. »Simplicitas wirkte so schüchtern.«

»Das ist sie auch.« Cranston hakte sich bei Athelstan unter und führte ihn hinaus auf die Cottemore Lane. »Für eine arme, einsame Frau in London ist es immer noch besser, eine Hure zu sein, als zu verhungern. Simplicitas ist ja keine Prostituierte. Sie hat sich wahrscheinlich ihre Mitgift verdient und ist dann fortgegangen, sobald sie konnte. Und jetzt ist ihr der Ehemann weggelaufen?«

»Ja, das paßt nicht zu ihm«, sagte Athelstan. »Perline ist ein Verrückter, aber er liebt Simplicitas. Niemand scheint zu wissen, wo er ist. Er war gern Soldat im Tower. Er wurde bezahlt und bekam gut zu essen.«

»Und wenn er nicht bald zurückkommt«, knurrte Cranston, »werden sie ihn als Deserteur aufhängen.«

Am Ende der Cottemore Lane zog Athelstan seinen Arm aus Cranstons Umklammerung und starrte auf den Fluß.

»Du siehst müde aus, Bruder«, stellte Cranston fest; er sah die dunklen Ringe unter Athelstans Augen.

»Ich mache mir Sorgen, Sir John. Um Perline und Simplicitas. Dann der Teufel, der sich da in Southwark herumtreibt. Und nicht zuletzt Pike, der Grabenbauer, der sich in den dunklen Ecken der Schenken herumdrückt und vom großen Aufstand flüstert. Er hält sich für so schlau, und dabei könnte der Schankbursche, der ihm sein Bier bringt, ein Spitzel des Regenten

sein.« Athelstan deutete zu den hochragenden Türmen von Westminster hinüber. »Und jetzt noch diese Morde.«
Er ließ sich von Cranston durch eine enge Gasse zur Fleet Street hinaufschieben. »Und was hältst du von der Sache?« fragte der Coroner.
»Na ja ...« Athelstan schwieg und sammelte seine Gedanken. »Wir wissen, daß unsere edlen Abgeordneten lügen, Sir John. Diese Ritter haben eine Menge zu verbergen, aber ich vermute, daß sie Angst haben und zusammenhalten, von Sir Francis Harnett abgesehen. In der Nacht, als Bouchon starb, verließ er Dame Mathildas Haus und begab sich flußaufwärts. Ob er Bouchon treffen wollte oder in anderen Angelegenheiten unterwegs war, das weiß ich nicht. Und was ich mich auch immer wieder frage«, fuhr er fort, »ist, weshalb der Mörder das *Dies Irae* sang, während er Swynford erdrosselte.«
»Glaubst du, er könnte ein Priester gewesen sein? Ein Mönch gar?«
»Wie Pater Benedict?« Athelstan dachte an den hochgewachsenen, strengen Benediktinermönch. »Aber warum sollte er Swynford oder Bouchon hassen? Die einzige Verbindung zwischen ihm und diesen Rittern besteht darin, daß ein früherer Freund von ihm, Pater Antony, einmal in derselben Abtei diente, in der diese Leute ihre Tafelrunde abhielten.«
Athelstan blies die Wangen auf. »Bis jetzt, Sir John, haben wir noch nicht genug erfahren. Wenn wir jetzt ins ›Ungeheuer‹ gingen und Sir Francis fragten, weshalb er das Bordell verlassen hat, würde er uns eine Geschichte auftischen, die wir weder beweisen noch widerlegen könnten. Und ich bin sicher, einer seiner Kollegen würde einen heiligen Eid schwören, daß Sir Francis die Wahrheit sagt.« Er gab dem Coroner einen Rippenstoß. »Uns bleibt nichts anderes übrig, Sir John, als abzuwarten. Es wird noch einen Mord geben.« Er seufzte. »Und wir können kaum etwas tun, um das zu verhindern.«

»Was ist mit Coverdale?« fragte Cranston. »Er ist jung, kräftig und aus Shropshire. Er könnte Bouchon getroffen, ihn auf den Kopf geschlagen und in den Fluß geworfen haben. Er könnte außerdem, als Priester verkleidet, ins ›Ungeheuer‹ gekommen sein, um Swynford zu erdrosseln. Wir könnten noch einmal zurückkehren und ihn fragen.«

»Und dann würde er uns fragen, warum er es getan haben sollte«, wandte Athelstan ein. »Welchen Beweggrund könnte er haben, zwei Ritter zu ermorden?«

»Rache?« erwog Cranston. »Sein Vater war ein kleiner Grundbesitzer in Shropshire. Coverdale hegt einen Groll wegen erlittenen Unrechts, und vielleicht nutzt er die Gelegenheit, um eine Rechnung zu begleichen. Und natürlich ist er einer von Gaunts Schergen.«

»Hier liegt der schwache Punkt in Eurer Theorie«, sagte Athelstan. »Wieso sollte Bouchon sich nachts mit einem von Gaunts Leuten treffen? Und eine volle Schankstube zu betreten, selbst in der Verkleidung eines Priesters, wäre sehr gefährlich für Coverdale.« Athelstan blieb stehen und schaute zum rotgestreiften Himmel hinauf. »Außerdem ist Coverdale gerissen. Wir untersuchen diese Mordfälle ja genau deshalb, weil Gaunt nicht will, daß man ihm die Schuld dafür zuschreibt. Es sei denn, Coverdale wäre gar nicht wirklich Gaunts Freund«, fügte er hinzu. »In dem Falle wären wir wie Hunde, die ihrem eigenen Schwanz nachjagen.«

»Deshalb will ich jetzt zur Cheapside zurück«, rief Cranston über die Schulter zurück, denn er war weitergegangen. »Vielleicht kann ich dem Regenten nicht helfen ...« Er tippte sich an die fleischige Nase. »Aber möglicherweise kann ich dir bei der Suche nach deinem Perline Brasenose behilflich sein.«

Sie gingen zur Holborn Street hinauf. Die Sonne würde bald untergehen, und die breite Hauptstraße, die zum Newgate hinausführte, war voll von Händlern, Fuhrleuten, Hökern und Bau-

ern, die sich nach den Geschäften des Tages müde auf den Heimweg machten. Ein Wanderpriester mit einer klapprigen Schubkarre voll kläglicher Habseligkeiten blieb stehen und bat Athelstan um einen Penny.
»Sei gesegnet, Bruder.« Er machte das Kreuzzeichen. »Und an deiner Stelle würde ich mich beeilen. Das Gedränge um Newgate ist dichter als ein Fliegenschwarm über einem Kuhfladen. Sie wollen dort einen Mann hängen.« Er packte seinen Schubkarren und hastete weiter.
Cranston und Athelstan traten auf die Straße, und der Coroner nutzte seine Leibesfülle und seine dröhnende Stimme, um ein mit Fässern und Tonnen beladenes Weinfuhrwerk anzuhalten. Wenig später saßen der Lord Coroner der Stadt London und sein Secretarius wie zwei Knaben mit baumelnden Beinen hinten auf dem Fuhrwerk, während der Weinhändler, der darauf bedacht war, vor der Sperrstunde in London zu sein, mit der Peitsche knallte und seine mächtigen Karrengäule vorwärts trieb. So rumpelten sie vorbei an der Pontypool Street, der Leveroune Lane und der Herberge des Bischofs von Ely und bogen bei Smithfield rechts ab, vorbei an der Cock Lane, wo sich die Huren herumtrieben. Eine von ihnen erkannte Cranston. Sie hielt die rotgelbe Perücke auf ihrem Kahlkopf fest und wandte sich an ihre Schwestern. »Da fährt der Lord Fettarsch!«
Die übrigen nahmen den Ruf auf. Cranston lächelte selig und machte ein Kreuzzeichen in ihre Richtung. Athelstan verhüllte sein Gesicht und betete, daß sie ohne weitere Mißgeschicke nach Newgate kommen möchten.
Am großen Stadtgraben mußten sie schließlich halten; hier türmte sich der stinkende Abfall zu mannshohen Bergen. Der Gestank war unbeschreiblich. Sträflinge, von Bütteln beaufsichtigt, Münder und Augen mit dreckigen Lumpen umwickelt, streuten Salpeter über die schleimigen Berge. Andere standen, mit Blasebälgen bewaffnet, um große, tosende Kohlenbecken

herum und fachten die brennende Holzkohle an. Athelstan hielt sich die Nase zu und versuchte, die Kadaver von Ratten und anderen Tieren, die aus den Haufen hervorschauten, nicht zu sehen. Cranston hingegen brüllte den Bütteln ermunternde Worte zu.
»Brave Burschen! Entzückende Kerle! Wird alles fertig sein, bevor es dunkel wird?«
»O ja, Sir John«, rief einer zurück und stützte sich auf seine Schaufel. »Wenn die Sperrstunde schlägt, zünden wir das Feuer an.«
»Gott sei Dank«, stöhnte Cranston. »Der Graben ist auch wirklich voll genug. Wenn der Wind von Nordwesten kommt, wird Lady Maude immer schlecht davon.«
Einer der Gefangenen zog sich die Binden vom Gesicht und schrie: »Es ist gut zu sehen, daß der Lord Coroner jetzt seinen eigenen, passend eingerichteten Wagen hat!«
Cranston spähte durch die wehenden Rauchsäulen. »Ist das Tolpuddle? Hat man dich also wieder geschnappt, du kleiner Halunke?«
»Eigentlich nicht, Sir John«, krähte der Gauner fröhlich zurück. »Gab bloß ein kleines Mißverständnis um ein Ferkel, das ich gefunden hatte.« Tolpuddle kam näher. Athelstan sah, daß ein Auge zugenäht war, während das andere vor Bosheit funkelte.
»Ein Mißverständnis?« fragte Cranston.
»Aye. Vor zwei Nächten haben die Büttel mich mit dem Tier gefaßt.«
»Du hattest es gestohlen?«
»Aber nein, Sir John.« Der Sträfling stützte sich auf eine Harke. »Die Heiligen sind meine Zeugen: Ich habe das Schweinchen gefunden, wie es allein durch die Straßen irrte. Es sah so einsam aus. Da habe ich es aufgehoben und unter meinen Mantel gesteckt. Ich wollte es zu seiner Mutter zurückbringen.«

Cranston öffnete lachend seine Börse und warf dem Mann einen Penny zu. Endlich sah der Weinhändler eine Lücke im Gedränge. Er schnalzte mit der Peitsche, und der Wagen rollte schwerfällig weiter. Tolpuddle blieb stehen und winkte ihnen fröhlich nach, bis einer der Büttel ihm eine Backpfeife gab und ihn an die Arbeit zurückschickte.

Der Wagen rumpelte durch die alte Stadtmauer, und Cranston und Athelstan stiegen vor dem Newgate ab. Die große Glocke des Gefängnisses läutete. Auf dem hochragenden Schafott vor dem Doppeltor stand ein Mann, der hingerichtet werden sollte. Am Fuße des Schafotts drängten sich Soldaten und Bogenschützen in der Livree des Regenten; sie hielten die Menge zurück, während ein Herold im königlichen Wappenrock verkündete, daß Robert atte Thurlstain, bekannt als »der Fuchs« und als Anführer der sogenannten »Großen Gemeinschaft des Reiches«, der schrecklichen Verbrechen der Verschwörung, des Hochverrats und so weiter für schuldig befunden worden sei. Auf einer Plattform neben dem Galgen war ein rotgekleideter Henker bereits dabei, seine Fleischermesser zu schärfen und auf einem großen Tisch zurechtzulegen. Dort würde man den unglücklichen Gefangenen hinwerfen, wenn er halbtot vom Galgen käme; dann würde man ihm den Leib aufschneiden, ausweiden, ihn vierteilen und einsalzen, und schließlich würde man ihn in Pökelfässer verpackt an den wichtigsten Toren Londons und anderer Städte zur Schau stellen.

Athelstan sah zu, wie der Priester am Fuße der Leiter hastig die Totengebete herunterschnatterte, während der Gehilfe des Henkers, der rittlings auf dem vorspringenden Balken des Galgens saß, dem Gefangenen die Schlinge um den Hals legte. Der Henker brüllte dem Priester zu, er solle sich beeilen. Das gefiel der Menge nicht, und sie wurde unruhig. Abfall und faules Obst flogen dem Henker entgegen. Der Herold beendete seine Proklamation, und ein Trommelwirbel setzte ein. Athelstan überlief

es kalt, als er sich an die Warnungen erinnerte, die Joscelyn, der einarmige Wirt der Schenke »Zum Gescheckten«, ihm hatte zukommen lassen. Hatte er nicht berichtet, ein Mann, der sich »der Fuchs« nannte, gehöre zu den Leuten, mit denen Pike sich heimlich getroffen habe? Er zupfte den Coroner am Ärmel.
»Kommt, Sir John«, flüsterte er. »Laßt uns verschwinden.«
Cranston war einverstanden, aber vorher packte er die Hand eines Beutelschneiders, der sich geschäftig durch das Gedränge schlängelte. Er hielt ihn beim Handgelenk fest, zog einen sehr dünnen Dolch hervor, den der Gauner im Ärmel versteckt hatte, und warf ihn im hohen Bogen auf einen Haufen Müll.
»Und jetzt sei ein braver Junge und verschwinde«, knurrte er und stieß den Taschendieb zu seinem Messer in den Abfallhaufen.
»Wußtet Ihr etwas von dieser Hinrichtung?« fragte Athelstan, als sie durch die Shambles zur Cheapside eilten.
»Nichts«, antwortete Cranston. »Der arme Hund wurde wahrscheinlich vor dem Königlichen Kammergericht abgeurteilt; da verlangt der Regent dann immer die unverzügliche Vollstreckung des Urteils.«
Sie bogen um die Ecke in die breite Hauptstraße ein. Hier leerte es sich allmählich; die Straßenhändler bauten ihre Stände ab, und Lehrjungen mit müden Augen verstauten die Habe ihrer Herren in Kisten und Körben. Sogar der Pranger war leer, und der städtische Ausrufer ging auf und ab, läutete seine Glocke und rief: »Ihr treuen Untertanen des Königs alle, Eure Geschäfte sind getan. Danket dem Herrn für einen guten Handelstag und eilt sodann nach Hause!«
Straßenkehrer harkten Müll und Abfall zusammen. Cranston blieb stehen, überschattete die Augen vor der Sonne und spähte die Cheapside hinunter.
»Wollt Ihr nicht nach Hause gehen?« fragte Athelstan hoffnungsvoll.

»Da würde ich über Perline Brasenose nichts herausfinden.« Cranston lächelte. »Aber es wäre schön, die Kerlchen zu küssen.«

Sie gingen auf Cranstons Haus zu. »Ich brauche Leif, den Bettler, diesen faulen Hund«, knurrte Cranston. »Er soll eine Nachricht für mich überbringen.«

Kaum hatte er diese Worte ausgesprochen, als der große, ausgemergelte, rothaarige Bettler wie ein Frosch aus einer Gasse gehüpft kam.

»Sir John, Sir John, Gott segne Euch! Und Bruder Athelstan, möget Ihr alle Dämonen in die Hölle zurückschicken.«

»Du hast also schon davon gehört?«

»Aye, das habe ich«, antwortete Leif; er stützte sich auf seine Krücke und legte den Kopf auf die Seite. »Es heißt, ein Metzger in Southwark habe den Dämon in einem Keller gefangen. Er hatte die Gestalt einer Ziege. Der Metzger hat ihm die Kehle durchgeschnitten, die Ziege in Stücke gehackt und jedermann eingeladen ...«

»Das reicht«, unterbrach Cranston ihn. »Wie geht es der Lady Maude?«

Leif lächelte verschlagen. »Sie ist ziemlich wütend, Sir John. Die beiden Hunde haben Eure Pastete gefressen; sie stand auf dem Tisch, um bis zum Abendessen abzukühlen, dick und golden, mit leckerer Kruste. Sie glaubt, die Kerlchen haben sie heruntergenommen und den Hunden gegeben. Außerdem beschwert Lady Maude sich über den Gestank vom Stadtgraben. Sie sagt, wenn sie dort heute abend den Müll verbrennen, wird man morgen unmöglich die Wäsche trocknen können.«

»Ja, ja, ganz recht«, brummte Cranston und warf einen schnellen Blick die Straße hinunter zur Wirtschaft »Zum Heiligen Lamm Gottes«. Er räusperte sich. »Vielleicht ist es am besten, Bruder, wenn wir Lady Maudes Zorn ein wenig abkühlen lassen.«

»Ich bin ganz ausgehungert, Sir John«, heulte Leif und fügte mit einem Seitenblick auf Athelstan hinzu. »Ihr doch auch, nicht wahr, Pater?«

Athelstan nickte. Er war hungrig, die Beine taten ihm weh, und er konnte Sir Johns großzügiges Hilfsangebot nicht zurückweisen.

»Vielleicht ein Schluck Ale und ein Happen zu essen im ›Lamm Gottes‹, Sir John?«

»Müßt Ihr denn nicht nach Hause?« fragte Leif unschuldig.

»Staatsangelegenheiten, Staatsangelegenheiten«, seufzte Cranston.

»Ich habe auch Hunger, Sir John«, erklärte Leif schlau. »Lady Maude erwartet mich.«

»Du kannst mitkommen«, sagte Cranston. »Aber vorher läufst du durch die Straßen und suchst den Totensammler. Sag ihm, Sir John erwartet ihn im ›Heiligen Lamm Gottes‹. Ja, ja, ich verstehe schon ...« Er drückte dem Bettler einen Penny in die ausgestreckte Hand. »Du brauchst Wegzehrung.«

Der Bettler wollte davonhinken, aber Cranston hielt ihn am Arm fest. »Was gibt es Neues in der Cheapside, Leif?«

Der Bettler kratzte sich an der Nase. »Es sind noch mehr Katzen verschwunden, Sir John.« Er deutete auf einen großen, hochwandigen Müllwagen. »Die Leute haben das Vertrauen verloren. Sie bezahlen jetzt schon Hengist und Horsa dafür, daß sie ihre Katzen suchen.«

»Ist das wahr?« knurrte Cranston. »Jetzt aber los, Leif, und tu, was ich dir aufgetragen habe.«

Der Bettler hüpfte davon, flink wie ein Windhund, denn er brannte darauf, so schnell wie möglich ins »Heilige Lamm Gottes« zu kommen, um das Abendessen zu verzehren, das Sir John ihm versprochen hatte. Cranston marschierte unterdessen auf die beiden Mistsammler zu. Sie säuberten die Kloake in der Mitte der Cheapside, schaufelten Kot und Abfälle heraus und

warfen den ganzen Müll fröhlich auf ihren mächtigen, stinkenden Karren.
»Gott segne Euch, Ihr Herren«, begrüßte Cranston sie.
Die beiden hielten in ihrer Arbeit inne und schoben ihre Kapuzen zurück.
»Reizende Burschen!« rief Cranston. »Bruder Athelstan, das sind Hengist und Horsa. Die Mistsammler von der Cheapside.«
Die beiden Männer grinsten verlegen. Sie waren Zwillingsbrüder, und ihre schmutzigen, warzenbedeckten Gesichter glichen einander wie ein Ei dem andern – nur, daß Hengist einen Zahn hatte und Horsa keinen.
»Guten Tag, Sir John«, riefen sie im Chor.
»Ihr sucht also nach den gestohlenen Katzen?« fragte Cranston.
»Aye, Sir John; es ist doch schlimm, wie die armen Tiere verschwinden.«
Hengist lehnte seine Schaufel an den Wagen und wischte sich die Finger an der roten Lederschürze ab. Athelstan sah, daß Horsas Lederschürze viel kürzer geschnitten war. Der Mann bemerkte Athelstans Blick.
»Sie ist kürzer, Pater, damit die Leute uns unterscheiden können.«
»Und habt ihr Katzen wiedergefunden?« wollte Cranston wissen.
»Nein, Sir John.« Hengist faltete die Hände wie zum Gebet. »Anscheinend haben die armen Tiere sich in Luft aufgelöst.«
»Und ihr habt auch keinen Hinweis darauf gefunden, wer sie vielleicht stehlen könnte?«
»Nicht den geringsten, Sir John.« Der Bursche machte große Augen. »Aber wir haben alle von dem Dämon in Southwark gehört.«
»Ihr laßt euch bezahlen für eure Suche?« Cranston ließ nicht locker.
»O ja, Sir John. Aber es ist kein Härchen zu entdecken.«

Cranston trat einen Schritt näher und starrte dem Mistsammler in die wäßrigen Augen.
»Sag mir, mein Böckchen«, knurrte er leise, »wenn ihr kein Härchen entdecken könnt, wieso nehmt ihr dann kleinen Hökern und armen alten Weibern ihre Pennies ab?«
»Sir John, wir nehmen ja nicht viel. Die Leute haben uns um Hilfe gebeten.«
»Aye, und wenn das so ist, müssen sie wirklich verzweifelt sein«, knirschte Cranston. Er schob den Mann beiseite und ging weiter.
»Sir John, Ihr wart über Gebühr schroff«, erklärte Athelstan und beeilte sich, ihn einzuholen.
Cranston schüttelte nur den Kopf und beschleunigte seinen Schritt; zielstrebig wie ein Pfeil marschierte er dem »Lamm Gottes« entgegen. Drinnen angekommen, legte er seinen Mantel ab und warf der Wirtsfrau den leeren Weinschlauch zu; sie kam geschäftig aus der Küche, um Sir John wie einen lange vermißten Bruder zu begrüßen.
»Bring uns Ale.« Cranston kniff sie in die runde Wange. »Und eine von deinen Pasteten – aber eine frisch gebackene, wohlgemerkt, nicht eine von gestern.«
»Aber Sir John, als ob wir jemals ...« Die Wirtin lächelte geziert.
Cranston schob seinen Wanst auf eine Bank am Fenster, nachdem zwei Händler, die den Coroner und seine Gewohnheiten kannten, hastig Platz gemacht hatten. Er setzte sich und schaute durch das Fenster in den Garten.
»Du meinst also, ich sei schroff, Bruder. Aber ich würde diesem kostbaren Pärchen nicht weiter trauen, als ich spucken kann.«
Cranston schwieg, als die Schankkellnerin ihnen zwei überschäumende Humpen Ale brachte. Er nahm einen Schluck und lehnte sich dann an die Wand. »Aber vielleicht, mein *lieber* Bruder, vielleicht bin ich wirklich schroff. Was diese beiden angeht, so gibt es da manchen Verdacht, aber wenig Beweise.

Indessen – ›es ist genug, daß ein jeglicher Tag seine eigene Plage habe‹. Komm, Bruder, entspanne dich.« Er umfaßte seinen Humpen mit beiden Händen und beobachtete Athelstan mit halbgeschlossenen Augen. »Ich frage mich, was unser geliebter Regent da für Pläne schmiedet«, murmelte er. »All dieser Trubel, die Todesfälle in Westminster, und dann diese öffentliche Hinrichtung ... Ich vermute, daß mit all dem ein Zweck verfolgt wird, aber ich will verdammt sein, wenn ich ihn erkenne!«

»Und der junge Perline?« fragte Athelstan hoffnungsvoll.

»Ich habe nach dem Totensammler geschickt«, sagte Cranston. »Perline hat im Tower gewohnt und gearbeitet, und in den Gassen der Stadt geschieht nichts, ohne daß der Sammler davon weiß.« Er richtete sich auf, als die Kellnerin mit zwei Schüsseln wiederkam; jede enthielt eine Pastete, heiß und würzig, säuberlich in vier Teile geschnitten und mit einer Zwiebelsauce bedeckt. Cranston zog seinen Hornlöffel hervor, putzte ihn säuberlich an einem Mundtuch ab und begann zu essen.

»Und die Sache mit den Katzen?« fragte Athelstan.

»Aye, Bruder, auch darüber weiß der Sammler vielleicht etwas.«

Sie setzten ihr Mahl schweigend fort und waren fast fertig, als Leif hereingehinkt kam. »Sir John, er kommt, er kommt!«

»Der Coroner deutete in die hintere Ecke der Schenke. »Dann verpiß dich, Leif, und setz dich da drüben hin. Iß und trink, was du willst, aber geh ja nicht zu Lady Maude und erzähle ihr, wo ich bin! Hast du verstanden?«

Leif hob die rechte Hand und schwor einen feierlichen Eid. Kaum hatte sich der Bettler in seinem Lieblingswinkel niedergelassen, als eine verhüllte Gestalt wie ein Schatten hereinglitt.

7

Der Totensammler setzte sich Athelstan und Cranston gegenüber auf einen Schemel. Er schlug die Kapuze nicht zurück und zog auch die schwarze Seidenmaske nicht herunter, die die untere Hälfte seines Gesichts bedeckte. Athelstan sah sehr feine Brauen über schweren Lidern und seltsame Augen: dicht beieinander und so blau, daß es einen kalt überlief, und ihr Blick war fest und flackerte nicht.

»Mylord Coroner.« Die Stimme war wohltönend, kaum mehr als ein Flüstern durch den Schlitz in der Seidenmaske. »Was wollt Ihr vom Sammler der Toten?«

»Wir, äh ...« Athelstan geriet ins Stammeln. »Ich brauche deine Hilfe.«

Der Sammler wandte den Blick nicht von Cranston. »Ich komme nur, wenn der Coroner ruft.« Erst jetzt schaute er Athelstan an, und der Ordensbruder war sicher, daß der Mann lächelte. »Gleichwohl, Bruder Athelstan, Pfarrer von St. Erconwald, brauchst du alle Hilfe, die du bekommen kannst, nicht wahr?«

Athelstan spürte, wie sich seine Nackenhaare aufstellten. Insgeheim verfluchte er seine Angst; es waren die Augen und der süßliche Parfümduft, den die wollenen Gewänder des Mannes verströmten, was ihm an die Nieren ging.

»Nimmst du niemals diese Maske ab?« fragte Athelstan in scharfem Ton; er hatte Mühe, das Zittern seiner Stimme zu unterdrücken.

»Ziehst du niemals deine Dominikanerkutte aus?« versetzte der Totensammler. Sein Blick kehrte zu Sir John zurück. »Sagt es ihm, Mylord Coroner.«

Cranston trank aus seinem Humpen, aber unter dem Tisch wanderte seine Hand zum Griff seines Dolches.

»Der Totensammler«, begann er und schaute dem Gast in die Augen, »ist eine geheimnisumwobene Gestalt. Manche behaupten, er sei ein abtrünniger Priester, der eine schreckliche Blasphemie begangen hat und dafür von Gott mit einer bösartigen Krankheit gestraft wurde, die die untere Hälfte seines Gesichts zerfressen hat. Andere sagen, er ist ein Ritter, der in den Kriegen des Königs kämpfte und von einem Pfeil in den Kiefer getroffen wurde. Was auch immer dahinterstecken mag« – Cranston stellte seinen Humpen auf den Tisch –, »als die große Pest die Stadt heimsuchte, war niemand bereit, die verseuchten Leichen zu beseitigen – niemand außer dem Mann, der hier vor uns sitzt. Er erschien im Rathaus, und der Bürgermeister und die Ratsherren mieteten seine Dienste. Und während der Schwarze Tod wütete, schaffte der Sammler, wie man ihn nannte, die Toten zu den großen Gruben beim Charterhouse und verbrannte sie dort. Dafür schloß der Stadtrat einen Vertrag mit ihm: Für ein monatliches Entgelt streift der Sammler nachts durch die Straßen von London und holt alle Toten ab, die er dort findet: Opfer von Gewaltverbrechen, alte Bettler, unbekannte Ausländer und solche, die einfach an irgendeiner schrecklichen Krankheit sterben, ganz allein und ohnc Hilfc. Der Totensammler wirft sie auf seinen rot bemalten Karren; mit seiner schwarzen Handglocke streift er durch die Straßen wie der Tod selbst. Für jede Leiche bekommt er zwei Pence. Für die, welche eines gewaltsamen Todes gestorben sind, zahlen die Stadtväter ihm sechs Pence.«

Cranston nahm einen Schluck Bier und schaute dem Totensammler in die hellblauen Augen. »Eigentlich weiß niemand, woher er kommt, und mir ist es auch gleich. Manchmal ...« Cranston senkte die Stimme zu einem Flüstern. »Manchmal behaupten die Leute: Wenn der Sammler dich an der Schwelle zwischen Leben und Tod findet, dann wird der Tod dich gewiß bekommen.«

»Aber wer das sagt, ist ein Lügner, Mylord Coroner.«

»Kann sein«, sagte Cranston müde. »Der Totensammler jedenfalls liest die Leichen von der Straße auf, während sein Kollege, der Menschenfischer, sie aus dem Wasser der Themse zieht.«

»Was wollt Ihr jetzt von mir, Cranston?«

»Bruder Athelstan hat einen jungen Soldaten namens Perline Brasenose in seiner Gemeinde, der der Garnison im Tower angehört. Er ist verschwunden.« Cranston wandte sich Athelstan zu. »Gib ihm eine Beschreibung.«

Athelstan gehorchte; der Totensammler stützte das Kinn in die behandschuhte Hand und hörte aufmerksam zu.

»Ich habe keinen Toten gefunden, auf den deine Beschreibung paßt, Bruder, aber ...«

»Aber was?« fragte Cranston.

»Sir John, ich bin Euer Gast. Aber Ihr bietet mir weder Speise noch Trank an.«

Cranston bat um Entschuldigung und rief quer durch den Schankraum. Doch die Wirtin blieb bei den Weinfässern stehen und schüttelte nur den Kopf; mit angstvoll geweiteten Augen starrte sie den Totensammler an.

»Jetzt weißt du, warum ich dir weder Speise noch Trank anbiete«, knirschte Cranston. Er stemmte seine Leibesfülle von der Fensterbank hoch und ging zu der Wirtin hinüber; mit einem bis zum Rand mit Rotwein gefüllten Zinnbecher kam er zurück.

»Sie wird den Becher auskochen, wenn du fort bist«, knurrte er.

Der Totensammler nippte an dem Wein. Athelstan erkannte, daß mit seiner Unterlippe offenbar etwas nicht stimmte, denn der Mann machte seltsame Schlürfgeräusche, aber dann schloß er für einen Moment genußvoll die Augen und seufzte zufrieden.

»Wann ist der junge Soldat verschwunden?« fragte er.

»Vor drei Nächten etwa.«

Der Sammler wiegte sich sanft vor und zurück, und dabei ließ er Cranston nicht aus den Augen. »Ich habe viel zu tun, Sir John. Ich vertändle meine Zeit hier mit Euch, während die Toten auf mich warten.«
Cranston schob eine Münze über den Tisch, und der Sammler ließ sie geschickt verschwinden.
»Am letzten Montag in der Nacht«, sagte er dann, »war ich draußen bei der großen Frachtwaage, wo die Liegeplätze der Hanseschiffe sind. In einer Schenke hatte es eine Prügelei gegeben. Ein Matrose aus Lübeck war totgeschlagen und seine Leiche ausgeplündert worden. Nun arbeite ich ja sonst nicht so nah am Fluß.« Er lächelte unter der Maske. »Der Menschenfischer ist sehr empfindlich, was sein Revier angeht, aber dieser Tote war mein. Doch ich war müde und zog meinen Karren in den Schatten.« Er klopfte gegen eine Flasche unter seinem Mantel. »Wie Ihr, Sir John, brauche ich bisweilen eine Erfrischung. Ein Ruderboot kam zur Flußtreppe. Ein Soldat – daß es einer war, sah ich an seiner Livree – kam die Stufen herauf, begleitet von einem kleinen, gutgekleideten Mann.« Der Sammler unterbrach sich und trank aus seinem Becher. »Eine Zeitlang standen die beiden so da, ohne mich im Dunkeln zu bemerken. Der kleine, gutgekleidete Mann nannte den Soldaten ›Brasenose‹, und dieser wiederum nannte seinen Begleiter ›Sir Francis‹.«
»Sir Francis Harnett!« rief Athelstan.
Der Sammler zuckte die Achseln. »Was weiß ich, Bruder. Aber die beiden hatten eine Auseinandersetzung. Sir Francis trommelte mit den Fingern auf seinem Schwertgriff herum und bezichtigte Brasenose, er habe ihn beraubt.«
»Und Brasenose?« fragte Athelstan.
»Er wirkte bedrückt, wachsam, auf dem Rückzug vor den Vorwürfen des anderen. Die Diskussion war zu Ende. Der, den Ihr Perline Brasenose nennt, machte auf dem Absatz kehrt und marschierte in Richtung London Bridge davon. Harnett schrie

ihm nach, er solle zurückkommen und er sei ein Dieb, aber der junge Mann ging weiter. Nach einer Weile ging Harnett die Flußtreppe hinunter und stieg in das wartende Ruderboot.« Der Sammler nahm auf seine gespenstische Weise einen Schluck aus dem Becher. »Mehr weiß ich nicht, Sir John, aber wenn Ihr wollt, frage ich meinen Kameraden, den Menschenfischer. Vielleicht hat der Fluß die Leiche des Soldaten abgeliefert.«

»Dafür wäre ich dankbar«, sagte Cranston. »Und sonst weißt du gar nichts?«

Der Totensammler schüttelte den Kopf und leerte seinen Becher. Er wollte eben aufstehen, als Cranston sich vorbeugte und ihn beim Handgelenk festhielt.

»Du kommst auf den Straßen herum«, sagte er. »Ich habe auch ein kleines Rätsel. Du hast zweifellos von den Katzen gehört, die hier verschwinden.«

Der Sammler lachte leise. »Sir John, was wollt Ihr damit sagen? Bittet Ihr mich um Hilfe oder wollt Ihr eine Behauptung aufstellen?«

»Ich will eine Frage stellen«, erklärte Cranston.

»Ich weiß nichts über Eure Katzen, Sir John – nur, daß ihr Verschwinden mir meine Arbeit erschwert. Die Ratten und Mäuse haben sich vervierfacht. Aber ich kann Euch doch etwas erzählen.«

Cranston schob noch eine Münze über den Tisch. Diesmal wühlte der Sammler in einem kleinen Lederbeutel, den er unter dem Mantel trug, und legte zwei schwarzlederne Maulkörbe auf den Tisch.

»Unten bei der Thames Street«, berichtete er, »habe ich in einem Misthaufen den Kadaver einer Katze gefunden, verletzt und verstümmelt. Dieser Maulkorb war fest um das Maul geschnürt. Ich habe den Verdacht, daß jemand dem Tier diesen Maulkorb angelegt hat, damit es keinen Lärm machte; das Tier muß entflohen sein, aber da es den Maulkorb nicht herunterbekam, ist es entweder verhungert oder so schwach geworden, daß es sich nicht gegen die umherstreunenden Hunde zur Wehr setzen konnte.«

Cranston starrte die Maulkörbe voller Abscheu an. »Und der zweite?«

»Den habe ich beim Pranger in der Poultry gefunden; da lag er einfach herum.« Der Sammler stand auf. »Mehr weiß ich nicht, Sir John. Ihr habt bekommen, wofür Ihr bezahlt habt.« Der Totensammler wandte sich ab und verließ die Schenke so schnell, wie er gekommen war.

Athelstan seufzte vor Erleichterung. »Sir John, einige Eurer Bekannten gefallen mir ganz und gar nicht.«

»Wer den Frieden des Königs zu wahren hat, lieber Mönch, hat manchmal seltsame Bettgenossen. Der Totensammler ist aber nicht so furchterregend, wie er aussieht.« Cranston rief die Schankwirtin herüber, damit sie ihnen die Humpen noch einmal füllte. »Ich frage mich wirklich, was Sir Francis, Abgeordneter der Grafschaft Shropshire und Mitglied des Parlaments, mit dem jungen Perline Brasenose zu tun hat.«

Athelstan schaute zur Tür hinaus; das Licht draußen erstarb, und die Dämmerung senkte sich herab.

»Sir John, fühlt Ihr Euch erfrischt?«

»Wozu?« fragte Cranston.

»Für einen Gang zum Tower.«

Cranston streckte seine mächtigen Beine, daß die Sehnen knackten. »Wieso dorthin? Ja, ich weiß, Perline gehörte der Garnison dort an, aber was könnten wir erfahren?«

»Über Perline, Sir John, sehr wenig.« Athelstan richtete sich auf und rieb sich die Augen. »Erinnert Euch, Sir John, daß Coverdale die Abgeordneten aus Shropshire an dem Sonntag, bevor Sir Oliver Bouchon ermordet wurde, zum Tower führte, wo sie sich die Tiere des Königs anschauten. Harnett war dabei. Nach jenem Besuch ist Perline Brasenose verschwunden, und die

Morde haben stattgefunden.« Er zupfte den Coroner am Ärmel. »Bitte, Sir John, ich habe genug getrunken, und wir sollten dort sein, bevor es dunkel ist.«
Cranston verbarg seinen Ärger und willigte ein; der Wirtin rief er zu, sie solle seine Bestellung fürs nächste Mal aufheben. Sie verließen das »Heilige Lamm Gottes« und eilten die Cheapside hinunter, durch die Lombard Street nach Eastcheap und auf Petty Wales zu. Es war ein warmer Abend. In den Ale-Schenken herrschte reges Treiben; Türen und Fenster standen offen, und Stimmengewirr und Gelächter schallten heraus. Büttel und Bezirksdiener durchstreiften die Gassen. Athelstan fühlte sich sicher, als sie sich zwischen ihnen hindurchschlängelten und an den sich in die Gasse lehnenden Häusern vorbeiwanderten, wo wenig mehr als ein bellender Hund oder ein paar im wilden Blindekuh-Spiel umhertollende Kinder den Frieden störten. Sie gelangten zur Tower Street. An einer Kirche knieten zwei Almosenempfänger auf den harten Steinstufen; die Rosenkranzperlen wanderten durch ihre Finger, während sie Bußgebete für jeden sprachen, der sie dafür bezahlte.
Weiter hinten saßen ein paar Männer vor der Tür einer Schenke und schauten müßig zwei spielenden Welpen zu. Sie riefen Athelstans Namen, als die beiden vorüberkamen, und der Ordensmann segnete sie. Durch eine schmale Gasse kamen sie nach Petty Wales. Eine klare, klangvolle Knabenstimme sang hoch über ihnen aus einem Fenster. Sie blieben eine Weile stehen, um zuzuhören. Athelstan schloß die Augen; das Lied war eines seiner Lieblingslieder. Er erinnerte sich, wie sein Bruder Stephen es gesungen hatte, als sie während der langen, sonnendurchfluteten Herbsttage ihrem Vater beim Einfahren der Ernte geholfen hatten, bevor sie beide in den Krieg gezogen waren. Stephen war gefallen, und Athelstan war allein zurückgekehrt.
Das Herz des Ordensbruders zog sich traurig zusammen; die Stimme des Knaben dort oben klang rein und klar wie Stephens

damals. Alle hatten den Gesang seines Bruders gelobt, vor allem am Weihnachtsfest, wenn er in der Dorfkirche vor der Krippe stand und ein fröhliches Weihnachtslied bis unter die Deckenbalken erschallen ließ.

»Bruder?«

Athelstan öffnete die Augen. Cranston schaute ihn verwundert an. Das Lied war zu Ende.

»Ist alles in Ordnung?« fragte Cranston fürsorglich.

Athelstan verschränkte fröstelnd die Arme. »Natürlich, Sir John. Es war nur ein Gespenst aus der Vergangenheit.«

Sie überquerten einen verlassenen Platz. Vor ihnen ragten die schroffen Zinnenmauern auf, die Türme, Bastionen und Bollwerke des Tower, gewaltige Massen von behauenem Stein, eine riesige Festung, nicht erbaut, um London zu verteidigen, sondern um es einzuschüchtern. Sie folgten dem Verlauf der Mauer und überquerten die Zugbrücke; der Festungsgraben unter ihnen war voll von schmutzigem, schleimigem Wasser. Sie gingen durch den schwarzen Torbogen des Middle Tower, der offen klaffte wie ein gewaltiges Maul, in dem das halb herabgesenkte Fallgitter die Zähne waren. Der Eingang wurde von Posten bewacht, die im Schatten standen, in braune Drillichmäntel gehüllt.

»Sir John Cranston, der Coroner«, erklärte Athelstan einem der Wachtposten. »Wir müssen zum Konstabler.«

Der Mann stöhnte, aber ein Blick in Cranstons wütende Augen genügte, und er huschte den gepflasterten Weg hinauf, während sein Kamerad die beiden Besucher ins Torhaus führte. Cranston und Athelstan setzten sich auf eine Bank und warteten, bis der Wachtposten zurückkehrte, begleitet von einem aufgeregten kleinen Mann, der sich fortwährend mit dem Mantelsaum das Gesicht betupfte.

»Was soll das? Was soll das?« fragte der Konstabler. »Sir John, Ihr seid hier nicht zuständig.«

»Ach, macht Euch nicht so verdammt wichtig!« bellte Cranston.
»Ihr habt hier einen Gardesoldaten namens Perline Brasenose?«
Der Konstabler war offenbar gerade beim Essen gewesen; er stand da und bohrte sich auf abscheuliche Weise mit der Zunge zwischen den Zähnen herum. Cranston schob sein Gesicht dicht an ihn heran. »Ich bin hier nicht zuständig«, flüsterte er honigsüß. »Aber ich komme im Auftrag Seiner Gnaden des Regenten.«
Der Konstabler hob den Kopf. »Sir John, Sir John, es tut mir leid«, blubberte er. »Aber Perline Brasenose ist in der Tat ein Angehöriger der Garnison – oder sollte ich sagen, er war es? Er ist seit Tagen abwesend.«
»Also ein Deserteur?« fragte Athelstan besorgt.
Der Konstabler klopfte ihm freundlich auf die Schulter. »Keine Sorge, Bruder. Die Franzosen sind nicht gelandet, und der Tower ist nicht in Gefahr. Es ist nicht ungewöhnlich, daß ein junger Mann mal verschwindet.« Dann wurde sein Gesicht ernst. »Das heißt, innerhalb vernünftiger Grenzen. Wenn er im Laufe der Woche nicht wieder da ist, lasse ich ihn zum Deserteur erklären, jawohl.«
»Hatte er am letzten Sonntag Dienst?« wollte Athelstan wissen.
»Als die Abgeordneten der Commons den Tower besuchten?«
Der Konstabler schürzte die Lippen und starrte an der Mauer hinauf. »Ja, ja, er hatte Dienst. Er gehörte zu denen, die sie bei ihrem Rundgang durch den Tower eskortierten, während sie die Königlichen Archive, die Belagerungsmaschinen und natürlich die Königliche Menagerie besichtigten.«
»Gab es irgendwelche besonderen Vorkommnisse?«
Der Konstabler schüttelte den Kopf. »Der Tower ist ein einsamer Ort, Bruder. Wir warten hier immer nur auf einen Feind, der niemals angreift. Wir bewachen ein paar Gefangene, die in den Kerkergewölben eingesperrt sind, und hin und wieder machen wir einen Ausflug in die Stadt oder aufs Land hinaus.«

»Ihr solltet wachsamer sein«, ermahnte Cranston ihn. »Wenn Ihr aufs Land hinausgeht, dann müßt Ihr doch von den Verschwörungen und Umsturzplänen gehört haben, die die Bauern dort schmieden.«

Der Konstabler machte ein unanständiges Geräusch mit den Lippen. »Sir John, der Tower steht seit dreihundert Jahren. Niemand hat ihn je erobert, schon gar nicht ein Haufen zerlumpter Schweinebauern. Wenn sie kommen, geht unsere Zugbrücke hoch, und dann können sie draußen hocken bis zum Jüngsten Gericht. Weiter kommen sie jedenfalls nicht.«

»Was hat es mit der Menagerie auf sich?« fragte Athelstan.

»Die Königliche Menagerie ...«, sagte der Konstabler spöttisch. Er schob die Daumen hinter den Gürtel und kam einen Schritt näher. »Das ist nichts weiter als eine Ansammlung von Gruben und Käfigen am anderen Ende des Tower. Ein Elefant, Bären, ein paar räudige Katzen, Affen und Paviane. Seit dem Tod des alten Königs hat man wenig für sie getan.« Er verzog den Mund. »Andererseits, unsere Besucher haben sie beeindruckt. Einer vor allem, Sir Francis Harnett, war ganz hingerissen von dem, was er hier sah.«

»Und es gab keine besonderen Vorkommnisse?« wiederholte Athelstan.

»Bruder, sie sind gekommen und gegangen. Mehr habe ich nicht zu sagen. Und jetzt muß ich gehen.« Damit verschwand er wieder zu seiner Mahlzeit.

Athelstan und Cranston wanderten durch eine Gasse zurück nach Petty Wales.

»Nicht sehr hilfreich«, bemerkte Athelstan.

Cranston spähte mit schmalen Augen zurück zum Tower. Was er da gesehen hatte, hatte ihm nicht gefallen: schlafende Wachen, einen Konstabler, der sich hauptsächlich für seinen Magen interessierte – und auch die Art und Weise, wie man sie im Torhaus abgefertigt und nicht weiter hineingelassen hatte.

»Wenn ich Gaunt das nächste Mal sehe«, knurrte er, »werde ich mit ihm ein Schwätzchen über den Tower halten. Es ist nötig, die Königlichen Kommissare mal dorthin zu schicken, damit sie die Magazine überprüfen und sich die Musterrolle ansehen. Ich glaube, unser kleiner dicker Konstabler ist sich nicht zu fein dazu, Bestechungsgelder anzunehmen – nicht nur von Leuten, die sich die Königliche Menagerie anschauen möchten, sondern auch von Angehörigen seiner eigenen Garnison, damit sie ein Weilchen verschwinden dürfen.«
»Meint Ihr wirklich?« fragte Athelstan.
»Ich weiß es«, bekräftigte Cranston. »Nach dem Militärrecht und all seinen Auslegungen ist Perline Brasenose ein Deserteur, und sein Name müßte überall in der Stadt angeschlagen werden.« Er schlug Athelstan auf die Schulter. »Und das bedeutet, mein kleiner Bruder, daß Perline nicht tot ist. Er hat sich verdrückt und dem Konstabler ein paar Münzen zugeschoben, damit dieser ihn nicht suchen läßt.«
Sie gingen weiter, die Thames Street hinunter nach Billingsgate. Die Luft roch scharf nach Fleisch und Salz. Hier herrschte Hochbetrieb auf der Straße, denn die Fischer bereiteten sich für die nächtliche Fangfahrt vor. Auch Kaufleute und Fischhändler bauten schon ihre Stände auf und stellten Fässer mit Pökellake und Salz für den morgendlichen Fang auf.
An der Ecke der Bridge Street trennten Cranston und Athelstan sich; der Coroner schimpfte noch immer über den Konstabler und versprach Athelstan, sich morgen beim Menschenfischer zu erkundigen, ob dieser etwas zur Klärung der verschiedenen Rätsel beitragen könne. Athelstan bedankte sich und ging zur Brückenauffahrt hinunter. An der Schranke vor der Brücke blieb er stehen. Soldaten lungerten hier herum oder würfelten, ohne die hohen Stangen zu beachten, die rechts und links neben der Brücke aufragten; auf jeder steckte der abgeschlagene Kopf eines Piraten, der beim Plündern von Booten in der Themse-

mündung gefaßt worden war. Athelstan wies den Paß vor, den Cranston ihm gegeben hatte. Die Schranke wurde geöffnet, und er betrat die Brücke und ging vorbei an den stillen Läden und Häusern, die auf beiden Seiten standen.
Auf halber Strecke, bei der Kapelle von St. Thomas à Becket, blieb Athelstan stehen und trat an die Brüstung. Er schaute über die Themse hinaus und zum Tower zurück. Der Himmel war noch immer von den verblassenden Strahlen der untergehenden Sonne erhellt. Er stand gern hier, wo das Wasser unten an den Pfeilerbefestigungen vorbeirauschte und der Himmel über ihm mit den ersten Sternen gesprenkelt war. Es war, als schwebe er zwischen Himmel und Erde. Athelstan atmete tief durch und betrachtete den Abendstern. Der Wind zerzauste sein Haar und kühlte ihm die schweißfeuchte Stirn, und für kurze Zeit schien er die Müdigkeit und die Probleme des Tages wegzublasen.
»Ich wünschte, ich könnte in die Hallen von Oxford reisen«, murmelte Athelstan. »Dann würde ich die Manuskripte von Roger Bacon studieren.«
Er starrte zu dem Stern hinauf. Bacon hatte auf der Folly Bridge ein Observatorium errichtet und ein faszinierendes Werk über die Sterne und die Planeten geschrieben. Woher waren sie gekommen? Warum bewegten sie sich? Und wenn sie es taten, was hielt sie dann am Himmel fest? Weshalb waren manche Sterne heller als andere? Und bewegte sich auch der Mond? Athelstan lehnte sich an die Brüstung und schloß die Augen. Ob der Pater Prior ihm erlauben würde, einen kurzen Urlaub von seinen Pflichten in London zu nehmen? Athelstan hatte das Raunen gehört: Neuentdeckte Manuskripte aus der Antike waren in Italien kopiert und übersetzt worden und riefen bereits erregte Debatten unter den Gelehrten hervor. Manche munkelten sogar, darin werde bewiesen, daß die Sterne keinerlei Einfluß auf das Verhalten des Menschen hätten, und andere berie-

fen sich auf den großen Ptolemäus und meinten, die Erde sei nicht flach, sondern eine regelrechte Kugel, und zwar eine unter vielen am Himmel.
Athelstan öffnete die Augen und lächelte. Da sieht man nur wieder, dachte er, daß jede Lebensweise ihre eigenen Probleme mit sich bringt.
Sein eigener Orden spielte eine herausragende Rolle in der Inquisition, in Italien wie auch anderswo. Aber die Inquisition betrachtete alles Neue mit finsterer Miene. Und dann gab es da auch noch Cranston, St. Erconwald und alle seine Pfarrkinder.
Athelstan ging zielstrebig weiter. An der Pforte neben dem Torhaus auf der anderen Seite der Brücke blieb er stehen. Die Wache begann wie immer mit gutmütigem Geplänkel und machte ihre Späße über wandernde Ordensleute, und was so einer wohl mitten in der Nacht im Schilde führen mochte. Plötzlich wurde hoch oben im Torhaus ein Fenster aufgerissen. Burdon, der zwergwüchsige Torwächter, schob den Kopf heraus. Die Haare standen ihm zu Berge.
»Um des lieben Himmels willen!« schrie er. »Wollt ihr jetzt das Maul halten? Kann ein Mann mit seiner Frau nicht in Frieden schlafen? Von seinen Kindern ganz zu schweigen?«
Die Wachsoldaten schnitten Grimassen und kicherten hinter vorgehaltener Hand.
»Master Burdon!« rief Athelstan. »Es tut mir leid. Es war meine Schuld.«
Der kleine Kopf drehte sich um. »Ach, Ihr seid's, Bruder. Entschuldigung!« rief er, und das Fenster wurde krachend zugeworfen.
Athelstan ließ die Wache stehen und ging an der Priorei von St. Mary Overy vorbei und durch eine Gasse auf St. Erconwald zu. Auch in der Nacht schlief Southwark nie. Die Straßen waren voller Huren, Händler und Höker, die versuchten, ihre schäbige Ware an den Mann zu bringen; das meiste, dessen war Athelstan

sicher, war auf der anderen Seite des Flusses gestohlen worden. Schenkentüren standen offen, und Lärm, Licht und Gelächter fluteten auf die Straße heraus. Huren tänzelten in ihrem fadenscheinigen Staat vorbei; sie lächelten geziert und zwinkerten ihm zu. Zwei Männer waren über einem Würfelspiel in Streit geraten.

Athelstan sah sich um. Irgend etwas stimmte hier nicht. Normalerweise sah er hier mindestens eines seiner Pfarrkinder: Ursula, die Schweinebäuerin, und ihre dämonische Sau, die ihr überall hin folgte und wie eine Fürstin in Athelstans Kohlgarten schwelgte. Aber sie war nicht da, und auch sonst war niemand zu sehen. Tab, der Kesselflicker, Manyer, der Henker, und der Glöckner Mugwort saßen nicht auf der Bank vor der Schenke »Zum Gescheckten«, und auch Pemel war nicht zu sehen, die alte Flämin, die sich die Haare rot-gelb färbte und den Abend singend vor einem Krug Ale verbrachte.

Schweren Herzens bog Athelstan um die Ecke. Er sah flackernden Fackelschein und hörte die Rufe, und seine bange Sorge wuchs. Irgend etwas stimmte wirklich nicht. Er eilte weiter und bemühte sich, sein pochendes Herz zu besänftigen, aber das Schauspiel vor der Kirche von St. Erconwald ließ ihn wie angewurzelt stehenbleiben. Die Kirchentüren waren verschlossen, aber eine große Schar von Gemeindemitgliedern war mit Fackeln in den Fäusten vor der Treppe versammelt und lauschte einer Rede von Watkin, dem Mistsammler.

»O nein!« stöhnte Athelstan. »Er hat sich bewaffnet!«

Watkin marschierte oben auf der Kirchentreppe hin und her. Er hatte einen kleinen, eisernen Kochtopf auf dem Kopf und einen verschlissenen Lederkragen um die Schultern, und ein rostiges Schwert steckte in dem Gürtel, der sich um seinen vorquellenden Bauch spannte. Flankiert wurde er von zwei Leutnants: Pike, der Grabenbauer, trug ebenfalls einen Kochtopf auf dem Kopf und hielt einen Spieß in der Hand, und Ranulf, der Rattenfänger,

hatte sich mit einem Langbogen und einem Köcher voller Pfeile bewaffnet.
»Wir müssen uns bewaffnen«, wiederholte Watkin, stieß mit stumpfen Fingern in die Luft und strahlte, als sich ein Chor von Beifallsrufen erhob, »wenn Pater Athelstan nicht zurückkommt.« Er senkte die Stimme. »Und wer weiß, ob er noch kommt, he? Wir wissen ja nicht, ob der Dämon ihn nicht schon geholt hat.«
Beifallsgebrüll begrüßte seine Worte.
»Wir müssen auf die Jagd nach dem Dämon gehen!«
Wieder schrien alle zustimmend. Entsetzt sah Athelstan, daß Tab, der Kesselflicker, die Statue des Heiligen Erconwald von ihrem Sockel in der Kirche genommen hatte, und der Maler Huddle umklammerte das Prozessionskreuz wie einen Speer.
»Benedicta, Benedicta!« stöhnte Athelstan. »Wo bist du?«
Er suchte die Menge ab und entdeckte die Witwe ganz hinten. Sie schien seine Anwesenheit zu spüren, denn plötzlich drehte sie sich um und sah ihn an. Athelstan trat aus dem Schatten hervor. »Watkin!« rief er.
Der Mistsammler fuhr erschrocken zusammen. »Es ist der Pfarrer!« schrie er. »Der Dämon hat ihn laufenlassen!«
Athelstan überquerte den Platz und drängte sich durch die Menge, ohne auf das Schulterklopfen und die guten Wünsche, die ihm zugerufen wurden, zu achten. Dann schaute er in das fette, birnenförmige Gesicht des Mistsammlers hinauf.
»Watkin, Watkin«, sagte er. »In Gottes Namen, was machst du denn hier?«
»Wir haben den Dämon gesehen, Pater.« Pike trat vor. »Kurz bevor es dunkel wurde, Pater, eine finstere Gestalt auf dem Friedhof.«
»Habt ihr getrunken?« fragte Athelstan vorwurfsvoll.
Pike machte ein gekränktes Gesicht. »Pater, ich schwöre beim Kreuz ...«

»Lästere nicht«, mahnte Athelstan mit rauher Stimme. »Ich komme von Newgate, wo sie eben deinen Freund, den Fuchs, aufgehängt haben.«
Pikes Unterkiefer klappte herunter.
»Eigentlich ist es meine Schuld, Pater.« Ranulf kam nervös nach vorn. »Ich war heute in dem Haus in der Stinking Alley. Ihr wißt schon, in dem, das der Kaufmann erwerben möchte. Und da habe ich den Dämon gesehen, oben an der Treppe.«
»Und ihr seid noch einmal hingegangen und habt euch die Sache genauer angesehen?«
»O ja, Pater. Er war nicht mehr da, aber der Gestank war grauenhaft.«
»Und wer hat ihn heute abend gesehen?«
»Ich.« Cecily, die Kurtisane, kam hüftenschwenkend an die Treppe und machte ein unschuldsvolles Gesicht. »Pater, Ihr habt gesagt, ich soll zurückgehen und helfen. Das habe ich getan.«
»Und was habt ihr auf dem Friedhof gesucht?« Athelstan warf Pike, dem Grabenbauer, einen schnellen Blick zu.
»Pater, jetzt seid nicht so«, sagte Cecily. »Ich war allein dort; auf einem Grab lagen ein paar verschimmelnde Früchte, und die habe ich aufgesammelt. Es war sehr still. Und dann hörte ich ein Geräusch, bei meiner Seel'.« Sie bekreuzigte sich. »Ich sah die Gestalt unten bei der Mauer; sie stöberte zwischen den Bäumen herum.«
»Und was habt ihr alle jetzt vor?«
Watkin deutete auf die Statue des Heiligen Erconwald und auf das Kreuz, das Huddle noch immer in der Hand hielt. »Wir wollen auf den Friedhof gehen, Pater, um den Dämon zu jagen.«
Athelstan streckte die Arme in die Höhe und wandte sich seiner Pfarrgemeinde zu. »Brüder und Schwestern«, rief er, »was ist das für eine Dummheit?«
»Wir wollen den Dämon jagen!« schrie Hig, der Schweinebauer.

»Es ist nur eine Frage der Zeit, Pater, bevor er jemand anderen angreift. Und wer weiß, vielleicht nimmt er ihn dann diesmal mit in die Hölle?« Hig senkte die Stimme und schaute in die Runde. »Vielleicht ist er hinter Pike her?«
»Sage ja nichts über meinen Mann«, schrie die Frau des Grabenbauers sofort. »Ausgerechnet du mußt reden, Hig! Ich habe dich heute morgen vor dem ›Gescheckten‹ stehen sehen!«
»Was willst du damit sagen?« rief der Schweinehirt.
»Na, deine Tochter war das nicht!«
Ein böser Streit wäre jetzt ausgebrochen, aber Athelstan klatschte in die Hände und brachte alle zum Schweigen. »Morgen früh«, rief er, »werde ich die Messe lesen und Gott um Hilfe bitten.«
Mißmutiges Stöhnen war die Antwort auf diese Ankündigung. »Aber damit sichergestellt ist, daß wir alle ruhig in unseren Betten schlafen, will ich jetzt den Friedhof besichtigen.«
Athelstan hatte allein gehen wollen, aber Watkin hatte die Menge zu sehr in der Hand. Huddle mit dem Kreuz ging – ziemlich besorgt – voraus, gefolgt von Tab, dem Kesselflicker, mit der Statue des Heiligen Erconwald, flankiert von Crim, dem Altardiener, und Amisias, dem Walker, die beide lodernde Fackeln in den Händen hielten. Athelstan schloß die Augen und seufzte, als Watkin neben ihm Position bezog wie ein Earl, der in die Schlacht marschierte. Ursulas Sau stürmte plötzlich voran, drängte sich an Tab vorbei und nahm geradewegs Kurs auf Athelstans Garten, verfolgt von Ursula, die aus voller Lunge kreischte.
Endlich kamen sie auf den Friedhof. Watkin verließ anscheinend der Mut; er hielt sich zurück und bedeutete Pike, seine Position zu übernehmen. Huddle und Tab drückten sich an die Seite, und Athelstan ging den ausgetretenen Pfad entlang, der sich zwischen den Gräbern dahinschlängelte.
Crim, der Altarjunge, kam mit seiner Fackel hinterher. »Hier ist

nichts, Pater«, flüsterte er. »Jeder Dämon, der nur halbwegs bei Sinnen ist, wäre schon vor einer Ewigkeit geflohen.«
Athelstan lächelte und spähte in die Dunkelheit. »Ist da jemand?« rief er.
Aber nur der Abendwind raschelte in den Zweigen der Eiben und bog die langen Grashalme zwischen den Grabsteinen. Eine Eule schrie. Athelstan war froh, daß er nicht zusammenzuckte oder aufschrak, auch wenn seine Pfarrkinder hinter ihm hastig zurückwichen.
»Ist jemand da?« rief Athelstan noch einmal. »Im Namen Gottes, zeige dich!«
Er kam sich ein bißchen lächerlich vor, wie er so in die Dunkelheit hineinschrie. Im stillen dankte er Gott dafür, daß seine Brüder aus Blackfriars oder, schlimmer noch, Sir John Cranston ihn jetzt nicht sehen konnten.
»Der Coroner wäre entzückt«, flüsterte eine Stimme neben ihm.
Athelstan fuhr herum und sah Benedictas lächelndes Gesicht.
»Er würde sein Schwert ziehen«, fuhr die Witwe fort, »und wie ein Paladin über den Friedhof stürmen.«
»Aye«, antwortete Athelstan. »Und dann brächten wir sie überhaupt nicht ins Bett.« Er runzelte die Stirn. »Benedicta, hattest du sie nicht aufhalten können?«
»Pater, Ihr wißt doch, wie sie sind. Wenn Watkin sich einmal etwas in den Kopf gesetzt hat ...« Sie lächelte. »Ihr wart so lange fort, daß sie wirklich dachten, der Dämon hätte Euch geholt.«
»Hatte er auch«, antwortete Athelstan. »Er ist dick und fett, er säuft, und er heißt Sir John Cranston.« Er berührte Benedictas Gesicht mit der Fingerspitze. »Ich erzähle dir morgen, was passiert ist.«
»Macht einen von Euren Segen!« schrie Watkin. »Ihr wißt schon, Pater – drei Kreuze in die Luft!«
»Aye!« brüllte Pike, der keine Lust hatte, Watkin das letzte Wort

zu überlassen. »Und schüttet einen großen Eimer Weihwasser aus!«

»Ich werde meinen feierlichen Segen geben«, rief Athelstan zurück. »Gott möge mir meine Lüge verzeihen«, flüsterte er und zwinkerte Benedicta zu. »Es ist der feierlichste Segen, den ein Dominikaner vergeben kann«, brüllte er nun ebenfalls. »Er darf ihn in seinem ganzen Priesterleben nur fünfmal geben, und dies ist für mich das erste Mal!«

Beifälliges Gemurmel kam von seiner Pfarrgemeinde, die neben der Kirche Schutz gesucht hatte. Athelstan drehte sich wieder um und spähte in die Dunkelheit. Um seine Pfarrkinder zu beeindrucken, intonierte er die ersten fünf Verse von Psalm einundfünfzig, und dann hob er die Hand und schlug vier Kreuzzeichen, eins nach Norden, eins nach Süden, eins nach Westen und eins nach Osten. Watkin war zufrieden, und die Leute zerstreuten sich. Benedicta wäre gern noch geblieben, um ihn auszufragen, aber Athelstan schüttelte den Kopf.

»Ich habe jetzt genug vom Reden und vom Laufen«, sagte er entschuldigend. »Ach, wo ist Bonaventura?«

»Der ist vernünftiger«, antwortete Benedicta. »Als Watkin erschien, ging er gleich auf die Jagd.«

»Ein kluger Kater«, knurrte Athelstan, daß es klang wie von Cranston.

Zusammen mit Benedicta ging er hinüber zum Stall, um einen Blick auf Philomel, sein altes Schlachtroß, zu werfen. Und hinter ihnen auf dem Friedhof lauerte der »Dämon« von St. Erconwald zwischen den Bäumen und starrte durch die Dunkelheit zu ihnen herüber.

8

Während Athelstan das Feuer im Herd seines kleinen Priesterhauses anfachte, eilte Sir Francis Harnett durch das menschenleere Vestibül zum Kapitelhaus der Westminster Abbey. Er war gereizt, weil Wachsoldaten und Bogenschützen ihn immer wieder anhielten. Aber als er erst durch die Absperrungen auf das Abteigelände gelangt war, wich sein Ärger einer wohligen Genugtuung darüber, daß er dem so schwer faßbaren Perline Brasenose bald begegnen würde. Vor der Treppe, die ins Kapitelhaus führte, hielt Harnett inne; dann bog er nach rechts und ging die lange Treppe zur Monstranzkammer hinunter. Unten angekommen, drückte er vorsichtig die eisenbeschlagene Tür auf. Dahinter lag eine Gewölbekammer mit kahlen Steinwänden, eigentlich nicht mehr als ein großer Kellerraum, trocken und sauber. Zwei brennende Fackeln steckten in Haltern an der Wand.

»Perline?« flüsterte Harnett. Seine Stirn war mißvergnügt gerunzelt. »Wo in Gottes Namen steckst du?« zischte er, aber seine Worte hallten ungehört durch die leere Kammer.

Harnett seufzte verdrossen und wischte sich mit dem Mantelsaum das Gesicht ab. Er setzte sich auf einen Steinsockel am anderen Ende der Kammer. Vielleicht war der Soldat woanders hingegangen? Wenn er wiederkäme, würde er Brasenose ordentlich die Leviten lesen. Über ihm begannen die Abteiglocken zur Vesper zu läuten. Obwohl die Wände dick waren, hörte Harnett das Fußgetrappel der Mönche, die herunterkamen. Es wurde still, und dann hörte er von fern, wie der Chor anfing zu singen.

»Exsurge, Domine, exsurge et vindica causam meam – erhebe Dich, o Herr, erhebe Dich und sitze zu Gericht über meine Sache.«

Harnett hörte diese Worte und lächelte matt. Hatte Gott sich erhoben, um über ihn und die anderen zu Gericht zu sitzen? Plötzlich war er müde; er lehnte sich an die Wand und starrte in die Dunkelheit. So vieles war schiefgegangen. Vor zwanzig, dreißig Jahren, da waren er und die anderen junge Paladine gewesen, die geistigen Nachfolger Artus' und seiner Ritter. Sie hatten sogar einen Chronisten in seinem Kloster dafür bezahlt, daß er nachwies, wie Artus seine Burg in Shropshire erbaut hatte. Und hieß es nicht, daß seine Gemahlin Ginover im Kloster der Weißen Damen begraben lag, unter den Eichen bei Boscobel? Die Ritter vom Schwan hatten ihre Tafelrunde in Lilleshall Abbey abgehalten. In leuchtenden Farben und unter dem schrillen Schmettern silberner Trompeten hatten sie Reiterspiele und Turniere veranstaltet. Und dann hatten sie den Kelch gefunden. Anfangs war Sir Edmund Malmesbury mißtrauisch gewesen. Er hatte sich lustig gemacht über den Reliquienhändler, der ihnen das Stück angeboten hatte. Sir Henry Swynford aber war damit zu einem gelehrten Mönch gegangen, und der hatte erklärt, der Zedernholzkelch sei in der Tat sehr alt und könne durchaus jener Gral sein, nach dem König Artus und seine Ritter gesucht hatten. Oh, wie waren sie entzückt gewesen!

Harnett streckte die Beine aus, um seine verkrampften Muskeln zu lockern. Im großen Refektorium von Lilleshall waren sie zusammengekommen und hatten sich um die Tafel gesetzt; der Kelch hatte auf einem Sockel gestanden, bedeckt mit einem purpurnen Damasttuch. Nacheinander hatte jeder Ritter das Privileg gehabt, ihn einen Monat lang zu besitzen, aber dann war er verschwunden. Eines Abends, als sie in der Abtei gerade beim Abendbankett saßen, war Malmesbury hereingestürmt und hatte gebrüllt: »Der Kelch ist fort! Der Kelch ist fort!«

Sie hatten alles durchsucht, aber den Kelch nicht wiedergefunden, und die Saat der Zwietracht war gesät gewesen. Niemand erhob offene Beschuldigungen, doch die Ritter vom Schwan hatten angefangen, untereinander zu flüstern. Mit anklagendem Finger hatte man bald auf diesen, bald auf jenen gezeigt, die Fäule hatte sich ausgebreitet wie der Mehltau auf einer Blume, war in ihr Leben gesickert und hatte weitere Zwietracht fortgezeugt.

Eines hatte zum andern geführt. Der Krieg in Frankreich nahm eine schlechte Wendung, und zu den Verlustmeldungen kamen die Folgen der großen Pest: Es fehlte an Arbeitskräften, und die Bauern verlangten bessere Einkünfte und mehr Rechte. Harnett und die übrigen hatten ihre Seelen in die Finsternis irren lassen …

Harnett beugte sich seufzend vor: Das war doch sicher alles vergessen? Er hatte seine Ländereien bewirtschaftet, Bücher gekauft und ein Interesse für merkwürdige exotische Tiere entwickelt. Zu diesem Parlament hatte er gar nicht kommen wollen. Tatsächlich hatte er sogar im stillen versucht, seine eigene Wahl zu hintertreiben, aber der Sheriff war ein Mann Gaunts. Als die Wahlzettel im Rathaus von Shrewsbury gezählt worden waren, da war Harnett vom Resultat ebenso überrascht gewesen wie alle anderen. Oh, Malmesbury hatte ihnen geraten, tapfere Miene zu machen, und herumtrompetet, was sie alles tun würden, wenn sie erst in Westminster wären, aber irgend etwas an der Sache war faul gewesen.

Harnett und Aylebore hatten leise protestiert, aber der Sheriff hatte hinter seinem großen Tisch gelächelt und die Hände gespreizt. »Ihr seid gewählt worden«, hatte er erklärt. »Oder wollt Ihr sagen, ich bin korrupt?«

Was hätte Harnett tun können? Lauter Widerspruch hätte einen merkwürdigen Eindruck gemacht. Statt dessen also hatte er wie der Rest das Ergebnis akzeptiert; er war mit den anderen nach

Westminster gereist und wie üblich im Gasthof »Zum Ungeheuer« abgestiegen.
Harnett regte sich, als er ein Geräusch aus dem Vestibül draußen hörte, einen leisen Schritt. Er stand auf; aber jetzt hörte er nichts weiter als den fernen Gesang des Chores. Doch dann kam wieder ein Geräusch, und er ging langsam zur Tür. Zu seiner Überraschung war die Fackel im Wandhalter über der Treppe erloschen.
»Ist da jemand?« rief er. Ein Angstschauer lief ihm über den Rücken. Er umfaßte den Griff seines Dolches und ging vorsichtig die Treppe hinauf: »Perline?« flüsterte er.
Oben sah er sich um: nichts als Schatten, die im Fackelschein tanzten und die Gesichter der Ungeheuer oben an den Säulen noch grotesker erscheinen ließen. Dämonen lachten auf ihn herab, Satyrn bleckten die Zähne. Harnett bemühte sich, beherrscht zu atmen. Sollte er noch warten oder lieber gehen? Er ging wieder die Treppe hinunter und gelobte sich, wenn Perline nicht bald käme, würde er gehen und Rachepläne schmieden. Wütend ballte er die Fäuste: Er hatte Perline einen besonderen Brief gegeben, der ihm den Zutritt zum Kapitelhaus ermöglichte. Wieso hatte der Soldat diesen Brief nicht benutzt und war einfach gekommen, statt ihm eine Nachricht zu schicken und ihn zu einem Treffen hierher zu bestellen? Harnett kehrte zu seinem Steinsockel zurück und setzte sich. Er zerbrach sich nicht länger den Kopf über die geheime Verabredung, die er mit dem jungen Soldaten aus dem Tower getroffen hatte; statt dessen kehrten seine Gedanken immer wieder zu Sir Henry Swynford zurück: zu seinem Gesicht, das eine Maske des Entsetzens gewesen war, und zu dem straff um seinen Hals geschnürten Garottendraht. Und dann Bouchons Leiche, von Flußschleim bedeckt, das Gesicht kränklich grün. Und die grausigen roten Kreuze, die man ihnen in die Haut geritzt hatte! Ein schreckliches Memento aus der Vergangenheit.

Er und die übrigen hatten Malmesbury flüsternd beschworen, mit ihnen zu fliehen. Malmesbury hatte ebensolche Angst gehabt, aber er hatte den Kopf geschüttelt. »Ihr wißt, was passieren wird«, hatte er gewarnt. »Wir haben keine Wahl.«
»Aber die Pfeilspitze und die Kerze?« hatte Aylebore erwidert. »Wer könnte davon wissen?«
»Der Regent«, sagte Malmesbury.
»Hat er uns hergeholt, um uns zu ermorden?« hatte Goldingham gefragt. »Warum schwenken wir nicht um, Sir Edmund? Vielleicht will der Regent uns wegen unserer Opposition bestrafen.«
Malmesbury hatte den Kopf geschüttelt und die Hände vors Gesicht geschlagen. »Er kann nichts tun«, hatte er gemurmelt. »Der Regent hat ein Zeichen versprochen.«
»Das ist doch lächerlich«, hatte Goldingham gestottert. »Wir warten hier wie Lämmer, bis man uns die Kehle durchschneidet?«
Harnett starrte auf seine Finger. Der Regent hatte Malmesbury empfohlen, Vertrauen in Cranston zu setzen. Die Abgeordneten hatten vereinbart, sich nicht zu trennen. Aber – Harnett schlug sich mit der Faust auf den Oberschenkel – er *mußte* Brasenose treffen. Er hatte gutes Silber gegeben, und dafür wollte er etwas bekommen!
Er hörte ein Geräusch an der Tür und hob den Kopf. Sein Herz setzte einmal aus, und das Blut gefror ihm in den Adern. Eine Gestalt mit hochgeschlagener Kapuze stand da.
»Brasenose?« flüsterte Harnett.
»Tag der Rache«, intonierte die Gestalt und kam langsam herunter, *»Tag den Sünden, wird das Weltall sich entzünden. Welch ein Graus wird sein und Klagen, wenn der Richter kommt mit Fragen ...«*
Harnett wich in die Ecke zurück und schlug wild um sich. Die Gestalt warf ihm etwas zu: Eine Pfeilspitze fiel ihm vor die Füße, dann eine Kerze und ein Stück Pergament.

Harnett fiel auf die Knie und ballte die Fäuste. *»Bitte …!«* flehte er.
Die Gestalt kam immer näher. Das Gesicht konnte Harnett nicht erkennen. Das Licht war schlecht, die Tür zur Kammer war geschlossen, und die Fackel flackerte hinter der furchterregenden, grausigen Gestalt. Ein Phantasma, das verborgenes Entsetzen in Harnetts Seele aufrührte und Bilder aus der Vergangenheit heraufbeschwor. Reiter in Rüstung und Helm, mit Fackeln in den Händen, versammelten sich unter den ausgestreckten Ästen einer mächtigen Eiche, an denen Gestalten baumelten und tanzten.
»Das ist so lange her!« stöhnte Harnett.
»Nichts bleibt immer in der Vergangenheit, Sir Francis«, antwortete die Gestalt.
Harnett fuhr auf. Er kannte die Stimme!
»O nein, nicht Ihr, um der Barmherzigkeit willen!«
»Macht Euren Frieden mit Gott.«
Die Axt kam unter dem Mantel des Mannes hervor. Sir Francis duckte sich. Die Axt sauste herab, und der glatte Streich ließ Harnetts Kopf über den Boden der Kammer rollen.

Athelstan saß an seinem Tisch im Pfarrhaus und starrte ins Feuer.
»Ich gehöre ins Bett«, sagte er leise zu Bonaventura.
Der große Kater, der nach seiner nächtlichen Jagd rechtschaffen müde war, lag ausgestreckt vor dem Feuer und schnurrte in der Wärme. Athelstan betrachtete das Pergament, das vor ihm lag. Er hatte versucht, einen Sinn in die Ereignisse des Tages zu bringen. So viel war passiert! Die Bilder der Erinnerung waren noch frisch. Zwei grausige Leichen in ihren Särgen – einst mächtige Männer, die jetzt im Tod erbärmlich aussahen. Banyard, wie er sie zu Dame Mathilda führte, und diese junge Hure mit den schönen, fast entblößten Brüsten.

Athelstan lächelte. »Sie war sehr schön, Bonaventura. Haare, so schwarz wie die Nacht, und ein Körper, der auch einen Heiligen in Versuchung geführt hätte.«
Der Kater hob den Kopf; als wolle er nicken, und ließ sich wieder zurückfallen. Athelstan starrte in die Flammen. Wenn Bonaventura nur sprechen könnte – dann könnte er ihm erzählen, was er in den dunklen Straßen und Gassen von Southwark sah! Dann wäre das Geheimnis des Dämons bald gelöst. Athelstan preßte die Lippen zusammen. Nun, der Dämon würde warten müssen, bis Pater Anselm seinen Rat gegeben hätte. Er fragte sich, ob Sir John wohl schlief, und dachte an ihre Begegnung mit dem Totensammler. Gottlob hatte der Kerl Perlines Leichnam nicht entdeckt. Cranston hatte wahrscheinlich recht: Perline war nicht aus der Garnison im Tower desertiert, sondern hatte den Konstabler bestochen, um sich entfernen und seinen eigenen Geschäften nachgehen zu können. Aber welchen? Und weshalb traf Perline sich mit einem Abgeordneten an einem dunklen, einsamen Kai? Athelstan kratzte sich am Kinn: Anscheinend war Harnett nach Southwark gekommen, um sich mit Perline zu treffen, und zusammen waren sie über den Fluß zu der Frachtwaage gefahren – aber warum? Konnte Perline etwas mit dem makabren Tod dieser Ritter zu tun haben?
Bonaventura regte und streckte sich. Athelstan erinnerte sich an Cranstons Sorge wegen der verschwundenen Katzen in der Cheapside. Er beugte sich hinunter und streichelte Bonaventura.
»Ein Meer von Sorgen, Bonaventura! Ein Meer von Sorgen.«
Er setzte sich wieder an seinen Tisch, griff nach dem Federkiel und schloß die Augen, um sich zu konzentrieren. Ich habe mein Brevier gebetet, dachte er, und Philomel schnarcht zum Steinerweichen. Gegen unseren Dämon kann ich nichts unternehmen, solange Prior Anselm nicht geantwortet hat. Sir John und seine

Katzen? Die müssen warten. Was also ist mit den Morden in Westminster?

Athelstan seufzte, öffnete die Augen und schrieb seine Gedanken nieder.

Item: Bouchon und Swynford gehörten zu einer Gruppe mächtiger Männer, die eine Gesellschaft namens »Ritter vom Schwan« gegründet haben.

Item: Was ist aus dieser Gesellschaft geworden?

Item: Haben die Pfeilspitze, die Kerze und das Stück Pergament etwas mit dem ritterlichen Treiben dieser Herren zu tun?

Item: Haben die Morde an Bouchon und Swynford etwas mit dem Zerfall der Gesellschaft der »Ritter vom Schwan« zu tun?

Item: Welche anderen Streitigkeiten gibt es zwischen diesen Rittern, von einem gescheiterten Geschäftsunternehmen zur See abgesehen?

Item: Was gibt es in der Vergangenheit dieser Ritter, das sie zu verbergen suchen? Welches schreckliche Geheimnis gibt es zwischen ihnen?

Item: Ist es nur ein Zufall, daß Pater Benedict, der Kaplan der Commons, durch seinen verstorbenen Amtsbruder, Pater Antony, mit diesen mächtigen Herren aus Shropshire bekannt ist?

Item: Wieso hat Harnett sich mit Perline Brasenose getroffen? Und warum hat er Cranston nicht die Wahrheit gesagt?

Item: Mit wem hat Bouchon sich am vergangenen Montag abend getroffen? Woher stammte der schwarze Schmutz unter seinen Fingernägeln?

Athelstan warf den Federkiel hin und streckte sich. Bouchons Leiche, dachte er, war in der Nähe von Tothill Fields gefunden worden. Das hieß, er mußte ermordet und bei Hochwasser in die Themse geworfen worden sein, denn bei Ebbe wäre die Leiche zur Stadt zurückgespült worden. Athelstan rieb sich den Mund. War damit etwas über den Ort des Mordes gesagt? Die

Leiche hatte sich im Schilf verfangen. Athelstan schüttelte den Kopf; das würde er sich merken.

Er griff zur Feder und schrieb weiter.

Item: Warum war dieser mysteriöse Priester, der anscheinend von jedermann unbemerkt den Gasthof »Zum Ungeheuer« betreten und wieder verlassen konnte, so zuversichtlich, daß er entkommen würde, ohne daß ihn jemand sah? Es sei denn, er wäre selbst einer der Ritter gewesen.

Verdrossen ließ Athelstan den Federkiel sinken. »Ach, Bonaventura«, sagte er, als der Kater heraufsprang und den Kopf in seine Hand schmiegte. »Das ist das eigentliche Geheimnis, du listenreichster unter den Katern. Wieso verschwinden diese Herren nicht aus Westminster und kehren nach Shropshire zurück? Schließlich sind sie allesamt eingeschworene Gegner des Regenten. Es sei denn, natürlich ...« Athelstan streichelte Bonaventura und starrte auf seine Notizen. »Es sei denn, treuester Kater, der Regent selbst kennt ihre schrecklichen Geheimnisse und zwingt sie, in Westminster zu bleiben.«

Athelstan setzte den Kater behutsam wieder auf den Boden. Er ging in die Speisekammer, goß ein wenig Milch in eine Zinnschale und stellte sie vor den Kamin. Bonaventura kam heran, hockte sich nieder und schleckte die Milch mit seiner kleinen, rosaroten Zunge auf.

Athelstan kniete sich neben ihn und lauschte dem behaglichen Schnurren des Katers. Er schaute in die Dunkelheit. »Warum will Gaunt, daß diese Abgeordneten, seine eingeschworenen Feinde, in Westminster zugegen sind?«

Er ließ sich auf die Fersen zurücksinken. Sollten er und Cranston den Regenten um eine Audienz ersuchen? Darauf bestehen, daß John von Gaunt ihnen alles erzählte, was er über diese Männer wußte? Oder würde Gaunt nur die schmalen Brauen hochziehen und achselzuckend völlige Unwissenheit vorschützen?

Athelstan kehrte zu seinem Schreibzeug zurück und hielt inne; er lauschte dem Wind, der draußen durch die Bäume auf dem Friedhof rauschte. Er dachte an Watkins kleine Armee. Simplicitas war nicht dabeigewesen, aber sie trieb sich ständig bei der Kirche herum und fragte Athelstan, ob es Neuigkeiten gebe. Der Ordensbruder stützte das Kinn in beide Hände.

»Zeit«, murmelte er. »Alle diese Geheimnisse sind eine Frage der Zeit.«

Sie waren wie die Muster in einem Wandteppich, der langsam entrollt wurde. Bis jetzt sah er noch nicht das kleinste Glimmen, das ihn durch das Labyrinth der Geheimnisse führen könnte. Er warf einen Blick auf die Stundenkerze. Wenn er noch länger aufbliebe und arbeitete, würde er nur immer aufgeregter werden. Er ging zum Kamin und stellte das grobe Drahtgitter auf, damit Flammen und Funken nicht herauswehen konnten. Abwesend tätschelte er Bonaventuras Kopf, packte sein Schreibzeug zusammen und ging zur Treppe. Dann seufzte er und kehrte zum Tisch zurück. Schon einmal hatte er das Tintenfaß stehenlassen, und Bonaventura hatte es umgeworfen. Athelstan drückte den Stopfen hinein und öffnete die Tasche mit seinem Schreibzeug. Da fiel der Feuerschein auf die beiden Maulkörbe, die der Totensammler im »Heiligen Lamm Gottes« auf dem Tisch hatte liegenlassen. Athelstan nahm sie aus der Tasche und betrachtete sie aufmerksam. Das Leder war schwarz und verschrammt.

»Wie kann jemand Gottes armer Kreatur solche Grausamkeiten zufügen?« fragte er Bonaventura.

Er riß einen der Maulkörbe auseinander und untersuchte das rote innere Leder. Dann lächelte er und kniete nieder, um Bonaventuras Kopf zu streicheln. »Es muß einen Schutzengel für Katzen geben«, sagte er.

Athelstan steckte den zerrissenen Maulkorb wieder in die Tasche, und als er die Treppe hinaufstieg, sang er leise vor sich hin. Morgen würde er vielleicht wenigstens eins der Geheimnisse aufklären, mit denen er und Cranston zu kämpfen hatten.

»*Ite missa est* – gehet, ihr seid entlassen.«
Athelstan schaute auf seine Pfarrkinder hinunter, die zu seiner Überraschung allesamt im Morgengrauen zur Frühmesse erschienen waren; begierig warteten sie darauf zu erfahren, was ihr Pfarrer im Hinblick auf den Dämon anzufangen gedachte. Athelstan hatte ihnen den Schlußsegen gespendet und wollte eben die Altarstufen hinuntersteigen und noch das Knie vor dem Allerheiligsten beugen, als er den verzweifelten Ausdruck in Watkins Augen sah. Seufzend setzte er sich auf die Altarstufen. Crim, der Ministrant, setzte sich zu seiner Rechten, und Bonaventura ließ sich links nieder. Aufrecht saß der Kater da und starrte mit seinem gesunden Auge mißbilligend diese Leute hier an, die das Erscheinen seiner morgendlichen Milchschale verzögerten.
»Brüder und Schwestern«, begann Athelstan, »ich weiß wirklich nicht, was ich sagen soll. Ich habe meinen Prior, Pater Anselm, um Hilfe gebeten.«
»Und diese Hilfe ist da, Pater!«
Athelstan fuhr hoch. Er spähte durch den Lettner zu dem stämmigen, untersetzten Ordensbruder, der durch das Kirchenschiff herangeschlendert kam. Als der Mann die Kapuze zurückschlug, erkannte Athelstan das freundliche, lächelnde Gesicht seines Dominikanerbruders John Armitage. Athelstan erhob sich, und Armitage kam durch den Lettner herauf; die Pfarrgemeinde machte hastig Platz. Armitage ergriff Athelstans Hand.
»Ich bin schon seit einer ganzen Weile hier, Bruder, hinten im Schatten. Wer ist dein Maler?«
Athelstan deutete auf den nervös dreinblickenden Huddle.
»Du hast ein gutes Auge, Mann.« Armitage kratzte sich die

glattrasierte Wange. »Hast du schon mal daran gedacht, Dominikaner zu werden? Wir brauchen gute Maler.«
Huddle schüttelte den Kopf; dieser geschäftige Ordensbruder, der ihn da so eindringlich anstarrte, jagte ihm großen Schrecken ein.
»Wir brauchen gute Maler«, wiederholte Armitage. »Wenn alle unsere Kirchen so aussähen, würden wir vielleicht mehr Leute in die Messe bringen.« Er lockerte den Strick, der sich um seinen beträchtlichen Wanst spannte; Athelstan wußte jedoch, daß er sich für einen so dicken, schweren Mann sehr flink bewegen konnte. »Der Pater Prior schickt mich«, sagte Armitage leise. »Aber ich habe keine Lust, die Sache vor versammelter Gemeinde zu besprechen.«
»Was Pater Athelstan angeht«, trompetete Watkin, der diese Worte gehört hatte, »geht uns alle an, besonders wenn es sich um unseren Dämon handelt.«
»Er ist der Vorsitzende des Gemeinderates«, flüsterte Athelstan rasch; er hatte den warnenden Ausdruck in Armitages Blick gesehen.
Pater John ging zu Watkin hinüber und schaute auf ihn hinunter. Dieser starrte trotzig zurück. Der Ordensbruder beugte sich vor und flüsterte dem Mistsammler etwas ins Ohr. Watkins Miene veränderte sich; er strahlte von einem Ohr zum andern und nickte feierlich. Armitage beugte das Knie vor der Monstranz, und Athelstan, Crim und Bonaventura folgten ihm in die Sakristei. Nachdem Athelstan rasch seine Meßgewänder abgelegt hatte, führte er seinen Gast hinüber ins Pfarrhaus.
»Ich habe Hafergrütze«, bot er an.
Armitage leckte sich die Lippen. »Milch und Honig auch?« fragte er.
»Reichlich.« Athelstan lächelte.
»Dann ist mein Becher wahrhaft zum Überfließen voll«, sagte Armitage.

»Was hast du zu Watkin gesagt?« fragte Athelstan, während er seinen Gast bediente.
Armitages Augen funkelten. »Ich habe ihm gesagt, er solle in der Kirche bleiben und den Chorraum bewachen: Sollte der Dämon zuschlagen, so werde er es sicher auf den Hochaltar abgesehen haben. Und nur ein Mann wie Watkin sei stark genug, um ihm Widerstand zu leisten.«
Athelstan grinste. Nun widmeten sie sich erst mal dem Frühstück. Viel gab es nicht, aber Armitage schwor, es sei tausendmal besser als das, was im Refektorium zu Blackfriars aufgetischt werde. Als er fertig war, stützte er die Ellbogen auf den Tisch und schaute zu Athelstan hinüber. Seine dunklen Augen blickten jetzt nicht mehr so fröhlich.
»Prior Anselm hat mir von deinem Problem berichtet.«
Athelstan nickte wachsam. »Ich dachte, du lehrst in den Hallen von Oxford«, sagte er ausweichend.
»Das Essen dort war so schrecklich, daß ich mich zurückversetzen ließ«, scherzte Armitage und klopfte sich auf den Bauch. »Jetzt bin ich in Blackfriars, vorgeblich als Bibliothekar und Archivar. Aber ich bin auch Exorzist für den östlichen Teil Londons. Na ja, für den größten Teil davon, mit Ausnahme der Gemeinden nördlich von St. Mary of Bethlehem.«
Athelstan starrte ihn ungläubig an. Er hatte Armitage aus Novizentagen als einen heiteren, praktisch veranlagten Priester in Erinnerung, nicht als einen von denen, die sich mit Dämonen, Beschwörungsformeln und Exorzismen befaßten.
»Ich weiß, was du denkst, Athelstan.« Armitage pickte einen Krümel vom Teller und steckte ihn in den Mund. »Aber meine Aufgabe ist nicht so furchterregend wie sie erscheint.« Er lächelte schmal. »Du kannst dir nicht vorstellen, wie viele Leute es nach zwei Humpen Ale schaffen, in jeder Ecke Dämonen und Kobolde zu sehen.«
»Aber hier ist es etwas anderes«, entgegnete Athelstan.

»Ich weiß, ich weiß, der Pater Prior hat es mir erzählt. Einer aus deiner Gemeinde wurde körperlich angegriffen, andere haben eine dunkle, abscheuliche Gestalt gesehen, und du selbst hast einen schrecklichen Gestank in eurem Beinhaus wahrgenommen. Bevor ich in eure Kirche kam, habe ich es besichtigt, aber ich habe nichts gerochen und auch sonst nichts Ungewöhnliches bemerkt.«
»Weil es geschrubbt und geputzt worden ist«, erwiderte Athelstan scharf.
Armitage griff nach seiner Hand. »Bruder, ich will mich ja nicht über dich lustig machen. Ich bin jetzt seit achtzehn Monaten Exorzist. In dieser Zeit habe ich mich um über fünfzig Fälle kümmern müssen. Alle ließen sich durch natürliche Phänomene erklären. Aber«, fuhr er langsam fort, »es gibt auch andere.« Er nahm einen Schluck von seinem Ale. »Vor zehn Tagen kam ich in ein Haus bei St. Giles Cripplegate. Die Mutter dort hatte von merkwürdigen Geräuschen und Schreien in der Nacht berichtet. Von unheilvollen Gefühlen und dunklen Vorahnungen. Und, Athelstan, ich habe das gleiche verspürt. Ich durchforschte das Haus. Ich segnete es. Ich nahm einen Exorzismus vor, aber ich konnte nichts Ungehöriges entdecken. Die Frau war Witwe: sanft, fromm, ein bißchen ängstlich, aber im Grunde genommen eine gute Frau. Ich wollte wieder gehen, als ihr zwanzig Jahre alter Sohn hereinkam. Er war nach der neuesten Mode gekleidet, und sein Haar war gekräuselt und in Löckchen gelegt. Er war schrecklich höflich.« Armitage blinzelte, und Athelstan sah die Angst in seinen Augen. »Dieser junge Mann nun«, fuhr der Exorzist fort, »nahm meine Hand und fragte mich, wie es mir gehe. Ob ich nicht noch auf einen Humpen Ale bleiben wolle? Und ein bißchen Silber für die Armen mitnehmen?« Armitage schloß die Augen und nagte an der Unterlippe. »Dieser junge Mann«, fuhr er mit rauher Stimme fort, »machte mir wirklich angst. Seine Augen waren tot, Bruder. Man hatte den Eindruck,

als sei das ganze Gesicht eine Maske und etwas anderes liege dahinter: ein Wesen, dunkel und unheimlich, das mich und seine Mutter verhöhnte.«

Der Exorzist stellte sein Ale hin. »Ich habe nicht den Mut aufbringen können, noch einmal hinzugehen und dieser Frau zu sagen, daß die Seele ihres Sohnes in Finsternis gehüllt ist, aber als Exorzist bin ich dieser Meinung. Er hat irgendeinem Laster gefrönt, das finsteren Mächten die Tür geöffnet hat.« Er schob seinen Humpen von sich. »Ich erzähle dir das, Athelstan, weil es meine Vorstellung von einem Dämon wiedergibt: Besessenheit. Es ist jemand, dessen Erscheinung und Auftreten kühl, rational und logisch wirken, ja, sogar angenehm.«

Athelstan streichelte Bonaventura, der ihm auf den Schoß gesprungen war. »Und damit willst du sagen, wir haben hier in Southwark keinen Dämon?«

Armitage lächelte. »Glaubst du es denn wirklich, Bruder?«

Athelstan schüttelte den Kopf.

»Dann folge deinem Herzen, Athelstan. Wenn du einem Teufel begegnest, dann wird es keine dunkle Gestalt sein, die sich zwischen Gräbern herumtreibt. Du weißt, was ich meine?«

Athelstan dachte an die mächtigen Abgeordneten in Westminster, ihr gelassenes Hohnlächeln, ihre Verlogenheit, die Doppelzüngigkeit ihres Lebens. »Ja, ich weiß es.«

Armitage seufzte. »Das dachte ich mir. Du bist Schreiber beim Lord Coroner, nicht wahr? Dir geht ein ansehnlicher Ruf voraus, Bruder Athelstan. Denke doch an die Mörder, die du gejagt hast, an die Männer und Frauen, die ein anderes Leben auslöschen können, ohne mit der Wimper zu zucken – und dann wischen sie sich den Mund ab und verkünden vor aller Welt ihre Unschuld. Das sind deine Dämonen. Jedoch«, er schlug seine Kapuze hoch, »zugleich könnte es sein, daß deine Pfarrkinder recht haben: Vielleicht treibt sich ein Wesen in Southwark herum. Aber ich bezweifle es eigentlich.«

»Was soll ich dann tun?« fragte Athelstan.
»Benutze die Logik, für die du so berühmt bist.« Armitage stand auf. »Halte deine Gemeinde ruhig. Studiere alle Beweise, die man dir vorlegt. Suche nach der schwachen Stelle, und wenn du sie findest, wird sich das Geheimnis entwirren.« Armitage griff nach seinem Mantel. »Es tut mir leid – ich habe dir wenig Trost spenden können, Bruder. Der Pater Prior hat mich nach Eltham geschickt, und er bat mich, dich unterwegs zu besuchen.« Armitage grinste. »Ich schlage dir eine Wette vor, Bruder: Wenn du deinen Dämon binnen einer Woche nicht gefunden hast, komme ich zurück und bleibe hier, bis du ihn hast.«
»Und wenn ich ihn finde?«
Armitage streckte die Hand aus. »Dann schickst du deinen Maler nach Blackfriars; da ist ein Stück kahle Wand bei der Sakristei, und immer, wenn ich daran vorbeikomme, stelle ich mir dieses wunderschöne Gemälde vor, auf dem Christus mit der Samariterin spricht. Keine Sorge, man wird ihn gut bezahlen.«
Athelstan ergriff die ausgestreckte Hand. »Die Wette gilt.«
Armitage dankte Athelstan und Bonaventura für die Gastlichkeit, segnete die beiden und verließ das Pfarrhaus.
Eine Zeitlang blieb Athelstan sitzen und dachte über alles nach, was der Exorzist gesagt hatte.
»Bruder John hat die Wahrheit gesagt«, befand er schließlich. »Aber wo ist die schwache Stelle in all dem?«
Er nahm den Kater auf den Arm und starrte zu dem kahlen Kruzifix über dem Kamin hinauf. Watkin und die anderen hatten den Dämon am Montag abend zum ersten Mal gesehen. Am selben Abend war Sir Oliver Bouchon ermordet worden. Perline Brasenose, der seit Samstag nicht mehr zu Hause gewesen war, hatte sich offenbar drüben auf der anderen Seite mit Sir Francis Harnett am Kai getroffen. Seit Montag abend war der Dämon bei Benedictas Haus gesehen worden – das ebenfalls recht ein-

sam und entlegen lag –, dann von Ranulf in dem leeren Haus und gestern noch einmal auf dem Gemeindefriedhof. Wo also war die schwache Stelle in all dem?

Es klopfte.

»Herein«, rief Athelstan.

Halb hatte er mit Cranston gerechnet, aber es war Benedicta, die mit einem Korb am Arm hereinschlüpfte. Gleich herrschte großes Durcheinander, denn Bonaventura sprang eilig herbei, um zu sehen, ob es da etwas zu fressen gäbe.

»Ich habe Euch etwas mitgebracht«, sagte die Witwe und stellte ihren Korb auf den Tisch. Sie nahm kleine, in Leintuch gewickelte Bündel heraus und packte sie aus: Käse, ein kleiner Tiegel mit Marmelade, ein Stück Pökelschinken, ein paar Scheiben Räucherspeck, Zwiebeln und ein Beutel Hafergrütze. Dazu konnte Athelstan nicht nein sagen. Cranston machte sich ständig darüber lustig, aber er war nur allzu froh, Benedictas hübsches Gesicht zu sehen. Sie trug die Lebensmittel in die Speisekammer und half Athelstan, den Tisch abzuräumen. Er holte einen frischen Krug Bier, und dann setzten sie sich, und er erzählte ihr, was sich in Westminster zugetragen hatte. Benedicta hörte aufmerksam zu. Die Lachfältchen in ihrem glatten, olivfarbenen Gesicht verloren sich, als Athelstan vom Tod der beiden Ritter und von den finsteren Intrigen berichtete, die der Regent womöglich betrieb.

»Ihr solltet Euch vorsehen, Athelstan«, warnte sie ihn dann. »Wenn Ihr über den Markt geht, lächeln die Leute und grüßen Euch, und das gehört sich auch so. Aber wenn Ihr fort seid, dann geht das Flüstern los, angefacht und genährt von den Bauern, die ihre Waren dort feilbieten. In Essex herrscht Unruhe; in Coggeshall hat man einen Steuereintreiber angegriffen, und in Colchester haben sie königlichen Boten das Tor versperrt. Man munkelt, daß die Leute Waffen zusammentragen und Schwerter und Dolche verstecken. Man schlägt Eiben, um Bogen und

Pfeile daraus zu machen. Sensen und Kanthaken werden geschärft, und zwar nicht für die Ernte.« Sie beugte sich über den Tisch und legte ihre weiche Hand auf Athelstans. »Da zieht ein Unwetter auf, Pater. Die Stadt wird schreckliche Gewalttaten erleben.«

»Bevor du fragst, Benedicta ...« Befangen zog Athelstan die Hand weg, stand auf und trat ans Feuer. »Ich werde bleiben, wo ich bin, solange der Prior nichts anderes befiehlt.«

Benedicta sah die störrische Linie um seinen Mund und wußte, daß diese Diskussion beendet war.

»Und der Dämon?« fragte sie rasch.

»Den jage ich noch.«

»Und Perline?«

Athelstan schüttelte den Kopf.

»Ich habe Simplicitas auf dem Markt getroffen«, erzählte sie weiter. »Sie scheint sich immer noch Sorgen zu machen. Ich habe sie gefragt, ob es Neuigkeiten gibt, aber sie hat nur den Kopf geschüttelt und ist weiter ihren Einkäufen nachgegangen.« Benedicta lachte befangen und spielte mit der Silberkette an ihrem Hals. »Ich wäre früher hier gewesen, aber ich habe ihr noch geholfen, ihren Korb zu tragen.«

Benedicta fuhr hoch, als die Tür aufgestoßen wurde und Cranston wie der Nordwind hereingestürmt kam. Er krähte entzückt, als er Benedicta sah, packte sie bei den Schultern, bückte sich und drückte ihr einen feuchten Kuß auf jede Wange. »Gott sei Dank für hübsche Weiber«, brüllte er. Dann drehte er sich um, blieb breitbeinig stehen und schob die Daumen hinter den Gürtel. »Los, Athelstan, pack deine Sachen, schließ deine Kirche ab. Wir müssen nach Westminster.«

Athelstan stöhnte.

»Befehl des Regenten«, fuhr Cranston fort. »Letzte Nacht wurde Sir Francis Harnett in der Monstranzkammer ermordet. Sein Körper lag auf dem Boden, seinen Kopf hatte man mit den

Haaren an einen Fackelhalter an der Wand gebunden.« Er zog eine Grimasse. »Anscheinend ist unser guter Ritter gestern abend dort hinuntergegangen, um sich mit jemandem zu treffen, Gott weiß, mit wem. Die Wache hat ihn durchgelassen. Heute morgen sah einer der Bogenschützen, daß die Tür offenstand, und ging hinunter, um nachzusehen. Dann kam er wieder herausgestürmt und kreischte wie von Sinnen.«

»Aber wieso war Harnett so dumm, an einen derart einsamen Ort zu gehen?«

Cranston zuckte die Achseln. »Weiß der Himmel. Malmesbury hatte den Rittern befohlen, zusammenzubleiben. Aber das müssen wir gerade herausfinden.« Er klopfte Athelstan auf die Schulter. »Tut mir leid, Bruder, aber uns beiden bleibt nichts anderes übrig, als im ›Ungeheuer‹ Quartier zu beziehen. Das ist der Befehl des Regenten.«

Athelstan wollte protestieren, doch Cranston schüttelte den Kopf. »Es gibt keine Debatte, Bruder. Alle Angelegenheiten hier werden warten müssen.« Grinsend sah er Benedicta an. »Um die Pfarre mußt du dich jetzt kümmern – und wenn du lange genug sitzenbleibst und so hübsch aussiebst, fängst du vielleicht sogar den Dämon.« Er wandte sich wieder Athelstan zu. »Es gibt noch einen weiteren Befehl. Am Samstag morgen wollen Gaunt und der junge König in einer Prozession zu den Commons nach Westminster reiten.« Er blähte die Brust. »Ich als Justizbeamter des Königs werde dieser Prozession angehören, und du, mein guter Athelstan, wirst mich natürlich begleiten müssen.«

Athelstan starrte ins Feuer. Am liebsten hätte er sich schreiend geweigert, aber damit hätte er Cranston nur geärgert und sonst nichts erreicht.

»Benedicta, ich lasse dir die Schlüssel hier.« Er stand auf. »Kümmere dich um Bonaventura. Vergiß nicht, Philomel zu füttern, und frag den Pfarrer von St. Swithin, ob er so gut sein möchte, herzukommen und die Frühmesse zu lesen.«

Benedicta versprach alles. Athelstan ging zum Herd, nahm den Feuerhaken und wühlte damit in der Glut herum. »Das wird gleich ausgehen«, sagte er abwesend.

»Keine Sorge, Bruder«, beruhigte ihn Benedicta. »Ich werde mich um alles kümmern.«

Athelstan kletterte die Stiege zu seiner Schlafkammer hinauf. Während er die Satteltasche packte, die am Fußende seines Bettes hing, dachte er nicht an Westminster, sondern an Simplicitas. Wieso kaufte eine einsame junge Frau, die angeblich von Sorge um ihren verschwundenen Ehemann gepeinigt wurde, auf dem Markt so viel ein, daß Benedicta ihr tragen helfen mußte?

9

Die Leichenputzerin kann da nur wenig tun.« Banyard deutete auf den kopflosen Torso Sir Francis Harnetts. Seine Überreste lagen auf einer schäbigen Plane in einem Schuppen hinter dem Gasthaus. Der Kopf war zur Seite gerollt wie ein Ball, die Augen waren halb offen, und Blutergüsse markierten die Stellen, wo der Kopf in der Krypta über den Boden gerollt war.

»Um Himmels willen, zeigt ihm doch ein wenig Achtung«, knurrte Cranston.

»Ich rede von den Dingen, wie sie sind, Mylord Coroner, nicht, wie sie sein sollten.«

Athelstan kniete nieder. Er bekreuzigte sich, schloß die Augen und betete das Requiem. »Herr, gib ihm die ewige Ruhe, und das ewige Licht leuchte ihm. Herr, laß ihn ruhen in Frieden, Amen.«

»Amen«, bekräftigte Cranston.

»Was um alles in der Welt wollte er in der Monstranzkammer?« fragte Athelstan und erhob sich.

»Das weiß der Himmel«, antwortete Sir Miles Coverdale. »Die Commons haben gestern lange getagt. Aber danach war die Abtei menschenleer, obgleich die Abgeordneten natürlich noch auf dem Gelände blieben und miteinander plauderten.«

»Und Eure Wache hat weiter Dienst getan?« fragte Athelstan.

»O ja. Auch in der Nacht. Niemand kann die Kreuzgänge betreten oder verlassen, ohne das besondere Siegel vorzuzeigen, das die Abgeordneten bei sich tragen.«

»Und wer *hat* die Kreuzgänge in der letzten Nacht betreten?«

fragte Cranston beharrlich. »Kommt schon, Mann, Ihr wißt doch, was wir wissen wollen.«
Coverdale, blaß geworden, schüttelte den Kopf. »Ich kann es ehrlich nicht sagen, Sir John. Dauernd gehen Abgeordnete ein und aus. Wie Ihr wißt, kann es abends kalt werden, und viele sind dann vermummt und tragen Kapuzen. Aber zweierlei kann ich sagen: Erstens, niemand ohne den besonderen Paß hat die Kreuzgänge und den Bereich rings um das Kapitelhaus betreten oder verlassen.«
»Und das Vestibül?« fragte Athelstan. »Werden die Doppeltüren dort auch noch bewacht?«
»Nachts nicht so streng wie am Tag, wenn die Commons in Sitzung sind, aber es stehen Wachen im Korridor, der dort hinführt.«
»Und kann einer sich erinnern, daß Sir Francis an ihm vorbeigekommen ist?«
»Ja, einer erinnert sich unbestimmt. Es folgten noch andere, aber es war dunkel. Wie gesagt, die Abgeordneten sind vermummt und tragen Kapuzen; sie sind arrogant und herrisch. Sie zeigen das Siegel, schlagen den Mantel zurück, damit man sieht, daß sie kein Schwert tragen, und dann wird ihnen die Tür geöffnet.«
»Aber Ihr wolltet uns zwei Dinge sagen«, erinnerte Cranston ihn.
»Ach ja.« Coverdale deutete mit wedelnder Hand auf Harnetts enthauptete Leiche. »Sir John, Ihr habt doch schon Hinrichtungen oder Enthauptungen nach der Schlacht gesehen. Um einem Mann den Kopf abzuschlagen, braucht man entweder ein Breitschwert oder eine zweihändige Axt. Aber wer das Abteigelände betreten will, muß zeigen, daß er keine solche Waffe bei sich trägt. Nur Kostümdolche sind erlaubt.«
Athelstan schlug die Ränder der dunklen Plane über den Leichnam.

»Ist es denn möglich«, sagte er, »daß sich jemand ungesehen auf das Abteigelände stiehlt?«
»Danach habe ich den Vater Abt gefragt«, sagte Coverdale. »Aber es gibt keine geheimen Gänge oder Korridore. Ihr müßt bedenken, Bruder Athelstan, daß die Monstranzkammer unmittelbar vor dem Kapitelhaus liegt. Harnett – und sein Mörder – mußten an mindestens drei meiner Wachtposten vorbei, und der Mörder mußte auch wieder zurück.« Er lächelte schmal und zuckte die Achseln. »Was kann ich noch sagen? Abgeordnete dieser und jener Grafschaft gingen dauernd ein und aus. Einige besuchten den Schrein der Heiligen Faith, andere die Abtei an sich. Ein paar kamen noch einmal her, um ihre Sachen abzuholen. Meinen Soldaten kann man nichts vorwerfen«, fuhr er abwehrend fort. »Sie haben ihre Befehle. Sie fragen nach dem Paß, vergewissern sich, daß der Betreffende keine Waffen bei sich hat, und lassen ihn weitergehen.« Coverdale wischte sich mit dem Handrücken über den Mund. »Es gibt so viele Abgeordnete, und die Abtei hat mehrere Eingänge.«
»Jeder braucht also ein solches Siegel«, stellte Athelstan fest.
»Jawohl«, sagte Coverdale. »Oder einen entsprechenden, von einem Abgeordneten unterzeichneten Brief. Aber meine Leute haben den strikten Befehl, jemanden, der mit einem solchen Brief kommt, festzuhalten und mich rufen zu lassen.« Er zuckte die Achseln. »Seit der Parlamentseröffnung ist keiner vorgewiesen worden, und letzte Nacht schon gar nicht.«
»Könnte der Mörder ein Mönch gewesen sein?« fragte Athelstan.
»Unmöglich«, sagte Coverdale abschätzig. »Die Brüder dürfen den Kreuzgang benutzen, aber Vestibül und Kapitelhaus sind ihnen versperrt. Meine Soldaten würden sich auch daran erinnern, wenn ein Mönch versucht hätte, hinein- oder herauszukommen.«
»Damit bleibt nur eine Möglichkeit.« Athelstan rieb sich die

Nase und trat auf den Hauptmann der Wache zu. »Ich will niemanden beleidigen, Sir, aber könnte Sir Harnetts Mörder ein Soldat gewesen sein?«

Coverdale lief rot an.

»Ich sage dies nur«, fuhr Athelstan unbeirrt fort, »weil ein Soldat mit Schwert und Axt bewaffnet ist. Auch hätte er die Möglichkeit, das Vestibül vor dem Kapitelhaus zu betreten.«

»Ihr meint, jemand wie ich?«

»Das habe ich doch nicht gesagt, Sir Miles. Ich habe lediglich eine Feststellung getroffen.«

Cranston, der sich auf einen umgestürzten Eimer gesetzt hatte, begriff, worauf Athelstan hinauswollte, und Banyard wußte es ebenfalls. Der Wirt zog sich ein paar Schritte zurück, als wolle er sich aus der Reichweite von Coverdales Zorn bringen. Sir Miles aber blieb ruhig, auch wenn seine Wangen sich fleckig rot färbten.

»Ihr solltet mit Eurer Befragung fortfahren, Bruder«, fauchte er. »Sir Francis' Kollegen erwarten uns im Schankraum. Sie werden Euch erzählen, daß er sie gegen meinen Befehl – und gegen ihren Rat – kurz vor der Vesper verlassen hat.«

»Und Ihr werdet uns natürlich erzählen, wo Ihr da wart?«

»Jawohl, Bruder: Ich war mit anderen Offizieren des Regenten im Savoy-Palast, um die königliche Prozession nach Westminster vorzubereiten, die am Samstag morgen stattfinden soll. Mylord Gaunt und eine stattliche Anzahl seiner Ritter werden feierlich beeiden, daß ich bei ihnen war.«

»Zur Vesperstunde?« fragte Athelstan, der ein kurzes Flackern in Coverdales Blick bemerkt hatte.

»Nun ja, kurz danach.«

Athelstan wandte sich ab. »Master Banyard, wie lange bleibt der Tote hier?«

»Bis heute nachmittag.«

»Gab es eigentlich irgendein Anzeichen für Raub?« wollte Cran-

ston wissen und erhob sich ächzend und grunzend von seinem Eimer.
»Nicht das geringste«, sagte Coverdale hastig.
Athelstan trat noch einmal zu dem Leichnam und schaute auf ihn herunter; er sah, wie sich ein Rinnsal von Blut langsam und dickflüssig unter der schmutzigen Plane hervorkräuselte.
Coverdale sah es auch und wandte sich hastig ab. »Die anderen warten«, sagte er knapp.
Er wandte sich zum Gehen, aber dann blieb er noch einmal bei Athelstan stehen und reckte ihm das Gesicht entgegen. »Stellt nur Eure Nachforschungen an, Bruder«, flüsterte er. »Ich bin kein Mörder.«
Athelstan wollte antworten, als aus der Schenke Geschrei und dann Fußgetrappel zu hören war. Christina kam mit wehenden Haaren in den Schuppen gerannt. Sie warf einen Blick auf den Toten und wich zurück.
»Was ist denn, Mädchen? Was ist?«
Sie folgten ihr hinaus.
»Die Ritter«, schrie sie. »Da ist jemand in die Schenke gekommen.« Sie schüttelte den Kopf. »Ich weiß nicht, wer. Einer der Küchenjungen sagt, er war ganz in Schwarz gekleidet; er hat ihm einen versiegelten Beutel und einen Brief für Sir Edmund Malmesbury gegeben. Der Junge hat beides zu den Rittern gebracht, Sir Edmund hat es aufgemacht, und jetzt schreien sie alle. *Er ist gefunden! Er ist gefunden!*«
»Wer ist gefunden?« fragte Cranston und drückte den Arm des Mädchens.
»Das weiß ich nicht«, stammelte sie. »Aber jetzt sind sie alle ganz aufgeregt und streiten wegen eines Kelches, der gestohlen wurde.«
Cranston marschierte sofort zur Schenke hinüber. Athelstan blieb noch, um sicherzustellen, daß der Leichnam anständig zugedeckt wurde. Dann schloß er die Tür und überquerte den

Hof. Ein Hahn mit prachtvollem Gefieder stand auf einem Haufen fetter schwarzer Erde und krähte sich die Seele aus dem Leib. »Du hast eine schöne Stimme, Bruder Hahn«, sagte Athelstan leise und wünschte sich beiläufig, er hätte auch einen solchen Vogel und ein paar Hennen in St. Erconwald. Aber dann dachte er an Bonaventura und an Ursulas bösartige Sau und schüttelte den Kopf. »Du würdest dort nicht singen, Bruder Hahn.«

Er ging weiter über den Hof. In der Ferne sah er den blinkenden Fluß und die lange Kette der Kornbarken, die hinauf nach Queenshithe oder Dowgate fuhren. Athelstan schob die Hand in die Tasche seiner Kutte und berührte den Maulkorb, den er in der Nacht zuvor untersucht hatte. In der ganzen Aufregung hätte er ihn fast vergessen; er mußte dem ehrenwerten Coroner sagen, daß er dem unheimlichen Katzendieb eine Falle stellen solle. Seufzend betrat er die Schenke.

Cranston hatte die Schankstube räumen lassen. Die vier Abgeordneten saßen mit roten Gesichtern um den Tisch herum und starrten einen blankpolierten Zedernholzkelch an, der vor ihnen auf dem Tisch stand. Ab und zu beugte sich einer von ihnen mit glitzernden Augen vor und strich mit der Fingerspitze darüber. Coverdale räkelte sich auf einer Bank am Fenster und sah neugierig zu. Cranston war drüben bei den Weinfässern und kostete, wie er sagte, von seines Wirtes bestem Gascogner. Banyard war ganz aus dem Häuschen; er starrte den Kelch an und schüttelte den Kopf.

»Was ist das?« fragte Athelstan.

»Was das ist?« Sir Humphrey Aylebore rieb sich den kahlen Schädel, und wie ein Kind, das nicht länger an sich halten konnte, beugte er sich vor und packte den dunklen Holzkelch. »Das ist der Gral!« verkündete er.

Athelstan ging hin und nahm ihm den Holzkelch aus den Händen. Die Trinkschale war flach, und Stiel und Fuß fühlten sich

schwer an. Das Holz war blank, nicht nur, weil es poliert war, sondern auch infolge seines großen Alters. Athelstan dachte an die Sage von Artus und fragte sich, ob dieser Kelch wirklich der Gral sein könne: der Kelch, den Christus beim Letzten Abendmahl benutzt hatte, um Wein in Sein Blut zu verwandeln, auf daß die Welt davon trinke.
Der Kelch wies keinerlei Markierung oder Verzierung auf, und Athelstan verbarg seinen Argwohn. Sein Mißtrauen gegen Reliquien wurde in letzter Zeit immer größer; er hatte schon genug Holz vom Wahren Kreuz Christi gesehen, um daraus eine Kriegsflotte zu bauen, und wenn er jeden Tuchfetzen gesammelt hätte, der vom Leichentuch des Erlösers stammte, so hätte die Stoffbahn vermutlich von London bis York gereicht.
Er blickte auf. Malmesburys Augen glitzerten. Was immer ich denke, erkannte Athelstan, diese Männer glauben, dies ist der Gral.
»Bruder Athelstan, bitte.« Malmesbury streckte flehentlich die Hände aus.
Athelstan reichte ihm den Kelch. Der Ritter nahm ihn zärtlich entgegen, wie eine Mutter ihr Kind.
»Ihr sagt, der habe einmal Euch gehört?« Cranston kam herüber; er hielt einen randvollen Weinbecher in der Hand, zwinkerte Athelstan zu und schlürfte hastig.
»Er gehört uns!« fauchte Goldingham. Er entriß Malmesbury den Kelch, drehte ihn um und zeigte auf die schwachen Umrisse eines Schwans, die unter den Fuß geritzt waren. »Vor Jahren ist er eines Nachts verschwunden, als wir in Lilleshall Abbey waren.« In seinen Augen blinkten die Tränen, und seine Stimme klang erstickt. »Seitdem ist nichts mehr gutgegangen für uns.«
»Was soll das heißen?« fragte Athelstan.
Goldingham schüttelte den Kopf; er hielt den Kelch in beiden Händen und wiegte sich vor und zurück, als könne diese Reliquie ihn vor allem Unheil bewahren.

»Und jetzt ist er Euch zurückgebracht worden?« fragte Cranston.
»Ja«, sagte Malmesbury. »Ein Fremder hat ihn an der Schenkentür abgegeben.« Er hob den Lederbeutel hoch, der versiegelt gewesen war. »Hier war er drin, mit einem Fetzen Pergament, auf dem mein Name stand.«
Athelstan nahm Beutel und Pergament und betrachtete beides aufmerksam.
»Wie das?« rief Coverdale. »Wie kann irgend jemand in London wissen, daß ein Kelch, der vor Jahren aus einer Abtei in Shropshire gestohlen wurde, Euch gehört?«
»Das wissen wir nicht«, knurrte Sir Humphrey über die Schulter. »Wir wissen nur, daß der Kelch gestohlen wurde und daß er jetzt wieder bei seinen rechtmäßigen Eigentümern ist.«
»Glaubt Ihr, daß ein Zusammenhang mit dem Mord an Sir Francis Harnett besteht?« fragte Athelstan.
Die Aufregung in den Gesichtern der Ritter legte sich ein wenig. »Ich meine«, fuhr Athelstan fort, »ist es möglich, daß Sir Francis den Kelch die ganze Zeit hatte? Und daß der Kelch jetzt, da er tot ist, zurückerstattet wurde?«
»Erklärt uns, was Ihr da redet, Bruder!« rief Goldingham.
Athelstan lächelte und setzte sich ihm gegenüber auf einen Schemel. »Das kann ich nicht. Es scheint mir nur ein merkwürdiger Zufall zu sein, daß einer Eurer Kollegen letzte Nacht starb und daß heute morgen ein lange vermißter Kelch zurückgebracht wird.« Athelstan hatte zwar einen Verdacht, aber den behielt er für sich. »Sir Francis ist tot.« Er betonte jedes seiner Worte. »Weiß einer von Euch, weshalb er letzte Nacht in die Monstranzkammer ging? Mit wem wollte er sich dort treffen? Da unten ist nämlich weiter nichts«, setzte er hinzu, »und daher kann Sir Francis nur dort hingegangen sein, um jemanden zu treffen. Und diese Person hat ihn ermordet.«
»Wir wissen davon nichts«, antwortete Sir Thomas Elontius und

fuhr sich mit der Hand durch sein gesträubtes rotes Haar. Seine vorquellenden Augen hatten einen verängstigten, gehetzten Ausdruck. »Wir waren alle hier im ›Ungeheuer‹.«

»Keiner von Euch ist weggegangen?« fragte Cranston und trat neben Athelstan.

»Ihr könnt unseren Wirt fragen«, sagte Elontius.

»Das stimmt«, erklärte Banyard und kam herüber. »Alle fünf Abgeordneten waren hier. Ich habe ihnen die Spezialität des Hauses serviert: junge Gans, frisch und zart, mit würziger Sauce. Meine Gäste haben nach Herzenslust gegessen und getrunken und sind dann hinauf in ihre Kammern gegangen. Ich wußte nicht, daß Sir Francis noch fortgegangen war.«

»Und Ihr seid alle hiergeblieben?« fragte Cranston noch einmal.

»Ja«, antworteten die Ritter im Chor.

»Aber eins leuchtet doch ein«, gab Athelstan zu bedenken. »Wenn Sir Francis Harnett fortging, ohne daß jemand ihn gehen sah, dann könnte jeder von Euch, ja, dann könntet Ihr alle ebenfalls unbemerkt fortgegangen sein.«

Banyard machte ein verdutztes Gesicht, als Athelstan dies sagte. Er seufzte und kratzte sich die Wange. »Die Schenke hat drei oder vier Ausgänge«, sagte er, »und abends ist hier Hochbetrieb. Bruder Athelstan, mein Gasthaus ist berühmt für sein Essen, für gutes Bier und starken Wein. Die Leute kommen und gehen ohne Unterlaß. Das ›Ungeheuer‹ ist eine Gastwirtschaft, kein Burgverlies.«

»Und Ihr könnt schwören«, sagte Athelstan, zu den Abgeordneten gewandt, »daß keiner von Euch weggegangen ist?« Er starrte sie alle nacheinander an, aber alle nickten.

»Wir waren müde«, erklärte Sir Humphrey Aylebore. »Jawohl, Bruder, wir waren müde und verängstigt. Wir haben gegessen und getrunken.« Er lächelte gezwungen. »Ich nehme an, meine Kollegen haben getan, was ich auch getan habe: Ich habe Türen und Fenster meiner Kammer verriegelt und mich dann unter der Bettdecke versteckt. Wir haben geschworen, in Westminster nirgendwo hinzugehen, wenn wir nicht mindestens zu zweit sind.«

»Wißt Ihr, warum Sir Francis Harnett weggegangen ist?« Cranston schlürfte seinen Wein und schmatzte geräuschvoll.

»Nein«, erwiderte Malmesbury und schaute den Coroner verachtungsvoll an.

»Ach, kommt, Sir Edmund«, gab Cranston fröhlich zurück, »Sir Francis ist uns inzwischen wohlbekannt als einer, der ständig zur Stadt ein und aus ging und in geheimen Geschäften hierhin und dorthin eilte.«

»Sir Francis war ein geschäftiger kleiner Mann. Gott schenke ihm die ewige Ruhe«, sagte Goldingham. »Wir waren einst eine Schar von Brüdern, Sir John.« Er deutete auf den Kelch. »Aber als der gestohlen wurde ...« Er zuckte die Achseln. »Jeder von uns ging seiner Wege, und Sir Francis als erster. Oh, er flüsterte vor sich hin und huschte hin und her, aber keiner von uns weiß, warum er bei Dame Mathilda weggegangen ist oder weshalb er so dumm war, allein in die Monstranzkammer zu steigen.«

»Hat er je einen jungen Soldaten namens Perline Brasenose erwähnt?«

»Nicht, daß ich wüßte«, antwortete Sir Edmund. »Aber Goldingham hat recht: Harnett war ein Eigenbrötler, mit seinen Karpfenteichen, seinen Bestiarien und exotischen Tieren. Er hat uns nie gesagt, wohin er ging oder was er vorhatte. Hätte er es getan, dann würde er heute morgen noch leben.«

»Ihr habt von Perline Brasenose gesprochen.« Sir Thomas Elontius beugte sich vor und flüsterte Sir Humphrey Aylebore etwas ins Ohr. Dieser nickte. »Perline ist ein Soldat in der Garnison im Tower?« fragte Elontius dann.

»Ja«, sagte Athelstan.

»An den erinnere ich mich.« Elontius legte die Finger an die Lippen. »Am letzten Sonntag waren wir im Tower. Als wir von dort fortgingen, sahen wir, wie Sir Francis am Torhaus mit einem jungen Soldaten sprach.«

»Worüber?« fragte Athelstan.

»Das weiß ich nicht«, sagte Elontius. »Aber Harnett kam ziemlich aufgeregt zurück.«

Cranston wühlte in seiner Tasche und förderte die kleine Wachskerze, die Pfeilspitze und das Stück Pergament zutage.

»Diese Gegenstände wurden bei Harnetts Leichnam gefunden, genau wie bei Swynford und Bouchon. Wollt Ihr weiterhin behaupten« – sein Blick ging von einem Ritter zum anderen –, »daß sie Euch nichts sagen?«

»Nun, mir jedenfalls nicht«, gab Sir Thomas zurück; sein rotes Haar sträubte sich, und die blauen Augen quollen hervor. »Und es kümmert mich einen Scheißdreck, Sir John.« Er richtete einen Finger auf den Coroner. »Ich weiß nur, daß irgendein Verrückter fleißig einen nach dem anderen aus unserer Mitte abschlachtet, ohne daß Ihr etwas dagegen unternehmt.«

»Ich kann nicht überall gleichzeitig sein!« fauchte Cranston.

»Es ist ein Alptraum«, brüllte Sir Thomas und schnippte mit den Fingern zu Banyard hinüber. »Bring uns etwas zu trinken, Mann!« Dann lächelte er den Wirt an. »Das einzig Gute an London ist dieses Gasthaus. Die Preise sind vernünftig, das Essen ist vorzüglich, die Zimmer sind sauber. Sogar Harnett, der geizige Hund, hat das einmal gesagt.«

Athelstan wartete, bis der Wirt mit einem Tablett voll Bechern zurückkam und sie vor den Rittern hinstellte, bevor er sich mit dem Krug herüberbeugte. »Möchtet Ihr auch etwas, Bruder?«

Athelstan schüttelte den Kopf. Aus irgendeinem Grund war ihm ein bißchen flau im Magen, und er hatte immer noch Mühe, das Bild dieser grausam verstümmelten Leiche vor seinem geistigen Auge zu vertreiben. Er dachte an Banyards Schilderung von der Nacht, in der Bouchon gestorben war, und es reizte ihn zu fragen, was Sir Francis Harnett wohl gemeint habe, als er sagte,

»die alte Methode« sei »die beste Methode«. Aber damit würde er verraten, daß Banyard gelauscht hatte, und die Ritter hier würden ihn ohnedies nur belügen.
»Wirt!« Cranston drehte sich um. »Hat Harnett irgendwelche Nachrichten nach London hineingeschickt, schriftliche oder mündliche?«
Der Wirt kam zurück und kratzte sich am Kopf. Ein ratloser Ausdruck trat auf sein dunkles Gesicht. »Nein«, sagte er.
»Ich habe seine Sachen durchgesehen«, sagte Malmesbury. »Sir John, da findet sich nichts. Ein Stundenbuch, ein Tintenfaß, Becher, Kleidung, nichts Bemerkenswertes.«
»Wißt Ihr, warum Harnett sich mit einem Soldaten aus der Tower-Garnison treffen wollte?« fragte Athelstan.
»Wenn ich es wüßte, würde ich es Sir John sagen«, antwortete Malmesbury sofort.
Athelstan beugte sich vor und nahm den Kelch noch einmal zur Hand. »Und Ihr habt keine Ahnung, woher dieser Kelch kam oder wer ihn zurückgebracht hat?«
»Das ist wirklich ein Rätsel«, warf Goldingham ein, der seinen Becher halb zum Mund erhoben hatte. »Ich habe ihn vor vielen Jahren das letzte Mal gesehen, Bruder, und jetzt taucht er wie aus dem Nichts wieder auf.«
»Und das macht Euch gar nicht neugierig?« fragte Cranston.
»Ehrlich gesagt, Sir John«, erwiderte Aylebore, »mich kümmert es einen Scheißdreck! Ich wünschte nur, wir könnten ihn in eine Schatulle legen und mit den Leichen unserer ermordeten Gefährten nach Shrewsbury zurückkehren.«
»Wieso tut Ihr es dann nicht?« Athelstan sah Malmesbury an. »Der Regent wird Euch doch sicher entschuldigen.«
»Das ist unmöglich«, knurrte der Abgeordnete. »Wir vertreten die Grafschaft Shropshire und ihre Städte. Wie sollten wir unsere plötzliche Flucht erklären? Und woher wissen wir, daß uns der Mörder nicht folgen würde?« Er fuhr mit der Fingerspitze

um den Rand seines Weinbechers herum. »Außerdem, wie Sir John Cranston ja schon sagte, würde unsere Flucht in den Augen vieler so aussehen, als wären wir schuldig.« Er nahm einen Schluck Wein. »Und schließlich haben wir eine Aufgabe: Die Steuerforderungen des Regenten müssen abgewehrt werden.«
»Und das macht Ihr?« fragte Cranston.
»Aye«, sagte Malmesbury.
»Aber wenn der junge König zu den Commons kommt und Euch um Unterstützung bittet?«
Malmesbury zuckte die Achseln. »Ihr kennt das alte Sprichwort, Sir John: Alles zu seiner Zeit.«
»Ich will noch weiter gehen.« Sir Humphrey Aylebore deutete auf den Kelch, den Athelstan noch immer in der Hand hielt. »Was mich betrifft, Bruder: Ich würde Euch diesen Kelch schenken, wenn Ihr den Mörder unter uns entlarven könntet.«
»Unter Euch?« Athelstan legte den Kopf auf die Seite. »Sir Humphrey, wieso glaubt Ihr denn, daß der Mörder in Eurem Kreise zu finden ist?«
»Das liegt doch nahe, oder?« antwortete der Ritter aufgebracht. »Vielleicht hat Sir Francis diesen Perline letzte Nacht getroffen, und vielleicht ist der Kerl auch gar nicht aufgetaucht. Aber der Mörder ist gekommen.«
»Und?«
»Herrgott, Bruder, treibt doch jetzt keine Spielchen! Die Abtei ist gut bewacht. Zwei oder drei Postenketten mit Soldaten und Bogenschützen. Niemand würde in das Vestibül vor der Monstranzkammer gelassen, der nicht ein besonderes Siegel mit sich führt ... Und kommt mir nicht damit, daß man dieses Siegel fälschen kann. Grünes Wachs, vom Abdruck des Großsiegels des Königreichs ganz zu schweigen – das ist schwer zu beschaffen und unmöglich zu fälschen.«
Nach diesen Worten war es totenstill in der Schankstube.
»Ich sage doch die Wahrheit, oder nicht?« Aylebore sah sich um.

»Der Mörder …« Er stieß mit seinem stumpfen Finger in die Luft. »Der Mörder muß ein Siegel haben. Er muß gewußt haben, wann Sir Francis von hier fortgegangen ist, und er muß jemand sein, der absolut unangefochten in der Abtei ein und aus gehen kann.«
»Aber was ist mit dieser Axt?« fragte Malmesbury besorgt. »Oder mit dem Schwert – womit auch immer er Harnett den Kopf abgeschlagen hat? Kein Abgeordneter darf auf dem Gelände der Abtei eine Waffe tragen.« Er drehte sich um und schaute zu Coverdale, der zurückgelehnt hinter ihm auf der Fensterbank saß.
»Was meint Ihr, Sir Edmund?« fragte Athelstan.
»Was ist, wenn der Mörder in die Abtei geschickt wurde? Wenn man ihn nach seinem Belieben ein und aus gehen ließ?«
»Überlegt Euch, was Ihr da sagt«, warnte Coverdale.
Athelstan stand lächelnd auf und stellte den Kelch wieder auf den Tisch. »Wie dem auch sei«, sagte er sanft. Er spürte, daß die Atmosphäre sich veränderte, und wollte nicht in einen wütenden Streit hineingezogen werden. »Sir John, ich denke, wir sollten uns Sir Francis' Sachen einmal ansehen.« Er deutete auf den Kelch und den Lederbeutel, in dem er gekommen war. »Meine Herren, darf ich diese Dinge für eine Weile ausborgen?«
Malmesbury machte ein zweifelndes Gesicht. Goldingham zuckte die Achseln, aber Sir Humphrey Aylebore stand auf und drückte Athelstan Kelch und Beutel in die Hand.
»Wenn es hilft, Bruder, behaltet beides, so lange Ihr wollt.« Er lächelte. »Aber seht zu, daß unser Gral nicht noch einmal verschwindet.«
Cranston leerte seinen Becher und funkelte die Abgeordneten an. »Ihr Herren, Ihr müßt mir Euer Wort geben. Bleibt zusammen hier im Gasthof. Geht nachts nicht hinaus, nicht zu mehreren und schon gar nicht allein. Sagt einander stets, wo Ihr seid und was Ihr tut. Einverstanden?«

Jeder der Ritter gab sein Wort.
Cranston wandte sich an Banyard. »Wirt, hast du eine Kammer für meinen Secretarius und eine für mich?«
»Ihr könnt Swynfords und Bouchons haben.« Der Wirt stand auf und rief einen Küchenjungen heran. »Während Ihr Euch Sir Francis' Kammer anseht, werde ich dafür sorgen, daß neue Laken aufgezogen und frische Binsen auf den Boden gestreut werden.«
Cranston dankte ihm und folgte Athelstan die Treppe hinauf. Unterwegs trafen sie Christina, die Bündel von frischen Binsen auf dem Arm trug; die Spitzen kitzelten sie an der Nase. Athelstan wartete, bis ihr Niesanfall vorüber war.
»Gesundheit, mein Kind.«
»Danke, Pater.«
»Wo hat Sir Francis gewohnt?«
»Da müßt Ihr noch eine Treppe höher steigen. Die Tür ist offen.«
Athelstan stieg die nächste Treppe hoch, gefolgt von dem ächzenden und stöhnenden Coroner. Das Zimmer war hübsch eingerichtet: ein Vierpfostenbett, zwei große, metallbeschlagene Truhen, ein schmaler Tisch, ein paar Schemel. Kohlenbekken standen in den Ecken, aber sie brannten nicht; das Fenster stand offen, so daß die warme Sonne hereinscheinen und die Kammer mit ihrem sanften Glanz erfüllen konnte.
»Die sagen immer noch nicht die Wahrheit, was?« meinte Cranston und schloß die Tür hinter ihnen.
»Nein, Sir John.«
»Glaubst du, der Mörder ist einer von ihnen?«
»Es muß so sein, Sir John. In diesem Gasthof gibt es mehr Türen, Gänge und Korridore als in einem Kaninchenbau. Jeder von ihnen hätte sich hinausschleichen, Sir Francis in die Monstranzkammer folgen und ihn dort ermorden können.«
»Und die Mordwaffe?« fragte Cranston.
»Athelstan seufzte. »Ja, ja, das ist ein Rätsel. Aber wir dürfen

dabei nicht außer acht lassen, welche Rolle Sir Miles Coverdale und der Regent bei all dem spielen.«
»Und der berühmte Kelch?«
»Ah!« Athelstan hob den Deckel an einer der schweren Truhen. »Sir John, tut mir einen Gefallen. Geht hinunter in die Schankstube und beauftragt einen Burschen, zur Abtei zu laufen und Pater Benedict herzubitten. Nein, nein, ich hab's mir anders überlegt, Sir John. Der Junge soll ihm sagen, wir erwarten ihn in einer Stunde in der Kapelle von St. Faith. Außerdem möchte ich gern die Monstranzkammer sehen, in der dieser Mord stattgefunden hat. Ach, und – Sir John, um welche Zeit wird der Markt in der Cheapside geschlossen?«
»Kurz vor Sonnenuntergang. Kommt auf das Wetter an.«
»Nun, was immer passieren mag, Sir John, wir müssen wieder in der Cheapside sein, wenn es soweit ist.«
»Warum?« fragte Cranston.
Aber Athelstan murmelte nur vor sich hin und durchwühlte den Inhalt der Truhe. Cranston zog eine Grimasse, ging zur Treppe hinaus und brüllte zu Banyard herunter, er solle einen Burschen heraufschicken. Als der Coroner wieder hereinkam, hatte Athelstan den Inhalt der Truhe und der Satteltasche Harnetts auf dem Bett ausgebreitet und untersuchte nun alles.
»Nichts von Bedeutung dabei«, brummte er. »Ein Becher mit einem Schwan. Eine Sammlung von Sagen über König Artus. Kleidung, Gürtel, Dolche, ein Tintenfaß und Federkiele.« Als er sich aufrichtete, hielt er ein Stundenbuch in der Hand.
»Sir John.« Er deutete auf den Kelch, den er aus der Schankstube mit heraufgebracht hatte. »Den lassen wir hier. Bittet Banyard, die Kammer zu versiegeln.« Er warf noch einen Blick auf die bestickten Gürtel, die weichen Lederstiefel, auf Wams, Hose und Hemd. »Hier fehlt etwas«, murmelte er. »Aber ich kann nicht sagen, was.« Er kratzte sich die Wange. »Na ja.«
Er nahm eine Decke und warf sie über die Sachen auf dem Bett;

noch immer beschäftigte ihn das, was er nicht sah, und weniger das, was er sah.
Athelstan führte den ratlosen Coroner die Treppe hinunter. Banyard, der in der Schankstube seiner Arbeit nachging, erzählte ihnen, daß die Abgeordneten sich in ihre Zimmer zurückgezogen hatten.
»Und Sir Miles Coverdale?«
»Oh, der hat angefangen, Sir Edmund Malmesbury anzubrüllen: Seine Unterstellungen und Andeutungen gefielen ihm nicht. Dann ist er hinausmarschiert.«
»Master Banyard«, sagte Athelstan, »würdest du Sir Francis' Kammer verschließen? Und bitte sag seinen Kollegen, ich habe ein Stundenbuch mitgenommen, den Kelch aber dagelassen.«
Der Wirt versprach es, und Athelstan ging hinaus zu Cranston.
»Wieso schleppst du das Stundenbuch mit?« wollte Cranston wissen, als sie durch die Gasse zu den brütenden Steinmassen der Westminster Abbey eilten.
»Sir John, habt Ihr ein Stundenbuch zu Hause?« Athelstan blieb stehen, um seine Schreibtasche zu öffnen und das Stundenbuch hineinzustecken.
»Ja, natürlich.«
»Und benutzt Ihr es zum Beten?«
»Ja.«
»Und wozu noch?«
Cranston grinste und klopfte dem Bruder auf die Schulter. »Auf die leeren Seiten vorn und hinten schreibe ich Notizen, private Gedanken und Vorsätze.« Er packte Athelstans Arm. »Hast du einen Blick in das Buch geworfen, bevor wir gegangen sind?«
»Sehr kurz nur«, antwortete Athelstan. »Ich habe aber nichts gefunden. Jetzt kommt, Sir John – wir müssen die Monstranzkammer besichtigen, und dann haben wir bestimmte Fragen an Pater Benedict zu richten.«
Athelstan war froh, daß sie beizeiten losgegangen waren, denn

die Soldaten, die die Eingänge zur Abtei bewachten, erwiesen sich als ziemlich unzugänglich.
»Von mir aus könnt Ihr der Erzengel Gabriel sein«, blaffte einer von ihnen den Coroner an. Wilde Entschlossenheit lag auf seinem nußbraunen Gesicht. »Ohne Siegel darf hier keiner vorbei. Ihr habt keins, also dürft Ihr nicht hinein.«
Nach langen Diskussionen ließ der Bogenschütze sich schließlich wenigstens bewegen, Sir Miles Coverdale holen zu gehen. Als der Hauptmann kam, fand er sich mürrisch bereit, die beiden durchzulassen, aber er bestand darauf, sie persönlich durch Jericho Parlour und Kreuzgänge bis zum Vestibül vor dem Kapitelhaus zu eskortieren.
»Tagt das Parlament heute vormittag nicht?« fragte Cranston unterwegs.
»Nein, Sir John, diese Gänseherde muß ihren Stimmen ein wenig Ruhe gönnen; das Geschnatter beginnt heute nachmittag wieder. Sie beschweren sich aber schon über den Mord an Sir Francis Harnett«, fügte Coverdale verdrossen hinzu. »Schicken Petitionen an den Regenten; er soll noch mehr Bogenschützen und Soldaten hierher abordnen.«
»Macht Ihr Euch Vorwürfe?« fragte Athelstan.
Coverdale blieb an der Treppe stehen, die zur Monstranzkammer hinunterführte. »Bruder, hier sind über zweihundert Abgeordnete und ein rundes Dutzend Schreiber, die sich im Kapitelhaus treffen, von den Wachsoldaten gar nicht zu reden. Viele davon sind mir fremd; sie kommen aus so fernen Garnisonen wie Dover und Hedingham Castle. Wenn jemand das Siegel hat, sich unverdächtig benimmt und keine Waffen bei sich trägt, können wir ihn kaum daran hindern, hier hereinzukommen. Aber kommt jetzt – Ihr wolltet die Monstranzkammer sehen.«
Er nahm eine Fackel aus einem Halter an der Wand und führte sie die Treppe hinunter. Unten stand ein Bogenschütze, der ihnen die Tür aufschloß, und dann betraten sie die gespenstisch

dunkle Krypta. Coverdale zündete ein paar Fackeln an und deutete auf einen dunklen Fleck auf den Steinplatten des Bodens.

»Da haben wir den Toten gefunden; er hat geblutet wie ein abgestochenes Schwein.« Er wedelte mit der Hand. »Daneben lagen Pfeilspitze, Kerze und das Stück Pergament.« Coverdale zeigte auf einen der eisernen Fackelhalter. »Dort war der Kopf mit den Haaren angebunden.«

Athelstan schaute in die Richtung, in die Coverdale zeigte. Er dachte daran, mit welcher Sorgfalt Harnett sein Haar behandelt hatte; diese Erinnerung vertiefte nur das Entsetzen über den Tod des Ärmsten.

»Sonst habt Ihr nichts gefunden?« fragte er.

»Nichts, Pater.«

Athelstan sah sich um. Er konnte nichts Ungewöhnliches entdecken; da waren nur die dunklen Blutflecken und eine Atmosphäre des Bösen – als lauere der Mörder im Dunkeln und lache über ihr hilfloses Umhertappen. Athelstan dachte an das, was der Exorzist gesagt hatte, und zupfte Cranston am Ärmel.

»Vielleicht gibt es in Southwark keinen Dämon«, flüsterte er. »Aber, bei Gott, Sir John – hier ist einer gewesen!«

Cranston holte seinen wunderbaren Weinschlauch hervor und nahm einen großen Schluck. Dann drückte er den Stopfen wieder hinein und sah sich fröstelnd um.

»Komm, Bruder«, sagte er hastig, »laß uns von hier verschwinden!«

10

Cranston und Athelstan bedankten sich bei Coverdale. Sie stiegen die Treppe hinauf, durchquerten das Vestibül und gelangten über eine zweite Treppe zur St. Faith-Kapelle. Dort, in der kleinen Kapelle, setzten sie sich auf eine Bank an der Wand. Cranston schloß die Augen und döste halb. Athelstan betrachtete ein Gemälde: St. Faith mit Krone und Feuerrost, dem Symbol ihres Martyriums. Neben ihr sah man – halb so groß wie sie – die kleine Figur eines betenden Benediktiners. Aus seinen Lippen kam eine Schriftrolle mit den Worten:

»Von der Last meiner Sünde, selige Jungfrau, befreie mich. Schließe Frieden für mich mit Christus und bedecke meine Unzulänglichkeit.«

»So könnten wir wohl alle beten«, murmelte Athelstan.
»Was?« Cranston rührte sich und schmatzte. »Eine schöne Kapelle, Athelstan«, stellte er dann fest. »Ein bißchen zuviel hineingepackt, und etwas unordentlich. Aber was hast du gesagt?«
Athelstan deutete auf die Gestalt an der Wand und die Worte des Gebets. »Ich glaube, das gilt auch für unsere Lage, nicht wahr, Sir John?«
»Ich habe nichts Unrechtes getan«, erklärte der Coroner. Dann machte er ein betretenes Gesicht. »Nun ja, ich trinke zuviel.« Er gab Athelstan einen Rippenstoß. »Aber nur manchmal.«
Athelstan machte ein nachdenkliches Gesicht. »Ich frage mich, wie dieser Mörder in die Kreuzgänge der Abtei gelangen, in die Monstranzkammer hinuntersteigen und diese schreckliche Tat

begehen – und wie er dann unerkannt verschwinden konnte. Sir John, es muß ein Soldat gewesen sein. Oder einer der Abgeordneten?«

»Aber doch sicher kein Mönch?«

Athelstan fuhr herum. Pater Benedict stand in der Tür. Athelstan und Cranston erhoben sich.

»Pater, ich danke Euch, daß Ihr gekommen seid.« Cranston bemühte sich verlegen, den Weinschlauch zu verbergen, der unter seinem Mantel hervorschaute.

»Setzt Euch doch! Setzt Euch!« Cranston und Athelstan gehorchten; Pater Benedict holte sich einen kleinen Stuhl heran, der in einer Ecke der Kapelle stand. Der Mönch sah sich zum Altar um, wo unter der Monstranz mit dem Leib Christi eine Kerze brannte.

»Wenn du mich hier befragst, Bruder«, sagte Pater Benedict leise, »bleibt mir kaum etwas anderes übrig, als dir die Wahrheit zu sagen.«

»Worüber?« fragte Cranston neugierig.

»Oh, nicht über die Morde«, antwortete Athelstan für Pater Benedict. »Der Pater ist unschuldig wie ein neugeborenes Kind. Aber über den Kelch, den Heiligen Gral, den Becher aus Zedernholz, der heute morgen ins Gasthaus ›Zum Ungeheuer‹ gebracht wurde. Den hast du geschickt, nicht wahr, Pater?«

Der Mönch schob die Hände in die weiten Ärmel seiner schwarzen Kutte. Blinzelnd schaute er zu Boden, als sei er fasziniert von den Fliesen.

»Dein Freund, Pater Antony, hat ihn dir gegeben, nicht wahr?« Athelstan blieb beharrlich.

Pater Benedict nickte. »Vor vielen Jahren.« Und langsam begann er: »Pater Antony kam aus Lilleshall hierher. Wir wurden gute Freunde. Wir hatten vieles gemeinsam: die Liebe zu Büchern und Manuskripten – es gibt ja nichts Schöneres als den Geruch von Pergament, von Tinte und Kreide und brennendem

Wachs, nichts Schöneres als das Studium der Antike.« Pater Benedict räusperte sich. »Nachdem er schon achtzehn Monate hiergewesen war, lud Pater Antony mich in seine Zelle ein. Er zeigte mir den Kelch, den ihr heute morgen gesehen habt, und gestand, daß er ihn den Rittern vom Schwan gestohlen hatte. Er erzählte von ihren Vergnügungen und Turnieren in Lilleshall und meinte, der Kelch könne durchaus der Heilige Gral sein.«

Pater Benedict schwieg und wiegte sich sanft auf seinem Stuhl. Er lächelte. »Ich habe den Becher sehr sorgfältig untersucht. Ich glaubte, daß er vier- bis fünfhundert Jahre alt ist und wahrscheinlich aus der Schatztruhe König Alfreds von Wessex stammt, aber nicht vom Hof des legendären Artus.«

»Wie ging es mit Pater Antony weiter?« fragte Athelstan.

»Er hat mir die Geschichte erzählt und wollte wissen, was er jetzt tun sollte. Ich sagte ihm, der Kelch müsse seinen rechtmäßigen Eigentümern zurückgegeben werden, da er meiner Meinung nach nicht nur einen Diebstahl, sondern ein Sakrileg begangen habe.«

»Aber das ist nicht geschehen?« fragte Athelstan.

»Nein. Antony bat mich um Absolution und vertraute mir den Kelch an. Er bestand darauf, daß es sich um ein heiliges Gefäß handele, was immer seine Herkunft sein möge, und daß es daher diesen bösen Männern nicht zurückgegeben werden dürfe. Ich fragte ihn, was er damit meinte. Antony schüttelte nur den Kopf und murmelte, er wolle seinen anderen Fehlern nicht noch den der üblen Nachrede hinzufügen. Ich bedrängte ihn, mir zu sagen, warum er den Kelch überhaupt gestohlen habe.« Der Benediktiner lächelte Athelstan an. »Keine Sorge, ich werde das Siegel des Beichtgeheimnisses nicht brechen. Antony und ich haben sehr viel darüber gesprochen. Er sagte nur – und wiederholte es immer wieder –, er halte es für Blasphemie, daß die Ritter vom Schwan so täten, als seien sie König Artus' Paladine, daß sie sich auf heiligem Boden träfen, und erst recht, daß sie eine solche heilige Reliquie in ihrem Besitz hätten.«

»Er behauptete also, er habe nicht wirklich gesündigt«, vermutete Athelstan, »sondern er sei seinem Gewissen gefolgt und habe einen heiligen Gegenstand aus der Hand der Bösen genommen?«

»Jawohl, Athelstan, das trifft es genau. Eben das hat er gesagt.«

»Aber worin bestand die Bosheit?« fragte Cranston. »Pater, mit allem schuldigen Respekt, aber ein reicher Landbesitzer ist wohl kaum ein Franz von Assisi. Sir Henry Swynford und seine Kollegen sind – wie ich – sehr weltliche Männer.«

Das Gesicht des Mönchs erstrahlte in einem ehrlichen Lächeln. »Das glaube ich nicht, Sir John. Antony sprach von Mord, und zwar nicht einmal, sondern bei mehreren Gelegenheiten. Und bevor Ihr fragt: Mehr wollte er nicht sagen.« Der Mönch warf einen Blick zur Tür der Kapelle, um sich zu vergewissern, daß sie geschlossen war. »Wie Ihr wißt, haben im Laufe der letzten Jahre in Westminster mehrere Parlamente stattgefunden, und Sir Edmund Malmesbury und die meisten seiner Gefährten wurden jedesmal als Abgeordnete gewählt. Wenn sie kamen, behauptete Antony immer, er sei krank, und verbrachte die ganze Zeit in der Krankenstube.« Der Benediktiner zuckte die Achseln. »Nicht, daß es wichtig gewesen wäre. Die Ritter wohnen ja immer im ›Ungeheuer‹ oder in einem anderen Gasthof; in der Abtei selbst verkehren sie kaum.«

»Diese Ritter wurden also schon oft zu Abgeordneten der Commons gewählt?« fragte Athelstan.

»Oh, natürlich, Bruder. Sie stolzieren arrogant umher wie die Pfauen. Sie lieben London und seine Fleischtöpfe. Außerdem ist Master Banyard ein überaus großzügiger Wirt.«

»Aber so etwas ist bisher noch nie passiert, oder?« fragte Cranston.

»Nein. Mein Freund Antony blieb immer in der Krankenstube. Die Abgeordneten erwähnten ihn niemals. Ich möchte wetten, wenn sie ihm begegnet wären, hätten sie ihn nicht erkannt. Vor einem Jahr nun«, fuhr der Benediktiner fort, »starb Antony an der Fallsucht. Ich nahm ihm noch die Beichte ab und gab ihm die Letzte Ölung. Er bat Gott um Vergebung, und sein letzter Wunsch war, daß der Kelch den Rittern vom Schwan zurückgegeben werde, wenn ich es für richtig hielte.«

»Und das hast du getan?«

»Nein.« Der Benediktiner schüttelte den Kopf. »Nicht sofort. Ich habe den Kelch in der Messe benutzt; je länger ich Sir Edmund Malmesbury und seinen Zirkel mit ihrer Liebe zu den Dirnen und den Fleischtöpfen der Stadt beobachtete, desto größer wurden meine Bedenken.« Pater Benedict schnippte mit den Fingern. »Und dann verging die Zeit, und ich bekam Skrupel, weil ich den Kelch behalten hatte. Und als der Pater Abt einen Freiwilligen suchte, der als Kaplan bei den Commons dienen wollte, da meldete ich mich.« Er hielt inne und holte scharf Luft. »Aber diesmal war alles anders. Sir Henry kam zu mir, kurz nachdem Sir Oliver Bouchons Leichnam aus der Themse gezogen worden war. Er war nervös und sehr erregt. Er glaubte, daß er sterben müsse, und er wollte wissen, ob unverziehene Sünden die Seele verfolgen könnten oder ob es eher der Zorn Gottes sei. Ich fragte ihn, was für unverziehene Sünden es denn seien. Swynford schüttelte nur den Kopf und sagte, wenn er wieder in Shrewsbury wäre, wolle er dort beichten und alles gestehen, und dann wolle er auf eine Wallfahrt nach Compostela gehen.« Der Benediktiner zog die Hände aus den Ärmeln seiner Kutte. »Nun, er wurde ermordet, und letzte Nacht traf es auch Sir Francis Harnett. Die Brüder sind entsetzt, und Pater Abt meint, das Kapitelhaus und das Vestibül würden neu geweiht werden müssen, weil auf geheiligtem Boden Blut vergossen wurde.« Pater Benedict seufzte. »Ich habe mich schon gefragt, ob diese Abgeordneten sich wegen dieses Kelches etwa gegenseitig umbringen.«

»Und deshalb hast du ihn zurückgebracht.«

»Ja. Ich beschloß, nicht länger zu warten. Heute morgen nach der Frühmesse säuberte ich den Kelch gründlich und brachte ihn dann zum ›Ungeheuer‹.« Er blinzelte. »Ich habe gehört, daß ihr da wart.« Er sah Athelstan in die Augen. »Du hast einen scharfen Blick und einen wachen Verstand, Bruder. Woher wußtest du, daß ich es war?«

Athelstan verzog das Gesicht. »Als wir uns das erste Mal begegneten, Pater, da war dir nicht wohl. Es war etwas in deiner Haltung: Dir war nicht behaglich als Kaplan bei den Commons, und doch hattest du dich freiwillig gemeldet. Ich habe mich gefragt, warum. Außerdem – deine Freundschaft mit Antony und dessen Beziehung zu Shrewsbury, das konnte kein Zufall sein.« Athelstan grinste befangen. »Um die Wahrheit zu sagen, Pater, ich möchte nicht gerissener erscheinen, als ich wirklich bin. Ich habe den Kelch gründlich untersucht; er war wunderschön gepflegt. Als ich ihn heute morgen in der Hand hielt, nahm ich einen leisen Duft von Wachs und Wein wahr. Und schließlich kam er in einem Lederbeutel zurück, wie er eigens für geweihte Gefäße angefertigt wird. Du mußtest es sein.«

»Meinst du, ich habe das Richtige getan?« fragte Pater Benedict.

»Ich glaube schon, Pater.« Athelstan beugte sich vor und nahm die Hand des Mönchs. »Du hast das Richtige getan, aber ich will dir die Wahrheit sagen: Ich glaube nicht, daß diese schrecklichen Morde etwas mit dem Kelch zu tun haben.« Er schaute zu Cranston hinüber. »Es geht um eine alte Sünde. Immer wieder stoßen wir darauf.« Er ließ die Hand des Paters los. »Ich glaube, Sir Edmund und seine Gefährten – entweder alle oder einige von ihnen – haben grausige, schreckliche Morde begangen, und jetzt hat ihre Schuld sie eingeholt. Pater, ich frage dich: Bei

deiner unsterblichen Seele, weißt du etwas, das uns weiterhelfen könnte?«
Der Benediktiner schüttelte den Kopf und stand auf. »Bei meiner Seele, ich weiß nichts.« Er ging zur Tür und öffnete sie, drehte sich dann aber noch einmal um. »Ach, Athelstan?«
»Ja, Pater?«
»Was ist mit diesem Dämon in Southwark?«
Athelstan zog eine Grimasse. »Er ist so wenig zu greifen wie die Wahrheit hinter dieser gräßlichen Geschichte hier.«
»Dann werde ich für dich beten.« Der Benediktiner ging hinaus und schloß sorgfältig die Tür hinter sich.
»Was meint Ihr, Sir John?«
Cranston beugte sich vor und stützte die Ellbogen auf die Knie.
»Sagt, Sir John.«
»Ich verstehe nicht, Bruder, wieso diese Abgeordneten nicht aus London fliehen. Deshalb möchte ich, daß du hierbleibst. Hinter der Abtei sind die Dokumentenkammern mit all den Unterlagen von Wanderrichtern, Briefen von Sheriffs und Königlichen Bütteln. Da werde ich hingehen; so mühselig es vielleicht ist, ich gedenke mir doch die Erlaubnis zu verschaffen, jeden Brief, jedes Memorandum, jede Prozeßakte und jede Petition aus der königlichen Grafschaft Shropshire durchzusehen.« Er schlug Athelstan auf die Schulter. »Und du, Bruder, du wirst mir dabei helfen.«
Und bevor Athelstan Einwände erheben konnte, war Cranston aufgestanden und beugte das Knie vor dem Altar. Dann stürmte er fast im Galopp zur Tür hinaus und schlug sie hinter sich zu. Athelstan lehnte sich seufzend an die Wand. Er schloß die Augen und betete die Psalmen aus der Messe des Tages. Er versuchte sogar, zur Heiligen Faith zu beten, aber damit hörte er wieder auf, als ihm klar wurde, daß seine Vorstellung von der Heiligkeit große Ähnlichkeit mit der Witwe Benedicta hatte. Er

stand auf, ging zum Altar und bestaunte die goldene, juwelenbesetzte Monstranz, die an einer silbernen Kette hing.

»Du solltest besser beten, Athelstan«, murmelte er.

Seine Hand berührte das kleine Stundenbuch, das er in die Tasche seiner Kutte gesteckt hatte. Er holte es hervor, setzte sich auf die Bank und blätterte durch die leeren Seiten am Anfang und am Ende des Gebetbuches, aber da fand sich nichts. Er blätterte zurück zum Anfang und las die ersten zwölf Verse des Johannes-Evangeliums, aber er war abgelenkt, denn das Buch war wunderschön illuminiert. Harnett mußte es eigens für sich in Auftrag gegeben haben; der Schreiber hatte den Text in herrlichen, breiten schwarzen Federschwüngen niedergeschrieben und die Ränder mit Miniaturbildern von vielerlei Tieren verziert. Ein rothäutiger, schwarzäugiger Drache streckte eine grün zuckende Zunge heraus; ein rötlich goldener Greif breitete mächtige schuppige Flügel aus; ein silberner Windhund hetzte einen Hasen mit tiefbraunem Fell.

»Harnett liebte Tiere wirklich!« rief Athelstan.

Besonders bewunderte er den Phönix am Kopf einer Seite. Ein mystischer Vogel, der sich selbst verzehrte und so oft als Symbol Christi verwendet wurde. Neugierig geworden, blätterte Athelstan die Seiten um. Da waren Elefanten, Panther, Füchse, Wölfe in jeglicher Schattierung, Affen und Pfauen. Ein Bild am Anfang des Nachtgebets erregte Athelstans besondere Aufmerksamkeit. Fasziniert saß er da; dann ging er hinüber zu einem der Fenster, um das Bild genauer zu betrachten.

»Das kann nicht sein!« rief er schließlich aus. »Es kann nicht sein!«

Er wußte nicht, ob er lachen oder weinen sollte. Plötzlich flog die Tür auf, und Cranston kam hereingestürmt.

»Athelstan, wir haben die Erlaubnis. Wir können sofort anfangen.« Neugierig sah er den Ordensbruder an. »Bruder, fehlt dir etwas?«

Athelstan dachte an Benedictas Erzählung von Simplicitas auf dem Markt.
»Kommt, Sir John.« Er sprang auf. »Laßt die Archive! Wir gehen nach Southwark!«
»Ach, Bruder, das können wir nicht!«
»Ach Bruder, das können wir doch!« antwortete Athelstan.
»Warum denn?« Cranston hastete hinter ihm her, als Athelstan die Kapelle verließ und die Treppe beinahe springend hinunterrannte. Die Wachsoldaten beobachteten ihn neugierig. Auf der untersten Stufe setzte Cranston sich unvermittelt hin und verschränkte die Arme wie ein bockiges kleines Kind.
»Ich gehe keinen Schritt, bis du mir alles erzählst!« schrie er.
Athelstan verbarg seine Ungeduld und kam zurück.
»Sir John, ich habe mir eben Harnetts Stundenbuch angesehen. Ich weiß, wo Perline ist und was er treibt. Jetzt könnt Ihr entweder hier sitzenbleiben und schmollen, bis ich zurückkomme« – er zog an Sir Johns gesträubtem Schnurrbart –, »oder Ihr könnt mitkommen und mir helfen.«
Eine knappe Stunde später stiegen Athelstan und Cranston in Southwark, nicht weit von der London Bridge, aus dem Boot. Inzwischen war Cranston völlig aus dem Häuschen und krähte immer wieder vor Entzücken, als Athelstan ihm in gedämpftem Flüsterton die mögliche Lösung des Rätsels darlegte. Sie marschierten durch die winkligen Gassen des Bordellviertels. Cranston wußte nicht, ob Athelstan erbost war oder ob er nur darauf brannte, seine Theorie auf die Probe zu stellen. Auf halbem Wege in einer Gasse blieb Athelstan unvermittelt vor einem Haus stehen und klopfte wütend an die Tür. Hoch über ihnen öffnete sich ein Fenster, und Simplicitas streckte den hübschen blonden Kopf heraus.
»Oh, guten Tag, Pater.« Sie lächelte gezwungen. »Ich kann nicht herunterkommen«, fuhr sie fort und kicherte hinter vorgehaltener Hand. »Ich muß mich umziehen, und ...«

»*Simplicitas!*« donnerte Athelstan mit einer Lautstärke, die sogar Cranston überraschte. »Du wirst jetzt herunterkommen und mich in dieses Haus lassen. Und allein bist du auch nicht. Du kannst deinem liederlichen Gatten sagen, ich weiß, daß er sich dort versteckt.« Athelstan funkelte zu der jungen Frau hinauf. »Wirst du jetzt aufmachen«, rief er drohend, »oder soll ich Sir John Cranston bitten, die Tür einzutreten?«
Das Fenster wurde hastig geschlossen, man hörte eilige Schritte auf der Treppe, die Tür ging auf, und eine bleiche Simplicitas ließ sie eintreten. Athelstan schob sich an ihr vorbei und marschierte den Korridor entlang. Das Haus war klein und schäbig. Eine Holzstiege führte hinauf in die Dunkelheit.
»Perline Brasenose!« brüllte Athelstan. »Ich und andere haben für den Rest unseres Lebens genug von deinen Spielchen!« Er sah Simplicitas an. »Und du, mein gutes Weib, mußt nun entscheiden, ob du diesen Mummenschanz fortsetzen willst oder ob du deinen liederlichen Mann holen gehst – mag er sich nun auf dem Dachboden oder im Keller verstecken.« Athelstan funkelte Cranston an, der hinter Simplicitas stand. »Sir John Cranston«, fuhr er fort und hob die Stimme, so daß sie durch das Haus hallte, »ist ein schrecklicher Mann mit dem Jähzorn des Teufels. Perline, wirst du dich zeigen, oder willst du dich für den Rest deiner Tage auf Erden verstecken wie ein Feigling?«
Eine Gestalt erschien im Dunkeln oben an der Treppe.
»Es tut mir leid, Pater. Ich hab's ja nicht böse gemeint«, flehte eine Stimme.
»Das tut einer wie du nie!« schrie Athelstan. »Um des Himmels willen, jetzt komm schon herunter! Bei St. Erconwald und allem, was heilig ist!« Athelstan richtete den Zeigefinger auf Simplicitas. »Du und dein Mann, ihr habt meine ganze Pfarrgemeinde zum Narren gehalten!«
Cranston öffnete den Mund, um zu sagen, das sei sicher nicht schwierig gewesen, aber hier war tatsächlich der seltene Fall

eingetreten, daß seinem kleinen Ordensbruder der Kragen geplatzt war.

»Am besten kommt Ihr in die Stube«, flüsterte Simplicitas, der die Tränen über die Wangen rollten. »Es tut mir leid, Pater, aber Perline hat einen Affen gestohlen.«

»Mach dir nichts draus«, sagte Athelstan leise und funkelte dann über die Schulter hinweg den unrasierten Perline an, der inzwischen am Fuße der Treppe hockte. »Komm schon herein und erzähl mir, was passiert ist.«

Alle drängten sich in die süß duftende Stube. Athelstans Zorn verrauchte allmählich. Simplicitas war offenbar eine geschickte Stickerin; einige ihrer Arbeiten, bunte Teppiche, hingen an den weißgekalkten Wänden. Der Fußboden war von frischen grünen Binsen bedeckt, und kleine Töpfchen mit Rosmarin standen auf dem verschrammten Tisch. Simplicitas ließ die beiden auf den gepolsterten Stühlen Platz nehmen. Der Ordensbruder sah, daß in einer Ecke eine kleine Wiege aus Holz stand, ein Zeichen dafür, daß Simplicitas die Mittel der Volksweisheit zu Hilfe nahm, denn wenn man eine Wiege ein Jahr in der Stube stehen ließ, würde binnen sechs Monaten ein munteres Kind darin liegen.

»Es ist wegen des Kindes, Pater«, sagte sie leise, als sie sah, wohin er blickte.

»Kind?« Cranston schaute sich um. »Sag mir nicht, du hast es verkauft, Perline!«

Der junge Soldat, dessen schmales, hageres Gesicht jetzt noch blasser und ernster aussah, saß da wie ein Schlafwandler.

»Nein, wir wünschen uns ein Kind«, antwortete Simplicitas hastig. »Perline hat die Wiege gebaut. Ich habe die Wandteppiche gestickt. Wir hoffen, Pater, daß es in St. Erconwald getauft werden kann. Wir haben daran gedacht, es Athelstan zu nennen, wenn es ein Junge wird – oder John«, fügte sie rasch hinzu.

»Und wenn es ein Mädchen ist, vermutlich Maude?« fragte Athelstan mit hochgezogenen Brauen.
Simplicitas setzte sich. Sie schlug die Hände vors Gesicht und schluchzte, aber dabei ließ sie eine Lücke zwischen den Fingern, um Cranston und Athelstan zu beobachten.
»Nun, wenn du ein Kind erwartest«, erklärte Cranston, »dann kann ich nur sagen, gesegnet sei dein Rock und alles, was darunter ist!« Er schlug mit der flachen Hand auf den Tisch. »Aber was soll dieser Unfug?«
»Sag's ihm«, heulte Simplicitas.
Perline öffnete den Mund.
»Und zwar von Anfang an«, ermahnte Athelstan.
»Ich bin gern im Tower«, begann der junge Mann. »Gutes Essen, ordentlicher Sold, freies Feuerholz, eigener Topf, Teller und Zinnlöffel. Eine neue Livree zweimal im Jahr.« Perline lächelte schief. »Und kein Feind weit und breit. Aber es ist auch langweilig. Also ging ich des öfteren hinunter in die Königliche Menagerie.« Er warf Athelstan einen Blick zu. »Pater, mit diesen Tieren müßte etwas geschehen. Seit der alte König tot ist, kümmert sich kein Mensch mehr um sie.«
»Darum gedenke ich mich zu kümmern«, unterbrach Cranston schroff.
»Nun, und da sind ein paar Berberaffen dabei«, fuhr Perline hastig fort. »Ich hatte noch nie einen gesehen; sie sehen nicht aus wie die Äffchen, die bei den Hausierern auf der Schulter sitzen und scheißen. Pater, es sind großartige Bestien. Ich fing an, ihnen Futter zu bringen, und dann saß ich da und sah ihnen zu. Nun ist einer dabei, der ist größer und dicker als alle anderen, und wir sind sehr gute Freunde geworden. Er schnatterte durch das Käfiggitter, aber er sah immer sehr einsam aus. Also sage ich mir, ich werde Cranston helfen müssen.«
Simplicitas schlug sich die Hand vor den Mund, und Perlines Unterkiefer klappte herunter.

»Wie hast du ihn genannt?« fragte der Coroner leise.
Athelstan biß sich auf die Unterlippe und hoffte, er werde nicht laut auflachen.
»Wie hast du ihn genannt?« wiederholte Sir John mit dröhnender Stimme.
»Nichts für ungut, Sir John, aber ich habe ihn Cranston genannt. Wißt Ihr, er war dicker und fetter als alle andern, und da ...«
»Er war auch der Anführer, nicht wahr?« fragte Athelstan hilfsbereit.
»O ja, Pater.« Perline lächelte ihm dankbar zu. »Er nahm sich immer das beste Fressen, und es gibt zwei oder drei Äffinnen, mit denen er ...«
»Tändelt?« fragte Athelstan.
Perlines Dankbarkeit war unübersehbar, aber Cranston wurde noch roter.
»Weiter«, knurrte er. »Je länger ich dir zuhöre, Brasenose, desto größer wird mein Interesse.«
»Alles ging gut«, fuhr Perline fort. »Ich brachte Cranston ...«
Athelstan senkte den Kopf; seine Schultern bebten.
»... alles, was ich auf dem Markt finden konnte: Früchte, Gemüse, alles. Dann trat in Westminster das Parlament zusammen. Ein paar der Abgeordneten kamen, um die Menagerie zu besichtigen und sich im Tower umzusehen. Ich sah sofort, daß Sir Francis Harnett aus Shrewsbury von den Berberaffen, vor allem von Cranston, sehr angetan war.«
Sir John schnappte nach Luft, aber Perline fuhr selig fort. »Er sah, wie freundlich der Affe war, und er erzählte mir, er habe Bilder von einem solchen Affen gesehen und sich oft gewünscht, nach Südspanien zu reisen, um sich einen zu kaufen.«
»Ich weiß«, warf Athelstan ein. »Ich habe das Stundenbuch des Armen gesehen. Er hat solche Bilder.«
»Der Arme?« rief Perline. »Der ist wohlhabend, ja, reich!«

»Darüber sprechen wir gleich«, sagte Athelstan.

»Nun, um es kurz zu machen«, erzählte Perline weiter und rieb sich mit dem Handrücken über den Mund, »Sir Francis erbot sich, Cranston zu kaufen, und ich war einverstanden. Oh, es war ganz einfach. Im Tower stehen Käfige. Eines Sonntag nachmittags, als die anderen Soldaten schliefen oder beim Würfelspiel saßen, steckte ich Cr ...« Er stockte und schaute den Coroner betreten an. »... den Affen in einen Käfig. Ich lud ihn auf einen Handkarren und fuhr damit zu einer Pforte an der Themse-Seite. Dann ging ich zurück und suchte den Konstabler auf.« Perline zuckte die Achseln. »Ich bat ihn um Urlaub, und – nun, Ihr wißt ja, wie es geht: Er war einverstanden. Am Tor lag ein Stakboot. Als es dunkel wurde, lud ich den Käfig auf dieses Boot und stakte hinüber nach Southwark. Auf dem Markt mietete ich einen Karren, bedeckte den Käfig mit einem alten Tuch und fragte mich, wo ich ihn am besten verstecken könnte, bis Harnett käme, um das Tier abzuholen.«

»Und natürlich fiel dir da das Beinhaus auf dem Friedhof von St. Erconwald ein.«

»Na ja, es wurde ja nicht benutzt, Pater. Also fuhren wir hin. Ich hielt den Käfig noch immer zugedeckt, und niemand sah mich. Ich konnte sogar noch einmal zurückgehen und ein paar Abfälle vom Markt holen, Äpfel, Birnen und ein paar zerdrückte Pflaumen.«

»Das weiß ich«, sagte Athelstan. »Cecily, die Kurtisane, hat Reste davon auf den Gräbern verstreut gefunden. Ich habe mich schon gefragt, wie sie dort hingekommen waren.«

»Ja.« Perline schniefte. »Ich öffnete den Käfig und gab Cranston von den Früchten.«

»Hör auf, diesem verdammten Affen meinen Namen zu geben!« polterte Sir John. Er zog seinen Weinschlauch hervor und schenkte sich den Zinnbecher, den Simplicitas ihm hastig brachte, großzügig voll.

»Entschuldigung, Sir John«, murmelte Perline. »Nun, eine Zeitlang saß ich so da und plauderte mit Cranston«, fuhr er dann vergnügt fort. »Er schien mir munter wie ein Schwein auf dem Mist zu sein und schnatterte unaufhörlich. Aber wenn er gefressen hätte, würde er scheißen wollen, nicht wahr? Also ließ ich ihn aus seinem Käfig heraus. Ich dachte, im Beinhaus wäre es nicht gefährlich.«

»Das erklärt, warum es dort stank wie in einer Jauchegrube«, stellte Athelstan fest.

»Es tut mir ja leid, Pater«, jammerte Perline. »Nun, ich ging hinaus, um noch mehr von den Früchten zu holen, die ich auf dem Grab hatte liegenlassen. Als ich zurückkam, war der Affe weg. Denn seht Ihr, Pater, ich hatte den Riegel nicht vorgeschoben.«

»Er war weg?« wiederholte Sir John.

Perline schnippte mit den Fingern. »Einfach so, Sir John. Gerade war er noch da gewesen und hatte geschnattert, daß es einem in den Ohren gellte, und im nächsten Moment war er weg. Ich verlor den Kopf. Ich schleppte den Käfig hinaus und versteckte ihn zwischen zwei Häusern.« Perline fuhr sich mit der Zunge über die Lippen. »Ich wußte nicht, wo der Affe hingelaufen war, und so versteckte ich mich hier.«

»Und am Sonntag« – Athelstan sah Simplicitas an – »kamst du zu mir, behauptetest, Perline sei verschwunden, und zwar schon seit Tagen.«

»Wir hatten Angst vor Harnett«, heulte Perline. »Ich wollte nicht, daß er herkommt.«

»Aber du hast dich am Montag abend mit ihm getroffen.«

»Ich mußte. Ich tischte ihm irgendeine Lügengeschichte auf, aber er wurde wütend. Ich erklärte ihm, ich könnte in Southwark nicht mit ihm sprechen, weil die Leute dort mißtrauisch werden würden; Moleskin, der Bootsmann, hätte uns schon gesehen. Harnett stieß mich in einen Kahn und fuhr mit mir hinaus zur

großen Frachtwaage.« Perline schluckte. »Da sagte ich ihm die Wahrheit.«
»Und er wurde wütend?«
»Mehr als das, Pater. Er sagte, ich sei ein Dieb, und wenn ich Cranston nicht wieder herbrächte ...« Perline brach ab und schlug die Hand vor den Mund. »Entschuldigung, Sir John ... Er sagte, dann würde er mich ächten lassen. Dann gab er mir einen Brief, der mir Zugang zur Abtei verschaffen sollte, und befahl mir, ihm Bescheid zu sagen, sobald ich den Affen gefunden hätte.«
»Und da bist du wieder hergekommen«, vollendete Athelstan, »und hast dich versteckt, während du, Simplicitas, die Lügengeschichte nach besten Kräften verbreitetest.«
»Es tut mir leid, Pater.« Die junge Frau schüttelte den Kopf. »Aber ich hatte furchtbare Angst.« Ihre Stimme zitterte. »Perline hätte baumeln können. Sir Francis war ein harter Mann.«
»Perline könnte immer noch baumeln!« grollte Cranston. »Und wenn es nach mir ginge, baumelte der verdammte Affe gleich mit.«
Simplicitas warf den Kopf in den Nacken und heulte, und Perline fing an zu zittern. Athelstan warf Sir John einen Blick zu.
»Na ja, ich hab's nicht so gemeint«, brummte der Coroner. Er klopfte Simplicitas sanft auf die Schulter. »Na, na, Mädchen, nun weine nicht.«
»Ich dachte, ich verstecke mich einfach«, gestand Perline. »Ich wollte warten, bis das Parlament zu Ende wäre und Harnett fortgeht.«
»Nun, er ist fortgegangen«, sagte Athelstan. »Gestern nacht bestellte ihn jemand in die Monstranzkammer in Westminster und trennte ihm den Kopf säuberlich von den Schultern.«
»O du lieber Gott, erbarme dich!« rief Simplicitas.
Perline lehnte sich an den Tisch; er sah aus, als habe er einen Stein an den Kopf bekommen.

»Hier, trink das mal lieber.« Cranston schob seinen Weinbecher hinüber.
Perline nahm den Becher und hob ihn mit zitternder Hand an die Lippen.
»Weißt du, was man sagen wird?« fragte Athelstan. »Man wird vielleicht behaupten, Perline, du habest Sir Francis Harnett betrogen. Du habest nicht nur eines der Königlichen Tiere gestohlen, sondern auch Harnett ermordet, als das Tier entkommen war und du deinen Teil des Handels nicht einhalten konntest.«
»Aber wie denn?« kreischte Perline. Er stellte den Becher wieder hin, denn seine Hände zitterten zu sehr. »Wie hätte ich denn in die Abtei gelangen sollen? Sie wird doch streng bewacht!«
»Du hattest doch diesen Brief«, sagte Cranston.
»Den habe ich zerrissen und weggeworfen.«
»Außerdem bist du selbst Soldat. Du trägst die Königliche Livree«, warnte Athelstan. »Es wäre ein leichtes für dich, zwischen den anderen unauffällig zu bleiben. Und eine Waffe könntest du auch tragen, ein Schwert oder eine Axt.«
»Aber ich bin nicht von hier fortgegangen«, stöhnte Perline. »Seit Montag verstecke ich mich auf dem Dachboden.«
»Immerhin ißt du ganz gut«, gab Athelstan zurück. »Für eine Frau, die in Angst lebt, Simplicitas, hast du auf dem Markt stattliche Einkäufe getätigt.«
»Ich habe ihn nicht umgebracht!« beteuerte Perline. »Seit unserem Treffen bei der Frachtwaage habe ich Sir Francis nicht mehr gesehen und nichts von ihm gehört.«
»Da bist du sicher?« fragte Athelstan.
Perline sprang auf und ging in die Ecke, wo die Wiege stand. Er legte die Hand auf die Kante. »Ich schwöre«, erklärte er geradeheraus, »Pater, ich schwöre bei allem, was heilig ist, und beim Leben meines ungeborenen Kindes, daß ich die Wahrheit gesagt habe!«

Seine Stimme zitterte, und er mußte heftig blinzeln, um die Tränen zurückzudrängen. »Pater, Ihr müßt mir helfen. Sir John, es tut mir leid!«
»Bitte! Bitte!« Simplicitas umklammerte Athelstans Hand. »Wir haben es nicht böse gemeint.«
»Hinsetzen!« befahl Athelstan.
Perline gehorchte.
»Wieviel hat Sir Francis dir bezahlt?«
»Zehn Pfund Sterling. Aber eins habe ich ausgegeben.«
»Gut.« Athelstan zwinkerte Cranston zu. »Perline, mein Junge, du wirst mit diesem Geld nach St. Erconwald gehen und Benedicta aufsuchen. Du kennst sie doch?«
Perline nickte hastig.
»Benedicta soll Watkin, Pike, Ranulf und Tab, den Kesselflicker, zusammenrufen. Du wirst jedem von ihnen ein Pfund versprechen, wenn sie den Affen wieder einfangen. Ich vermute«, fuhr Athelstan fort und bemühte sich dabei, gelassen zu klingen und Cranston nicht in die Augen zu sehen, »daß dieses arme Geschöpf völlig verängstigt ist und sich nicht weit vom Friedhof von St. Erconwald entfernt hat, denn dort wurde es zuletzt ordentlich gefüttert, und dort hat es dich zuletzt gesehen. Den Käfig wirst du mit offener Tür ins Totenhaus stellen, und dann kaufst du für ein weiteres Pfund Früchte auf dem Markt. Nichts Faules, nichts, was man weggeworfen hat, sondern gute, reife Früchte.« Er richtete den Zeigefinger auf Perline. »Hörst du mir zu?«
Der junge Soldat nickte.
»Und dann wirst du auf dem Friedhof bleiben, Tag und Nacht, bis das arme Tier zurückkommt … und das wird es tun!«
»Woher weißt du das?« fragte Cranston neugierig.
»Weil auch Bonaventura immer zu seiner Milchschale zurückkommt«, erklärte Athelstan. »Euch mag es vielleicht überraschen, Sir John, aber auch gewisse Menschen sind immer wie-

der an bestimmten Orten zu finden, wo sie zu essen und zu trinken bekommen.«

Sir John machte ein ungehöriges Geräusch mit den Lippen.

»Und Ihr glaubt, ich werde das Tier wieder einfangen können?« fragte Perline hoffnungsvoll.

»O ja. Sag Benedicta, das Geld darf an Watkin und die anderen erst dann ausgezahlt werden, wenn der Affe sicher in seinem Käfig ist.«

»Und wenn er es ist?«

»Nun, dann solltest du noch ein Pfund für Moleskin, den Bootsmann, übrig haben. Sag ihm, daß du mit mir gesprochen hast. Er wird dich und das Tier zum Tower bringen.«

Jetzt lächelte Simplicitas und wischte sich rasch die Tränen ab.

»Und der Konstabler?« fragte Perline.

»Dem gibst du auch ein Pfund«, sagte Athelstan. »Keine Sorge, er wird ein Auge zudrücken. Sag ihm, du hast den Affen mitgenommen, um ihn den Leuten in deiner Pfarrgemeinde zu zeigen.«

»Und was ist mit dem übrigen Geld?« fragte Perline hoffnungsvoll.

»Das kannst du behalten«, sagte Athelstan. »Aber nicht für dich selbst«, fügte er rasch hinzu, »sondern für euer Kind.« Athelstan schüttelte den Kopf. »Wenn ihr mir nur gleich die Wahrheit gesagt hättet, dann hätte man manchen Wirrwarr vermeiden können.«

»Ich weiß.« Perline schaute ihn mit gesenktem Kopf an. »Simplicitas hat mir von den Gerüchten erzählt.«

Athelstan stand auf: »Ja, die Leute in der Gemeinde glauben, der Affe sei ein Dämon, und wenn sie ihn fangen, werden sie das arme Tier wahrscheinlich totschlagen. Aber jetzt hast du deine Anweisungen, Perline. Du kehrst vorerst nicht wieder nach Hause zurück. Simplicitas wirst du erst wiedersehen, wenn der

Affe da ist, wo er hingehört.« Er warf einen Blick zu der hölzernen Wiege. »Du bist ein tüchtiger Tischler, Perline.«
»Ich werde Euch eine Statue schnitzen«, erbot sich der Soldat. »Mein Opfer für den Frieden, Pater.«
Der Dank des jungen Paares hallte ihnen in den Ohren, der Coroner brüllte zum Abschied noch ein paar Ratschläge durch die offene Tür, und dann machten Athelstan und Cranston sich auf den Rückweg durch die Gassen von Southwark. Eine Weile gingen sie schweigend nebeneinander her; dann packte Cranston den Ordensbruder fest beim Arm.
»Bruder, wenn ich die Worte ›Affe‹ und ›Cranston‹ je noch einmal in einem Atemzug höre« – er wackelte mit drohendem Finger vor Athelstans lachendem Gesicht –, »dann kommt der Teufel wirklich nach Southwark!«

11

Sie gingen zum Kai zurück; Cranston wetterte noch immer aus vollem Halse dagegen, daß man einen Affen nach dem Coroner des Königs nennen könne. Athelstan zog sich die Kapuze ins Gesicht, nickte ernst und hoffte, daß Sir John nicht merkte, wie mühsam er das Lachen unterdrückte. Vor der Priorei von St. Mary Overy aber änderte sich Cranstons Stimmung plötzlich. Er drehte sich um und sah seinem Begleiter ins Gesicht.

»Du glaubst wirklich nicht, daß dieser Liederjan etwas mit dem Tod Harnetts zu tun hat, oder?«

»Nein, Sir John, ich glaube es nicht.«

Athelstan sah sich um; er musterte einen alten, zerlumpten Bettler, der an der Ecke einer schmalen Gasse stand. Das Gesicht des Mannes war mit bläulichen Flecken bedeckt, als wäre es von einem schrecklichen Feuer entstellt.

»Nun?« fragte Cranston. »Bruder!« rief er dann. »Was in aller Welt gibt's da zu glotzen?«

Athelstan streckte die Hand aus. »Bleibt hier, Sir John.«

Der Ordensbruder marschierte auf den Bettler zu. Der riß erschrocken die Augen auf, als er den Priester erblickte.

»Mousehead!«

Athelstan packte den Bettler bei der kräftigen Schulter. Dieser wich zurück, aber der Bruder hielt ihn fest, kratzte mit dem Finger durch Mouseheads Gesicht und schabte die schmutzige Schicht aus Puder und Farbe herunter.

»Pater ...!« Der Bettler fing an, von einem Bein aufs andere zu hüpfen.

»Mousehead!« sagte Athelstan warnend. »Ich habe es dir nicht einmal, sondern tausendmal gesagt! Wenn einer bettelt, weil er nichts anderes kann, so nimmt der Herr es hin. Aber wer bettelt, obwohl er gesund ist, und wer so tut, als wäre er das Gegenteil, der fordert den Zorn unseres Herrn heraus.«

Mousehead starrte den Bruder angstvoll an; seine vorstehenden Zähne schienen noch weiter herauszuragen und seine Nase noch schneller zu zucken als sonst. Athelstan stieß ihn von sich.

»Jetzt gehst du gleich zur Witwe Benedicta. Du findest sie in St. Erconwald. Sie wird eine Aufgabe für dich haben. Sag ihr, du kommst, um Perline zu helfen.«

»Aber Perline ist verschwunden, Pater, und bei der Kirche treibt ein Dämon sein Unwesen.«

»Das ist kein Dämon, Mousehead, und Perline ist nicht verschwunden. Du wirst ihn dort finden.«

Mousehead wieselte davon. Athelstan kehrte zu Cranston zurück, der an der Mauer lehnte und zu einer Katze hinaufstarrte, die in einem offenen Fenster saß. Athelstan schaute ebenfalls hinauf.

»Keine Sorge, Sir John, ich glaube, es gibt eine Lösung für Euer Problem mit den verschwundenen Katzen.«

»Und wie steht es mit Perline und Harnett?« antwortete Cranston. »Du hast mir meine Frage nicht beantwortet.«

Athelstan seufzte. »Ich würde beim Kreuz schwören, daß Perline nichts mit Harnetts Tod zu tun hat. Aber Harnett ist in die einsame Monstranzkammer gegangen, obwohl er wußte, daß ein Mörder ihm und seinen Gefährten auflauert. Warum hat er das getan? Was konnte Harnett von den andern weglocken?«

»Eine Verschwörung vielleicht?« erwog Cranston. »Oder Perline Brasenose?«

»Oder Perline Brasenose«, wiederholte Athelstan. »Nein, nein, Sir John, ich spreche nicht in Rätseln. Ich glaube, jemand wußte von Harnetts heimlichen Verhandlungen mit dem jungen Soldaten. Auf irgendeine Weise benutzte der Mörder Perlines Namen und die Aussicht darauf, einen Berberaffen zu kaufen, um Harnett in die Monstranzkammer zu locken, wo er dann ermordet wurde.«

»Aber von Brasenose abgesehen, können doch nur Harnetts Kollegen davon gewußt haben, oder?«

»Nicht nur, Sir John.« Athelstan hakte sich bei Cranston unter, als sie zum Kai hinuntergingen. »Ihr dürft Sir Miles Coverdale nicht vergessen, der die Ritter haßt und auch aus Shropshire kommt. Oder wiederum Seine Gnaden den Regenten – ich glaube, daß er ebenfalls die Finger im Spiel hat, auch wenn er nur den trauernden Zuschauer spielt.«

Cranston blieb stehen und nahm einen Schluck aus seinem Weinschlauch. »Rätsel über Rätsel ... Aber sag mir, Bruder, was ist mit diesen Katzen?«

Athelstan begann es ihm zu erklären, und unterdessen fuhr Moleskin sie – schwitzend und fluchend wegen der steigenden Flut – über den Fluß nach St. Paul's Wharf. Diesmal schenkte Athelstan dem Fährmann überhaupt keine Beachtung, sondern legte dem zunehmend erbosten Cranston flüsternd seine Schlußfolgerungen dar. Erst als sie an Land gegangen waren und Cranston die nassen Stufen hinaufstürmte, wandte Athelstan sich dem Fährmann zu.

»Moleskin?«

»Ja, Pater?«

»Rudere zurück nach Southwark, binde dein Boot fest und gehe nach St. Erconwald. Benedicta wird dir alles über Perline und den Dämon erzählen, dessentwegen du mich gelöchert hast.«

»Wirklich, Pater?« Moleskin grinste strahlend. »Ihr habt mich während der ganzen Überfahrt nicht eines Blickes gewürdigt.« Er wies zu Cranston hinauf, der wie Hektor auf dem Kai auf und ab schritt. »Wieso ist der Lord Roßzermalmer wegen ein paar Katzen so wütend?«

»Das werde ich dir auch noch rechtzeitig erzählen«, versprach

Athelstan. Er ließ den verblüfften Moleskin stehen und lief eilig die Treppe hinauf.
Der Coroner hatte sich inzwischen in eine rechtschaffene Wut hineingesteigert. Er hatte bereits einen Burschen beauftragt, seinen Bütteln Nachrichten zu überbringen, und er wäre geradewegs in die Cheapside gestürmt, wenn Athelstan ihn nicht beim Ärmel festgehalten hätte.
»Sir John, Sir John, der Nachmittag schreitet voran. Bald wird der Markt zu Ende gehen, und Eure Büttel werden zur Stelle sein, wenn sie Eure Botschaft erhalten.« Athelstan verstummte und hob die Hand vor den Mund.
»Was ist los, Mönch?«
»Ordensbruder, Sir John, Ordensbruder. Ich habe mich nur gerade gefragt, wer wohl von Harnetts Verabredung mit Perline Brasenose gewußt haben könnte.« Er schob Sir John auf eine Schenke zu. »Ich meine, Harnett hat den Berberaffen am Sonntag gesehen. Am Montag traf er sich mit Perline, aber dann ist unser junger Soldat untergetaucht.« Athelstan kratzte sich am Kinn. »Perline kann nicht schreiben. Wer also hat Harnett in die Monstranzkammer bestellt?«
Sie betraten eine schäbige Taverne. Die Wände waren schmierig und die Deckenbalken geschwärzt, aber Athelstan wußte, daß der Besitzer einer der besten Köche am Fluß war und womöglich Köstlichkeiten auftischen konnte, die Sir Johns Laune bessern würden. In einigem Abstand von den Matrosen und Fischern, die hier verkehrten, fanden sie einen freien Tisch.
»Du vergißt eins«, sagte Cranston; er lehnte sich zurück und schmatzte, als er den würzigen Duft aus der Küche witterte.
Athelstan zog die Brauen hoch.
»Am Montag abend verließ Sir Francis das Bordell, in dem die andern sich vergnügten. Sie wußten, daß er gegangen war.«
»Natürlich«, murmelte Athelstan. »Und wir wissen, daß er sich nach Southwark und dann zur Frachtwaage begeben hat.

Ergo …« Athelstan unterbrach sich, als der tonnenförmige Wirt Sir John seine geliebte Fischpastete und einen Becher weißen Elsässer servierte.
»Für Euch auch etwas, Pater?«
»Oh, einen Humpen Ale, Bartholomew«, sagte Athelstan. »Ergo«, wiederholte er dann, »hat ihn entweder jemand von dort aus verfolgt« – er zählte die Möglichkeiten an den Fingern ab – »und der Verfolger fand dann heraus, was er suchte, oder Harnett erzählte es einem seiner Kollegen, bevor er fortging, und dieser benutzte sein Wissen später, um den Mord zu begehen.«
»Das könnte auch Coverdale getan haben«, gab Cranston mit vollem Mund zu bedenken. »Er oder einer der Schergen des Regenten.« Er nahm einen Schluck Wein. »Allmählich muß ich dir zustimmen, Bruder: Der Regent kann in dieser Sache nicht völlig schuldlos sein. Ich bin sicher, diese ehrenwerten Ritter würden nach Shrewsbury zurückfliehen, wenn er nicht wäre. Aber andererseits« – Cranston stellte seinen Becher mit lautem Knall auf den Tisch –, »Sir Edmund Malmesbury und die übrigen kann man wohl kaum als glühende Anhänger des Regenten bezeichnen.«
Cranston aß schweigend weiter. Athelstan merkte, daß der Coroner immer verdrossener wurde; nicht einmal die Pastete und der Wein schienen ihn aufzumuntern. Sie verließen die Schenke, gingen durch eine Gasse hinauf zur Thames Street und dann vorbei an heruntergekommenen Lagerhäusern, bis sie zu dem kahlen Gelände kamen, wo der Fluß Fleet seinen Dreck in die Themse ergoß. Hier versammelten sich alle großen Mistkarren der Stadt London und kippten Kot und Müll von den Straßen in die Themse. Cranston stampfte mit den Füßen und sah sich finster um. Dann erblickte er seine Büttel, zwei vierschrötige Gestalten, die mit großen Schritten auf ihn zukamen.
»Da seid ihr ja endlich«, grollte er.
»Sir John«, antwortete der eine, »wir sind so schnell gekommen,

wie wir konnten. Die Märkte sind geschlossen.« Er deutete auf einen der Mistkarren. »Sie sind alle leer und bereit, zum Saubermachen in der Nacht zurückzufahren.«

»Und unser kostbares Pärchen ist über alle Berge«, grunzte Cranston. »Geht zurück, die Knightrider Street hinauf«, befahl er. »Wenn ihr sie seht, kommt her und sagt mir Bescheid.«

Die beiden Büttel eilten davon. Eine Zeitlang standen Cranston und Athelstan herum, aber der Gestank der Karren und des schleimigen Wassers des Fleet wurde so aufdringlich, daß sie ebenfalls die Knightrider Street hinaufspazierten. Die Glocke von St. Paul läutete zur Abendmesse. Athelstan sah die Türme von Blackfriars und fragte sich gerade, wie es wohl dem Pater Prior ergehen mochte, als die beiden Büttel im Laufschritt zurückkamen.

»Sir John, Hengist und Horsa sind hier!«

»Gut.«

Athelstan hastete hinter ihm her, während Cranston die Knightrider Street hinaufmarschierte, Hengist und Horsa entgegen, die von den Bütteln festgehalten wurden. Die beiden Mistsammler protestierten lautstark.

»Das ist gegen alle Gesetze und ihre Auslegungen, Sir John!« quiekte einer von ihnen. »Jede Verzögerung bedeutet, daß wir länger arbeiten müssen, und wenn sich dann der Bürgermeister und die Ratsherren beschweren ...«

»Maul halten!« brüllte Cranston und packte Hengist vorn an seinem schmutzigen Wams. »Ihr, meine Böckchen, stehlt die Katzen!« Cranston schnippte mit den Fingern, und Athelstan reichte einen der kleinen Maulkörbe herüber. Der Coroner hielt ihn dem Mann vors Gesicht. Hengist begann zu stammeln und warf seinem Bruder angstvolle Blicke zu.

»Ihr schäbigen Mistkerle!« schrie Cranston.

Die beiden Männer erhoben Protest. Athelstan ging um den Karren herum und betrachtete ihn sorgfältig. Die hohen Seiten-

wände bestanden aus einfachen Brettern, die an mächtige, aufrechte Pfosten genagelt waren. An der Rückseite diente eines dieser Bretter als kleine Klappe oder Schublade; neu angebrachte Riegel hielten sie fest. Athelstan rief die Büttel herbei.
»Während Sir John debattiert«, flüsterte er, »macht das hier auf.«
Der eine Büttel schob seinen Dolch zwischen die Bretter und drückte den Riegel beiseite. Athelstan hielt sich die Nase zu, denn ein fauliger Geruch drang aus der Öffnung; der Ordensbruder hockte sich nieder und spähte hinein. Da lagen fünf oder sechs Katzen, und ihre Augen glühten in der Dunkelheit. Die armen Kreaturen waren an allen Vieren gefesselt, und Maulkörbchen wie die, die er gefunden hatte, waren ihnen stramm um die Mäulchen gebunden. Einer der Büttel nahm die Katzen behutsam heraus und schnitt ihnen Fesseln und Maulkörbchen ab. Die Katzen machten einen krummen Rücken, streckten die Schwänze in die Höhe und tanzten wild fauchend um den Karren herum; dann flüchteten sie pfeilschnell die Knightrider Street hinauf. Die Büttel wollten ihnen nachlaufen.
»Laßt es gut sein«, rief Athelstan ihnen nach. »Die finden ihren Heimweg schon. Dafür stehe ich persönlich ein. Sorgen mache ich mir um Sir John.«
Cranston, der alles mitangesehen hatte, stieß die beiden Mistsammler an die Wand und schlug gemächlich ihre Köpfe dagegen. Auf Athelstans Geheiß drängten sich die beiden Büttel mit sanfter Gewalt zwischen den erzürnten Coroner und seine beiden Opfer. Schwer atmend trat Sir John zurück und funkelte die zitternden Katzendiebe an. Dann drohte er ihnen mit dem Finger.
»Ihr herzlosen Bastarde!« schrie er. »Und erzählt mir ja nicht, daß das alles Streuner waren. Ihr fahrt mit eurem Karren durch die Straßen, und bei jeder Gelegenheit lockt ihr eine Katze mit einem Stückchen Fleisch oder Fisch, das ihr mit einem Schlafmittel bestrichen habt. Dann bindet ihr ihnen die Pfoten zusam-

men, schnallt ihnen den Maulkorb um und schiebt sie in dieses Fach unter eurem Karren. Und wenn ihr zum Fluß kommt, um euren Mist in den Fleet zu kippen, lauft ihr neben den Kornkähnen her und bietet ihnen die Katzen zum Kauf an. Ist es nicht so?«
Hengist nickte voller Angst.
»Ein ertragreiches, gewinnbringendes Unternehmen«, stellte Athelstan fest. »Die Barken bringen Getreide, und wo es Getreide gibt, da gedeihen Ratten und Mäuse. Die Kapitäne kaufen die Katzen, setzen zwei oder drei in jeden Laderaum, und das Ungeziefer wird beseitigt.« Er schüttelte den Kopf. »Euch war es natürlich gleichgültig, ob die armen Katzen an das Leben auf dem Wasser gewöhnt waren.« Er kam einen Schritt näher. »Und hat es euch eigentlich gekümmert, was die Eigentümer der Katzen dabei empfunden haben? Habt ihr je an das Grauen gedacht, das die armen Katzen durchmachen mußten, eingesperrt im stinkenden Laderaum eines Frachtkahns? Habt ihr je daran gedacht, daß die eine oder andere einen Fluchtversuch unternehmen und dabei im Fluß ertrinken könnte, oder daß die neuen Besitzer sie schlecht behandeln könnten?«
Athelstan ließ sich von Cranstons Zorn anstecken; er packte Hengist unter dem Kinn und drückte seinen Kopf hoch.
»Was ihr getan habt, war böse!« flüsterte er.
»Das kümmert doch keinen!« höhnte Horsa, aber er bereute es gleich, als Athelstan seine Lippen zwischen Daumen und Zeigefinger nahm und zusammenquetschte.
»Habt ihr nie die Heilige Schrift gelesen?« rief Athelstan. »Es fällt kein Sperling vom Himmel, ohne daß mein Vater es weiß.« Er trat zurück, wischte sich die Hände ab und betrachtete Horsas Lederschürze. »Wollt ihr wissen, wie wir euch auf die Schliche gekommen sind?« fragte er herausfordernd. »Eure eigene Habgier ist euch zur Falle geworden. Ihr hattet keine Lust, das Leder zu kaufen, aus dem ihr die Maulkörbe für die

armen Tiere gemacht habt.« Er stieß Horsa gegen die Brust. »Du hast das Leder von deiner eigenen Schürze dazu genommen. Außen war sie schwarz, aber als ich sie genauer betrachtete, paßte die Innenseite zu dem Leder, das du an deiner Schürze hast.«

»Mutwillige Beschädigung städtischen Eigentums kommt also auch noch auf die Liste eurer Verstöße«, dröhnte Cranston.

»Was wird jetzt aus uns?« heulte Horsa.

Cranston kratzte sich am Kopf und lächelte sie düster an. »Nun, das Silber, das ihr zusammengerafft habt, wird man beschlagnahmen. Man wird euch ein Bußgeld auferlegen. Wenn ihr uns allerdings die Namen der Kapitäne nennt, denen ihr die Katzen verkauft habt, wird man sich vielleicht gnädig zeigen. Vielleicht müßt ihr dann nur eine Zeitlang im städtischen Graben arbeiten, um über eure Verbrechen nachzudenken. Und wer weiß? Wenn wir nicht alle Katzen zurückbekommen, gibt es womöglich noch einen hübschen langen Aufenthalt am Pranger, wo eure Missetaten auf einer Tafel bekanntgemacht werden.« Cranston schnippte mit den Fingern, und die Büttel kamen näher. »Werft die beiden auf den Karren und bringt sie nach Newgate, wo sie sich ein Weilchen gedulden können, während ich über ihre Bestrafung nachdenke.«

Hengist fiel auf die Knie. »Sir John, wir werden euch alles sagen.«

»Gut.« Cranston tätschelte dem Mann herzhaft den kahlen Schädel. »Ich will wissen, wo das Silber ist, und ich will wissen, wie die Bootsleute hießen, sonst ...«

Sie überließen die beiden Mistsammler der Gnade der Büttel, und Sir John begab sich, sehr viel zufriedener und harmonischer gestimmt, mit Athelstan zum Fluß hinunter.

»Ein gutes Tagwerk!« knurrte Cranston, als sie in das Boot stiegen, das sie flußabwärts nach Westminster bringen sollte. Er überschattete seine Augen vor dem gleißenden Schein der untergehenden Sonne. »Aber noch nicht gut genug, Bruder.« Er gähnte. »Ich bin schläfrig, doch wir müssen noch in die Archive.« Er fuhr herum, denn Athelstans Kopf war auf seine Schulter gesunken; eingelullt vom Wiegen des Bootes war der Ordensbruder fest eingeschlafen.

Bei den King's Steps in Westminster stiegen sie aus. Die Sonne hing wie eine blutrote Kugel im Westen und überzog das Mauerwerk der Abtei mit einem sanftgoldenen Gelb. Das Tagesgeschäft ging zu Ende; die Königlichen Richter, Anwälte, Gerichtsdiener, Kläger und Beklagte strömten durch die engen Gassen, entweder hinauf zur Fleet Street oder hinunter zu den Barken, die am Flußufer auf sie warteten. Aneinandergekettete Sträflinge wurden von betrunkenen Bütteln zum Fleet-Gefängnis oder nach Newgate gekarrt. Gerichtsdiener und Kämmerer, Sekretäre und Schreiber drängten in Gasthäuser und Schankwirtschaften. Ein paar blieben auch stehen und schwatzten mit den jungen Huren, die an Türen und Toreinfahrten herumstanden. Für eine Weile setzten Cranston und Athelstan sich auf eine Bank unter den breiten Ästen einer großen Eiche, um die Kühle und Schönheit des Abends zu genießen.

Aber als Athelstan sich umsah, verspürte er tiefe Niedergeschlagenheit; er fühlte sich von Sünde umgeben, und ihm war, als starre er ins Herz der menschlichen Finsternis. All diese Männer in ihren Gewändern aus Seide, Samt und Satin, mit ihren pelzgefütterten Hüten und juwelenbesetzten Lederhandschuhen, mit ihren bunten Gürteln, Börsen und Dolchscheiden, mit ihrem gelockten Haar und dem großspurigen Gang. Athelstan sah den Reichtum, die Macht und die alles durchdringende Korruption dieser Leute, die hier zusammenkamen, um Recht zu sprechen, und sich dabei selbst so wenig moralisch verhielten. Cranston döste jetzt, und so behielt der Ordensbruder seine Gedanken für sich. Aber nicht zum ersten Mal empfand er ein tiefes Verständnis für Leute wie Pike, den Grabenbauer. Viel-

leicht, dachte er, sollte der Herr einmal wieder in seinen Tempel kommen und die Geldwechsler hinauswerfen, die landgierigen Lords, die arroganten Schreiber, Richter und Rechtsanwälte, die sich hier aufplusterten wie die Pfauen.
Plötzlich schwoll der Menschenstrom auf dem Abteigelände an, denn jetzt kehrten die Abgeordneten der Commons nach getaner Arbeit in ihre Gasthäuser und Herbergen zurück. Obwohl sie den ganzen Tag geredet haben mußten, hatte ihnen dies offenbar nur noch mehr Appetit auf den Klang der eigenen Stimme gemacht. Athelstan schloß die Augen und lauschte mit halbem Ohr den verschiedenen Mundarten; es waren Männer aus Yorkshire, Somerset, Norfolk und den schottischen und walisischen Grenzmarken. Er hörte ihre Bemerkungen über den Regenten und die gemurmelten Klagen über seinen Reichtum und seinen Prunk.
»›Wer unter euch ohne Sünde ist‹«, zitierte Athelstan murmelnd das Evangelium, »›der werfe den ersten Stein.‹«
Er wischte sich den Schweiß von der Stirn und lächelte leise, als er an den Erfolg des Tages dachte. Aber die Morde in Westminster? Er warf einen kurzen Blick auf Cranston, doch der Coroner hatte den Kopf in den Nacken sinken lassen und schnarchte leise. Nur ab und zu schmatzte er und murmelte: »Erfrischungen her!« Athelstan dachte an die Leichen Bouchons, Swynfords und Harnetts. Was hatten er und Cranston herausgefunden? Im stillen zählte er die Einzelheiten an den Fingern ab.
Primo: Bouchon hatte den Gasthof am Montag abend unvermittelt verlassen und sich offensichtlich mit jemandem treffen wollen. Die Pfeilspitze und die anderen Ankündigungen seines Todes hatte er bereits bekommen. Wo wollte er hin? Wen wollte er treffen? Warum war er nicht in seine Kammer hinaufgegangen, um sein Schwert zu holen? Athelstan öffnete die Augen.
»Wir sollten uns den Fluß noch einmal vornehmen«, murmel-

te er. »Vielleicht kann sich einer der Fährleute erinnern.« Er schloß die Augen wieder.

Secundo: Bouchons Leichnam hatte kaum Spuren von Gewalt aufgewiesen – nur diese schreckliche Beule am Hinterkopf, den schwarzen Schmutz unter den Fingernägeln und die Kreuze, die man in sein lebloses Gesicht geritzt hatte.

Tertio: Man hatte ihn im Schilf bei Tothill Fields gefunden. Er mußte also in aller Frühe ermordet worden sein, im Augenblick des Gezeitenwechsels, als die Themse angeschwollen dem Meer zuströmte.

Gut gemacht, Bruder, dachte er. Hatte Bouchons Leiche je entdeckt werden sollen? Wenn sie sich nicht im Schilf verfangen hätte, wäre sie wahrscheinlich zur Mündung und ins Meer geschwemmt worden.

Quarto: Swynford. Er hatte an Bouchons Leichnam beten wollen. Der Priester, der so geheimnisvoll gekommen und wieder gegangen war, hatte ihn mit einer Garotte erdrosselt. Auch Swynford hatte eine Todeswarnung erhalten. Wieso war es so wichtig, daß der Mörder das *Dies Irae* gesungen hatte? Und wieso war der falsche Priester so sicher gewesen, daß Pater Gregory nicht kommen würde? Und warum, noch einmal, waren dem Toten diese Kreuze ins Gesicht geritzt worden?

Quinto: Wer wußte von Harnetts geheimen Geschäften mit Perline Brasenose? Wie war Sir Francis in die Monstranzkammer der Westminster Abbey gelockt worden? Sicher war jemand, der so mühelos in der Abtei ein und aus gehen konnte, ein Soldat oder ebenfalls ein Abgeordneter der Commons. Athelstan rief sich Harnetts abgeschlagenen Kopf in Erinnerung: Seine Gesichtszüge waren nicht entstellt worden. Warum nicht? Hatte der Mörder es eilig gehabt?

Sexto: Was fehlte bei Harnetts Sachen? Und jetzt, da er es sich überlegte, auch bei denen der anderen Opfer?

Septimo: Wer hatte Bouchon und später Harnett verfolgt? Wer

hatte ihnen so unbemerkt nachgehen, ihnen eine Falle stellen und sie ermorden können?
Octavo: Was hatten diese Ritter so Schreckliches getan? Und wieso flüchteten sie nicht einfach aus Westminster zurück nach Shropshire?
Nono: Welche Rolle spielte der Regent bei diesen Morden? Wie konnte er Einfluß auf diese Ritter ausüben, die sich im Parlament seinen Forderungen widersetzten?
»Aufwachen, Mönch!«
Athelstan schlug die Augen auf. Cranston grinste ihn an. Athelstan blinzelte.
»Sir John, ich habe nicht geschlafen, ich habe nachgedacht.«
»Ich auch«, behauptete der Coroner wichtigtuerisch und betrachtete die Menge, die jetzt langsam spärlicher wurde. »Über irgend etwas Besonderes, mein gelehrter Bruder?«
Athelstan hörte die fernen Rufe eines Fährmanns, der Kundschaft suchte.
»Nun, Sir John, wir wissen, daß Sir Francis nach Southwark hinübergefahren ist. Aber hat jemand auch Sir Oliver Bouchon übergesetzt?«
Cranston nahm einen Schluck aus seinem wunderbaren Weinschlauch und schüttelte den Kopf. »Danach haben meine Büttel sich bereits erkundigt«, sagte er. »Soweit sie feststellen konnten, hat kein Fährmann an diesem Abend einen Abgeordneten flußauf- oder flußabwärts gefahren.«
Athelstan stand auf und streckte sich. »Ist es möglich, Sir John, daß Bouchon Westminster gar nicht verlassen hat? Daß er hier bewußtlos geschlagen und in die Themse geworfen wurde?«
Sir John verzog das Gesicht. »Daran habe ich noch nicht gedacht, Bruder.« Er starrte über die Abteigärten hinweg und machte schmale Augen im Licht der untergehenden Sonne. »Wenn diese Leiche, sagen wir mal, bei Dowgate, nicht weit von

der London Bridge, ins Wasser geworfen worden wäre, dann wäre sie nach allem, was ich über die Themse weiß, in die Strommitte hinausgetragen worden.« Er streckte die Beine aus. »Aber bei Westminster verliert die Strömung ein bißchen von ihrer Kraft; Bouchons Leiche wäre nur noch recht langsam vorangekommen, und deshalb könnte sie sich auch bei Tothill im Schilf verfangen haben. Wohin führt uns das?« Seufzend zuckte er die Achseln. »Heute ist Donnerstag. Seien wir ehrlich, Bruder, wir haben in dieser Woche keine großen Fortschritte gemacht.« Er wischte sich rings um den Kragen den Schweiß ab. »Am Samstag kommt der junge König herunter, um vor den Abgeordneten der Commons zu sprechen; ein paar Tage später wird das Parlament aufgelöst, und Sir Edmund und die Seinen werden wahrscheinlich schleunigst nach Shrewsbury zurückreiten.« Cranston schaute zu den Giebeln und Wasserspeiern an den Abteimauern hinauf. »Ich wünschte, ich wäre zu Hause«, brummte er. »Am Abend sollte ein Mann bei seiner Frau schlafen. Nun gut, Athelstan. Noch einen letzten Gang.«

Sie stapften um die Abtei herum. Hier und da versuchte ein Amtsträger sie mit der Frage anzuhalten, was sie hier zu suchen hätten, aber Cranstons Knurren ließ sie alle hastig den Rückzug antreten. Endlich erreichten sie einen kleinen Hof, den sie durchquerten, um zu einem niedrigen Gebäude zu gelangen. Der Coroner hämmerte an die Tür. Ein alter, triefäugiger Mönch, der im Licht die Augen zusammenkniff, führte sie in einen niedrigen, aber sehr langen Raum, in dem lauter Manuskripte auf Borden lagen oder aus Truhen und Kästen quollen. Die Hände des alten Mönchs zitterten, als er Cranston ins Gesicht schaute. Dann schärfte sich sein Blick.

»Ich kenne dich!«

»Natürlich kennst du mich, Bruder Aelfric.« Cranston nahm den alten Mönch in seine Arme und drückte einen schmatzenden Kuß auf jede trockene, runzlige Wange.

»Der Herr segne mich, es ist Jack Cranston! Du lieber Gott, Mann, was treibst denn du hier? Und wer ist das?«
»Master Aelfric, das ist Bruder Athelstan, der für seine Sünden Dominikaner geworden ist und wegen seiner Liebe zum Trunke und den schönen Weibern Pfarrer von St. Erconwald in Southwark.«
Aelfric spähte Athelstan entgegen. »Keine Sorge, Bruder, ich kenne Jack Cranstons Humor. Ich war einer seiner Lehrer in der Schule der Abtei. Hätte ich jedesmal, wenn ich ihm den Hosenboden versohlt habe, ein Pfund bekommen, dann wäre ich heute reicher als der Kardinal Erzbischof von Spolero. Jack, weißt du noch, wie du den Ochsen von der Krippe gestohlen hast?«
»Ja, ja.« Cranston legte dem Alten den Arm um die Schultern. »Aber wir sind nicht gekommen, um unseren Erinnerungen nachzuhängen, Master Aelfric. Ich habe eine Aufgabe für deinen wachen Verstand und deine scharfen Augen.«
»Ist alles nicht mehr so scharf wie früher«, antwortete der alte Mönch und ließ Athelstan und Cranston auf Schemeln vor seinem eigenen Stuhl Platz nehmen.
Cranston sah sich um. »Master Aelfric, ist das die Dokumentenkammer des Königs?«
»Ganz recht, Jack. Sämtliche Akten des Königs werden hier verwahrt.«
»Wie steht es mit Shropshire?«
»Wie soll es damit stehen?«
»Welche Unterlagen hast du über diese Grafschaft?«
Der Mönch zog eine Grimasse und kratzte sich am Kinn. »Nun, da wären die Wahlen des Sheriffs zu St. Michael, Weihnachten, St. Hilarius und Mittsommer. Dann haben wir Petitionen, die an den Rat des Königs gerichtet wurden, und die Berichte der Büttel.«
»Und was noch?«

»Ach ja, die Fälle, die vor den Königlichen Richtern in Eyre verhandelt wurden, Gefängnisentleerungen, Strafsachen.«
»Ja, ja.« Cranston hielt die Hand hoch. »Bruder, hast du von den Morden in Westminster gehört?«
Aelfrics Augen bewegten sich, und einen Moment lang konnte Athelstan die listige, gewitzte Natur des alten Archivars aufscheinen sehen.
»Wer hätte das nicht, Sir John?« antwortete er ruhig.
»Und sagen die Namen der Toten dir etwas?« fragte Cranston weiter. »Sir Oliver Bouchon, Sir Henry Swynford, Sir Francis Harnett?«
Der alte Mönch schüttelte den Kopf. »Bis die Brüder diese Namen im Refektorium flüsterten«, behauptete er, »hatte ich sie nie gehört.«
»Du lügst!« Die Worte waren heraus, bevor Athelstan sie herunterschlucken konnte.
Cranston drehte sich überrascht um. Der alte Aelfric klappte den Mund auf und wieder zu.
»Du lügst«, wiederholte Athelstan und stand auf. »Ich will dir sagen, was passiert ist, Aelfric. Kein Geringerer als der Lord Regent ist hier gewesen und hat dir die gleichen Fragen gestellt, die wir dir jetzt stellen. Er hat sich bestimmte Dokumente vorlegen lassen und sie sorgfältig studiert. Und beim Zurückbringen hat er dir befohlen, den Mund zu halten, sollte noch jemand dir die gleichen Fragen stellen.«
Aelfric blinzelte.
»Warum lügst du?« fuhr Athelstan fort. »Warum begibt einer wie du, ein Priester und Mönch, sich in Komplizenschaft mit den Mächtigen, nur weil sie es verlangen? Du hast Mylord Coroner Jack genannt, du hast ihn wie einen Freund begrüßt, und du weißt, was wir hier suchen. Ja, du mußt uns sogar erwartet haben.«
Aelfric erhob sich halb und setzte sich dann wieder. »Ihr geht

jetzt lieber«, erklärte er. »Sir John, ich mag Euch nicht, und Euren Begleiter noch weniger.«
Cranston streckte seinem alten Lehrer eine Hand entgegen, aber der drehte sich nicht um. Athelstan zog den Coroner am Mantel. »Kommt, Sir John. Wir verschwenden hier unsere Zeit.«
Cranston folgte ihm hinaus. Sie hatten den Hof halb überquert, als er stehenblieb und Athelstans Arm festhielt.
»Du hättest das nicht sagen dürfen, Bruder.«
»Warum nicht?«
Cranston wich zurück, als er den Zorn in Athelstans Augen sah. Der Bruder schüttelte seine Hand ab. »Warum, Mylord Coroner, hätte ich das nicht sagen sollen? Drei Männer wurden ermordet, und der Regent sitzt da, die Unschuld selbst, und verbreitet Furcht. Nun, damit kann ich leben. Der Psalmist sagt: ›Setze dein Vertrauen nicht in die Fürsten.‹ Und er sagt auch: ›Alle Menschen sind Lügner.‹ Aber ich dachte nicht, daß damit auch Freunde und Brüder im Priesteramte gemeint sind. Es ist noch nicht lange her, Sir John, da saß ich unter einem Eichbaum und sah, wie Macht und Korruption wie Schleim um diese Abtei herumfließen.« Athelstan wandte den Blick ab. »Ich dachte, ein alter Mönch würde noch die Wahrheit sagen.« Er legte Cranston die Hand auf den Arm. »Ihr wißt, daß er lügt, Sir John. Gaunt ist hier unten gewesen; deshalb konnte er diese Ritter erpressen, die Abgeordneten der Commons. Gott weiß, was sie getan haben«, endete er wütend. »Der Regent hat es herausgefunden, und Master Aelfric hat ihm dabei geholfen.«
Cranston war überrascht von der Heftigkeit, mit der der kleine Ordensbruder gesprochen hatte. Er ging noch ein paar Schritte und blieb dann plötzlich stehen. »Jetzt komm, Bruder!« rief er. »Sei nicht wütend auf den alten Jack!«
Athelstan kam, und zusammen verließen sie die Abtei und wanderten zurück zum »Ungeheuer«.
Die Schankstube war voll von Bootsleuten und Fischern. Athel-

stan sah Sir Edmund Malmesbury und seine Kollegen hinten in einer Ecke, riet aber flüsternd Sir John, sich von ihnen fernzuhalten. Banyard kam schwungvoll aus der Küche; sein verschwitztes Gesicht strahlte. Er begrüßte Sir John und führte die beiden hinaus in den kleinen Garten. Cranston, den der Gedanke an Kalbsbraten in einer Sauce aus schwarzem Pfeffer und einen großen Becher Rotwein heiter stimmte, war wieder der Alte. Athelstan fiel es schwer, die gute Laune seines Begleiters nachzuempfinden, und so aßen sie schweigend, bis Athelstan sich für seine mißmutige Stimmung entschuldigte.
»Ich gehe lieber in meine Kammer«, sagte er. »Sir John, ich sehe Euch morgen früh.«
Der Bruder ging ins Haus und stieg die Treppe zu seiner Kammer hinauf. Er war immer noch rastlos; für eine Weile legte er sich auf seine schmale Pritsche. Er versuchte zu beten, aber seltsamerweise waren die einzigen Worte, die ihm in den Sinn kommen wollten, jene düsteren Verse aus der Totenmesse: *»Tag der Rache, Tag den Sünden …«*

12

Athelstan stand am nächsten Morgen früh auf und beschloß, seine Messe in einer der Kapellen der Westminster Abbey zu lesen. Er ging hinunter in den Schankraum. Küchenjungen und Mägde waren dabei, den Kamin zu reinigen. Die Köchinnen hatten die Öfen in der Küche angezündet und erfüllten jetzt die Luft mit dem süßen Duft von frischgebackenem Brot.

»Guten Morgen, Pater!« Banyard, frisch wie der junge Morgen, kam mit einem Weinfäßchen auf der Schulter die Kellertreppe herauf.

»Guten Morgen, Herr Wirt!« antwortete Athelstan. »Ist es noch zu früh fürs Frühstück?«

»Es ist nie zu früh, Pater.«

Banyard führte ihn zu einem Tisch und servierte ihm eigenhändig frischgebackene kleine Brote, dazu Streifen von gepökeltem Schweinefleisch und auf Athelstans Wunsch einen Becher verdünntes Bier. Athelstan aß langsam; er merkte, daß der Gastwirt sich nicht entfernen wollte.

»Bist du froh, wenn das Parlament zu Ende ist?« fragte Athelstan. »Ich meine, du verdienst ja dann nicht mehr so viel.«

Der Wirt zog eine Grimasse und rückte ein paar Schemel zurecht. Dann wischte er sich die Hände an einem Lappen ab, setzte sich Athelstan gegenüber und stützte die Ellbogen auf den Tisch.

»Das kommt auf eins heraus, Pater. Wenn die Abgeordneten fortgehen, kommen Richter und Anwälte wieder.«

»Und die Abgeordneten der Commons steigen immer in diesem Gasthof ab?« fragte Athelstan.

Banyard spreizte die Hände. »Dies ist das dritte Parlament in vier Jahren, Pater. Ja, unsere Zimmer werden immer von Gästen aus der Grafschaft bewohnt.«
»Also von Sir Edmund und seinen Kollegen.«
Banyard lächelte. »Na ja, es sind nicht immer dieselben, aber letztes Mal war Sir Edmund auch hier, ja.«
»Und es hat keine besonderen Vorkommnisse gegeben?«
»Nein, das nicht gerade, Pater, aber im Parlament an St. Michaelis des Jahres 1379 ...«
»Also im vorigen Jahr ...?«
»Ja, Pater, im vorigen Jahr – da gab es einen Streit zwischen Sir Edmund und den Schergen des Herrn Regenten.« Banyard hob gleich die Hand. »Oh, es wurde kein Blut vergossen, kein Dolch gezogen. Es geschah gerade, als Sir Edmund London verlassen und nach Shrewsbury zurückkehren wollte. Ob es Zufall war oder Absicht, jedenfalls traf er draußen im Hof mit zwei von Gaunts Gefolgsleuten zusammen.« Banyard wischte sich noch einmal die Hände ab und stopfte den Lappen dann unter seine Schürze. »Passiert ist nichts, aber im Hof hallte es von Drohungen und Gegendrohungen.«
»Worum ging es?«
»Ach, um das Übliche, Pater. Die Forderungen des Regenten und die Reaktion der Commons.« Er verstummte und schaute über Athelstans Schulter hinweg, und sein braunes, spöttisches Gesicht begann zu grinsen. »Wenn man vom Teufel spricht ... Ich gehe am besten wieder an die Arbeit.«
Banyard schob geräuschvoll seinen Schemel zurück und verschwand in die Küche, als Sir Edmund Malmesbury hereingerauscht kam. An Athelstans Tisch blieb er stehen.
»Darf ich mich zu Euch setzen, Pater?«
»Sir Edmund, seid mein Gast.«
Der Ritter setzte sich. Sir Edmund hatte offenbar große Sorgfalt auf seine Toilette verwendet, aber Athelstan sah, daß er

bleich war und schwarze Ringe unter den rotgeränderten Augen hatte.
»Ihr habt nicht gut geschlafen, wie, Sir Edmund?« Athelstan schob seinen Teller von sich.
Der Ritter bekreuzigte sich und griff nach einem der kleinen Brote. »Die Zeiten sind besorgniserregend, Pater. Die schlechte Ernte, die Überfälle der Franzosen ...«
Athelstan beugte sich über den Tisch. »Sir Edmund«, unterbrach er ihn. »Ich beleidige Euch auch nicht. Vielleicht könnt Ihr mir die gleiche Freundlichkeit erweisen. Daß Ihr nicht schlafen könnt, hat nichts mit französischen Überfällen oder einer schlechten Ernte zu tun. Drei von Euren Kollegen sind ermordet worden, und Ihr bleibt trotzdem hier und bringt Euch selbst und die anderen in Gefahr?«
Malmesbury sah sich nervös um. »Wenn ich es Euch erzählen könnte, Pater, würde ich es tun.«
»Und warum könnt Ihr es nicht?«
Malmesbury starrte auf das Stück Brot in seiner Hand. »Es ist zu spät«, flüsterte er. »Wir sind zu weit gekommen.«
»Wobei, Sir Edmund? Um des lieben Gottes willen?«
Sir Edmund hob den Kopf; und ein bitteres Lächeln verzerrte sein Gesicht.
»Ich kenne Euch, Athelstan«, sagte er leise. »Ihr und Euer Bruder wart als Bogenschützen und Knappen in Lord Fitzalans Gefolge in Frankreich. Im Dorf Crotoy. Erinnert Euch!«
Athelstans Herz setzte einmal aus, und er wandte den Blick ab. Er erinnerte sich an Lord Fitzalans Zelt; er und Stephen hatten drinnen Wache gehabt, als Sir Fitzalan ein paar Ritter bewirtet hatte. Ja, Malmesbury war dabei gewesen.
»Alles ändert sich«, sagte Malmesbury. »Was wurde aus Eurem Bruder?«
»Er ist gefallen.« Athelstan hob den Kopf. »Er wurde aus dem Hinterhalt ermordet.«

»Und da seid Ihr Ordensbruder geworden. Ein Akt der Wiedergutmachung, so höre ich.«
»Nein.« Athelstan lächelte düster. »Ich bin Priester geworden, weil Gott es so wollte. So, wie Er jetzt von Euch die Wahrheit hören will.«
»Heute ist ein wichtiger Vormittag.« Malmesbury hob die Stimme und wechselte mit Absicht das Thema. »Das Alltagsgeschäft ist erledigt, und heute kommen die Abschlußreden über die Steuern, die die Krone erheben will.«
»Ihr meint den Regenten?«
»Ja, ich meine den Regenten«, erklärte Malmesbury nicht minder laut.
Athelstan sah sich um. Goldingham stand in der Tür und starrte zu ihnen herüber. Athelstan verspürte die Niedergeschlagenheit und Hoffnungslosigkeit, die er schon am Abend zuvor empfunden hatte. Diese Ritter würden ihm nichts erzählen.
»Ich muß jetzt gehen, Sir Edmund.«
Athelstan trank seinen Becher aus und verließ die Schankstube; er durchquerte den Hof und ging durch eine schmale Gasse zum Fluß. Dort stand er über eine Stunde am Ufer und schaute auf den Strom der Themse, um Herz und Sinne zu beruhigen und auch, um das vorgeschriebene Fasten zu absolvieren, bevor er die Heilige Messe las. Langsam spazierte er dann zur Abtei; noch lagen ihre Gärten und Höfe still da. Durch das Hauptportal betrat er das Kirchenschiff und ging dann den Nordgang hinauf, wo er auf Pater Benedict stieß, der in einer Seitenkapelle seine Messe beendete.
»Natürlich, Bruder«, sagte er, als Athelstan seine Bitte vorgetragen hatte, »selbstverständlich kannst du hier deine Messe lesen.«
Er überließ dem Dominikaner Meßgewand, Albe und Achseltuch und ließ Brot und Wein zu dem kleinen Altar bringen, den er auch benutzt hatte. Athelstan kniete nieder und bereitete sich

vor, und dann las er die Messe des Tages. Er tat sein Bestes, um sich auf das Sakrament zu konzentrieren und die Korruption zu vergessen, die Lügen, Täuschungen und Morde, mit denen er es zu tun hatte.
Danach legte er die Gewänder ab und wanderte langsam zurück zum Gasthof. Zwischen den Menschenmassen, die sich mittlerweile um die Westminster Hall drängten, sah er plötzlich Malmesbury und seine Kollegen, die zur Vormittagssitzung des Parlaments ins Kapitelhaus gingen. Als er im Gasthof ankam, hatte Sir John es sich bereits in der Schankstube bequem gemacht und verspeiste genüßlich ein Frühstück aus Fleischpastete, einer Schüssel Gemüse und einem Krug Starkbier.
»Jetzt bist du ja wieder in besserer Verfassung, Bruder.« Er winkte Athelstan zu einem Schemel. »Ruhe deine müden Glieder aus.« Über den Tisch hinweg strahlte er ihn an. »Hab geschlafen wie ein Schweinchen. Zwar ist die Lady Maude nicht hier, aber wir haben ein überaus behagliches Ruheplätzchen gefunden.« Er deutete mit dem Kopf zur Tür. »Unsere edlen Ritter gehen bereits ihren bedeutenden Geschäften nach und glucken zusammen wie eine Schar Hühner. Wohlgemerkt, sie denken bereits an die Heimreise«, fügte er hinzu. »Fragen sich, wie sie den braven Bürgern von Shrewsbury erklären sollen, weshalb drei von ihnen nicht lebend zurückgekehrt sind.« Er wollte weiterreden, aber dann hörte er abrupt auf zu essen.
»Sir John, was ist los?«
Cranston nahm noch einen Bissen von seiner Pastete. »Welch eine Vision von Liebreiz!« krähte er. »Zumindest die eine.«
Athelstan fuhr auf seinem Schemel herum, als Benedicta, begleitet vom grinsenden Watkin, in die Schenke kam. Er sprang auf, rief nach weiteren Schemeln und bat Banyard, seinen Gästen zu bringen, was sie haben wollten.
»Gibt es gute Nachrichten?« fragte er hoffnungsvoll.
Benedicta strahlte vor Aufregung und nickte. Dann errötete sie,

als Sir John sich über den Tisch beugte, sie umarmte und ihr einen saftigen Kuß auf die Wange drückte. Der Coroner grinste Watkin an. »Für dich kann ich das gleiche nicht tun, mein Herr.« Watkin zog eine dankbare Grimasse.

»Andererseits, mein Gast kannst du natürlich sein.«

»Was gibt es denn Neues?« fragte Athelstan eilig.

»Wir haben den Affen gefangen«, verkündete Watkin stolz und schüttelte den Kopf. »Er kam kurz vor Tagesanbruch zurück. Perline ...« Er schniefte. »Dieser Halunke. Nun, er legte ihm Früchte hin, und der Affe, der war fast dankbar, daß er wieder in seinen Käfig durfte. Das arme Vieh sah gar nicht so furchterregend aus.«

»Und ist er schon zurückgebracht worden?«

»O ja«, sagte Watkin, und bevor er sich besinnen konnte, fuhr er fort: »Wir haben Cranston in ein Boot gesetzt, und Moleskin und Perline haben ihn in den Tower hinübergefahren.«

Während Benedicta und Watkin Athelstan von ihren Großtaten erzählten, versammelten sich die Commons im Kapitelhaus und debattierten noch einmal eifrig über die Steuerforderungen des Regenten. Zur Eröffnung der Sitzung hatte Pater Benedict sich an das Rednerpult gestellt und *»Veni Creator Spiritus«* angestimmt. Dann war der Sprecher die Tagesordnung durchgegangen: Er hatte verkündet, man werde jetzt eine Stunde lang tagen, und dann werde man eine Pause einlegen, damit die Herren Abgeordneten frühstücken könnten – entweder im Kreuzgang, wo die braven Brüder Bier und Brot servieren würden, oder in den Garküchen und Tavernen rings um die Abtei.

Sir Maurice Goldingham war sehr erleichtert, als diese Stunde vorüber war. Ihm war die Angst auf den Magen geschlagen. Während Redner um Redner ans Pult getreten war, hatte Sir Maurices größte Sorge darin bestanden, daß ihm ein Malheur passieren könnte. Endlich hatte die Glocke des Kapitelhauses

geläutet, und der Sprecher hatte die Unterbrechung der Sitzung verkündet.
Die Abgeordneten strömten durch das Vestibül, vorbei an der Kapelle der Heiligen Faith und hinaus in die Kreuzgänge, die zu Höfen und Gärten führten. Sir Maurice entschuldigte sich hastig und lief durch den östlichen Kreuzgang, wo die Latrinen waren. Eigentlich wurden sie von den Mönchen benutzt, aber solange das Parlament tagte, hatte man sie für die Abgeordneten der Commons reserviert. Diese Latrinen bestanden aus einer Reihe von Zellen, jede mit eigener Tür, die an eine Außenwand in einem der kleinen Gärten angebaut waren, und sie wurden allseits bewundert, denn sie wurden mit Wasser, das durch Ulmenholzröhren von der Abteiküche her hier durchgeleitet wurde, sauber gespült. Sir Maurice lächelte, als er die Hose herunterlassen und seinen Gedärmen Erleichterung verschaffen konnte. Er saß da und schloß vor Behagen die Augen. Wie luxuriös diese Latrinen waren! Die guten Laienbrüder reinigten sie jeden Tag. Auf dem kleinen Steinsockel neben ihm lag ein Vorrat von sauberen, feinen Leintüchern. Sir Maurice rieb sich den Bauch.
»Ich bin froh, wenn das alles vorbei ist«, murmelte er bei sich.
Er bezweifelte, daß seine Bauchschmerzen von etwas herrührten, was er im »Ungeheuer« oder in einer der Garküchen bei der Abtei gegessen hatte. Es war einfach die Anspannung, ausgelöst von dem Zwang, in Westminster bleiben zu müssen, obwohl ein Mörder ihn und seine Kollegen auf leisen Sohlen bedrohte. Sir Maurice schloß die Augen. Er dachte an Shrewsbury, an das Rathaus, den Marktplatz, an sein eigenes Landhaus, an frische Bäche und Felder und an seine Geliebte, eine junge, entgegenkommende Witwe, die ihm ans Herz gewachsen war.
Sir Maurice hatte einen trockenen Geschmack im Mund. In Shrewsbury würde er sich nach eigenem Belieben Wein und Speisen bestellen und sich ohne Hast vergnügen können. Er

öffnete die Augen. Sir Edmund Malmesbury hatte ihnen eingeschärft, zusammenzubleiben, aber wiederum – er war doch kein Kind! Er konnte wohl kaum fragen, ob die anderen mitkamen, während er auf der Latrine hockte, als wäre er ein kleiner Junge oder eine verängstigte Maid. Außerdem konnte er hören, wie weiter unten die Türen auf- und zugingen: Es waren noch andere Leute hier. Vielleicht würde er ein bißchen gezuckerten Met trinken, um seine Eingeweide zu beruhigen, und sich dann wieder den anderen anschließen.
Sir Maurice griff nach einem Leintuch. Dabei merkte er, daß es draußen immer stiller geworden war. Angst krampfte seinen Magen zusammen. Sir Maurice zog eine Grimasse und beschloß, noch eine Weile auf der Latrine zu bleiben. Er hörte leise Schritte draußen und entspannte sich. Es waren noch andere da. Türen öffneten und schlossen sich wieder. Sir Maurice richtete sich auf. Was war das? Schaute da jemand in jede der Zellen, um sich zu vergewissern, daß sie leer waren?
Sir Maurice beugte sich vor und drückte gegen die Tür; er fand plötzlich, daß die Flucht dem Angriff vorzuziehen sei. Die Tür ging nicht auf. Sir Maurice sprang auf, warf sich mit aller Macht dagegen – aber entweder hatte draußen jemand einen Keil davorgeklemmt oder er lehnte sich mit seinem ganzen Gewicht dagegen.
Goldingham hämmerte gegen die Tür. »Was soll das?« rief er. »Ist das ein Scherz?«
Er hörte ein Geräusch, und sein Magen krampfte sich so sehr zusammen, daß er sich wieder auf die Latrine setzen mußte. In diesem Augenblick wurden eine Kerze, eine Pfeilspitze und ein Stück Pergament unter der Tür durchgeschoben.
»Tag der Rache, Tag den Sünden …«, summte draußen eine Stimme. *»Welch ein Graus wird sein und Zagen …«*
Sir Maurice riß den Mund auf und wollte schreien, aber seine Kehle war ausgedörrt. Er starrte die Tür an und dachte an den

toten Bouchon, an Swynford und Harnett – und vor allem an jene anderen grausigen Leichen, die an einer Schlinge gebaumelt hatten.

»Oh, hilf mir!« wisperte Sir Maurice. »Oh, lieber Gott, hilf mir.« Er fuhr sich mit der Zunge über die Lippen und wollte noch einmal versuchen, zu schreien. Da flog jäh die Tür der Latrine auf. Goldingham sah die Schattengestalt, erblickte auch die kleine Armbrust, und noch bevor er ganz stand, traf ihn der Bolzen dicht unter dem Herzen.

Athelstan und Cranston wollten eben wieder in ihre Kammern zurückkehren, nachdem ihre Gäste sich verabschiedet hatten, aber da wurde die Tür zum Schankraum aufgestoßen, und Banyard stürzte herein.

»Sir John! Sir John!« rief er und wischte sich den Schweiß aus dem Gesicht. »Es gibt wieder einen Mord im Kapitelhaus!« Der Wirt ließ sich auf einen Schemel fallen. »Gerade ist ein Bote gekommen, ein Junge!« Er rang nach Atem. »Ich habe ihn zurückgeschickt und ihm gesagt, Ihr würdet gleich kommen.«

»Wer wurde ermordet?« fragte Athelstan.

»Der Wirt schüttelte den Kopf. »Das weiß ich nicht. Gott erbarme sich seiner, aber das weiß ich nicht.«

Athelstan und Cranston eilten zur Tür hinaus und zur Abtei hinauf. Die Nachricht von dem Mord hatte sich bereits herumgesprochen. Männer standen in Gruppen zusammen und tuschelten. Ein Königlicher Kurier rannte zum Kai hinunter; zweifellos trug er die Kunde flußabwärts zu Gaunt in den Savoy-Palast. Athelstan und Cranston eilten durch die Abtei. Am Eingang zu den Kreuzgängen hielt ein Offizier der Bogenschützen sie auf, aber Cranston brüllte ihn nur wütend an und drohte, ihn ohne weitere Umstände dem Regenten zu melden. Der Mann erbleichte. Er kratzte sich am Kopf, murmelte eine Entschuldigung und war gleich bereit, Sir John und Athelstan durch die

Kreuzgänge in den Hof mit den Latrinen zu eskortieren. Abgeordnete der Commons wimmelten überall herum, und Sir Miles Coverdale – unbehelmt, das Schwert in der Hand – versuchte Ordnung zu schaffen. Athelstan sah die aufgerissene Latrinentür. Malmesbury, Aylebore und Elontius standen um eine am Boden liegende Gestalt herum und tuschelten furchtsam blikkend mit Sir Peter de la Mare, dem Sprecher der Commons. Der Coroner schob sich durch das Gedränge, und Athelstan folgte ihm. Ohne die Abgeordneten zu beachten, kauerte der Coroner sich sofort neben dem Gefallenen nieder.

»Gott erbarme sich!« hauchte er, als er Goldinghams entsetztes Gesicht sah. Blicklos starrten die Augen in die Höhe, ein Blutrinnsal sickerte aus dem Mundwinkel, und ein Armbrustbolzen hatte sich grausam tief in die Brust des Mannes gebohrt. Athelstan roch den fauligen Abortgestank und schlug die Tür zu. Dann kniete auch er neben der Leiche nieder.

»Es ist so schnell gegangen«, erklärte Malmesbury und deutete auf Goldinghams Hose, die nur halb über die Oberschenkel gezogen war. »Wir wollten ihn noch schicklich herrichten, aber …«

»Coverdale!« brüllte Cranston.

Gaunts Hauptmann kam im Laufschritt herbei. Athelstan betrachtete sein Gesicht aufmerksam. Der Soldat war bleich, sein Blick panisch, aber war es nur der Umstand, daß wieder ein Mord geschehen war, was ihn so aufbrachte?

»Sir John?«

»Ich will, daß dieser Hof geräumt wird!« blaffte Cranston und stand auf. »Verstanden? Von Sir Maurices Kollegen und Sir Miles Coverdale abgesehen, verschwindet sofort alles in den Kreuzgängen!« Cranston hielt die rechte Hand hoch, an der sein großer Ring mit dem Wappensiegel der Stadt funkelte, und starrte mit blitzenden Augen die arroganten Herren an, die sich nicht entfernen wollten.

»Ich bin Sir John Cranston, der Coroner!« brüllte er. »Ihr müßt und werdet Euch jetzt verziehen!«
»Wenn Ihr der Coroner seid«, schrie jemand zurück, »wieso ergreift Ihr dann den Schuldigen nicht?«
Cranston marschierte breitschultrig in die Menge hinein und brüllte: »Wenn der Mann, der diese Bemerkung gemacht hat, den Mut hat, vorzutreten, dann kann ich ihm vielleicht ein paar Wahrheiten über diesen Fall auseinanderlegen. Wenn nicht, so nenne ich ihn einen Schurken, einen Feigling und einen Spitzbuben!«
Und Cranston zog sein Schwert – so schnell, daß es sogar Athelstan überraschte. Der Coroner hielt es in die Höhe; seine Faust umklammerte den dicken Knauf, und die lange Stahlklinge blitzte im Sonnenlicht: eine Rittergeste, mit der ein Gegner zum Kampf herausgefordert wurde. Aber der anonyme Störenfried und die übrigen Abgeordneten waren klug genug, den Mund zu halten. Cranston, wie er so mit gespreizten Beinen dastand, das weiße Haar gesträubt, die Augen funkelnd, bot einen furchterregenden Anblick, um so mehr, da sein mächtiges Breitschwert in der Sonne blitzte. Die Menge zog sich in die Kreuzgänge zurück. Coverdale befahl dem Offizier der Bogenschützen, alle Zugänge abzusperren, und Malmesbury und seine Kollegen standen dicht beieinander ein Stück abseits.
Athelstan zog dem Toten die Hose hoch. Dann umfaßte er das Kreuz an seinem Hals und flüsterte das Totengebet. Als er damit fertig war, beugte er sich noch ein bißchen tiefer; er sprach im Namen des Toten das Reuebekenntnis und raunte ihm die Worte der Absolution ins Ohr. Cranston, der sein Schwert inzwischen wieder in die Scheide gesteckt hatte, sah dabei zu und wartete ab, bis Athelstan den Schlußsegen gesprochen hatte.
»Es ist das wenigste, was ich tun kann«, erklärte der Ordensbruder und richtete sich auf: »Sir Miles?« rief er. »Wo hat man den Toten gefunden?«

Coverdale deutete auf die Latrine. Athelstan ging hinein und hielt sich wegen des Gestanks die Nase zu.
»Er war gegen die Wand geschleudert worden«, rief Coverdale. »Der Bolzen muß aus nächster Nähe abgeschossen worden sein. Er sah lächerlich aus«, fügte der Hauptmann hinzu und kam heran. »Halb lag er auf dem Latrinensitz, und seine Hose schlotterte ihm um die Knöchel.«
»Wer hat ihn gefunden?« fragte Cranston.
»Ich.« Sir Humphrey Aylebore trat vor und bemühte sich, seine Angst unter demonstrativem Trotz zu verbergen. »Im Kapitelhaus ist mir aufgefallen, daß Sir Maurice sich den Bauch hielt. Als die Sitzung zu Ende war, lief er schnell davon.«
»Also wußtet Ihr, daß er zur Latrine wollte«, sagte Athelstan.
Aylebore kräuselte die Lippen. »Spart Euch Eure Unterstellungen, Pater.«
»Ich unterstelle Euch nichts«, fauchte Athelstan zurück. »Ich versuche nur, die Wahrheit herauszufinden. Sir Maurice kam hierher wie ein paar andere auch. Alle gingen wieder, und als niemand sonst mehr hier war, schlug der Mörder zu.«
»Und es war niemand hier, als ich kam«, erklärte Aylebore. »Die erste Sitzung dauert nur eine Stunde, und die meisten Leute haben keinen so schwachen Darm wie Sir Maurice.«
»Hat er schon früher über Beschwerden geklagt?« fragte Cran ston.
»Nun ...« Malmesbury trat vor. »Goldingham hatte einen schwachen Leib. Er hatte sich in Frankreich die Ruhr geholt, wie er uns bei jeder Gelegenheit in Erinnerung rief.«
»Leib, Därme!« schnarrte Aylebore und schlug die Latrinentür zu. »Was tut das zur Sache?« Er funkelte Coverdale an. »Wer hat den Mörder durchgelassen? Wie konnte eine Armbrust hierher in den Kreuzgang gelangen?«
»Wer sagt denn, daß meine Soldaten jemanden durchgelassen haben?« erwiderte Coverdale hitzig. »Die einzigen Leute, die wir

durchgelassen haben, waren die Abgeordneten und ihre Schreiber – jeden also, der das vorgeschriebene Siegel bei sich trug. Ich habe unter meinen Leuten bereits Nachforschungen angestellt. Niemand hat heute morgen etwas Außergewöhnliches bemerkt. Es wurden keine Waffen hereingebracht.« Drohend trat er auf Sir Humphrey zu und stieß mit dem Finger nach ihm. »Das muß bedeuten, Sir, daß der Mörder bereits hier war: einer von diesen braven, edlen Rittern.«

»Friedlich, friedlich!« Athelstan trat zwischen Aylebore und Coverdale. »Sir Maurice Goldingham ist tot«, fuhr er leise fort. »Wenn Ihr Euch gegenseitig mit Beleidigungen überhäuft, bringt ihn das nicht zurück, und den Mörder fangen wir damit auch nicht.«

»Und wann wird man ihn fangen?« höhnte Malmesbury. »Wenn wir alle tot sind und in Leichentücher gewickelt auf einen Karren geworfen werden, um nach Shrewsbury zurückzufahren?«

»Wenn Ihr die Wahrheit gesagt hättet«, antwortete Athelstan, »wenn Ihr, Sir Edmund, oder Eure Kollegen ehrlich gegen Sir John und mich gewesen wäret, dann wären einige dieser Morde vielleicht nicht passiert. Und Ihr könnt immer noch verhindern, daß weitere passieren.«

»Ach, schon wieder singt er das alte Lied!« höhnte Aylebore.

»Jawohl, ich singe schon wieder das alte Lied!« gab Athelstan zurück. Er ging noch einmal zur Latrine, riß die Tür auf, bückte sich und hob die kleine Kerze, die Pfeilspitze und das Pergament auf. Dann kam er heraus und drückte Malmesbury die Sachen in die Hand.

»*Memento!* Woran sollte er sich erinnern, Sir Edmund?« flüsterte er heiser. Dann hob er die Stimme. »Wovor habt Ihr alle Angst? Welches schreckliche Verbrechen verfolgt Euch aus der Vergangenheit?« Er starrte in die Runde, aber die Ritter schauten ihn nur ausdruckslos an. »Laßt uns gehen, Sir John«, sagte Athelstan eisig. »Hier finden wir die Wahrheit nicht!«

Sie gingen durch die Kreuzgänge hinaus. Vor der Abteikirche deutete Sir John auf die Bank unter dem Baum, auf der sie auch am Tag zuvor gesessen hatten. Als sie sich niedergelassen hatten, schaute Athelstan den merkwürdig schweigsamen, bedrückten Coroner an.

»Was habt Ihr, Sir John?«

»Ich wünschte, ich wäre vorhin nicht aus der Haut gefahren«, antwortete der Coroner. »Ich hätte nicht das Schwert ziehen und diese Männer herausfordern sollen. Eine solche Beleidigung werden sie nicht einfach hinnehmen.« Er spielte mit dem Ring an seinem Finger. »Wir müssen diesen Mörder fangen, Athelstan«, fügte er hinzu. »Wenn es uns nicht gelingt, wird der Sprecher der Commons beim König meine Absetzung beantragen, bevor das Parlament sich auflöst; dessen bin ich sicher.«

»Unfug«, antwortete Athelstan. »Wie hätten wir den Mord an Goldingham verhindern können? Er ging zur Latrine, und der Mörder schlug zu. Oh, da mag Malmesbury noch so sehr toben und protestieren: Seine Kollegen weigern sich, die Wahrheit zu sagen. Kommt, Sir John.« Athelstan klopfte dem Coroner auf den fetten Oberschenkel. »Was Ihr jetzt braucht, ist eine von Master Banyards Pasteten und ein Humpen Ale.«

Cranston erhob sich betrübt, und zusammen wanderten sie zurück zum »Ungeheuer«. Athelstan führte Sir John in den kleinen Garten hinaus, aber selbst der Duft einer saftigen Rindfleischpastete und ein schäumender Humpen Ale vermochten die Stimmung des Coroner nicht aufzuhellen. Er saß da, stocherte in seinem Essen herum und sah höchst belämmert aus.

Sie waren fast fertig, als ein Küchenjunge kam und verkündete, da wolle sie jemand sprechen. Athelstan folgte ihm in die Schankstube. Er hoffte, es werde Sir Edmund oder einer seiner Kollegen sein, und war ziemlich überrascht, als er die schwarzgekleidete Kapuzengestalt in der Tür stehen sah. Eine von

Adern überzogene Hand kam aus dem Ärmel und schlug die Kapuze zurück. Aelfric, der Archivar, schaute ihm beschämt entgegen.
»Bruder, es tut mir leid, was gestern geschehen ist. Wie der Psalmist sagt: ›Ich bin ein Wurm und kein Mensch.‹ Das Beweismaterial, das ihr sucht, hat der Regent bereits mitgenommen«, flüsterte er heiser. Dann zog er eine mit scharlachrotem Band umwickelte Pergamentrolle aus dem weiten Ärmel seiner Kutte und reichte sie Athelstan. »Aber das hier hat er vergessen«, sagte er. »Ich habe von dem Mord heute früh gehört. Bitte Sir John um Vergebung für seinen alten Lehrer.«
Und wie ein Schatten war er zur Tür hinaus. Athelstan kehrte in den Garten zurück und schnürte die Rolle auf, während er Banyard zurief, er möge ihnen die Humpen noch einmal füllen.
»Was war?« fragte Cranston nervös.
»Euer alter Lehrer«, antwortete Athelstan und entrollte das Pergament. »Und er hat uns etwas zum Studieren gebracht.«
Athelstan betrachtete die gedrängte Schrift und ließ seinen Blick rasch die Rolle hinunterwandern, die aus aneinandergenähten Pergamentstücken bestand. Er legte das Dokument aus der Hand, als Banyard ihnen ihr Ale brachte, und beachtete die neugierigen Blicke des Wirts nicht.
»Was ist es denn?« fragte Cranston ungeduldig.
Athelstan schüttelte nur den Kopf, während er sich daran machte, das normannische Französisch und das Küchenlatein des obskuren Schreibers zu übersetzen.
»Athelstan, um Himmels willen ...!«
»Allmählich öffnet sich eine Tür«, sagte er. Er klopfte auf das Pergament und starrte in den Garten hinaus.
»Nämlich?« fragte Cranston.
»Das sind Petitionen«, sagte Athelstan langsam. »Sie sind in zwei Gruppen geteilt, aber alle sind ungefähr zwanzig Jahre alt. Sie

kommen aus der Grafschaft Shropshire. Das eine ist eine Sammlung von Petitionen mit dem Siegel von Leuten wie Sir Edmund Malmesbury, Sir Francis Harnett und Sir Maurice Goldingham, und sie enthalten heftige Proteste gegen die Geheimbünde, die von gewissen Bauernführern in der Grafschaft gegründet werden. Nun müßt Ihr Euch daran erinnern, Sir John, daß Edward III. in den Jahren 1359 und 1360 Steuern erhob, um eine große Armee gegen Frankreich aufzustellen.«

»Ja, das stimmt.« Cranston machte schmale Augen. »Es gab viel Unruhe, nicht nur in der walisischen Grenzmark, sondern auch in Kent, Essex und anderswo. Alle Welt beklagte sich, wie sie es bei Steuern immer tut.«

»Ah!« Athelstan deutete auf das Pergament. »Die Bauern in Shropshire haben aber anscheinend gehandelt. Sie haben sich zusammengeschlossen und den Steuereintreibern Widerstand geleistet. Und was noch wichtiger ist, sie haben sich den Forderungen ihrer Grundherren nach mehr Arbeit für weniger Lohn widersetzt.«

Cranston nahm einen Schluck Bier. »Ah«, seufzte er, »ich verstehe. Die neue Steuerlast dürfte auf den Schultern der Reichen gelegen haben. Die wiederum dürften versucht haben, derartige Forderungen an ihre Pächter weiterzugeben, indem sie sie zwangen, mehr zu produzieren, oder ihnen die Löhne kürzten. Aber was hat das alles mit den Morden zu tun?«

»Nun, hört zu, Sir John.« Athelstan schaute auf das untere Ende des Pergaments. »Ungefähr drei Jahre später taucht ein neues Bündel Petitionen auf – nicht von den Rittern, und übrigens auch nicht von den Bauernführern, sondern von Witwen.« Athelstan deutete auf eine Petition. »Zum Beispiel die hier von Isolda Massingham. Sie behauptet, eine Bande von Gesetzlosen, Raubrittern, Strauchdieben und Halsabschneidern führe einen Krieg gegen einsame Bauernhöfe. Sie redet von maskierten und vermummten Männern, die in ihr Haus eingedrungen seien und ihren Mann Walter hinausgeschleppt hätten. Später habe er drei Meilen vor dem Dorf am Ast einer Eiche gebaumelt.« Athelstan blickte auf. »Und der Leichnam war entstellt worden, indem man ihm rote Kreuze ins Gesicht geritzt hatte.«

»So ...« Cranston setzte den Humpen an und trank. »Zwei von unseren Toten waren auf ähnliche Weise entstellt, aber ...«

»Ah!« Athelstan hob die Hand. »Isolda erhebt keine Anschuldigungen. Sie richtet auf niemanden den anklagenden Finger, aber sie verlangt, daß die Richter des Königs in die Grafschaft entsandt werden, damit die für dieses unerhörte Verbrechen Verantwortlichen ermittelt werden. Isolda, so schätze ich, war kein Bauerntrampel aus ärmlichen Verhältnissen. Ihr Mann war ein Bauer, aber ziemlich wohlhabend. Daher die Petition.«

»Das wird so sein«, bestätigte Cranston. »Nach der Großen Pest waren Arbeitskräfte knapp. Ganze Anwesen standen leer, und Landarbeiter und Bauern, vor allem die Wohlhabenderen unter ihnen, hatten mehr Land zu bebauen, und so konnten sie höhere Löhne fordern. Außerdem konnten sie eigene Erzeugnisse auf dem Markt anbieten.« Er zuckte die Achseln. »Es ist genauso wie heute: Die Bauern, denen es gut geht, verlangen mehr Freiheit, um ihr eigenes Land zu beackern und ihre Erzeugnisse zu verkaufen, doch die Grundherren sind entschlossen, sie weiterhin an die Scholle zu binden. Aber, Athelstan, was hat das mit den Morden in Westminster zu tun?«

»Wie ich schon sagte«, antwortete Athelstan, »war Isolda eine recht wohlhabende Witwe. Wahrscheinlich ging sie zu irgendeinem Schreiber, der diese Petition für sie aufsetzte und dafür sorgte, daß sie dem Kronrat in Westminster vorgelegt wurde.«

»Ja, ja«, sagte Cranston gereizt. »Das habe ich alles schon verstanden.«

»Nun, ich werde jetzt einen logischen Sprung machen«, fuhr

Athelstan fort. »Massinghams Mörder waren keine Bande von Gesetzlosen.« Der Bruder hielt inne, um seine Worte mit Sorgfalt zu wählen. »Ich weiß nicht, ob Witwen wie Isolda Massingham wußten, wer ihre Männer ermordete, aber ich habe den Verdacht, es waren Sir Edmund Malmesbury und seine Ritter.« Athelstan rollte das Pergament zusammen. »Isoldas Petition ist wichtig, und ich würde zu gern erfahren, was die Krone daraufhin unternommen hat.«

13

Zunächst mochte Cranston diese Schlußfolgerung nicht akzeptieren.

»Du willst also sagen«, stellte er fest, »daß Malmesbury und seine Kollegen, die sogenannten ›Ritter vom Schwan‹, einen Privatkrieg gegen diese selbsternannten Bauernführer führten?«

»Ja«, bestätigte Athelstan. »Diese Männer sind arrogant, Sir John, und sie sind sich ihrer Rechte und Privilegien voll bewußt. Sie sind in einer Welt aufgewachsen, in der jedermann wußte, wo sein Platz war, aber damit hat die Große Pest Schluß gemacht. Ganze Dörfer wurden ausgelöscht. Arbeitskräfte wurden knapp, und die Bauern wurden reicher, nicht nur durch den Landerwerb, sondern auch, indem sie ihre Arbeitskraft gegen Höchstgebot verkauften.« Athelstan strich mit der Fingerspitze um den Rand seines Humpens. »Und was konnte die Krone tun? Sie brauchte diese Bauern für ihre Kriege in Frankreich und für die Steuern, also nahmen Malmesbury und ihresgleichen das Gesetz selbst in die Hände.«

Athelstan schwieg und nahm einen Schluck Bier, wobei er durch das Fenster schaute, um sich zu vergewissern, daß niemand sie belauschte. »Stellt sie Euch vor, Sir John, diese arroganten Grundherren, im Mantel und mit heruntergelassenem Visier, und bis an die Zähne bewaffnet. Sie fielen über das Haus irgendeines armen Bauern her, zerrten ihn von seinem Tisch weg und stießen ihn zur Hinrichtung, während sie die Verse aus der Totenmesse sangen: das *Dies Irae.*«

»Und die Pfeilspitze, die Kerze und das Stück Pergament?« fragte Cranston.

»Oh, diese Ritter schickten immer eine Warnung. Die Kerze ist ein Symbol für die bevorstehende Beerdigung des Opfers. Die Pfeilspitze ist das Zeichen für einen gewaltsamen Tod, und das Wort ›Memento‹ ist ein mit Widerhaken versehener Hinweis, man möge sich an die früheren Morde erinnern, die von diesen Männern begangen wurden.« Er seufzte. »Und die roten Kreuze, die den toten Opfern in die Gesichter geritzt wurden, dienten als grausige Warnung für die anderen.«

»Und wie ging es weiter?« fragte Cranston.

»Ich vermute, daß Malmesbury und seine Bande ihren Willen durchsetzten. Nachdem eine Anzahl von Bauernführern ermordet worden war, wurden die anderen umsichtiger. Jedoch« – Athelstan schaute mit zusammengekniffenen Augen in die grelle Sonne – »das Böse, das wir tun, Sir John, stirbt nie. Es bleibt uns auf den Fersen und lauert in den Winkeln unserer Seele. Und damit kommen wir zum Regenten.« Athelstan senkte die Stimme. »Gaunt hat Ländereien in der walisischen Grenzmark. Er dürfte gründliche Erkundigungen über diese arroganten Grundbesitzer eingezogen haben, und ich bin sicher, er hat ihre geheimen Freveltaten entdeckt. Er hat dafür gesorgt, daß sie ins Parlament gewählt wurden und warnte sie brutal: Entweder unterstützten sie ihn, oder er würde das Gericht nach Shropshire schicken und ihr Geheimnis ans Licht bringen.«

»Aber Malmesbury und der Rest leisten dem Regenten doch erbitterten Widerstand.«

Athelstan lächelte düster. »Ach, Sir John. Wie oft habt Ihr schon Schach gespielt? Da beobachtet man auch, wie der Gegner seine Figuren bewegt. Manchmal hält man seine Entscheidungen für fehlerhaft, ja, für töricht, aber am Ende, wenn man die Dame verliert und der König in der Falle sitzt, dann erkennt man, wie feinsinnig sein Plan gewesen ist.«

»Mit anderen Worten, das Spiel ist noch nicht vorüber?«

»Nein, Sir John, das ist es keineswegs.«

»Aber die Morde«, sagte Cranston. »Dabei hat Gaunt die Hand doch bestimmt im Spiel.«
»Mylord Coroner.« Athelstan spielte mit der Troddel am Strick um seinen Leib. »Er könnte. Er könnte sogar behaupten, er führe eine rechtmäßige Hinrichtung durch. Aber *concedo* – ich halte es nicht für sehr wahrscheinlich. Nein, da ist noch jemand anderes ins Spiel gekommen. Wir haben drei Möglichkeiten. Erstens: Sir Miles. Wir dürfen nicht vergessen, daß Coverdale ebenfalls aus Shropshire kommt. Ist einer seiner Verwandten durch Malmesburys Hand gestorben? Dann hätten wir wiederum Pater Benedict. Er scheint der Erinnerung an seinen toten Freund Antony sehr verbunden zu sein. Ist er ein Mann, der Gottes Urteil vollstreckt? Oder ...« Athelstan zögerte.
»Oder was?« Cranston war gespannt.
»Nun, ich rede von den Rittern immer, als handele es sich um einen Geheimbund unter Führung von Sir Edmund Malmesbury, und glaubt mir, Sir John, was immer sonst die Wahrheit sein mag, Malmesbury ist wirklich ihr Anführer. Aber da gäbe es noch eine Überlegung.« Athelstan beugte sich über den Tisch. »Woher wissen wir, daß die anderen darin verwickelt waren? Aylebore oder Elontius, möglicherweise auch beide, haben sich vielleicht nicht des geringsten Verbrechens schuldig gemacht. Aber sie könnten sich als Racheengel sehen.«
»Du meinst, Aylebore und Elontius könnten wegen dieser Justizmorde in Shropshire vor vielen Jahren gelitten haben?«
»Möglich.« Athelstan streckte sich und wandte sein Gesicht der Sonne zu. »Kommt, Sir John.« Er lächelte dem Coroner zu. »Der heilige Dominikus hat immer gesagt, nach einem guten Essen soll man mit einem Freund in einem schönen Garten spazierengehen und plaudern.«
Cranston hatte seine düstere Stimmung vergessen; er stand auf, um Athelstan zu begleiten. Sie spazierten um Kräuter- und Blumenbeete herum und setzten sich am Ende des Gartens auf

eine Steinbank in einer Blütenlaube. Athelstan lehnte sich zurück und lauschte dem trillernden Gesang der Vögel.

»In Augenblicken wie diesen, Sir John, wird mir klar, warum das Paradies als Garten beschrieben wird.« Athelstan hob das Gesicht in die Sonne.

»Aye«, sagte Cranston. »Und wie im Garten Eden, Bruder, gibt es immer eine Schlange, und es liegt Mehltau auf der Rose.«

Athelstan strich sich mit dem Daumen über die Lippen. »Laßt uns noch einmal zusammenfassen, was wir bisher wissen.« Er gab dem Coroner einen Rippenstoß. »Na los, Herr Justizbeamter, Ihr habt doch gut gespeist. Jetzt benutzt auch Euren rasiermesserscharfen Verstand.«

»Nun, zunächst einmal wissen wir, daß Sir Edmund Malmesbury und bestimmt auch diejenigen, die jetzt ermordet wurden, in Shropshire schreckliche Verbrechen begangen haben. Zweitens. Unser edler Regent bedient sich dieses Wissens, um die Herren zu erpressen – wozu allerdings, das müssen wir noch herausfinden. Drittens wissen wir, daß diese wackeren Ritter eine Bruderschaft namens ›Ritter vom Schwan‹ gegründet haben; sie zerbrach, als der berühmte Kelch gestohlen wurde, der allerdings soeben wieder aufgetaucht ist.« Cranston machte eine Pause. Seine Hand kroch zu dem Weinschlauch unter seinem Mantel, aber Athelstan schob sie spielerisch zurück.

»Mylord Coroner, wir sind noch nicht fertig.«

»Gut. Wir wissen, daß diese Ritter herkamen und dann gleich die Morde begannen. Zum Zeitpunkt des Todes erhielt jedes Opfer eine Warnung. Sir Oliver Bouchon verließ die Schenke und bekam einen Schlag auf den Kopf: Vermutlich hat er Westminster nicht verlassen; sein Leichnam wurde in die Themse geworfen und trieb bis Tothill Fields, wo er im Schilf hängenblieb. Wir wissen nicht, warum er fortging, wohin er wollte, und wer ihm folgte. Als nächster wurde Sir Henry Swynford von einem Mann, der sich als Priester ausgab, mit einer Garotte erdrosselt.«

»Und in diesem Fall war der Mörder am kühnsten«, warf Athelstan ein. »Wir wissen nur, daß er in der Schenke erschien, Swynford hinrichtete und wieder verschwand. Gott weiß, was passiert wäre, wenn der echte Priester dazugekommen wäre; nachdem ich Pater Gregory begegnet bin, glaube ich allerdings nicht, daß es allzu schwierig gewesen wäre, ihn zum Narren zu halten.«

»Und dann Harnett«, fuhr Cranston fort. »Wir wissen, daß er das Bordell am Montag abend verließ und flußaufwärts nach Southwark fuhr, um diesen Gauner Brasenose zu suchen. Jemand machte sich Harnetts Wunsch, diesen verflixten Affen zu kaufen, zunutze und lockte ihn in die Monstranzkammer nach Westminster. Wie es dem Mörder allerdings gelingen konnte, in die bewachten Kreuzgänge und wieder hinaus zu gelangen, unbemerkt und noch dazu mit einem Schwert oder einer Axt bewaffnet, das ist unbegreiflich. Und heute morgen schließlich«, endete er, »war es Sir Maurice Goldingham. Er verspürt ein dringendes Bedürfnis, eilt zu den Latrinen und stirbt beim Scheißen. Wieder bleibt es ein Rätsel, wie der Mörder mit einer Armbrust in die Kreuzgänge und wieder hinaus gelangen konnte.«

»Es sei denn natürlich, er wäre schon drin gewesen«, fügte Athelstan hinzu. »Vielleicht konnte er mit einem Siegel an den Wachposten vorbeikommen, und die Armbrust hat er womöglich irgendwie hineingeschmuggelt.« Athelstan seufzte verdrossen. »Sir John, der Mörder muß doch einen Fehler begangen haben. Was war dieser schwarze Schmutz, den wir unter Sir Bouchons Fingernägeln gefunden haben?« Er hörte ein Schnarchen und schaute zur Seite; Sir John saß mit einem seligen Lächeln auf dem Gesicht da und war fest eingeschlafen.

Athelstan lehnte sich zurück und sonnte sich. Ich sollte nach St. Erconwald zurückkehren, dachte er. Wie gern hätte er mit Benedicta zusammengesessen und über die alltäglichen Dinge des Lebens geplaudert. Athelstan rutschte unruhig auf der Bank hin und her. Ja, er hätte gern in seinem eigenen Haus gesessen oder die Kinder unterrichtet oder sogar den Schiedsrichter zwischen Watkin und Pike in ihrem endlosen Kampf um die Macht im Gemeinderat gespielt.

Aber natürlich gab es auch andere Dinge, um die er sich kümmern mußte. Das Glockenseil mußte erneuert werden. Er wollte sich vergewissern, daß die Statue des Heiligen Erconwald wieder sicher auf ihrem Sockel stand, und Huddle mußte beaufsichtigt werden. Wenn der Maler sich selbst überlassen bliebe, würde er jeden Zollbreit des Kirchengemäuers nach seinem eigenen Belieben mit Gemälden bedecken. Lächelnd dachte Athelstan an Perline Brasenoses Eskapade; hoffentlich war »Cranston, der Affe« wieder wohlbehalten im Tower. Irgendwann in nächster Zukunft würde er sich mit diesem jungen Mann und mit Simplicitas unterhalten müssen; inzwischen dürfte die Geschichte sich ja in ganz Southwark herumgesprochen haben. Athelstan schloß die Augen und betete im stillen, daß niemand aus seiner Gemeinde, vor allem nicht Crim, je noch einmal den Berberaffen und Cranston in einem Atemzug erwähnen möge. Auch Pike hatte manchmal den Teufel im Leib; er war imstande, Huddle auf einen Krug Ale einzuladen und den Maler dazu anzustiften, Perlines Possenstück in einem Kirchengemälde zu verewigen.

Athelstan hörte ein Geräusch. Er öffnete die Augen, aber es war nur Banyard, der mit zwei Eimern Erde vom Komposthaufen kam. Er stellte sie ab, lächelte Athelstan zu und ging ins Haus.

Athelstan erhob sich – behutsam, um Sir John nicht zu wecken. Er atmete den Duft von Thymian, Rosmarin und Majoran aus dem Kräutergarten ein.

»Ich gehe nach St. Erconwald zurück«, brummte er, »wenn das alles hier vorbei ist.«
Eine Biene summte dicht an seinem Gesicht vorbei. Er wich einen Schritt zurück und wedelte sie weg. Welchen Fehler, dachte er, hatte der Mörder begangen? Der Mord an Swynford war dreist gewesen, das stand fest, aber wie sah es bei Harnett und Goldingham aus? Und was hatte bei Harnetts Sachen gefehlt, als sie auf dem Bett verstreut gelegen hatten? Gähnend wandte Athelstan sich wieder der Laube zu. Er schüttelte Cranston wach.
»Auf, Sir John!«
Cranston öffnete die Augen und schmatzte. Dann reckte er sich. »Wohin jetzt, guter Bruder?«
»Es ist ein warmer Tag«, sagte Athelstan. »Laßt uns in unsere Zimmer zurückkehren, Sir John. Morgen müssen wir früh aufstehen, wenn der König und der Regent nach Westminster hinunterziehen. Um welche Zeit soll die Prozession beginnen?«
Cranston erhob sich schwerfällig. »Ich weiß es nicht, aber ich schicke einen Boten zum Savoy und lasse nachfragen.« Über die Zumutungen des Regenten murrend, schlurfte Cranston zum Gasthof zurück und stieg müde die Treppe hinauf.
Athelstan folgte ihm. Gern hätte er noch aufgeschrieben, zu welchen Schlußfolgerungen er und Sir John gelangt waren, aber Sonne und Ale hatten ihn schläfrig gemacht. Er legte sich auf seine Pritsche; als er wieder aufwachte, wurde es bereits dunkel. Er weckte Sir John, und sie verbrachten den Rest des Abends in der Schankstube, wo sie auf Malmesbury, Elontius und Aylebore warteten. Es war vollends dunkel geworden, als die drei Abgeordneten kamen, Schulter an Schulter, die Hände an ihren Dolchen. Sie grüßten Cranston und Athelstan mit flüchtigem Kopfnicken und setzten sich an einen eigenen Tisch. Ihr mürrisches Benehmen und ihre bedrückte Haltung besserten sich erst, als Banyard ihnen das Beste aufgetischt hatte, was die

Küche bieten konnte, und ihnen auch eine offene Flasche Wein auf den Tisch stellte.
»Das Köstlichste, das die Gascogne hervorbringen kann«, sagte der Wirt. »Kommt, Ihr Herren, füllt Eure Becher.«
Er nahm die Flasche und schenkte jedem der Ritter den Becher großzügig voll. Die drei, angstvoll und bang, tranken hastig und schenkten sich gleich nach, bis das Feuer in ihrem Leib wieder brannte und die Arroganz in ihren Mund zurückkehrte. Cranston erklärte flüsternd, er könne sich das nicht länger ansehen, und stürmte hinauf in seine Kammer, aber Athelstan, der absichtlich langsam aß, beobachtete die drei aufmerksam. Der Abend nahm seinen Lauf. Allmählich zeigten sich die drei Ritter wieder aufgeblasen wie zuvor und unterhielten sich blökend wie die Esel über das, was während der Nachmittags- und Abendsitzung der Commons geschehen war. Natürlich zogen ihre Stimmen die Aufmerksamkeit aller anderen Gäste auf sie, der Anwälte, Schreiber und Beamten vom Königlichen Gericht und aus dem Schatzamt. Alle sammelten sich um den Tisch und lauschten mit feierlichen Mienen, als die drei Abgeordneten verkündeten, was mit dem Königreich nicht in Ordnung sei.
»Wehe dem Reich, dessen König ein Knabe ist«, rief Malmesbury. »Das« – er klopfte auf den Tisch und stieß zwischendurch leise auf – »ist die Wurzel allen Übels.«
Bei dem Gedanken an das, was er jetzt über diese Männer wußte, drehte sich Athelstan der Magen um. Am liebsten wäre er auch hinausgegangen, blieb aber fasziniert von ihrer Heuchelei sitzen und beobachtete sie weiter. Nur hin und wieder schimmerte ihre Angst vor dem Mörder ihrer Kollegen auf. Ein Schreiber mit weinerlichem Gesicht und fettsträhnigem Haar fragte sie, wer dieser Mörder wohl sein könne. Malmesbury sah ihn an wie ein verängstigtes Kaninchen und verbarg das Gesicht dann in seinem Becher, während Aylebore das Gespräch auf ein anderes Thema brachte. Hin und wieder ging einer von ihnen

hinaus auf die Latrinen. Athelstan sah mit Belustigung, daß alle drei sich stämmige Knechte gemietet hatten, die sie bewachen mußten. Als Aylebore, hastig an seiner Hose nestelnd, wieder hereinkam, erwartete Athelstan ihn bei der Tür.
»Ihr habt Euch einen Beschützer gekauft, Sir Humphrey?«
Der Ritter hob den Kopf; er hatte ein sabberndes Biergesicht. »Na, Ihr taugt ja nicht viel«, höhnte er und lockerte den Gürtel um seinen Bauch. »Kann nicht mal pissen gehen, ohne daß jemand auf mich aufpaßt.«
Er wollte weitergehen, aber Athelstan versperrte ihm den Weg. Das höhnische Grinsen erstarb.
»Wenn Ihr solche Angst habt«, flüsterte Athelstan, »warum reist Ihr dann nicht zurück nach Shropshire?«
Sir Humphrey schaute zu Boden; sein Blick war glasig vom Trinken.
»Oder bekennt Eure geheimen Sünden?« fuhr Athelstan unerbittlich fort.
Aylebores Kopf fuhr herum. Seine Augen waren steinhart.
»Bekennt, daß Ihr jene Männer ermordet habt«, sagte Athelstan mit festem Blick. »Erinnert Ihr Euch, Sir Humphrey? An die Bauernführer, die ein besseres Leben wollten, aber die Ihr und Eure Kameraden hingerichtet habt – oder sollte ich sagen, ermordet um Eurer eigenen, selbstsüchtigen Interessen willen?«
Aylebores Gesicht wurde häßlich, aber Athelstan sah auch die Angst in seinen Augen.
»Bekennt es«, wiederholte Athelstan.
Aylebore reckte ihm sein Gesicht entgegen, aber auch der faulige Atem aus dem Mund des Mannes ließ Athelstan nicht zurückweichen.
»Wenn ich etwas zu bekennen hätte, Pater«, zischte Aylebore, »dann nicht vor Euch. Und wenn ich getötet habe, dann habe ich es im Namen einer Sache getan, von der Ihr nichts versteht.«
Athelstan trat einen Schritt zurück. »Oh, ich verstehe Euch sehr

gut, Sir Humphrey. Einem solchen Teufel begegne ich jeden Tag. Er ist unter verschiedenen Namen bekannt: Eifersucht, Neid, Zorn, Machtgier.«

Aylebore wollte antworten, aber da rief Malmesbury ihn herüber. Der Ritter schob Athelstan grob beiseite. Athelstan holte tief Luft.

»Ich habe es versucht, o Herr«, flüsterte er. »Viel mehr kann ich nicht tun.«

Er durchquerte die Schankstube und stieg die Treppe hinauf zu seiner Kammer. Erst jetzt wurde ihm klar, wie beängstigend seine Begegnung mit Aylebore gewesen war. Er hatte Mühe, zu beten; noch immer dachte er mit Abscheu an den häßlichen Ausdruck von Bosheit im Gesicht des Ritters. Athelstan legte sich auf sein Bett und bemühte sich, beherrscht zu atmen und sich abzulenken, indem er sich vorstellte, er sei in St. Erconwald und bete dort vor dem Altar. Endlich lag er ruhig da, und der Schlaf ließ ihm die Lider schwer werden. Er döste, und Bilder trieben ihm durch den Kopf; fast war er eingeschlafen, als ihm einfiel, was in Harnetts Kammer gefehlt hatte. Der Ordensbruder setzte sich auf.

»Das kann doch nicht sein! Bestimmt nicht ...«, sagte er in die Dunkelheit. »Zwei Dinge waren es, die fehlten!«

Er stand auf, ging zum Tisch, zündete eine Kerze an und nahm den Federkiel von seinem Schreibtablett. Er arbeitete bis in die frühen Morgenstunden und zeichnete alles auf, was sich seit ihrer Ankunft im Gasthof »Zum Ungeheuer« zugetragen hatte, und auf einem anderen Stück Pergament notierte er die Namen all derer, die sie kennengelernt hatten. Als er sich hinlegte, um noch ein bißchen zu schlafen, war sein vager Verdacht schon sehr viel klarer.

Am nächsten Morgen fühlte Athelstan sich bleiern und verquollen. Er las seine tägliche Messe in einer der Seitenkapellen der

Abteikirche und antwortete höflich auf Pater Benedicts Erkundigungen. Danach eilte er zum Gasthof zurück, frühstückte und ging dann hinaus zum Fluß, wo er noch stand, als Cranston ihn fand.

»Wir müssen bald gehen, Bruder.« Er nahm den Ordensbruder bei der Schulter und drehte ihn um. »Was ist denn, Athelstan? Du siehst aus, als ob du kaum geschlafen hättest.« Er nahm Athelstans Hand und drückte sie. »Ich kenne dich doch«, fuhr er aufgeregt fort und strahlte dabei vor Vergnügen. »Du hast angefangen, dieses Geheimnis zu entwirren, ja?«

»Ich bin noch nicht sicher, Sir John.« Athelstan schaute zur aufgehenden Sonne. »Aber sollten wir uns jetzt nicht der Prozession des Regenten anschließen?«

»Ach was!« Cranston winkte ab. »Die gute Nachricht, Bruder, lautet, daß wir nicht dabeizusein brauchen. Er will, daß wir ihn nachher im Kreuzgang erwarten, nachdem der König zu den Abgeordneten der Commons gesprochen hat.«

Sie kehrten in den Gasthof zurück, und Athelstan spazierte mit geheimnisvoller Miene davon und sagte Sir John nur, er solle sich keine Sorgen machen, er werde nicht weit gehen. Cranston kannte seinen Sekretär gut genug, um ihn nicht weiter auszufragen; wenn Athelstan sich über irgend etwas den Kopf zerbrach, verschloß er sein Herz vor allem anderen, einschließlich der beharrlichen Nachfragen des Coroner.

Eine Stunde später klopfte Athelstan, gewaschen, rasiert und in seine beste Kutte gekleidet, an Cranstons Tür. Der Coroner hatte schon ungeduldig gewartet; er sparte sich die Fragen und trieb den Bruder statt dessen eilig die Treppe hinunter und zur Abtei. Athelstan hatte noch nie so viele Soldaten an einem Ort versammelt gesehen, nicht nur Gardeposten und Bogenschützen, sondern auch schwerbewaffnete Soldaten und adlige Bannerträger des Königlichen Hofstaats füllten Kreuzgänge und Gärten. Cranston mußte seine ganze Autorität aufwenden und

Coverdale zu Hilfe rufen. Endlich gelang es ihnen aber, sich zum Vestibül durchzukämpfen, wo es wimmelte von Höflingen, Kammerherren, Pagen und Knappen, prächtig anzusehen in Gaunts Livree, im Blau, Rot und Gold des Königlichen Haushalts. Coverdale, der sie hergeführt hatte, zeigte auf die geschlossenen Türen des Kapitelhauses.

»Der Regent ist drinnen«, sagte er leise, »und er hat bereits zu den Abgeordneten gesprochen. Jetzt hat der junge König begonnen.« Er unterbrach sich, als mächtiger Beifallsdonner, gefolgt von Jubeln und Klatschen, aus dem Kapitelhaus drang.

»Der junge König ist gut aufgenommen worden«, stellte er dann fest.

Athelstan dachte an Richards elfenbeinweißes, von wunderschönem Blondhaar umrahmtes Gesicht, an die strahlend blauen Augen und sein angeborenes Gefühl für Takt und Höflichkeit, und er wußte, daß es dem jungen König nicht schwerfallen würde, solchen Zuspruch zu finden.

»Genau wie sein Vater, der Schwarze Prinz«, brummte Cranston. »Jeder hat ihn geliebt, und niemand hat schlecht über ihn gesprochen.«

Athelstan nickte taktvoll und schaute zu der Fratze eines wasserspeienden Ungeheuers hinauf. Er wollte Cranston nicht widersprechen; der Coroner hatte dem Vater des Königs mit Inbrunst angehangen. Gleichwohl kannte Athelstan die Erzählungen über die Grausamkeiten des Schwarzen Prinzen in Frankreich, vor allem in Limoges, wo er Frauen und Kinder in einem zugefrorenen Stadtgraben hatte verhungern lassen. Und in der Tat hegte Athelstan die gleichen Vorbehalte gegenüber dem jungen König. Zu schön, dachte er, zu liebreizend, um gesund zu sein. Athelstan hatte sich von den schönen Augen und dem süßen Lächeln nicht betören lassen. Noch nie zuvor hatte er bei einem so jungen Menschen auch solche Dunkelheit

gesehen; sie entsprang Richards tiefem und dauerhaftem Haß auf seinen Onkel, den Regenten.
Athelstan warf einen Blick zurück zum Kapitelhaus, als er hörte, wie die Abgeordneten wiederum in tosende Beifallsrufe ausbrachen, klatschten und trampelten. Das dauerte eine Weile. Die folgende kurze Stille wurde vom gellenden Schmettern der Fanfaren unterbrochen. Die Türen des Kapitelhauses schwangen auf. Zwei in Brokat gekleidete Herolde kamen heraus, jeder mit einer silbernen Trompete in der Hand. Alle paar Schritte blieben sie stehen und ließen eine Fanfare ertönen. Hinter ihnen kam ein Bannerträger in glänzender Mailänder Rüstung; er hielt sein blankes Schwert vor dem Gesicht wie ein Priester sein Kruzifix. Kammerherren begannen das Vestibül zu räumen, und der König, gekleidet in ein strahlend silbernes Gewand mit goldenen Lilien, verließ das Kapitelhaus an der Hand seines Onkels. Die beiden Fürsten lächelten einander wie auch die Menge ringsum an. Hätte er es nicht besser gewußt, so hätte Athelstan glauben mögen, Gaunt und Richard seien einander liebevoll zugetan wie Vater und Sohn.
Hinter dem König kamen weitere Edelleute und Hofbeamte, gefolgt von der Masse der Abgeordneten, von denen einige noch immer brüllten: *»Vivat! Vivat Rex!«*
»Wir gehen jetzt besser«, drängte Cranston. »Gaunt hat befohlen, wir sollten ihn vor der Tür der Abteikirche erwarten, wo der König ein paar armen Leuten, die an den Skrofeln erkrankt sind, die Hand auflegen will.«
Athelstan folgte ihm hinaus und durch die Kreuzgänge zu einem eigens vorbereiteten Platz vor dem mächtigen Portal der Abteikirche. Arbeiter des Königlichen Haushalts hatten hier eine Estrade errichtet und mit purpurnen Wollteppichen bedeckt. In der Mitte standen zwei Throne. An jeder Ecke war ein Ritter des Königlichen Hofstaats mit einem Banner postiert, welches das Königliche Wappen und die Insignien John von Gaunts trugen.

Bogenschützen in der Livree des weißen Rehs hatten diesen Platz abgesperrt. Eine wimmelnde Zuschauermenge drängte gegen diese Mauer aus Stahl, begierig darauf, einen Blick auf ihren König zu werfen. Cranston wechselte ein paar Worte mit einem Königlichen Gardesoldaten, der sie daraufhin hinter die Absperrung ließ. Sie mußten noch einmal eine halbe Stunde warten, bevor der König, noch immer an der Hand seines Onkels, seine Prozession durch die Abtei beendet hatte und durch das Hauptportal herauskam, begrüßt vom Begeisterungsgebrüll der Menge. Als die beiden, flankiert und umgeben von Beamten und Rittern des Hofes, Platz genommen hatten, lächelte Gaunt zu Cranston herüber und winkte die beiden heran. Sir John und Athelstan knieten auf Kissen vor den Thronen nieder und küßten nacheinander den Ring des Königs und des Regenten. Aller majestätischen Feierlichkeit des Anlasses zum Trotz, hielt Richard nichts von müßigem Zeremoniell; er klatschte kindlich in die Hände.

»Oh, kniet doch nicht, Sir John!« rief er. »Ihr dürft stehen – und Ihr auch, Bruder Athelstan.« Er beugte sich vor und flüsterte: »Wenn es nach mir ginge, würdet Ihr neben mir sitzen, der eine zur Rechten und der andere zur Linken. Wäre das nicht angemessen, liebster Onkel?«

»Geliebter Neffe«, antwortete Gaunt ebenfalls lächelnd, »Sir John und Bruder Athelstan sind zwei Eurer treuesten Untertanen.« Mit eleganter Handbewegung deutete er auf die Menschenmenge. »Aber es warten noch Hunderte darauf, Euch zu begrüßen.«

Der König weigerte sich, den Blick abzuwenden. »Die können warten. Die können warten!« fauchte er erbost.

Für einen Augenblick verschwand das Lächeln. Athelstan sah in die blauen Augen und wußte, daß der König dieses Zusammentreffen nutzen würde, um seinen Onkel zu reizen und zu ärgern.

»Mylord Regent, Ihr habt uns befohlen, herzukommen.« Cran-

ston war darauf bedacht, sich nicht in diese tödliche Rivalität verwickeln zu lassen.
»Immer neue Todesfälle, Sir John«, antwortete der Regent schroff. »Neue Todesfälle unter den Abgeordneten, was uns die Aufgabe nicht eben leichter macht.«
»Was für Todesfälle?« fragte der König.
»Geliebter Neffe, ich habe es Euch schon erzählt. Gewisse Abgeordnete wurden auf barbarische Weise ermordet. Bisher«, fuhr Gaunt mit einem erbosten Seitenblick auf Cranston fort, »wurde wenig unternommen, um das zu verhindern oder den Mörder zu entlarven.«
Der König lehnte sich zurück, gelangweilt und beleidigt, weil er von diesem Gespräch ausgeschlossen war; anscheinend interessierte er sich mehr für die Fransen am Ärmel seines Gewandes.
»Nun?« fragte Gaunt.
»Mylord Regent«, sagte Athelstan eilig, »Ihr sagtet ›bisher‹. Aber unsere Arbeit hier ist noch nicht beendet.«
»Dann sagt es mir bitte, wenn sie es ist«, fauchte Gaunt.
Der König beugte sich plötzlich wieder vor und zog Athelstan am Ärmel. »Ich habe meine Sache im Kapitelhaus sehr gut gemacht«, sagte er. »Ich habe mein Parlament um Unterstützung und Gefolgschaftstreue gebeten.«
»Wir haben den Jubel gehört, Euer Gnaden«, antwortete Athelstan.
Der König zog ihn zu sich heran. »Mein Onkel ist derjenige, den sie nicht leiden können«, flüsterte er laut. »Ich glaube, mir hätten sie auch den Mond geschenkt, wenn ich darum gebeten hätte.«
»Es kann sein, daß sie um die Amtsenthebung des Lord Coroner ersuchen«, warf Gaunt höhnisch ein. »Es gab Klagen, Euer Gnaden, über die schrecklichen Mordtaten hier in der Abtei.«
Die Stimmung des Königs schwang jäh um. Er machte eine schnelle Geste.

»Sir John Cranston ist der Coroner des Königs in London«, erklärte er knapp. »Und wenn die Abgeordneten der Commons versuchen, ihn zu beseitigen, dann breche ich ihnen den Hals.« Er beugte sich vor. »Bruder Athelstan, Sir John, bitte bleibt bei uns. Onkel, wenn ich jetzt den Bettlern die Hand auflegen soll, dann laßt es uns bitte rasch hinter uns bringen.«
Gaunt schnippte mit den Fingern, und Athelstan und Cranston traten zur Seite. Wieder schmetterten die Fanfaren, und Königliche Herolde lenkten eine Reihe von zerlumpten Armen, Männern und Weibern, zur Estrade, die allesamt sehnlich die Berührung des Königs erwarteten. Noch mehr aber schätzten sie die Silbermünze, das Brot und den Wein; Bedienstete des Königs verteilten das alles an einem Tisch hinter der Estrade. Cranston und Athelstan sahen zu, wie die Bettler vorbeischlurften. Einige hatten den jämmerlichen Versuch unternommen, sich zu waschen und umzuziehen, aber alle sahen ungepflegt und schmutzig aus mit ihren zotteligen, fettigen Haaren und den verkniffenen, hageren Gesichtern. Manche hatten offene Geschwüre an Händen und Füßen, und viele trugen weder Schuhe noch Sandalen, aber alle traten vor den Thron und knieten auf dem Kissen vor dem König nieder. Athelstan sah mit Bewunderung, wie der junge König seine eigenen Gefühle unter demonstrativer Fürsorge verbarg. Der König lächelte jeden Bettler an, beugte sich vor und zeichnete ihm ein Kreuz auf die Stirn. Hier und da drückte er einem die Hand oder flüsterte ein paar Worte der Ermutigung. Mit glänzenden Augen ließ der betreffende Bettler sich dann um den Thron herum zu handfesterer Unterstützung führen.
Die Reihe schien kein Ende zu nehmen. Athelstan beobachtete sie aufmerksam, und er bedauerte, daß nicht einige Bettler aus seiner eigenen Gemeinde darunter waren. Dann bemerkte er zwei Männer, die sich langsam heranschoben. Sie kamen ihm bekannt vor. Sie wirkten zielstrebiger als die, die ihnen voraus-

gegangen waren. Athelstan beobachtete vor allem den kleineren der beiden, und plötzlich krampfte sich sein Magen zusammen: Der Mann mit seinen blutleeren Lippen, der gebrochenen Nase und der Narbe unter dem linken Auge – war das nicht einer von den Kerlen, mit denen Pike sich nach Auskunft Joscelyns, des Wirts, immer in der Schenke »Zum Gescheckten« traf? Athelstan drehte sich zu Cranston um, aber der war in ein Gespräch mit einem der Ritter vertieft, den er anscheinend von früher her kannte. Athelstan zupfte ihn am Ärmel, aber Cranston schüttelte ihn ab.

»Sir John, ich glaube …« Athelstan packte den Coroner beim Arm.

»Herrgott im Himmel, Bruder, was ist denn?«

Athelstan deutete auf den Mann. »Sir John, ich glaube, der da ist kein Bettler.«

Cranston hörte die Beunruhigung in Athelstans Stimme, und sein Bekannter nahm sie ebenfalls wahr. Aber als die beiden Männer vortraten, zückte der Bettler, statt auf dem Kissen niederzuknien, ein Messer und schlug damit weit ausholend nach dem Gesicht des Königs. Richard fuhr zurück, und Gaunt reagierte blitzschnell. Athelstan hatte noch nie gesehen, daß jemand so schnell den Dolch zog. Der Bettler bog den Arm zurück, um einen zweiten Streich zu führen, als Gaunt schon vorsprang und dem Mann seinen Dolch mit beiden Händen in die Brust stieß. Der Attentäter taumelte zurück; Blut sprudelte ihm aus Mund und Wunde, noch ehe Knappen und Ritter sich von ihrem Schreck erholt hatten. Der Messerstecher drehte sich mit weit aufgerissenem Mund um und taumelte gegen seinen Kameraden, der ihn abschüttelte und sich in die Menge flüchten wollte.

Wieder handelte Gaunt blitzschnell. Ein Bogenschütze war herbeigesprungen und hatte den Pfeil auf die Sehne gelegt; Gaunt nahm ihm die Waffe ab und riß den Bogen hoch; der lange,

federbewehrte Pfeilschaft lag zwischen seinen Fingern. Der Komplize des Bettlers rannte durch die Menge, die sich vor ihm teilte. Der Regent stand da wie aus Stein gemeißelt, den Bogen fest in der Hand. Ein Schwirren, und der Pfeil mit der Gänsefeder traf den Flüchtigen dicht unter dem Nacken und bohrte sich wuchtig ins Fleisch. Der Mann taumelte, machte noch einen, zwei Schritte, sackte dann auf die Knie und kippte zur Seite.
Chaos und Bestürzung breiteten sich aus. Ritter eilten herbei und bildeten eine Mauer aus Schilden um den jungen König. Offiziere bellten ihre Befehle. Die Bettler, die den königlichen Thron noch nicht erreicht hatten, wurden brutal zurückgeprügelt. Soldaten liefen mit gesenkten Spießen herbei, und Bogenschützen gingen hinter ihnen in Stellung, während Gaunt den König packte, der starr vor Schrecken dasaß. Das Königliche Gefolge, darunter auch Cranston und Athelstan, zog sich in die Abtei zurück, und die mächtigen Flügeltüren schlugen dröhnend zu.
»So schnell!« keuchte Athelstan. »Sir John, es ging so schnell! Gerade war noch alles ruhig, und der König legte den Armen die Hand auf ...«
Er wollte zum König gehen, um den sich die Höflinge drängten, aber Cranston hielt ihn zurück. »Laß es, Bruder«, riet er. »Sie lassen jetzt niemanden in seine Nähe.«
Gaunt stellte die Ordnung wieder her; er brüllte die Offiziere an, verfluchte die mangelnde Wachsamkeit und befahl, den König auf der Stelle in den Tower zu bringen. Herolde liefen hinaus, um für Ruhe zu sorgen und die Menge zum Warten aufzufordern. Athelstan hörte die Fanfarenstöße und die Rufe der Herolde durch das Geschrei der Menge. Endlich war die Ordnung halbwegs wiederhergestellt, und Gaunt rauschte hinaus, um zum Volk zu sprechen; in scharfen, knappen Sätzen verkündete er, daß der junge König durch Gottes Gnade unversehrt sei, während die Attentäter bereits in der Hölle schmorten. Noch

während er sprach, schien es, als seien die Heldentaten des Regenten bei der Rettung seines jungen Neffen bereits aller Welt bekannt. Als Cranston und Athelstan leise durch ein Querschiff verschwanden, hörten sie das Gebrüll der Menge und ihren Jubel über die Schnelligkeit und die Tapferkeit des Regenten.

»Du sagst, du kanntest diesen Attentäter?« fragte Cranston.

»Ich habe ihn schon in Southwark gesehen«, antwortete Athelstan abwehrend. »Er steht im Ruf eines Unruhestifters.«

Cranston nickte. Aber als sie die Abtei hinter sich hatten und durch eine schmale Gasse zum »Ungeheuer« hinunterwanderten, zog er den Ordensbruder in den Schatten eines Hauseingangs.

»Er war einer der Anführer der Großen Gemeinschaft des Reiches, nicht wahr?« fragte er. »Einer von diesen Idioten, mit denen dein Pike sich herumtreibt.«

Athelstan drückte Cranston die Hand. »Sagt niemals weiter, was ich Euch verrate, Sir John«, flüsterte er rauh. »Pike ist ein Trottel, ein Säufer und ein Schwätzer, aber er ist weder ein Verräter noch ein Mörder. Er hatte die Hand nicht im Spiel.« Er atmete heftig ein. »Aber der Regent sehr wohl!«

»Im Namen Gottes, Bruder!«

Athelstan trat einen Schritt zurück und spähte die Gasse hinunter.

»Sir John, denkt doch«, sagte er leise. »Wie konnten diese Attentäter so dicht herankommen? Und findet Ihr nicht auch, daß der Regent unglaublich schnell gehandelt hat?« Athelstan lächelte düster. »Sir John, denkt an meine Worte. Binnen einer Stunde ist Gaunt der Held von London, und wer kann sich dann noch gegen ihn stellen?«

14

Im Gasthof »Zum Ungeheuer« benahm Athelstan sich erneut seltsam. Er entschuldigte sich bei Cranston und ging hinauf in seine Kammer. Athelstan war entschlossen, dem Coroner nichts von seinen Schlußfolgerungen zu erzählen. Statt dessen studierte er noch einmal alles, was er in der Nacht zuvor aufgeschrieben hatte. Bestimmte Fakten unterstrich er immer wieder mit seinem Federkiel: den schwarzen Schmutz unter Bouchons Fingernägeln, den abrupten Fortgang des Abgeordneten, Harnetts Verschwinden aus dem Bordell, seinen Weg zum Fluß – und vor allem die fehlenden Gegenstände aus seiner Kammer. Dann legte er die Feder aus der Hand.

»Fehlten sie auch bei den beiden anderen?« flüsterte Athelstan und schaute auf sein Pergament. »Die Glocken von Bow!« murmelte er. »Die Glocken von Bow! Wie lasse ich den Mörder in die Falle gehen?«

Er kniete vor seinem Bett nieder und betete um Anleitung, aber seine Seele war abgelenkt, und seine Gedanken wanderten hierhin und dorthin. Er starrte zum Fenster; die Sonne ging allmählich unter. Athelstan wußte, daß er jetzt rasch handeln mußte, wenn es nicht weitere Morde geben sollte. Er hörte Geräusche und laute Stimmen von unten, gefolgt von Cranstons schweren Schritten auf dem Gang und einem Klopfen an seiner Tür. Als er öffnete, packte Sir John den überraschten Ordensbruder, von einem Ohr zum anderen grinsend, bei den Schultern und drückte ihm einen Kuß auf jede Wange.

»Oh, du schlauester unter den Mönchen!«

»Ordensbruder, Sir John. Ich bin ein Ordensbruder.«

Cranston grinste. »Von mir aus.« Er deutete mit dem Kopf zur Treppe. »Du hattest recht. Malmesbury kommt soeben vom Kapitelhaus zurück. Die Kunde, wie Gaunt seinen Neffen beschützt hat, ist wie ein Lauffeuer durch die ganze Stadt gegangen. Kein geringerer als Sir Edmund Malmesbury preist jetzt den Regenten aus vollem Halse, und er hat den Abgeordneten der Commons geraten, sämtliche Forderungen des Regenten zu erfüllen.« Cranston sah das besorgte Gesicht des Ordensbruders. »Bruder, was hast du denn herausgefunden?«

Athelstan winkte ihn herein und schloß die Tür. Er deutete auf sein Bett. »Setzt Euch, Sir John. Das Rätsel ist zum größten Teil gelöst.« Athelstan zog sich seinen Schemel heran und setzte sich dem Coroner gegenüber. »Zunächst einmal haben wir einen Regenten, John von Gaunt«, begann er, »der aus Gott weiß welchen Gründen höhere Steuern braucht. Die Abgeordneten der Commons leisten Widerstand und begegnen ihm mit entschiedener Abneigung. Er konzentriert sich auf seine redegewaltigsten Gegner.«

»Die Abgeordneten aus Shropshire?«

»Ganz recht. Sir Edmund Malmesbury und seine Kollegen, die einmal zur Bruderschaft der Ritter vom Schwan gehörten. Gaunt ist ein skrupelloser und hartnäckiger Mann. Er entdeckt ihre Geheimnisse: wie sie vor vielen Jahren das Recht selbst in die Hand nahmen und Bauernführer hinrichteten, die nur ein besseres Leben erkämpfen wollten. Gaunt sagt Malmesbury und seinen Freunden, was er weiß und was sie tun müssen, um seinen Pardon zu erlangen. Dann sorgt der Regent dafür, daß sie wieder ins Parlament gewählt werden.« Athelstan verzog das Gesicht. »Das dürfte nicht schwierig gewesen sein. Der für die Wahlen zuständige Beamte ist der Sheriff, und der wird von der Krone eingesetzt.« Athelstan fuhr sich mit der Zunge über die trockenen Lippen. »Als sie in London ankommen, gibt Gaunt der Gruppe um Malmesbury zu verstehen, sie sollen ihre erbitterte

Opposition weiterführen und den Regenten als habgierigen, arroganten und verschlagenen Fürsten darstellen.«
»Nun, zumindest hat er da ja die Wahrheit gesagt«, bemerkte Cranston.
Athelstan lächelte. »Die größten Lügen, Sir John, enthalten immer ein Fünkchen Wahrheit. Gleichzeitig nun« – Athelstan warf einen Blick zur Tür, um sich zu vergewissern, daß sie auch wirklich verschlossen war – »ist Gaunt mit seinen Spitzeln geschäftig dabei, die Große Gemeinschaft des Reiches auszuforschen. Ich vermute, daß viele ihrer Anführer in seinem Sold stehen. Den Mummenschanz heute nachmittag hat Gaunt inszeniert. Der junge König war nie wirklich in Gefahr – das wäre denn doch ein allzu gefährlicher Weg gewesen: Man hätte es immer Gaunt zum Vorwurf gemacht, wenn dem Jungen etwas zugestoßen wäre. Statt dessen spielt Gaunt nun die Rolle des Retters, des liebenden Onkels, des mächtigen Lords, der das goldene Kind verteidigt. Eine Zeitlang werden die Londoner ihm wie einem Heiligen zujubeln, bis sie ihren Verstand wiedergefunden haben. Sir Edmund Malmesbury hat ebenfalls ein Zeichen erhalten; er ist voll des Lobes für den Regenten, und er stellt nicht nur seine Opposition im Parlament ein, sondern besteht sogar darauf, daß Gaunts Forderungen erfüllt werden.«
»Aber hätte man das denn nicht auch anders bewerkstelligen können?« Cranston kratzte sich am Kopf.
»Oh, ganz sicher. Gaunt hätte verlangen können, daß Malmesbury und seine Gruppe ihn von Anfang an unterstützten, aber das hätte Verdacht erregt. Tatsächlich hätte der Regent ja auch die Wahl sämtlicher Abgeordneten manipulieren können, aber das wäre ein hohler Sieg gewesen – der Erhebung neuer Steuern zuzustimmen, ist eine Sache, sie aber einzutreiben, das ist schon etwas anderes.« Athelstan schüttelte den Kopf. »Oh, es ist wahr, Sir John, was der Herrgott gesagt hat: ›Kinder des Lichts‹. Seht Euch nur an, was Gaunt erreicht hat.« Athelstan zählte die

Punkte an den Fingern ab. »Er ist Retter des Königs. Man hat ihm die Steuerforderungen erfüllt. Und weil diese Abgeordneten ja in ihre Grafschaften und Städte zurückkehren, werden die Taten des Regenten im ganzen Königreich verbreitet werden.«
»Und die Morde?« fragte Cranston. »Die hat Gaunt doch sicher nicht geplant?«
»Nein, das glaube ich nicht, aber er ist listig genug, um sie für sich zu nutzen. Sicher, es bestand die Gefahr, daß man ihm die Morde an diesen Rittern in die Schuhe schiebt, aber diesem Problem ist er geschickt aus dem Weg gegangen, indem er einen Coroner mit den Ermittlungen beauftragte, der ihm große Abneigung entgegenbringt. Und wenn Ihr jetzt Erfolg habt, Sir John, so wird Gaunt wiederum den Ruhm einheimsen: als gerechter Fürst, der auch die Mörder seiner Gegner verfolgt.«
»Und wenn ich scheitere?«
Athelstan spreizte die Hände. »Das wird Gaunt nicht kümmern. Er wird nur sehen, daß auf irgendeine merkwürdige Art Gerechtigkeit geschehen ist. Vier seiner Gegner sind tot, und Sir John Cranston trägt die Schuld.«
»Werde ich denn Erfolg haben?« Cranston packte Athelstans Arm. »Du kennst doch den Mörder, nicht wahr, Bruder? Wieso sagst du mir nicht, wer es ist?«
Athelstan beugte sich herüber und berührte sanft die Wange des Coroner. »Weil Ihr bei all Euren Possen, bei Eurem Saufen, Eurem Fluchen und Rülpsen so ehrlich seid, wie der Tag lang ist, Sir John. Ihr würdet Euch etwas anmerken lassen, und ich könnte dem Mörder keine Falle stellen.«
Cranston wurde rot, scharrte mit seinen gewaltigen Stiefeln und schaute, gerührt über dieses Kompliment, zu Boden.
Athelstan fuhr fort: »Ich möchte nur, Sir John, daß Ihr bei mir seid, wenn ich ihn fange.« Er stand auf. »Wenn ich weg bin, geht in die Schankstube hinunter und gebt bekannt, daß der Mörder mir in die Falle gegangen ist.«

»Wo willst du denn hin?«
»In die Kapelle der Heiligen Faith«, sagte Athelstan. »Aber das dürft Ihr niemandem verraten. Versprochen?«
Der Coroner hob seine fette Pranke. Dann zog er seinen Dolch aus der Scheide. »Nimm das mit, Bruder.« Er reichte ihm die lange walisische Klinge.
Athelstan wog sie in den Händen und gab sie dann zurück. »›Setzt euer Vertrauen nicht in Streitwagen‹«, sagte er, die Psalmen zitierend, »›oder in die Kraft des Bogens; der Herr selbst wird euch erretten von dem Übel, das da pirscht zu eurer Rechten und zu eurer Linken.‹«
»Na, das will ich ihm aber auch raten«, grollte Cranston und schob den Dolch wieder in die Scheide. »Und wenn du gegangen bist, was soll ich dann tun?«
»Geht nach draußen, Sir John, wartet ab und seht, wer den Gasthof verläßt. Bleibt eine Weile, und dann bringt mir alle, die noch bei Euch sind.« Athelstan nahm seinen Mantel, kehrte aber noch einmal zurück und drückte Sir John die Hand. »Mir wird nichts geschehen.« Er lächelte dem Coroner zu.
»Ist das wirklich nötig?« fragte Cranston hartnäckig. »Liegt dir so viel daran, diesem Mörder eine Falle zu stellen?«
»Ich will es ja gar nicht«, erwiderte Athelstan. »Gott will es.«
Er trat aus seiner Kammer und ging die Treppe hinunter; Cranston folgte ihm und sah, wie der Bruder erst bei der flachsblonden Christina stehenblieb, um ein paar Worte mit ihr zu sprechen, und dann bei einem Küchenjungen an der Tür. Die Leute, die in der Schankstube saßen, verfolgten ihn mit neugierigen Blicken, als er das Gasthaus verließ. Cranston ging vollends hinunter, setzte sich aber nicht an einen Tisch, sondern marschierte in die Mitte der Schankstube und strahlte in die Runde.
»Warum so fröhlich?« rief Sir Miles aus einer Ecke.
»Nun, Sir«, dröhnte Cranston, »der König wurde gerettet, der Regent hat seine Steuern, und Bruder Athelstan, Gott allein

weiß, wohin er gegangen ist, glaubt, daß er einen Mörder entlarvt hat!« Das überraschte Gesicht des Ritters erfüllte Cranston mit Genugtuung.
»Wer ist es denn?« stammelte der Mann mit rauher Stimme durch die Stille, die sich über die Schankstube gelegt hatte.
Der Coroner tippte sich mit durchtriebener Miene an die fleischige Nase. »Ein wahres Frettchen, unser Ordensbruder«, sagte er und strahlte weiter. »Er kennt die Wahrheit.« Cranston schüttelte den Kopf. »Und die Wahrheit ist niemals das, was man erwartet.«
»Das ist doch lächerlich!« schnarrte Aylebore, der neben Elontius saß, und erhob sich halb.
Malmesbury, der totenbleich geworden war, bekräftigte diese Auffassung.
»Lächerlich mag es ja sein«, versetzte der Coroner. »Aber mein Secretarius wird handeln, wenn er es für richtig hält. Bis dahin müßt Ihr Euch schon noch gedulden.«
Cranston ging hinaus in die Dunkelheit. Er verbarg sich in einer Ecke und beobachtete die Gasse, die zur Abtei hinaufführte. Es verging eine geraume Zeit und er fragte sich allmählich, ob Athelstan recht gehabt hatte, als ein flüchtiger Schatten seine Aufmerksamkeit erregte: Eine verhüllte Gestalt huschte wie der Engel des Todes aus dem Gasthof und die Gasse hinauf.

Der Mörder wußte nicht, daß er gesehen worden war; er eilte weiter, entschlossen, diesen naseweisen kleinen Ordensbruder zu erwischen und ein für allemal zum Schweigen zu bringen. Was Cranston in der Schankstube gesagt hatte, ging ihm im Kopf herum. Ob der Coroner die Wahrheit kannte? Aber wie dem auch sein mochte, dachte der Mörder – er mußte handeln; er hatte sehr wenig zu verlieren und eine Menge zu gewinnen. Er überquerte den weiten, verlassenen Platz vor der Abtei und verlangsamte seinen Schritt, als er die Kette der Bogenschützen vor dem Eingang zum Jericho Parlour erblickte. Hastig wischte er sich den Schweiß aus dem Gesicht und zog das Siegel aus der Tasche. Die Wachsoldaten waren mit einem Weinschlauch beschäftigt, den sie sich teilten, und ließen ihn ohne weiteres durch. Am Eingang zu den Kreuzgängen war es genauso. Der Mörder betrat das Vestibül vor dem Kapitelhaus und atmete entspannter. Die Tür zur Kapelle stand offen, und matter Lichtschein fiel heraus. Der Mörder lächelte. Mit vorsichtigen Schritten kehrte er zu einer langen Reihe von Büschen zurück, die vor dem östlichen Kreuzgang ein dichtes Gestrüpp bildeten. Er zählte die Pflastersteine, kauerte sich beim vierten nieder und wühlte im Dickicht herum, bis er einen Ledersack zu fassen bekam und herauszog. Rasch knotete er die Schnur auf, holte die kleine Armbrust hervor und steckte zwei Bolzen in die Tasche. Dann versteckte er den Sack wieder sorgfältig und schlich sich durch das Vestibül und die Treppe zur St. Faith-Kapelle hinauf. Er stieß die Tür auf. Auf dem Altar brannte nur eine Kerze. Er sah die Kapuzengestalt, die auf dem Betstuhl kniete. Der Mörder schlüpfte zur Tür hinein, legte den Bolzen auf die Armbrust und spannte die Sehne. In der Kapelle war es totenstill. Der Mörder hob die Armbrust und fing an, die grausigen Worte zu singen. *»Dies irae, dies illa …«*

Er ließ den Bolzen schwirren, spürte aber im selben Augenblick, daß etwas nicht stimmte. Die Gestalt hatte sich bei seinem Gesang nicht einmal gerührt. Der Mörder tat ein paar Schritte in die Kapelle hinein, und in dem Moment flog die Tür hinter ihm zu. Er wirbelte herum. Athelstan funkelte ihn an, und neben dem Ordensbruder stand ein junger Bogenschütze mit einem Pfeil auf der gespannten Sehne.

»Guten Abend, Master Banyard. Es ist doch der Herr Wirt aus dem Gasthof ›Zum Ungeheuer‹?«

Banyards Hand zuckte zu dem zweiten Pfeil in seiner Tasche.

»Zurück!« befahl Athelstan. »Simon hier ist ein exzellenter

Schütze. Als ich durch die Kreuzgänge kam, bat ich ihn, mich zu begleiten. Wenn du versuchst zu fliehen oder das Messer unter deinem Mantel zu ziehen, wird er dir einen Pfeil in den Arm oder ins Bein schießen. Dann mußt du immer noch zuhören, aber unter schrecklichen Schmerzen.«

Banyard schlug die Kapuze seines Mantels zurück. Seine dunklen, kräftigen Züge zeigten keine Angst. Sein Blick huschte hin und her, erst zu Athelstan, dann zu dem Bogenschützen und schließlich zu dem Betstuhl.

»Oh, zerbrich dir darüber nicht den Kopf«, sagte Athelstan. »Nur ein paar Hafersäcke; einer von Simons Kameraden hat sie für mich hergeschleppt. Ich habe sie dort auf den Betstuhl gestellt und meinen Mantel darübergelegt. Bei dem trüben Licht fand ich es ziemlich lebensecht – und du ja auch.«

Banyard machte einen Schritt nach vorn. Sofort ließ der Bogenschütze den Pfeil eine Handbreit vor seinem Gesicht vorbeischwirren, so daß er taumelte; als er sich wieder gefangen hatte, lag bereits der nächste Pfeil auf der Sehne.

»Ich werde wieder schießen«, versprach der Schütze leise. »Dies hier ist Gottes Haus, und Bruder Athelstan ist auf Befehl des Regenten hier.«

»Tu, was Simon sagt«, riet Athelstan. »Widerstand ist sinnlos. Draußen sind noch mehr Bogenschützen. Sie haben die Anweisung, jeden aufzuhalten, der hinaus will.« Athelstan deutete auf eine Bank an der Wand. »Setz dich dahin. Simon wird auf dich achten.«

Banyard gehorchte. Athelstan trat an den Altar. Er nahm die Kerze, die dort brannte, und zündete damit weitere Kerzen und auch zwei Fackeln an der Wand an. Dann zog er den Chorstuhl herüber und setzte sich Banyard gegenüber. Der Wirt lehnte sich an die Wand und starrte Athelstan mit halbgeschlossenen Augen an.

»Du überlegst dir wahrscheinlich, wie du diesen Überfall erklä-

ren kannst, nicht wahr?« begann Athelstan. »Ich habe mich gefragt, ob du kommen würdest. Es ist der einzige wirkliche Fehler, den du begangen hast, nicht wahr?«
Banyard verzog spöttisch den Mund.
»Deshalb habe ich Christina und dem Küchenjungen gesagt, daß ich zur St. Faith-Kapelle wollte. Als Mylord Coroner im Schankraum seine Ankündigung abgab, da bist du in Panik geraten, hast die beiden gefragt und bist mir hierher gefolgt.«
Wieder starrte Banyard ihn nur an. Der Wirt, das begriff Athelstan plötzlich, ahnte überhaupt nicht, daß der Ordensbruder von den schrecklichen Mordtaten wußte, die Malmesbury und die Seinen vor so vielen Jahren in Shropshire begangen hatten. Er war immer noch zuversichtlich; da man ihm nichts beweisen konnte, würde er sich aus dieser Falle schon wieder hinausschlängeln und jede Beschuldigung hohnlachend zurückweisen. Athelstan starrte auf einen Punkt an der Wand über dem Kopf des Gastwirts.
»Worauf wartet Ihr denn, Priester?« Banyard beugte sich vor und stützte die Hände auf die Knie. »Da bin ich also in die St. Faith-Kapelle gekommen und habe mit der Armbrust auf jemanden geschossen, der hier anscheinend lauerte.« Er zeigte auf die Säcke, die auf dem Betstuhl lagen. »Dafür wird das Kirchengericht mir vielleicht eine Buße auferlegen – aber was habe ich sonst verbrochen?«
»Du bist ein Mörder, Banyard«, antwortete Athelstan langsam. »Du hast Bouchon, Swynford, Harnett und Goldingham ermordet.«
»Und wieso hätte ich das tun sollen?«
Athelstan hörte draußen Schritte. »Das werde ich dir gleich sagen, Master Banyard. Erst einmal, glaube ich, bekommen wir Besuch.«
Die Tür der Kapelle öffnete sich. Cranston kam aufgebracht

herein. Sein Blick ging von dem Bogenschützen zu Athelstan und dann weiter zu Banyard und zu dem Betstuhl.
»Bei den Zitzen des Satans!« keuchte er.
Dann bekreuzigte er sich. Coverdale und die drei Ritter, die nach ihm kamen, zeigten sich genauso überrascht. Athelstan lehnte sich auf seinem Chorstuhl zurück. Er fühlte sich wie ein Richter vor dem Urteilsspruch. Cranston, Coverdale und die anderen suchten sich rasch einen Sitzplatz. Banyard blieb weiterhin ruhig und ließ den Ordensbruder nicht aus den Augen.
»Die Glocken von Bow«, begann Athelstan. »Bei unserer ersten Begegnung, Banyard, sagtest du, du seist in Hörweite der Glocken von Bow geboren, ein Londoner also.« Er beugte sich vor. »In welcher Pfarrgemeinde? In welcher Straße? In welchem Bezirk? Sag es mir, und Sir John Cranston wird die Akten prüfen.«
Banyard starrte ihn wortlos an.
»In Shropshire bist du geboren! Dein Vater war ein schwer arbeitender Bauer«, fuhr Athelstan fort. »Er murrte gegen die Steuern, die den Herren zu entrichten waren, und gegen die Zwangsarbeit, die sie forderten, während er seine Arbeitskraft lieber gegen guten Lohn an sie verkaufen wollte. Er tat sich mit anderen zusammen, und sie stellten sich gegen die Grundherren mit ihren Schlachtrössern, Helmen, Turnieren, Steuern, Abgaben, Zehntzahlungen, Brückenzöllen und unablässigen Forderungen.« Athelstan zuckte die Achseln. »Ich weiß nicht genau, was passiert ist, aber ich nehme an, dein Vater hat Leute wie diese drei Ritter hier, die sogenannte Bruderschaft der Ritter vom Schwan, einfach ignoriert.«
»Bruder Athelstan«, stammelte Malmesbury. »Ich verwahre mich …«
»Seid still!« fuhr Athelstan ihn an. »Diese Herren, angeführt von Sir Edmund Malmesbury, richteten Petitionen an die Krone, aber ohne Erfolg. Da nahmen sie das Recht selbst in die Hand.«

»Das ist Verleumdung!« Aylebore erhob sich halb, und seine Hand fuhr zum Dolch.
Coverdale sprang auf, zog sein Schwert und richtete die Spitze auf Aylebores Brust. »Hinsetzen!« befahl er. »Und wenn sich noch einer von Euch rührt, werde ich ihn niederschlagen und dann sagen, ich hätte Bruder Athelstan und den Lord Coroner beschützt!«
Sir Humphrey sackte auf die Bank zurück. Coverdale grinste von einem Ohr zum anderen und nahm ebenfalls wieder Platz, aber er hielt das Schwert vor sich und ließ den Knauf in der Hand ruhen.
»Sprecht weiter, Bruder Athelstan«, sagte er leise. »Ich glaube, Ihr werdet eine Geschichte erzählen, die ich auch ein bißchen kenne.« Er klopfte mit der Schwertspitze auf die Steinplatten. »Und es wird Euch keiner mehr unterbrechen.«
»Wie ich sagte«, fuhr Athelstan fort, »Malmesbury, Aylebore, Goldingham, Harnett, Swynford, Bouchon und vielleicht noch andere ...« Athelstan schaute die Ritter an. »Ich dachte, *einer* von Euch wäre vielleicht unschuldig.«
Elontius schlug die Hände vors Gesicht.
Athelstan seufzte. »Aber nein. Ihr seid alle schuldig.« Er räusperte sich. »Diese Edelleute betrachteten sich als die Herren der Erde, als Abkömmlinge König Artus' und seiner Ritter. Sie spielten Paladine, bis sie ihren Kelch verloren, während die Welt außerhalb ihrer Träume sich veränderte. Hart arbeitende Männer wie dein Vater, Master Banyard, erhoben sich über ihren Stand hinaus. Die Lords bildeten einen Geheimbund und überfielen mit heruntergelassenem Visier, Kapuze und Mantel einzelne Bauern. Erst warnten sie sie, indem sie ihnen eine Kerze, eine Pfeilspitze und ein Stück Pergament mit dem Wort ›Memento!‹ schickten.« Athelstan sah, daß in Banyards Augen die Tränen funkelten. »Männer wie dein Vater müssen sich gefragt haben, woran sie sich denn erinnern sollten. Diese Drohungen

wurden bald genug Wirklichkeit, denn vereinzelte Bauernhöfe wurden überfallen, die Männer verschleppt und aufgehängt, während die braven Ritter hier auf ihren Pferden saßen und das *Dies irae* sangen, ihr Totenlied.« Athelstan sah die drei Ritter an. Sie sahen aus, als wären sie in sehr kurzer Zeit sehr alt geworden; ihre Gesichter waren faltig, ihre Schultern hingen herab. Sie blickten nicht auf, sondern starrten gedrückt zu Boden.

»Vor Gottes Auge aber bleibt keine Sünde ungestraft«, sagte Athelstan. »Die Ritter hatten wahrscheinlich Erfolg. Warnungen wurden gegeben, Warnungen wurden verstanden – aber Leute wie du, Master Banyard, vergessen nicht. Dich hielt in Shropshire nichts mehr; du flüchtetest dich nach London, wo du dir durch harte Arbeit einen Gasthof aufbautest, der für sein Essen und seine Gastlichkeit berühmt wurde.« Athelstan legte den Kopf schräg. »Ich frage mich«, sagte er, »wie lange du ihren Tod schon plantest. Hast du all die Jahre einen schrecklichen Rachedurst gehegt? Hast du gebrütet über der Pfeilspitze als Symbol für die Gewalt, über der Begräbniskerze und über der gräßlichen Drohung hinter dem Wort ›Memento‹?«

»Sie haben ihn abgeholt«, begann Banyard, »als wir am Abendbrottisch saßen, mein Vater, meine Mutter und ich. Die Tür flog auf, bewaffnete Männer, maskiert und vermummt, stürmten herein. Mein Vater wollte sich wehren, aber sie schlugen ihm das Messer aus der Hand. Lachend und johlend zerrten sie ihn in die Dunkelheit und warfen ihn auf ein Pferd.« Banyard verbarg das Gesicht in den Händen. »Meine Mutter schrie wie ein Hund, den man auspeitscht. Sie kauerte sich in eine Ecke und stopfte sich den Saum ihres Kittels in den Mund.« Er schüttelte den Kopf, versunken in den Bildern der Vergangenheit. »Wir hatten von den Morden gehört, von diesen ›Hinrichtungen‹. Mein Vater hatte eine Kerze, den Pfeil und das ›Memento‹ bekommen, aber er hatte darüber gelacht und alles ins Feuer geworfen.« Als Banyard den Kopf hob, lag in seinem Gesicht ein

solches Grauen, daß Athelstan Bedauern aufkeimen fühlte. Habgier und Macht hatten das Leben dieses Mannes zerstört.
»Ich rannte hinter ihnen her«, berichtete Banyard. »Schnell wie ein Pfeil, aber es war zu spät. Sie brachten meinen Vater zu einer Eiche am Rande einer Wiese. Ich sah, wie er sich am Strick drehte, und hörte den Gesang dieser Schweine. Aus einem Versteck heraus beobachtete ich sie, bis ich alle ihre Gesichter gesehen hatte. Dann kehrte ich zu unserem Hof zurück. Übers Jahr war meine Mutter tot. Aber ich hatte eine Liste mit den Mördern meines Vaters.« Er rieb sich die Augen. »Ich verkaufte unser Land und kam nach London.« Banyard starrte auf seine Hände. »Ich arbeitete Tag und Nacht. Bruder Athelstan, ich habe gute Gründe, diese Männer zu hassen – aber habe ich sie ermordet?« Sein Tonfall wurde zuversichtlicher, und sein Gesicht wirkte plötzlich geheimnisvoll und verschlagen.
Athelstan erkannte, daß Schmerz und Rachsucht den Gastwirt im Laufe der Jahre um den Verstand gebracht hatten.
»Du hast sie ermordet«, sagte er leise.
»Aber Bruder«, warf Coverdale ein, »ist es denn nicht ein höchst merkwürdiger Zufall, daß diese Ritter in einer Herberge abstiegen, die dem Sohn eines von ihnen ermordeten Mannes gehört?«
»Oh, ich glaube, Banyard wußte, daß sie nach London kommen würden«, sagte Athelstan. »Früher oder später kommt jeder große Lord nach Westminster, aber natürlich hat Banyard auch ein bißchen nachgeholfen. Sir Edmund, Ihr habt schon früher im Gasthof ›Zum Ungeheuer‹ gewohnt?«
Der Ritter schien nichts zu hören.
»Sir Edmund.« Cranston ging zu ihm und schüttelte ihn bei der Schulter. »Bruder Athelstan hat Euch eine Frage gestellt.«
»Ja.« Malmesbury hob das erschöpfte Gesicht. »Wir alle haben schon früher im ›Ungeheuer‹ gewohnt. Die Gastlichkeit, das gute Essen ...«

»Und die niedrigsten Preise, nicht wahr?« fügte Athelstan hinzu und warf dem Wirt einen Blick zu. »Nur Gott weiß, was Master Banyard plante. Hoffte er vielleicht darauf, soviel Geld zu verdienen, daß er nach Shropshire zurückkehren und sich an den Mördern seines Vaters rächen könnte? Aber als dann die Parlamente einberufen wurden und Malmesbury und die anderen daran teilnahmen, da schlug seine mörderische Idee wirklich Wurzeln. Im Laufe der Jahre ermunterte Banyard sie immer wieder, bei ihm abzusteigen, und umwarb sie als seine Gäste.«

»Und wieso hat er nicht sofort zugeschlagen?« wollte Cranston wissen.

»Oh, ich bin sicher, er fühlte sich versucht, aber wie ich höre, sitzen nicht immer dieselben Adligen in jedem Parlament. Banyard sorgte nur dafür, daß sie stets in seinen Gasthof kamen, indem er ihnen viel günstigere Preise in Rechnung stellte als jede andere Herberge. War es nicht so, Sir Edmund?«

Der Ritter nickte nur.

»Natürlich«, warf Coverdale ein. »Malmesbury und seine Kollegen beglückwünschten sich zur Wahl dieses Gasthauses, weil sie hier nicht die exorbitanten Summen berappen mußten, die man den anderen Abgeordneten abnahm.«

»Das war der Köder«, sagte Athelstan. »Und dann kam noch jemand ins Spiel, und zwar niemand Geringeres als Seine Gnaden, der Regent.« Athelstan hob die Hand, als Coverdale Einspruch erheben wollte. »Nein, widersprecht nicht, Sir Miles. Der Regent weiß, daß ich die Wahrheit sage, und diese Männer hier wissen es ebenfalls. Gaunt deichselte es so, daß alle Ritter vom Schwan, alle die, die an den gräßlichen Morden in Shropshire beteiligt gewesen waren, als Abgeordnete der Commons gewählt wurden. Natürlich schickten sie wie immer einen Verwalter nach London, der ihnen Quartier beschaffen mußte, und da stand Banyard schon bereit und wartete.« Er schüttelte den Kopf. »Es war kein Zufall, Sir Miles, daß alle diese Ritter im

›Ungeheuer‹ unterkommen konnten. Als ich gestern in Westminster war, habe ich mich bei anderen Abgeordneten erkundigt. O ja, viele von ihnen hatten um eine Kammer im ›Ungeheuer‹ nachgesucht, aber das Haus war voll gewesen. Dafür hatte der Wirt gesorgt, denn er wartete auf Malmesbury und die anderen.«

»Er hat andere abgewiesen?« fragte Malmesbury. »Damit wir bei ihm absteigen konnten?«

»Sir Edmund, wen habt Ihr nach London geschickt?«

»Meinen Verwalter, Eudo Faversham.«

»Und der hat Banyard gesagt, wer alles nach Westminster kommen würde?«

»Natürlich.«

»Und er hatte keine Schwierigkeiten, hier Zimmer für Euch zu mieten?«

»Nein, das sagte ich doch, wir waren ja schon öfter hier. Mein Verwalter kam zurück und berichtete, wir hätten eine schöne Unterkunft zu einem vernünftigen Preis.«

Banyard, der sich das alles kühl angehört hatte, verschränkte die Arme. »Und als die dann kamen, Bruder«, sagte er spöttisch, »wie habe ich sie da umgebracht?«

»Oh, das hast du gut geplant«, sagte Athelstan. »Bei Bouchon war es leicht. Am Tag seines Todes stand er abends vom Eßtisch in der Schenke auf. Er sagte nicht, daß er irgendwo hingehen wollte. Er ging einfach hinaus. Wenn er sich mit jemandem hätte treffen wollen, der gefährlich war, dann hätte Bouchon sein Schwert mitgenommen, aber als man seine Leiche aus der Themse fischte, da hatte er nicht mal ein Messer bei sich. Nein, Master Banyard – ich vermute, daß du ihn unter irgendeinem Vorwand in den Hof hinauslocktest. Vielleicht wollte er von dir wissen, wer Pfeilspitze und Kerze in der Schenke abgegeben hatte. Jedenfalls erwartetest du ihn beim Kompost, bei einem Berg fetter, schwarzer Erde. Mit einem Schlag auf den Kopf strecktest du ihn zu Boden. Er fiel auf den Kompost, was den schwarzen Schmutz unter seinen Fingernägeln erklärt.« Athelstan machte eine Pause. »Du schleichst dich zurück in die Schenke und gehst deiner Arbeit nach. Zu gegebener Zeit verabschiedest du dich. Du wirfst Bouchons Leiche auf eine Schubkarre, deckst sie mit einer Plane zu und rollst sie hinunter zur Themse; bis dahin sind es ja nur ein paar Schritte. Der Fluß hatte Hochwasser, aber Bouchons Leiche trieb in der Nähe des Ufers dahin, bis sie bei Tothill Fields im Schilf hängenblieb.«

»Und Swynford?« fragte Aylebore.

Athelstan sah, daß alle drei Ritter jetzt anscheinend Angst vor Banyard hatten. Sie sahen ihn kaum an, als wäre er wahrhaftig die Inkarnation ihrer schrecklichen Taten und zugleich die Rache, die sie selbst heraufbeschworen hatten.

»Ach, das war nicht so schwierig, wie es aussah«, antwortete Athelstan. »Banyard selbst schickte ja nach dem Priester. Er wußte, daß Pater Gregory nicht da sein würde. Tatsächlich war ein solcher Trunkenbold auch keine ernsthafte Bedrohung für seinen Plan.«

»Von diesem seltsamen Priester sah man nichts als eine Kapuzengestalt, die durch die Schankstube nach oben ging«, fiel Cranston ein. »Aber niemand konnte sich erinnern, gesehen zu haben, daß er wieder ging.« Cranston blickte strahlend in die Runde, stolz auf seine Schlußfolgerungen.

»Das war aber ziemlich waghalsig von mir, nicht wahr?« spottete Banyard. »Wenn jemand mich aufgehalten hätte …«

»Du hattest den Zeitpunkt gut gewählt«, erwiderte Athelstan. »In der Schenke herrschte Hochbetrieb, und alles drehte sich mehr um die Lebenden als um die Toten. Angenommen, jemand hätte dich aufgehalten oder erkannt, so wärest du eben der Wirt gewesen, der in seine Kammer zurückkehrte, um seinen Mantel abzulegen und dann seine Arbeit wieder aufzunehmen. Du warst sehr gerissen. Du kannst aus dem Gasthof verschwinden, wann immer du willst. Niemand stellt dir Fragen. Niemand wird Einwände erheben, und wenn jemand Erkundigungen einzieht – nun, das ›Ungeheuer‹ ist ein weitläufiger Gasthof. Da muß man sich um die Vorräte kümmern, die Keller inspizieren, und es gibt eine ganze Reihe von Nebengebäuden, in denen du angeblich zu tun haben konntest. O nein, du warst völlig sicher bis zu dem Augenblick, da du Sir Henry Swynford die Garotte um die Kehle legtest. Bei einem kräftigen Mann wie dir dürfte der Tod in wenigen Augenblicken eingetreten sein. Nur einmal warst du nah dran, entdeckt zu werden – als Christina nämlich den furchtbaren Gesang hörte. Nach getaner Tat« – Athelstan zog eine Grimasse – »schlichst du dich aus der Kammer. Du kehrtest in deine eigene Wohnung zurück, legtest den Mantel ab und warst wieder der freundliche Herr Wirt.«

Banyard beugte sich vor, als wäre dies eine Art Spiel. »Und wie erklärt Ihr Euch, Bruder, daß ich durch so viele Wachen zur Monstranzkammer gelangen und Sir Francis Harnett umbringen konnte?«

»Harnetts Tod hat mich sehr beschäftigt«, sagte Athelstan. »Ein aufgeregter kleiner Mann, der nichts anderes im Sinn hatte als den Kauf eines Affen, der aus dem Tower gestohlen worden war.«

»Was sagt Ihr da?« fragte Aylebore.

»Das ist jetzt nicht mehr so wichtig«, sagte Cranston. »Aber Euer Kollege hat einen Soldaten im Tower bestochen, damit er einen Affen für ihn stiehlt.«

Malmesbury verzog höhnisch den Mund und schüttelte den Kopf. »Der Mann war schon immer ein Trottel«, sagte er leise. »Auf seinem Gut in Stokesey hat er unablässig versucht, seltsame Vögel und Tiere zu sammeln.«

»Harnett ging mit Euch ins Bordell«, fuhr Athelstan fort. »Aber wie Mistress Mathilda uns sagte, sind dort keine Schwerter erlaubt. Ihr gingt also unbewaffnet hin?«

»Ja, so ist es«, bestätigte Malmesbury.
»Aber später am selben Abend wurde Harnett am Fluß gesehen, und da trug er ein Schwert.«
»Dann muß er in den Gasthof zurückgekehrt sein, um es zu holen«, meinte Malmesbury.
»Ihr habt recht, Sir Edmund. Aber das hat Master Banyard uns nie erzählt. Als ich nun Harnetts Besitztümer durchsah, stellte ich fest, daß bestimmte Gegenstände fehlten. Erst wußte ich nicht, was es war, aber dann wurde es mir plötzlich klar: Er hatte Feder und Tinte, aber weder Pergament noch Velin – keinen Fetzen, auf dem er hätte schreiben können.«
»Und was soll das alles bedeuten?« wollte Coverdale wissen.
»Nun, zunächst einmal bin ich sicher, daß Harnetts Kollegen allesamt ähnliche Schreibwerkzeuge hatten; sie dürften sich eine Rolle Pergament für den eigenen Bedarf mitgebracht haben, um privat oder im Parlament darauf zu schreiben.«
»Ja, das stimmt«, sagte Aylebore. »Sir Francis hatte dauernd irgend etwas zu kritzeln.«
»Aber was soll das?« fragte Coverdale.
»Sir Miles«, sagte Athelstan, »wenn Ihr ein Tier wie diesen Affen aus dem Tower stehlen wollt, was braucht Ihr dann? Bedenkt, Ihr müßt es in London halten und später dann irgendwie nach Shrewsbury schaffen.«
Der Hauptmann kratzte sich grinsend an der Wange. »Nun ja, das Tier müßte fressen. Dann brauchte es einen Käfig.« Er schlug sich die Hand vor den Mund. »Und natürlich ein Versteck.« Er zeigte auf Banyard. »Sir Francis muß dir erzählt haben, was er vorhatte.«
»Natürlich«, sagte Athelstan. »Ich vermute, Sir Francis hatte ein sehr vertrauliches Verhältnis zu unserem Wirt. Er kehrte nicht nur zum Gasthof zurück, um sein Schwert zu holen; er muß auch mit ihm über Futter verhandelt haben, über einen Karren, einen Käfig und vor allem über einen Winkel irgendwo auf dem weit-

läufigen Anwesen, wo er das Tier verstecken konnte, das er da zu kaufen hoffte. Nun war Sir Francis, wie einer seiner Kollegen soeben bestätigte, ständig dabei, irgend etwas zu kritzeln. Er muß eine Liste alles Nötigen aufgestellt haben, aber ich fand keinen Fetzen Pergament unter all seinen Sachen. Natürlich hatte Master Banyard alles an sich genommen, nachdem er Sir Francis den Kopf abgeschlagen hatte.«

»Und was noch wichtiger ist«, ergänzte Cranston, »Sir Francis konnte von Banyard in den Tod gelockt werden, weil dieser von den Geheimverhandlungen mit dem Soldaten aus dem Tower wußte. In seiner Hast und Aufregung vergaß Sir Francis, daß ihm ein Mörder auf den Fersen war; er hatte den Kopf voller Träume über das exotische Tier, das er bekommen sollte.«

»Und wie soll ich in die Monstranzkammer von Westminster hineingekommen sein, Bruder?« fragte Banyard höhnisch. »Wie soll ich durch die Absperrketten von Soldaten und Bogenschützen gelangt sein? Habe ich etwa die Axt geschultert und mir eins gepfiffen?«

»O nein. Es fehlte ja noch etwas bei Harnetts Sachen: das Siegel. Ich habe mich auch gefragt, wo die Siegel der beiden anderen Ermordeten waren.« Athelstan sah Coverdale an. »Habt Ihr sie je gefunden?«

»Der Offizier schüttelte den Kopf. »Nein, ich ...« Seine Stimme versagte. »Ich habe nie daran gedacht.«

»Aber Banyard schon«, versetzte Athelstan. »Er nahm den ersten drei Männern, die er ermordete, die Siegel ab und benutzte sie, um damit in die Abtei zu gelangen. Man kann schließlich nicht erwarten, daß die Soldaten, die dort Dienst tun, sich die Gesichter von zweihundert Abgeordneten merken. Da war ein ständiges Kommen und Gehen. Als einfache Soldaten hielten sie sich an ihre Befehle: Jeder, der das Papier mit dem Siegel des Kanzlers vorweisen konnte, mußte durchgelassen werden. Als Harnett ermordet wurde, war es fast dunkel. Abgeordnete hasteten hin und her. Banyard trug wahrscheinlich den Kapuzenmantel, den er auch jetzt anhat, und so schlüpfte er hinein.«

»Aber die Axt?« fragte Aylebore.

Athelstan deutete mit weiter Geste durch die Kapelle. »Seht Euch doch hier um, Sir Humphrey. Betrachtet die Stapel von Werkzeug und Bänken, die dunklen Nischen, die kleinen Alkoven, die Lücke hinter dem Altar.«

»Ihr meint, die Axt ist dort irgendwo verborgen?«

»Wahrscheinlich«, antwortete Athelstan. »Oder irgendwo in der Nähe der Monstranzkammer. Bevor ich ging, habe ich den Bediensteten im Gasthof gesagt, ich wolle in die St. Faith-Kapelle, um dort nach einer Axt zu suchen. Banyard ist mir hierher gefolgt, nicht nur, weil ich seine wahre Identität kannte, sondern auch, weil ich nach Beweismaterial suchte. Ich bin sicher, wenn wir die Waffe finden, wird jemand sie wiedererkennen, weil sie früher im Gasthof benutzt wurde.«

»Aber wann hat er sie hergebracht?« fragte Coverdale.

»Lange, bevor das Parlament zusammenkam«, sagte Athelstan. »Das gleiche gilt für die Armbrust, mit der er Goldingham umgebracht hat. Erinnert Ihr Euch an das Ginstergestrüpp bei den Latrinen am östlichen Kreuzgang?«

»Natürlich«, sagte Coverdale. »Bevor das Parlament hier tagte, konnte Banyard ja kommen und gehen, wie es ihm paßte.«

Athelstan fuhr fort. »Und in jener Nacht ging Banyard durch das Vestibül zur St. Faith-Kapelle, holte die Axt, stieg hinunter in die Monstranzkammer und ermordete Sir Francis.« Er warf Banyard einen Blick zu und sah die Angst in den Augen des Mannes. »Der arme alte Harnett«, fuhr Athelstan fort. »Aber er starb nicht umsonst. Erst als ich mich fragte, was bei seinen Sachen fehlte, begann das Knäuel, sich zu entwirren: das Fehlen von Pergament und Siegel, sein Wunsch, den aus dem Tower gestohlenen Affen zu kaufen, dazu die Tatsache, daß er in den Gasthof zurückgekehrt war, um sein Schwert zu holen, bevor er sich nach Southwark begab – das alles lenkte meinen Verdacht auf Master Banyard. Im Licht dessen, was ich herausgefunden habe, betrachtete ich den Tod der anderen Ritter: Bouchon hatte sein Schwert nicht getragen, und er hatte schwarzen Schmutz unter den Nägeln gehabt. Auch hier deutete alles auf Banyard. Das gleiche gilt für Swynford, der in seiner Kammer im Gasthof erdrosselt wurde.«

»Und Goldingham?« fragte Malmesbury.

»Nun, als ich einmal wußte, wie Banyard durch die Wache gekommen war, war der Rest nicht mehr schwierig. Goldingham hatte einen schwachen Darm. Er redete ständig darüber, nicht wahr?«

Malmesbury nickte.

»Und zweifellos wandte er sich auch an den Wirt und bat um diese oder jene besondere Speise?«

»Ja, ja, das tat er«, bestätigte Malmesbury. »Weißbrot, in Milch getränkt. Goldingham machte immer viel Aufhebens um das, was er aß und trank.«

»Und am Morgen seines Todes?«

»Da aß er das gleiche wie wir. Porridge aus Hafergrütze, ein bißchen Brot.«

»Aye.« Athelstan nickte. »Er aß aber auch noch etwas, das Ihr nicht hattet: ein leichtes Abführmittel mit den besten Empfehlungen des Herrn Wirt, das ihm die Gedärme löste und ihn schnurstracks zum Abort eilen ließ. Banyard wußte Bescheid über das Parlament und seine Sitzungen, entweder weil er sich erkundigt oder weil er Euren Gesprächen gelauscht hatte. Er brauchte sich nur in die Kreuzgänge zu begeben und bei den Latrinen zu warten; wahrscheinlich versteckte er sich in einer der Zellen, nachdem er Armbrust und Bolzen aus dem Versteck geholt hatte. Danach war die Sache einfach. Er wußte, daß Goldingham kommen würde, entweder während der Sitzung oder gleich danach. Es kam nur darauf an, zu warten. Als niemand mehr auf den Latrinen war, schlug er zu: Ein Armbrustbolzen traf Goldingham ins Herz. Die Armbrust wanderte wieder ins Versteck, und ehe in all dem Durcheinander jemand begriffen hatte, was passiert war, hatte Banyard Westminster schon verlassen und eilte zurück zu seinem Gasthof.« Athelstan spreizte die Hände. »Wir müssen immer daran denken, daß Banyard, sollte etwas schiefgehen, stets eine Erklärung für seine Anwesenheit gehabt hätte, und dann hätte er eine neue Gelegenheit abwarten können, hier oder in Shrewsbury. Westminster indessen war der ideale Ort.«

»Niemand würde ihn vermissen«, erläuterte Cranston. »Schließlich gehört ihm ja der Gasthof. Wo er hingeht und was er da tut, ist seine Sache. Das ›Ungeheuer‹ liegt in nächster Nähe der Abtei, und weil er hier wohnt, würde nie jemand von seiner Anwesenheit Notiz nehmen.« Cranston erhob sich und baute sich vor dem Gastwirt auf. »Master Banyard.«

Banyard hob den Kopf. Er war blaß, und sein Gesicht glänzte von Schweiß.

»Master Banyard, hast du dazu etwas zu sagen?« fragte Cranston. »Zu diesen Vorwürfen?«

Banyard lächelte halb, wie über einen Witz.

»Die Axt liegt hinter dem Altar, Bruder«, bekannte er, ohne Cranston zu beachten. »Da werdet Ihr sie finden.« Blinzelnd befeuchtete er sich die Lippen. »Ich möchte einen Krug Ale«, sagte er leise. »Vom besten, das meine Schenke zu bieten hat.« Er lachte. »Aber damit ist es jetzt vorbei, was?« Er richtete sich auf und atmete tief durch. »Ich wurde als Walter Polam geboren, in der Gemeinde von St. Dunstan in Oswestry in Shropshire. Als ich fünfzehn war, ermordeten diese Mäner meinen Vater, wie sie schon andere ermordet hatten. Ich verließ Shropshire und investierte alles, was ich besaß, in eine Schenke bei Cripplegate; ich dachte, ich könnte die Vergangenheit vergessen.« Er starrte zur Decke. »Ich änderte meinen Namen. Ich heiratete, aber

Edith starb am Schweißfieber. Da verkaufte ich das Haus und kaufte den Gasthof ›Zum Ungeheuer‹. Habt Ihr Euch je das Schild angeschaut, Bruder? Es zeigt einen Ritter mit verzerrtem, scheelem Gesicht.« Er nickte und wiegte sich vor und zurück. »Oh, natürlich träumte ich von Rache. Nach Ediths Tod begannen diese Träume, mich zu verfolgen. Ich gelobte mir, nach Shropshire zurückzukehren und Rache an den Mördern meines Vaters zu üben.« Banyard lächelte Malmesbury geringschätzig an. »Und dann seid Ihr ins ›Ungeheuer‹ gekommen, ein Ritter aus Shropshire, ein Abgeordneter der Commons. Und andere kamen mit Euch.
Ich begann, Euren Tod zu planen. Ich betete, daß ich Euch eines Tages alle unter meinem Dache haben würde – und so geschah es. Euer aufgeblasener Verwalter, dieser Faversham, kommt wichtigtuerisch daher – und natürlich hatte ich Zimmer für Euch.« Er warf Athelstan einen Blick zu. »Sie sind nicht alle gekommen, müßt Ihr wissen. Es sitzen mindestens zwei in Shrewsbury, mit denen ich immer noch ein Hühnchen zu rupfen habe. Aber sonst ...« Er zuckte die Achseln. »Es hat sich alles so zugetragen, wie Ihr es beschrieben habt. Bouchon, Swynford ...« Banyard stieß mit dem Finger in Malmesburys Richtung. »Euch wollte ich bis zuletzt übrig lassen! Ich wollte warten, bis Ihr nach Shropshire zurückgekehrt wäret, damit ich Euch an demselben Baum aufknüpfen konnte, an den Ihr meinen Vater gehängt habt ...«
»Banyard«, unterbrach Sir John. »Ich verhafte dich wegen des schrecklichen Verbrechens des Mordes.«
»Und was ist mit denen da?« erwiderte der Wirt mit verächtlichem Blick. »Sind das nicht auch Mörder?« Er grinste. »Ich möchte mit ihnen zusammen am selben Galgen hängen.«
»Ihr könnt uns nichts anhaben«, schrie Malmesbury. »Der Regent hat uns für alle Verbrechen Pardon angeboten.«
Sein Blick wurde furchtsamer, als Coverdale sich erhob und ein

Pergament aus seiner Tasche entrollte. Der Hauptmann der Garde legte jedem der drei Ritter die Hand auf die Schulter.
»Sir Edmund Malmesbury, Sir Humphrey Aylebore, Sir Thomas Elontius, ich verhafte Euch wegen Mordes.«
»Das ist doch Heuchelei!« schrie Aylebore und sprang auf. »Der Regent hat uns Pardon versprochen. Mit welcher Autorität handelt Ihr hier?«
Sir Miles hielt das Pergament in die Höhe; es trug das Siegel John von Gaunts.
»Alle Eure Namen stehen hier, Sir. Der Regent hat mir das Dokument heute morgen ausgehändigt. Ich sollte es erst vollstrecken, nachdem der König vor den Abgeordneten gesprochen hatte.«
»Aber der Regent hat uns Pardon versprochen ...« Malmesbury hatte Tränen in den Augen.
Sir Miles lächelte. »Das kann nur Seine Gnaden, der König, Sir.« Flink zog er den drei Männern die Dolche aus den Gürteln, ging zur Tür und rief nach der Wache. Eine Zeitlang herrschte Chaos in der Kapelle; Malmesbury und seine Kumpane beteuerten lauthals ihre Unschuld und verfluchten den verräterischen Regenten, Banyard lachte wie von Sinnen, überhäufte sie mit Beschimpfungen und tanzte fast vor Freude über das, was geschehen war. Schließlich aber wurde die Kapelle geräumt, und eine Bogenschützeneskorte führte die Gefangenen ab. Coverdale verbeugte sich vor Cranston und Athelstan und ließ die beiden allein in der stillen Kapelle zurück.
Der Coroner setzte sich und wischte sich die Stirn ab. Athelstan ging zum Altar hinauf, schob ein paar Bänke beiseite und fand dahinter an der Wand eine scharfgeschliffene Axt. Er kam damit herunter, setzte sich auf Banyards Platz und legte die Axt behutsam neben sich auf den Boden.
»Wenigstens hat er sie saubergemacht«, murmelte er. Er blickte auf, als Cranston einen großzügigen Schluck aus seinem stets

gegenwärtigen Weinschlauch nahm. »Wir müssen alles dem Pater Abt berichten, damit die Kapelle gesegnet und neu geweiht werden kann.«
Cranston drückte den Stopfen in den Weinschlauch und schaute Athelstan betrübt an.
»Ich kann Eure Gedanken lesen, Sir John«, gestand Athelstan leise. »Warum habe ich Euch nicht eingeweiht, hm?«
»Du hast alles allein gemacht«, murrte Cranston.
»Nein, das stimmt nicht, Sir John. Ihr seid so leicht zu durchschauen wie klares Wasser an einem Sommertag. Wenn ich Euch anvertraut hätte, daß es Banyard war, dann hättet Ihr alles mit einem Blick oder Zeichen verraten.« Athelstan deutete mit dem Zeigefinger nach unten. »Hier, in dieser Kapelle, mußte ich Banyard in die Falle gehen lassen. Jetzt ist alles erledigt.« Er lächelte düster. »Der Regent ist ein gerissener Fuchs.« Mit einem Blick zum Kruzifix hinauf fragte er sich einen Augenblick lang verzweifelt, ob der Tod Christi, die Liebe Gottes oder der Dienst der Kirche irgend etwas mit einer Welt zu tun hatten, in der Männer wie John von Gaunt die Oberherrschaft hatten.
»Gaunt war sehr schlau«, bestätigte Cranston. »Er hat diese Ritter gezwungen, herzukommen. Er hat sie erpreßt und seine Gegner in inbrünstige Anhänger verwandelt, um dann die Falle zuschnappen zu lassen und sie wegen der geheimen Verbrechen zu verhaften, wie er es ihnen vorher angedroht hat.« Cranston seufzte geräuschvoll. »Wie um alles in der Welt wird das nur enden?«
»Oh, Gaunt wird sich gnädig zeigen«, meinte Athelstan. »Malmesbury und die Seinen werden ein volles Geständnis ablegen und ein saftiges Bußgeld zahlen müssen, und dann werden sie geloben, auf Pilgerfahrt zu gehen. O ja, Gaunt wird am Ende wieder reicher geworden sein. Er wird sie beim Geldbeutel fassen, und Malmesbury und seinesgleichen werden nach seiner Pfeife tanzen.«

»Und Banyard?«
»Was glaubt Ihr, Sir John?«
Der Coroner rieb sich das Kinn. »Wir können den einen nicht ohne die anderen hängen«, antwortete er langsam. »Ich glaube also nicht, daß Banyard in Tyburn oder in Smithfield baumeln wird. Gaunt wird seine Habe beschlagnahmen und stolzer Besitzer einer sehr gut gehenden Herberge werden. Banyard wird man in die Verbannung zwingen und ihn ohne einen Penny in der Tasche als Bettler durch Europa wandern lassen.« Cranston lächelte grimmig. »Weißt du, Bruder, ich habe soviel Haß in diesem Mann gesehen ... Wenn ich Sir Edmund Malmesbury wäre, ich würde nicht mehr ruhig schlafen können.«
Schwerfällig erhob sich der Coroner. »Nichts geht wirklich zu Ende, nicht wahr, Bruder? Wir sind wie die Mistsammler. Wir kehren den Unrat zusammen und schaffen ihn fort, damit er Augen und Nasen derer, die um uns herum leben, nicht belästigt.« Er stöhnte und gab seinem Gefährten dann einen Rippenstoß. »Eins hast du aber nicht erklärt. Warum hatten Harnett und Goldingham rote Kreuze im Gesicht?«
Athelstan zuckte die Achseln. »Banyard wollte wohl ein Zeichen setzen, im buchstäblichen wie im übertragenen Sinne. Wahrscheinlich hatte er nicht jedesmal genug Zeit.«
»So furchtbare Taten«, meinte Cranston traurig.
Athelstan stand auf. »Sir John, Ihr werdet melancholisch. Laßt uns ins ›Heilige Lamm Gottes‹ gehen und feiern. Wir haben getan, was wir konnten; mehr verlangt der Herrgott nicht, und mehr will Er auch nicht.« Er drückte Cranston die Axt in die Hand. »Jetzt kommt und seid wieder der muntere Jack Cranston, und wenn Ihr es seid« – Athelstan trat einen Schritt zurück und hob die Hand –, »dann schwöre ich auch, ich spreche nie wieder von einem Berberaffen.

John von Gaunt saß in seinem Privatgemach hoch oben im Savoy-Palast. Er starrte durch das offene Fenster zum Abendstern hinaus und lächelte bei sich über den Erfolg seines raffinierten Plans. Geistesabwesend spielte er mit dem Amethystring an seinem Finger.

»Nur einen Haken hat die Sache«, murmelte er und warf einen Blick hinüber zu seinem kapuzenverhüllten Schreiber, der an einem kleinen Pult saß. Gaunt hatte sich Coverdales Bericht sehr aufmerksam angehört und insgeheim bewundert, wie scharfsinnig Athelstan das verzwickte Netz aufgeknüpft hatte, das Gaunt da gewoben hatte. Der Regent richtete sich auf. Mit Cranston wurde er fertig; der Coroner war Königlicher Beamter. Aber Athelstan? Gaunt schaute zu seinem Schreiber hinüber.

»Du setzt jetzt einen Brief an Prior Anselm in Blackfriars auf«, befahl er. »Sag ihm, ich bin dankbar für die guten Dienste, die Bruder Athelstan geleistet hat; jetzt aber fürchte ich für ihn in diesem Meer von Sorgen, vor dem wir stehen. Sag ihm …« Gaunt hob einen Finger. »Sag ihm, ich möchte, daß Athelstan versetzt wird; seine Fähigkeiten lassen sich in den Hallen von Oxford besser verwenden.«

Gaunt lehnte sich auf seinem Stuhl zurück, schloß die Augen und träumte seinen dunklen Traum von der Macht.

Pamela Kaufman

Die Herzogin

Sie war schön und hochgebildet. Sie wurde Königin von Frankreich und England und fürchtete weder Kaiser noch Papst. Einer ihrer Söhne war Richard Löwenherz. Eleonore von Aquitanien lebte im 12. Jahrhundert, ist aber bis heute eine der interessantesten Frauengestalten der westlichen Welt. Pamela Kaufman läßt sie in diesem außergewöhnlich spannenden historischen Roman wieder lebendig werden.

»Ein Lesevergnügen von der ersten bis zur letzten Seite …«

Bücherschau

Knaur

Paul Harding

Teufelsjagd

Ein Mörder treibt im Sommer des Jahres 1303 in der königlichen Universitätsstadt Oxford sein Unwesen. Unruhe und Angst breiten sich aus. Ein Fall für Sir Hugh Corbett, den ehemaligen Chefsekretär im Dienste des Königs Edward I. Doch ehe sich Sir Hugh versieht, ist auch sein Leben in Gefahr.